ハヤカワ・ミステリ

LEONARD ROSEN

捜査官ポアンカレ

—叫びのカオス—

ALL CRY CHAOS

レナード・ローゼン
田口俊樹訳

TOKYO
HAYAKAWA
BOOKS

A HAYAKAWA
POCKET MYSTERY BOOK

ALL CRY CHAOS
by
LEONARD ROSEN

Translated by
TOSHIKI TAGUCHI
First published 2013 in Japan by
HAYAKAWA PUBLISHING, INC.
This book is published in Japan by
arrangement with
THE PERMANENT PRESS
a part of SECOND CHANCE PRESS INC
through THE ENGLISH AGENCY (JAPAN) LTD.

装幀／水戸部 功

謝辞

ブノワ・マンデルブローの功績に負うことなく、フラクタルのことを書くなど誰にもできないだろう。彼の自然の幾何学に関する洞察は現代科学、そして少なくとも本書においては、現代的想像力に多大な影響を与えた。

ジェームズ・D・ジョーンズ（アメリカ海軍の退役軍人）、私の数学の家庭教師——忍耐強くて気さくな、フラクタルとカオス理論の専門家——それに、この小説の枠組となるいくつかの疑問の探究ができる聖域をつくってくれたモーシェ・ウォルドックスとメイアー・センダーに特別の謝意を捧げる。私のエージェントのイヴ・ブリッドバーグにも。彼女はこのプロジェクトを実現させただけでなく、創作の後押しもしてくれた。自分の意図に適うストーリーが浮かび上がるまで書き直すことができたのは、彼女のおかげである。彼女の鑑識眼がなければ、本書はもっと異なる本になっていただろう。ダグ・スターはしばしば私が見落としている可能性を見て、何稿にも及ぶ私の草稿に批評を寄せてくれた。彼は手強くて誠実な批評家で、私の親友で、シーズンを問わない私のコーチだ。アーサー・ゴールデンも私の草稿を批評してくれ、長きにわたって惜しみないアドヴァイスを与えてくれた。トッド・シュスターは名もない著者に編集者として丁寧な注意をふんだんに向けてくれた。そうした心づかいが〈ザカリー・シュスター・ハームズワース文芸エイジェンシー〉を業界屈指の会社にしているわけだが。しかし、そうしたみんなの尽力も、〈パーマネント・プレス〉の出版人であるマーティとジュディのシェパード夫妻がいなければ、無に帰していただろう。彼らは私を歓迎してくれ、『捜査官ポアンカレ——叫びのカオス——』に望外の思い入れを示してくれた。彼ら以上に親切で献身的な擁護者に恵まれるなどというのは想像すらできないことだ。

スーザン・アークイスト、ベス・キースター、ロン・カーシュナー、ジョスリン・パイン、キャシー・ポーター、グレアム・オー、ジェシカ・シュウォーツ、ジェシカ・スタインにも謝意を。彼らは執筆中のさまざまな段階で賢明な助言をしてくれた。次に挙げるのは初期の草稿を読んで有益な批評をしてくれた人たちである——ラリー・ベレンズ、マーサ・ブランド、ジェフリー・チン、アダム・コーエン、ウィル・コーエン、アーロン・クーパー、ティナ・フェインゴールド、ラリー・ヘファーナン、スーザン・ヘファーナン、キャシー・コーマン、スチュアート・コーマン、レスター・レフトン、ミンディ・ラバー、エマ・マークス、リチャード・マークス、ボブ・モリスン、ジェニー・モリスン、マーク・ペヴスナー、ジャネット・ポランスキー、ロザリー・レンボーム、ジェド・シュワーツ、モニカ・シダー、バリー・シーゲル、ジェーン・シーゲル、ロイス・スレード、フランク・スラドコ、エイブ・スタイン、ノーマン・スタイン、ディーン・スダースキー。

私は新人作家というにはいささか歳をとりすぎている。が、年長の作家にはいくつかの利点がある。そのひとつが成人した息子たちを批評家に持つことができるということだ。ジョナサン・ローゼンとマシュウ・ローゼンはこの本の進化を目のあたりにした家庭内の証人である。その長い過程と私を見つづけた彼らのサポートとアドヴァイスは何物にも代えがたい。私の兄弟、ロバート・ローゼンとジェラルド・ローゼンはこの長い年月、私に勇気と情愛だけを与えつづけてくれた。私は彼らとこの小説が依拠する家族との関わりを祝いたい。そして、誰より大事なリンダ・ローゼン。この三十年の礎石にして、私の人生における多くの尊いものの造物主。そんなリンダと息子たち、今は亡き両親の思い出に本書を捧げる。

寺院ではみな「栄光を！」と言い、
通りではみな「カオス！」と叫ぶ
誰に旋風の中の秩序が見えるだろう？
誰に茫漠の中のパターンが見えるだろう？
誰があえてカオスの只中で「栄光を！」などと叫ぶだろう？

――R・シャピロ『詩篇二十九ののちに』

捜査官ポアンカレ

——叫びのカオス——

おもな登場人物

アンリ・ポアンカレ……………国際刑事警察機構《インターポール》の捜査官
クレール……………………………アンリの妻。画家
エティエンヌ………………………ポアンカレの息子。建築家
ルシール……………………………エティエンヌの妻
クロエ………………………………エティエンヌの娘
エミール
ジョルジュ　｝……………………エティエンヌの双子の息子
スティポ・バノヴィッチ………戦争犯罪の被疑者。暗殺部隊の元指揮官
ジェームズ・フェンスター……ハーヴァード大学の数学教授
マドレーン・レーニア…………フェンスターの元婚約者。アンティーク商
ダナ・チャンビ……………………フェンスターの教え子
ピーター・ロイ……………………フェンスターの弁護士
チャールズ・ベル…………………フェンスターの後援者。投資会社経営
エデュアルド・キト……………〈先住民解放戦線《ILF》〉のリーダー
パオロ・ルドヴィッチ…………インターポールの捜査官。ポアンカレの同僚
セルジュ・ローラン……………インターポールの捜査官。ポアンカレの親友
アルベール・モンフォルト……インターポールの刑事局長
ジーゼル・デ・フリース………アムステルダム警察の刑事。インターポールとの連絡係

プロローグ

アンリ・ポアンカレはモンパルナス墓地にあるその墓にすぐには近づくことができなかった。だから最初は墓地内をぶらぶらと歩きまわった。それでも最後には、霊が走りまわっては彼の名を呼ぶ声が聞こえる暗がりに引き込まれた。

ここには十三年間、足を運びつづけている。詩人や哲学者や芸術家や科学者——近代フランスの英雄たち——の墓碑のまえを通って。若き捜査官時代、彼は固く信じていた。母国への奉仕と正義への愛に対する褒賞として、いつかは自分もまた彼らの中で、曾祖父の脇で、眠ることを。彼の野心はそれほどに大きかった。だから、ただ事件を解決するだけでなく、家名に恥じない不屈の精神と知性で解決することに、全身全霊を注いできた。

なんと愚かだったことか。彼は今そう思う。この命を救うためなら、彼は自分の命を千回でも擲《なげう》っていただろう。魂さえ売っていただろう。しかし、悪魔と取引きをしても——あるいは自殺してさえ——自らの存在を消し去るには充分ではなかっただろう。なぜなら、結局のところ、こうして生き延びてしまったのだから。生き延びて、愛する者たちを傷つけてしまったのだから。そのなによりおぞましい証拠がこの墓地に眠っている。

歩きつづけたのはそのためだった。彼自身、半ば影のようになってひとつの墓のまえに佇《たたず》んだ。

空では雲が狂ったようにうごめき、地上では木々が悲しげな声をあげていた。人生をこのように過ごすこと——毎週、ドルドーニュから一晩かけて正午にやってきて、みかげ石を磨き、古い花を新しい花に取り換えること——を彼は自分に課していた。手ぎわのいい者なら数分でできる墓掃除だろう。が、管理人小屋から箒《ほうき》を借りてくると、今も一時間かけて掃き掃除をした。吹き溜まりに溜まっていた最後のゴミを拾い、また春がめぐってきていることに驚いた。スイセンがまだ咲いているのが不思議に思えた。しかし、それらは咲いていた……こんな墓地にあってさえ。歌鳥も戻り、木々は葉を芽吹かせていた。それらは心が和《なご》んでもおかしくない自然の営みだ。

　ひざまずき、いいほうの手で墓石の上にユリの生花を置いて、彼はつぶやいた——愛《いと》しいおまえ、やつらは殺す相手をまちがえた。殺されるべきはこの私だったのに。

第一部

光のあるところに至る道はどこか。
闇のあるその場所はどこか。

――ヨブ記第三十八章第十九節

1

監房棟にはいると、アンリ・ポアンカレは鋼鉄製の二枚の扉が合わさる音に身構えた。その音にはセネガルで悪い水を飲んでかかった赤痢ほどの物理的効果があった。長いキャリアを積んできた彼にとって、刑務所の通路は馴染みのない場所ではない。それでも、鋼鉄と鋼鉄がたてる音は今でも彼の内面を引き裂いた。彼を殺すことに躍起となっている病気のように。実際、ある意味では訪れるたびに彼はその音に殺されていた。強請《ゆすり》犯、通貨偽造犯、マルチ商法の首謀犯、金銭のために一度にひとつの命を奪う暗殺者、犠牲者が五十人に満たないと、そのことを嘆く狂信者——この監房にいる彼らはみな思っている。自分たちは卓越しながらも真価を理解されない者たちだと。自分たちが世界からかすめ取ったものが自分たちの正当性を立証していると。ポアンカレに言わせれば、彼らはこれらの鋼鉄製のドアの音を日々聞かされて当然の者たちだ。それになにより彼らはみな同じ穴の狢《むじな》だ。

言い換えれば、それはスティポ・バノヴィッチにはいいお仲間がいるということだった。

嵌《は》め込まれた高い窓から、大聖堂に射すような光が監房棟上部の空気を切り裂いていた。オランダの春はほとんど中に届いてはいなかったが。ここは刑務所であり、この棟は一種のセレブ——ハーグの国際裁判所での法の裁きを待つ戦争犯罪者——のための棟だ。四カ月前、六カ国とふたつの大陸を股にかけての捜索の末、ポアンカレはウィーン郊外でスティポ・バノヴィッチを見つけたのだった。バノヴィッチは若い妻と息子と娘とともに暮らしていた。その夜、男たちが破城槌で玄関のドアを打ち破ったとき、バノヴィッチは暖炉のそばに置かれた安楽椅子に坐り、膝にのせたふたりの子供に、寝るまえの物語を読んで聞かせてやっていた。家庭の幸福をまさに絵に描いたような光景だった。バノヴィッチがほかの人生で七十人のイスラム教徒の男たちと少年たちの虐殺を命じ、自らも手を下したという事実がなければ。少年たちの中には、その夜彼の膝の上にいた巻き毛の天使より幼い者たちもいた。彼の妻は悲痛な叫び声をあげ、彼の子供たちは泣いた。バノヴィッチ本人は訛《なま》りはきつくとも完璧な英語で叫んだ。「おれが人生をやり直したのが見てわからないのか？　おれが正しい人生を送ってるのがおまえたちにはわからないのか！」

それはポアンカレが断ずべきことではなかった。この事件を任せられるまえ、彼はリヨンにある国際刑事《インターポール》警察機構本部の上司に命じられ、虐殺死体が見つかった峡谷を訪ねていた。旧ユーゴスラヴィアの春先のことで、雪解けのために現地までの道ゆきは泥だらけの苦行となった。が、その日はさわやかな陽気で、緑の新芽が顔をのぞかせ、雪解け水の流れる音がいたるところで命の可能性を示唆していた。ただ、陽の射さないその峡谷だけは別だった。そこには漂白されたような骨が散乱していた。衣服の切れ端が風に吹かれてはためいていた。ポアンカレは思わず膝をついた。そう、断を下すにしろ、赦《ゆる》すにしろ、それは私の仕事ではない。彼は改めて今そう思った。自分は自分の仕事をした。裁判所は裁判所の仕事をするだろう。

実際、すでに次の任務に就いていた。アムステルダムで開かれる世界貿易機関《WTO》の関係閣僚会議の警備の監督指揮に忙しくしていた。そもそも不必要なバノヴィッチとの面会だった。それでも、アムステルダムに向かうまえに、これを最後にバノヴィッチに会いにきたのは、旅に出るまえにキッチンの火の元を確かめるようなものだった。誰かが番をしていないかぎり、この男は危険きわまりない。ポアンカレにはこの男がしかるべき場所にいること、きちんと鉄格子の向こうにいることを確かめる必要があった。

「おれは息をしてまだ生きてるぜ」足音が近づくと、囚人は言った。

「いい知らせだ、スティポ。私はもうおまえの事件の担当ではなくなった。新たな任務に就いた。それでもどうしても感傷的になってね……おまえを追いかけた月日を思うと」

バノヴィッチはポアンカレに背を向けた。縞のシャツのボタンを一番上までとめ、メタルフレームの眼鏡をかけたバノヴィッチは、暗殺部隊の元指揮官というより図書館の司書のように見えた。実際、それがボスニア戦争が勃発《ぼっぱつ》するまえの彼の職業だった。秀でた額に華奢《きゃしゃ》な骨格にピアニストの指。虐殺者というより学者だった。その印象は来たる裁判に向けて彼が貯め込んだ法律書の砦《とりで》によって一層強められていた。

なおも背を向けたままバノヴィッチは言った。「おれたちは戦争をしてたんだ。そりゃひどいこともあったよ。それについちゃそっちに証人がいる。裏切り者の淫売の息子どもだ。しかし、法が判例をいくつも示してくれている。戦闘状態になったら、男はけだものになる。それは事実だ――そんなことは歴史書をざっと読んだだけでわかる。エルサレムから逃げ出したユダヤ人に対してローマ皇帝の兵士が何をしたか知ってるか？」

「そういうことにはあまり関心がなくてね」とポアンカレは鉄格子に近づいて言った。

バノヴィッチは肩越しに振り返って言った。「金《きん》を飲み込んでないかどうか調べるのに腹を割《さ》いた。男の腹も女の腹も」

ボスニアの森で一対一でこの男に出会ったら、まずまちがいなく死ぬのは、それも苦しみ抜いて死ぬのは自分のほうだろうとポアンカレは思った。現に今こうして鉄格子のまえに立っていても、食物連鎖の頂点に立つ捕食動物の檻《おり》のまえにいるような気分にさせられる。バノヴィッチは危険因子をオーラのように発散しており、鉄格子に身の安全を保障されていてさえ、ポアンカレは思わずあとずさった。この仕事が容易だったためしは一度もない。彼がこの仕事に就いたとき、友達はみなオペラ鑑賞とさして面白くもなさそうな人物の日記を読み解くことが趣味の彼に、三週間ともつわけがないと予測した。これまでのすばらしい数々の業績にもかかわらず、三十年経った今でも彼は時々思うことがある——自分はほんとうにこの仕事に向いていたのだろうか。

「逃げてるあいだに」と囚人は耳ざわりな低い声で言った。「諍《いさか》いは終結してしまった。だからおれには生きる資格がある。どんな戦闘員にもあるように。それが見てみろ。おれは法律書に咽喉《のど》を詰まらせ、子供には写真にしかキスができないていたらくだ。みんなおまえのせいだ、ポアンカレ。インターポールが送り込んできたほかのやつらは良識というものをいくらかは持ってたよ。人間としての関心を示してくれたよ——おれが置かれてる今の環境を理解してくれた。だから、もうおれにはかまってくれるなと警告したら、それで捜索を打ち切った。ところが、おまえときたら……」

彼は一枚の写真に手を伸ばし、指でその表面を撫でた。

自分の子供たちの写真を見ることにどうしてこの男は耐えられるのか。ポアンカレはそう思った。あの峡谷で眼にしたものはたとえ百歳まで生きても忘れられないだろう。父親に、兄弟に、隣人に手を伸ばそうとしている幼い子らの骨。手を差し伸ばし返すことが仮に大人たちにできたとしても、彼らにできるのは自ら進んでさきに死ぬことだけだっただろう。それらすべてが雪がやってくるまで朽ちるに任された。「捜索を打ち切ることは私にもできないことじゃなかった」とポアンカレは同意して言った。「あれは戦争だったわけで、おまえはその戦士だったのだから」

囚人はただ黙ってうなずいた。

「今、戦争は終わり、おまえには新しい家族ができ、その家族のもとに帰りたがっている」

家族のことを思ったのか、バノヴィッチは眼を閉じた。

「峡谷の男たちや少年たちが帰りたがったように。彼らはおまえに慈悲を求めたんだろうか、スティポ？彼らはおまえに懇願したんだろうか？」

囚人は通路の遠くを見つめていた。今自分が言ったことがちゃんと伝わったのかどうか、ポアンカレは訝《いぶか》しんだ。伝わっていた――返ってきた返答は鋸《のこぎり》を挽《ひ》いたようにざらざらしていた。「想像を絶する悲劇が起こるのが戦争というものだ」とバノヴィッチは言った。「戦争を知りもしないおまえにとやかく言われる筋合いはない。おれを裁けるなどと思い上がるんじゃない」

「そんな心配は要らないよ、スティポ。それは私ではなく裁判所がやることだから」

監房棟はサッカーのピッチの半分の長さがあったが、今、地球のその一隅で人類という種を代表しているのはふたりだけだった。

囚人は笑った。「どうして面会にきた？」

ポアンカレは黙ってじっとバノヴィッチを見つめた。

「どうした、ええ？　おまえのような賢い男が」

「おまえを見ているとほんとうに胸がむかつく」

「ああ、正直であるのはいいことだ。おまえがそう言うなら――」バノヴィッチは二本の指をピースサインのように立て、ポアンカレの眼を指し、次に自分の眼を指して言った。「――こっちもはっきり言ってやろう、ポアンカレ捜査官、おまえは鏡を見にやってきたのさ」

「地獄に堕《お》ちるがいい」

「もう遅すぎる……もうここに何年もいるんでな。なあ、認めろよ――おれに魅了されちまったってことだけは！」

「私はおまえが朽ち果てるところを見届けたいと心から願っている。それは認めよう」

「でもって、おれのような子さらい鬼から世界を守る？」バノヴィッチはまた二本の指でポアンカレの眼と自分の眼を指して言った。「よく考えることだ……わかってると思うが、おまえはおれを殺すべきだった。そのチャンスがあったときに」

ポアンカレは鉄格子に身を寄せた。「確かに殺せなくはなかった」声をひそめて言った。バノヴィッチも鉄格子のそばまでやってきた。「逮捕に手こずり、おまえを撃ち殺さざるをえなくなったと報告するのはいとも簡単なことだった。しかし、そういうのはおまえのやり方だ。ああ。私はおまえが峡谷に残したものをこの眼で見た。裁判を受け、有罪判決を宣せられ、朽ち果てるがいい」

ポアンカレが通路を半分も戻らないうちに罵声の濁流が通路にほとばしった。下水管から汚水が吐き出されるように。「やつらはけだものだった！　おまえもおれのファイルを読んだだろうが、ポアンカレ。おれにも家族がいたのは知ってるだろうが！　おれの三人の子供はレイプされ、腹を割かれた。そのことはおまえも知ってるだろうが！　それも母親の眼のまえで！おれのシルヴィアの眼のまえで！　シルヴィアも両親の眼のまえでレイプされた！　おれの子供を身ごもっていた彼女の子宮も切り裂かれた。彼女の両親はやつらを殺してくれと人に懇願しつづけ、残された人生を生きるしかなかった。おまえもそれは読んだだろうが！　なのにおまえはやってきた。おまえは一度でも立ち止まって考えたことがあるのか？　何が人を殺人マシンに変えてしまうのか。おれも普通の男だった。善良な市民だった！　家族がいて、仕事もあった。それが戦争ですべてが変わってしまった。おれが起こしたわけでも望んだわけでもない戦争が、おれたちを破壊したんだ。死ぬまえにおまえにもおれと同じ苦しみを味わわせてやる！　嘘じゃない。おまえにもおれと同じ苦しみを味わわせてやる！」

そんなことは誰にもさせない、とポアンカレは自分につぶやき、自らを監房棟の端のゲートまで連れていってくれる呪文のようにそのことばを繰り返した。さらに次のゲート、もうひとつのゲート、最後のゲートにたどり着き、バノヴィッチのあがきの届かない刑務所の外に出るまで。自分が断ずべきことではない。ポアンカレは体をぶつけるようにしてトラックにもたれ、錠剤を二錠唇にはさんだ。

軽い発作が始まった。

ポアンカレを乗せたハーグからアムステルダムまでの列車は、何エーカーにも広がる色とりどりの矩形《くけい》のあいだを突っ切って走った。北海から流れ込んできている重たい雲を背景に、オランダの有名なチューリップはまさに倦怠《けんたい》の解毒剤だった。ポアンカレは助けを必要としていた。本人が認める以上にバノヴィッチに心を掻き乱されていた。すでに一時間は経っているのに、昂《たかぶ》った心臓の鼓動がまだ治まらなかった。正確なところ、恐怖のせいではない。とてつもない憎しみが自分に向けられていることがわかっているせいだ。命に関わるようなことではまったくありません、と医者には言われていた。不整脈。ワインの飲みすぎでなることもあります。冷たい水を飲んでも。それにストレスでも。あなたのお仕事はストレスの多い仕事ですか？

すぐに薬が心臓をもとのリズムに戻してくれるだろう。それで人生も整然としたものに見えてくるだろう。以前にもあったことだ。鉄格子の向こう側に送り込んだ連中の無遠慮な逆恨みにあうというのは。バノヴィッチの怒りもいずれ忘れることができるだろう。すでに身につけて久しいやり方で。

彼は携帯電話を開くと、妻が出てくれることを望みながら望んだ相手が出ると言った。「私だ」

「ああ、アンリ！　大丈夫？　なんだか疲れた声ね」

「いや、そうでもないと思うが」

「ハーグにいる男のせいね。もうあの男とは会わないって言ってたのに」

「わかってる」

「だったら……もう会うのはやめて。ゆうべエティエンヌが電話してきたわ。結局、彼もルシールも子供たちを連れて田舎の家に来るって。わかってると思うけど、彼らにとってスケジュールを調整するというのは至難の業《わざ》なんですからね。約束して――リヨンに戻るまでは無理をしないって」

「週末まで忙しいのはきみもわかってるだろうが」と彼は言った。

彼女は答えなかった。答える必要がなかった。

「アムステルダムからは家に直行するよ。約束する」

「もう充分でしょ？　引退なさい」

その朝、それはひとつの明らかな選択肢だった。三十年インターポールで働き、出世もする中、ポアンカレの休日はほぼことごとく本部からの特別の要請で遅らされたり、妨げられたりしてきた。何年もまえになるが、こんなこともあった。マリアナ海溝ほどにもリヨンから離れたパタゴニアのある川の流域にいたときのことだ。地元警官が馬に乗ってやってきた。フランスに帰国したらその足ですぐに、絵画の盗難事件でブエノスアイレスから派遣されている警察官と話し合ってほしいという要請だった。「リヨンの本部からテレックスが届きまして」と地元警官は帽子を手に、一家の休暇を妨げることをいかにも申しわけなさそうに言った。ポアンカレにはその要請を拒絶する気はさらさらなかったが、クレールはちがった。夫とは対照的だった。伝令の警官を殺すかわりにまだ幼かったエティエンヌの両耳を両手で覆うと、夫のほうを向いて言った。「わたしたちはもっと文明から離れるわけにはいかないの、アンリ？　次は北極を試してみる？」

北極に行っても変わりはなかっただろう。インターポールはポアンカレを戦略的に使っていた、休暇中であろうとなかろうと。彼は西ヨーロッパおよび南北アメリカの保安部門で、実に見事に歳を取った捜査官だった。肉体的に失われたものはあったとしても、それを補って余りある勘を身につけていた。彼には犯罪者の行動が予測できた。あたかも彼自身が追われる者であるかのように。また、彼の堅忍不抜の精神はもはや伝説となっていた。バノヴィッチの捕獲はその一番新しい一例にすぎない。

しかし、堅忍不抜の精神には代償がともなう。今日のような日にはもっと負担の少ない仕事に就くように心臓に訴えられ、実際、退職を考えなくもなかった。

引退してフランス南西部のドルドーニュで余生を過ごすのだ。が、それはまだできなかった。今はまだ。なぜなら、そもそも不可解にも彼を警察の仕事に惹きつけた問題の答がまだ出ていないからだ。あらゆる意味ですばらしいこの世界にバノヴィッチのような憎しみが存在することをどう考えればいいのか。ポアンカレはその答をまだ見つけられずにいた。

そして、事件は常に世界に存在した。

2

パオロ・ルドヴィッチは鞭《むち》のように強靭《きょうじん》な男だ。ミラノの国家中央事務局から出向している彼は、アムステルダム中央局でポアンカレに会うと書類を渡し、前口上を省いて言った。「事件です。あなたがハーグに行っておられるあいだに、ヘーレン運河沿いのホテルの最上階が爆破されました」

「どんなに疲れていようと、仕事は待ったなしだな」とポアンカレは言ってファイルを開いた。

「世界貿易機関の会議と関係があるのかどうかはまだわかっていません。ただ、標的となった犠牲者はジェームズ・フェンスターという数学者で、金曜の朝の会議で講演をすることになっていました。終身在職権を持つハーヴァードの数学の教授です。本人はプリンストン大学と大学院の出《で》ですが。妻はおらず、扶養家族もいません。生まれはニュージャージー。政治的な偏《かたよ》りはありません。取り立てて言うほどの借金もなし」

ルドヴィッチはポアンカレが買ってきたコーヒーをひとつ受け取ると、オランダの警察から借りている警察車両に乗り込んだ。「いずれにしろ、その部屋の宿泊者名簿に記帳されていたのはフェンスターだけで、彼の遺体はまるで焼きすぎたローストビーフみたいでした」

ポアンカレは眼を閉じた。

「年齢は三十……なんてこった、おれと同い年だ！」

「少しは役に立つ情報を言ってくれ、パオロ」

「わかりました。歯科記録はボストンからファックスで送ってもらうことになってます。フェンスターの研究室と自宅はマサチューセッツの警察がすでに保全していて、こちらの彼の遺体の残留物と比較できるよう、

DNA鑑定用のサンプルを採取中です。でも、犠牲者が誰であるかは明らかですね。ホテルの従業員の証言から、フェンスターが爆破の二十分前にフロントで4E号室の鍵を受け取ってることがわかってるんです。ロビーのビデオカメラにもフェンスターが九時四十一分にホテルに戻ってきたところが映っています。4E号室が爆破されたのが十時三分」ルドヴィッチはそう言って、車のエンジンをかけた。「念のために言っておくと、爆破に使われたのは過塩素酸アンモニウムです」

「なんだ、それは《ケ・ス・ク・セ》？」

「ロケット燃料」

パオロはアクセルを踏み込むと、ルノーをプリンスーヘンドリカデ通りに乗り入れた。まるでF1グランプリのコースに出るかのように。そこですばやくブレーキを踏み込み、自転車を漕いで道路の真ん中を走っていた老人をよけた。ポアンカレの手の中のカップからコーヒーがこぼれた。

彼は思わず立ち上がりかけ、膝に広がったコーヒーのしみを見た。「パオロ！」

「コーヒーじゃないですか。大騒ぎしないでください。すぐ落ちますよ」ルドヴィッチはクラクションを鳴らすと、ギアを入れ直した。「クリーニング代はおれが出しますから」

ポアンカレは苛立ちを隠そうともしていなかった。が、ルドヴィッチはそのことに気づいてさえいなかった。気にするなど言うに及ばず。ポアンカレはむっつりとグラヴボックスからティシューを取った。ただ、ひとつよかったのは、ショックのためにアドレナリンがどっと出て、心臓をリズミカルな鼓動に戻してくれたことだ。ポアンカレは念のために脈を計った——ドク……ドク……ドク、正確なメトロノームになっていた。ティシューをズボンのしみに押しあて、自分に言い聞かせた。結局のところ、この男は充分役に立っているのだ、と。ただ、今回も現場に着いたら、抑えの利かない小学生のような振る舞いをするのはまずまちがいなかった。

そんなルドヴィッチに対して何ができるか。ルドヴィッチはある意味でポアンカレの秘蔵っ子だった。ルドヴィッチが今回の任務に就いているのもポアンカレが求めたからだ。それでも、彼に対処するには全面的に彼を受け容れるか、全面的に拒否するか、そのどちらかしかないことに変わりはなかったが。ルドヴィッチというのは何事もただひとつのスピード——早送り——でしかできない男で、彼の代謝はハチドリのそれに匹敵した。ごく普通に日に十八時間働き、彼の軌道にまぎれ込んでくる全員の効率性を煽《あお》った。食べるのも速く、しゃべるのも速く、結論にすぐに飛びつく。それもたいていは正しい結論に。ガールフレンドを取っ替え引っ替えし、寛大なポアンカレもそれには驚かされることがしょっちゅうだった。

ハンサムな男ではある。たいていが同じような印象を与え、度しがたい自信家に見える雑誌向きの二枚目ではなかったが、彼が部屋にはいってくると、誰もが気づいた。フェデリコ・フェリーニの映画に出てくる登場人物のように、コートを肩に羽織って着るのが好きで、ポアンカレとしては原則的にイタリア人にだけ赦《ゆる》せる服飾センスをしていた。ただひとつ気がかりな欠点は、自分は不死身とでも思っているのか、なんの根拠もない自信から危険を——ときに愚かに——冒しすぎることだ。ふたりが初めて会ったのは二年前、マルセイユでの任務のときのことだ。ルドヴィッチは傲然と直接命令を無視した。防弾ベストも隠しマイクもつけず、武器も持たず、ただ〝話す〟ために麻薬密輸業者が泊まっているホテルの部屋にひとり乗り込んだのだ。ホテル自体は防護バリアを盾にした二十名を超える警察の特殊部隊によって包囲されており、狙撃手が照準鏡越しに見守る中、ルドヴィッチは逃亡犯とおしゃべりをしたのだ。そして、一時間後、またひとりでホテルから出てきて、状況報告を求められると答えたのだった。「やつはピザとマ・ドゥ・グルゴニエを一本要求している」と。現場の指揮官は部下にピザを買いにやらせ、ワインもどうにか調達した。逃亡犯はピザを食べ、ワインを飲んだあと、窮地の脱出法を見誤り、ひとりの狙撃手が放った一発の銃弾に頭を撃ち抜かれて息絶えた。そもそもルドヴィッチがイタリアのブリンディジで密輸経路を見つけ、インターポールのリヨン本部を通じてマルセイユで計画された逃亡犯の〝歓迎会〟だった。その〝歓迎会〟も終わり、ポアンカレが自己紹介しようとルドヴィッチに近づくと、運搬用容器を逆さにして腰かけ、逃亡犯が食べ残したピザを食べていたルドヴィッチは言った。「これ、食べたからって鑑識班は怒りませんよね？」

　ポアンカレはいっぺんで彼が好きになった。

「被害者の講演のタイトルは……ちょっと待ってください」ルドヴィッチは混み合った車のあいだを縫うようにして運転しながら、ポケットをまさぐってメモを取り出し、読み上げた。が、そこでまた急ブレーキを踏まなければならなかった。今度はティーンエイジャーが歩道からいきなり車道に飛び出したのだ。その拍子に持っていたフライドポテトとマヨネーズを道路に落とした。パオロは窓を開けると、フライドポテト代の金を放り、少年に向かって、まえを見て歩けと呼ばわった。そのあとポアンカレのほうを向くと、続けて言った。「〝単一世界経済の数理的不可避性〟」また走りだしたのは少年が車のボンネットを拳で叩いたあとだった。「単一世界経済の不可避性？　フェンスターは世界貿易機関のお気に入りだったんでしょう。いずれにしろ、被害者がこの市《まち》にいたのはそのためです」

　ふたりは、市《まち》の黄金期に在住した肥ったオランダ商人が、何世代もの鳩の糞にまみれた本を握りしめて、台座の上に立っている広場を通り抜けた。「いったい誰が」とポアンカレは言った。「数学者なんかを殺すんだ……通常の動機――金銭トラブルとか情痴とかを除くと？」数ブロック進むと、よく肥った別の市民が睥睨《へいげい》する別の広場の近くでさらに渋滞がひどくなった。その彫像の下で――警察のバリケードに狭められた矩形のスペースの中で――抗議者の一団が唱えていた。「世界貿易機関《WTO》……ノー！ WTO……ノー！」ポアンカレは彼らが掲げている横断幕を見た。引き出しが開いたキャッシュレジスターが股を広げて、地球の上で踏ん張っている戯画がベッドのシーツに描かれていた。本来金があるべきところで第三世界というラベルが貼られた貧しい農民が身悶えていた。罠にかかったクマのように。

ルドヴィッチがアクセルペダルを踏み込んで言った。「誰が数学者を殺すのか。それってほかの数学者なんじゃないですか？ 彼らだって同業者の成功を死ぬほど妬《ねた》んでるにちがいない。でも、それより人を殺してまで世界貿易機関の会議を妨害しようとするのはどういう人間なのかということを考えるべきなのかも」そう言って、彼はギアをシフトダウンして角を曲がり、断続的に光を放って走る緊急車両の一団を指差した。

ポアンカレは運河越しに丸石敷きの狭い通りを見た。その両脇にはレンガ造りの建物がぎゅっと実のつまったトウモロコシのように、文字どおりひしめき合っていた。数世紀前まではどれも倉庫だった建物で、その多くが物資を上階に運ぶための貨物用エレベーターを備え、切妻屋根はたいてい鐘や階段や樋《とい》といった形のレンガ細工で隠されていた。が、ひとつだけそんな凝った外観を持たない建物があった。その建物は屋根が吹き飛んでいた。

ルドヴィッチが顎を引きしめるようにしてうなずき、車を停めた。「車ではいれるのはここまでです。ここからは歩きです」

3

ヘーレン運河通り三四一番地でポアンカレを待っていた〈アンバサード・ホテル〉は、すぐには理解しがたい姿を呈していた。というのも、破壊は最上階の一室だけにかぎられていたからだ。まるで巨大な爪が雲から降りてきて、切妻屋根と一緒にその部屋だけをもぎ取ったような恰好だった。あとにはおぞましい穴がぽっかりと残され、なにやら巨大な芸術作品のように見えなくもなかった。最初のひと切れだけ慎重に取り去ったケーキさながら、両脇の部屋も真下の部屋も無傷だった。通りには砕けたレンガや屋根のタイルや、古い商船の船体にでも使えそうな太い梁などに交じって、犠牲者の身のまわり品が散乱しており、そのすべてに証拠番号が振られていた——ソックスの片割れ、レンズの割れたサングラス、アメリカ製の歯磨きのチューブ、ぼろぼろになったシャツ。ポアンカレはそれら日常生活の残留物からも、左手二十メートルほどのところでブルーの防水シートを掛けられて横たわっているものからも眼をそむけて思った。

ただひとりの男を殺すのにこれだけのことを？

消防隊は現場を悪臭の立ち込める水浸しの無秩序状態にし、すべてを自分たちの活動に巻き込んでいた——車もホテルそのものも爆破された建物の破片もすべて火を消すために汲み上げられた運河の水にそぼ濡れていた。ポアンカレはブルーのオーヴァーオールを着てラテックスの手袋をはめた男が、消防士のひとりとやり合っているのを眺めた。

「鑑識班が怒るのもわかります」いきなり女の声がした。「消防隊は延焼を防ぎはしたけど、証拠をすべて水浸しにしたわけで」

そう言って、ジーゼル・デ・フリースは形式張ってポアンカレに握手を求めた。オランダの国家保安機関がインターポールとの連絡係に任命した地元の捜査官で、ただひとりポアンカレが自分で選んだわけではないメンバーだった。インターポールの捜査官には逮捕権はない。どんな捜査もホスト国の地元および国家警察をあくまで補佐する形でおこなわれる。そのことはインターポールの憲章に厳格に謳《うた》われている。デ・フリースはすでにその厳格さでポアンカレを印象づけていた。データ収集の仕事を頼めばいつも期限前に仕上げ、ただ情報を集めるだけでなく、多角的な分析までやってのけた。机は常に整理整頓され、服装も常に丁寧にプレスされたものを身につけている。靴は先の四角い〝賢い〟ものしか履かなかった。ただ、赤毛の髪だけは長く、首のあたりでゆるく留めて背中の中ほどまで垂らしていて、そのことはどこかしら彼女の豊かな内面を思わせた。

「事情がわかっていなければ」と彼女は言った。「誰かがあそこからレーザー砲でホテルの一室を抉《えぐ》り取ったとでも思うところですね」そう言って、野次馬が集まっている運河の反対側を指差した。

それから写真をポアンカレに手渡して言った。「十分前に警察のヘリコプターから撮ったものです。爆破状況は建物の両側とも同じで、ここに——洗面台の下に——仕掛けられた爆発物によるものと考えられます。矛盾点はありません」二枚目の書類で彼女はホテルの部屋の概略図を示した。「爆破時、フェンスターはこの洗面台の上に身を乗り出していたようです。遺体はとても識別できないほど損傷していますが、上体の残骸に磁器の破片が残されていました。それにこれ」彼女は黒焦げになって濡れている木片を取り出し、自分でもにおいを嗅いでからポアンカレのまえに差し出した。ポアンカレは顔をしかめた。

「過塩素酸アンモニウム」と彼女は言った。「信じられないかもしれませんが、ロケット燃料です。閃光のように燃えて、ある条件のもとで爆発します。爆破犯がC4号室にそれ相当の量を使っていたら、ブロックがまるまるひとつ吹き飛んでいたでしょう。実際の話、見事な仕事です」

職業柄、ポアンカレもこれまであらゆる爆発物が使われた現場を見てきた。が、今回のような現場は初めてだった。地球の重力に重量のある物体を逆らわせること以外の目的でロケット燃料が使われた現場を見るのは。「珍しいケースだな」

「ええ、確かに」とデ・フリースは言った。

「いずれにしろ、残留物を集めよう」とポアンカレはもう一度黒焦げの木片のにおいを嗅いで言った。「サンプルをここの地元の科研に送ってすぐに分析してもらってくれ。それから欧州宇宙機関にも見てもらいたい。NASAにも。それで捜査の網を狭めることができるかもしれない」

「しかし、洗面台をのぞき込んで死ぬとはね」とルドヴィッチが言った。「何かそこに教訓《モラル》でもありそうな」

ポアンカレは防水シートのほうを見やり、また眼をそむけた。臆病さとは無縁の嫌悪だった。これまで死体は嫌というほど見てきた。それでも、心臓が止まったからといって死体をただの肉の塊と見なすことがどうしてもできないのだ。世の中には〝生《せい》〟と〝生でないもの〟がある。クレールがときに自分の仕事から顔を起こし、彼に笑みを向ける。それが〝生〟だ。一方、これは〝生でないもの〟だ。死。一方に驚きを覚えれば当然もう一方にも驚きを覚えるものだ。だから、この焼け焦げになった死体に対しても、ポアンカレは何も感じないということができないのだった。いずれしかるべき感知装置をシャットダウンして、亡骸《なきがら》に接することになるにしろ。

「モラル？」という陰気な声が道路の高さより階段三

段分低くなっているホテルの出入口から聞こえてきた。その声の主、セルジュ・ローランはルドヴィッチの肩に手を置くと言った。「お若いの、ここのモラルは〝清潔は敬神に次ぐ美徳〟。それだよ」

公私ともに秘密を共有できる、ポアンカレの一番の友は時計を見て続けた。「爆破からすでに三時間近く経っているが、ホテルのフロント係はまだ震えてる。そんなありさまで、新しいおむつと鎮静薬の注射が必要な状態なのに、デスクを離れようとしない。見上げたプロ根性だな」

ポアンカレは、ローランがポアンカレのズボンにできたコーヒーのしみを見ているのに気づいた。が、さすがにローランも〝水の管理〟と老齢に関する軽口は思いとどまったようだった。ふたりともこれまでインターポールでキャリアを積んできたあいだながら、性格はまるでちがっていた。事件へのアプローチのしかたもまったく異なり、そんなふたりが親友同士というのは、まず誰にも予測できないことだろう。迫りくる力に対して、いわば精神的な柔術を用い、サイドステップで面倒をかわし、ことのなりゆきを見つつ相手を観察するのがポアンカレなら、ローランはなにより正面衝突することを好んだ。もし彼が物理学者だったら、原子を破砕することを専門にしていたかもしれない。彼には三度の離婚歴があったが、彼の結婚生活はそもそも彼のそうした気質に運命づけられていたと言えた。

「現場をこんなにしちまったことで、鑑識の連中は今にも消防隊に殴りかかりかねない勢いだ」とローランは言った。「実際、ここから証拠を取り出すのは至難の業《わざ》だろう。それでも早くもひとつ立派な仕事をしてくれた。部屋のドアのノブと窓の開閉クランクに残っていた指紋がルームキーに残っていた指紋と一致した。その指紋は犠牲者の左手の親指と右手の人差指の残骸からわかった指紋とも一致した。訊かれるまえに答えておくと、それが唯一発見できた指だ。あとはゼリー状になるか、運河に吹き飛ばされたか。胴体はあの木の上に乗っかってた」彼は指差した。「脚の一本は自転車に乗ってたやつを直撃した」そこで手帳を閉じてつけ加えた。「おれが死ぬときには頼むから五体くっついたまんまで死なせてくれな」

　ヘーレン運河の向こうでは野次馬の数がさらに増していた。建物の窓から見ている者もいた。「よし」とポアンカレは言った。「矛盾しない指紋が検出できたからといって、それで身元が百パーセント判明したわけじゃない。身元確認のためにはほかに何をしてる？」

「ボストンからデータが明日の朝届くことになってる」とローランが言った。「そうだ、忘れるところだった」そう言って、彼は証拠保存用の透明のビニール袋を取り出し、屋根の梁《はり》が落ちてきて車体がひしゃげているベンツのボンネットの上に置いた。その中には写真がはいっていた。「フェンスター——被害者の指紋がいっぱいついてる」全員がその写真のそばに集まった。

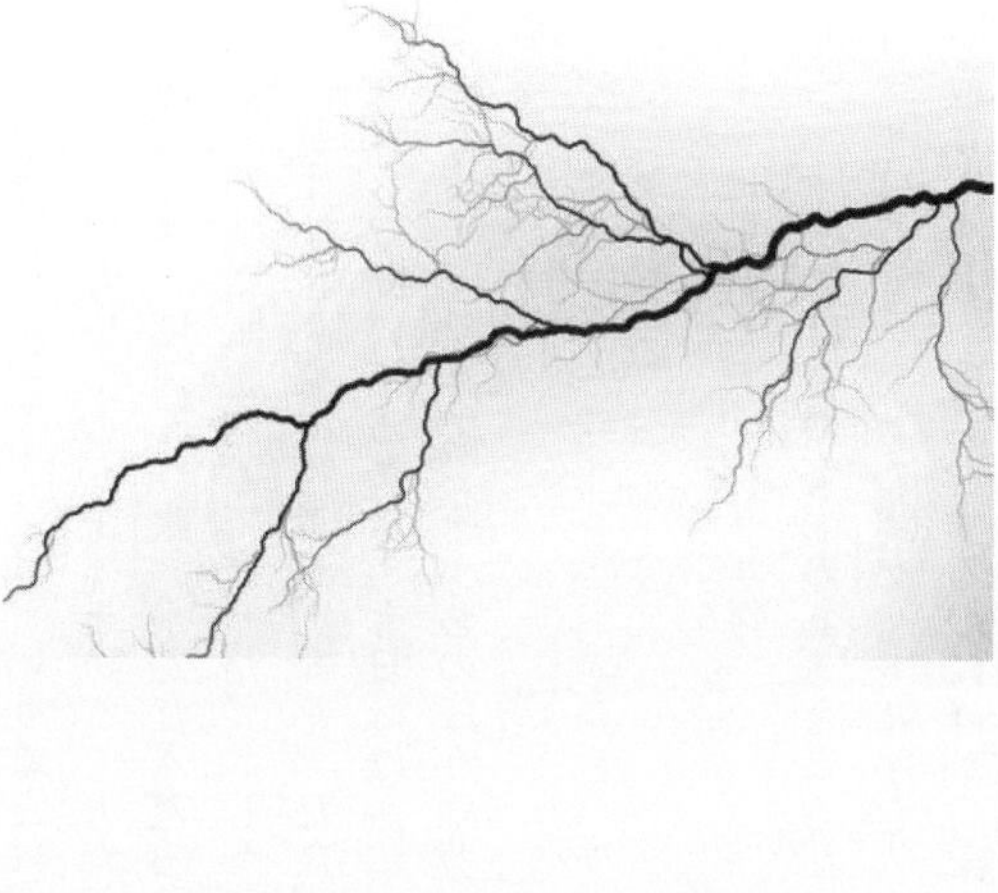

いっときが過ぎ、ローランが言った。「どうした、みんな。誰も参加しなきゃ、ゲームにならない。この写真の裏にキャプションがある。当てたやつに二ユーロ進呈しよう」

ルドヴィッチが最初に言った。「山岳地帯の尾根。先週イタリアに帰るのにアルプスを越えたときに見えたのがこんな感じだったな――中央に一番高い尾根が走っていて、それが枝分かれしてる感じですね」

「ジーゼルは？」

「血管の造影図。母が脳卒中で倒れたとき、医者に見せられたスキャン画像がこんなふうでした。そう、血管だと思います。同時に川の本流と支流のようにも見えますね。あるいは、植物の根とか」

「ちがうね。アンリは？」

「もういいだろう、セルジュ」

ローランは写真を裏返し、キャプションを読み上げた。「稲妻。そのネガだ」さらに続けた。「〝シリーズ3、図A、WTO講演〟。シリーズ3ということは、まだほかにも見つかってないものがあるということだろう。おそらく爆破でさらに遠くへ吹っ飛んだんだろうな」彼はホテルの惨状に眼を向けて言った。「しかし、これでよくほかにひとりも犠牲者が出なかったな。そうそう、みんなはもう聞いてるかな。今日はほかにも爆破事件があった――ミラノで。そっちのほうは昔ながらのダイナマイトだ」

「ミラノで？」とルドヴィッチが言った。「ミラノのどこです？」

「ガレリア・ヴィットリオ・エマニュエレ」

「なんですって……」そこは彼の実家のあるところだった。ルドヴィッチはジャケットのポケットに手を入れて携帯電話を取り出すと、電話をするのにほかの三人から離れた。

「そのミラノの犠牲者は六人」とローランは続けた。「ローブをまとった男が、神よ、世界を癒したまえと叫んで、そのあと自分も吹き飛ばした。このアムステルダムの事件には宗教的要素はまったくないと思うが」

デ・フリースが書類をめくって言った。「ローブをまとった人物に関する記載はいっさいありませんが、調べてみます。でも、この稲妻のネガ写真はフェンスターの講演に関するものなんですよね？　彼はグローバリゼーションに関する講演をすることになっていた。いったいどんな関係があるんでしょう？」

ローランは笑みを浮かべて言った。「ジーゼル、ダーリン、われらはそれを謎と呼ぶ」

4

考えをまとめようと、ポアンカレは床一面に夕陽が射し込んでいるベーカリーにはいった。店は静かで、二脚のテーブルがその小さなスペースの大半を占めていた。ショーウィンドウに並べられたフルーツタルトとクッキーに惹かれてその店を選んだのだが、正しい選択だったかどうか。女店主の接客のしかたがオランダ流もてなしの典型で、ポアンカレは彼女から注意を向けられることが段々息苦しくなってきた。まず彼が長かった午後のあいだに書いた捜査ノートを読み直しはじめると、彼女は汚れてもいない彼のテーブルを拭きにきた。さらに彼のすぐ脇にある棚に並べられたチョコレートの配置をわざわざ換えた。次いで床の拭き掃除を始めた。彼に席を移動することさえ頼んで。それでもポアンカレがその店にいつづけたのは、その界隈でそこが唯一のコーヒーショップで、彼には何か温かいものを注いだカップを手に坐る必要があったからだ。

「エスプレッソを三杯も？」と彼女は訊き返した。

「ほんとうに？」

しかし、ポアンカレとしては彼女に邪魔をされて、むしろ感謝するべきだったのかもしれない。なぜなら、今日見たものはあまりに不可解だったからだ。この謎を解明する最短コースはむしろ事実をすべて忘れ、心があちこちをさまようのにいっとき任せたほうがいいのかもしれない。少なくとも、その女店主は彼がひとつの考えを別の考えにつなぎ合わせる邪魔だけはしてくれた。

「これを死体と呼べるかどうか」と彼は四十分たらずまえに検死医に言っていた。午後ずっとホテルの部屋の残骸を調べたり、高い木に引っかかった靴の片方を回収しようとしていた消防士を手伝ったり、磁器の破片を携帯顕微鏡で見たりしたのち、ハザードスーツを身につけた男たちが被害者の残骸をシャベルですくって死体袋に入れる段になって、ようやく面と向かい合う決心がついたのだった。その間、被害者の遺体が心を離れることは片時もなかったのだが。

「火がからむと、どうしても厄介になりがちね」とドクター・ギュンターは認めて言った。検死医として、彼女は現場での死体の管理をすべて任されていた。会うまえから、二十歩ほど離れたところからでも、ポアンカレには彼女が検死医だと見当がついた。彼女が嚙んでいたガムのためだ。検死医の多くが最後にはなんらかのミント中毒になる。解剖台からは朽ちていく死体の甘ったるい香りが漂っており、そんな中でのペパーミント・オイルのにおいはアルコールより毒性が少なく、いかにも単純明快なにおいに思えた。「でも、この人は苦しまなかった」とギュンターは言った。

「これから起こることがわかっていたら、顔をそむけていたでしょう。ここにもろに衝撃を受けています」

彼女は伸縮式のポインターで被害者の胸があった部分を指した。そこにはもう何もなく、脊椎《せきつい》が見えていた。

「肺も心臓もその他の内臓もありません。組織はすべて焼き尽くされています。また背中には爆破の衝撃による傷がひとつもありません。つまり、彼は体を反転させなかったということです」

ポアンカレは金属製のポインターの先端を見つめた。死体を無機質な解剖図と見なすことで、吐き気を抑えながら見た。「衝撃を目一杯受けた時点でもう死んでいた」

「そうですね」とギュンターは言った。「ガム、要《い》ります?」

彼は辞退した。

「日曜にわたしのオフィスに寄ってください。ふたりでファイルを見直しましょう。その頃にはボストンからDNAに関する報告も届いているはずです。こっちの科研の検査も進んでいるでしょう」彼女は防水シートを死体にかぶせた。「死は死です」普通の人間が落ち葉の山を覆うのに覚える程度の感情を込めて彼女は言った。「わたしは〝いかに〟を突き止めます。あなたは、アンリ、〝誰が〟〝なぜ〟を突き止めてください。それがこの人のためにわたしたちができるせめてものことです」

ポアンカレはベーカリーの窓越しにレンガを敷いた小さな中庭を眺めた。世界は死者に対してどんな借りがあるのだろう？　その答は一度出していた。二年近くをかけてバノヴィッチを追いかけていたときに。捜査ノートをちらりと見やり、その問いにまた新たに答えることになるのだろうと思った。「そんなにカフェインを摂《と》ると、眠れなくなりますよ」とエスプレッソとクッキーの皿を置いて女店主が言った。「スマトラ産の豆を使ってるんです。カフェインの強さを損なわないように一キロごとローストするんです。ほら——カフェインの強さは香りからもわかるでしょ？」彼女は深く息を吸った。「わかります？　わたしはその強さを和らげるのにクッキーを食べます。ほかに何もなければ。知ってました？」

ポアンカレはまだ手がつけられないままテーブルにのっているふたつの皿を示し、手を上げて言った。

「クッキーはもうけっこうです」

「でも、コーヒー一杯に三枚つくんです。さっき言いかけたことだけど、木曜のうちの特別サービスなんです。カップひとつにクッキー三枚というのがね。あそこに書いてあるけど、読まなかったの？」

そう言って、女店主はカウンターのほうを指差した。

「オランダ語は」とポアンカレは言った。「それほど得意じゃなくて」

「気にしないで。包みますから」

「いや、ほんとうにけっこうです」

「そうおっしゃらず。うちでつくってるんです」そう言って、彼女は彼のほうに身を寄せて最新作を示した。「これはファンテーヌ（『レ・ミゼラブル』の登場人物）というクッキー。この形、わかります？——ボンネットをかぶった若い女性の横顔です。やさしい娘なのに不当な扱いを受けました。だからレモンなんです。人生の酸っぱさを表わしたんです。また、彼女は怒ってもいます。トウガラシをちょっとだけ利かせたのはそのためです」

ポアンカレは立ちかけた。が、腕をつかまれた。

「わかりました、わかりました。これをカウンターに置いたら、厨房《ちゅうぼう》に引き下がりますから」

そう言って、女店主はカーテンの向こうに姿を消した。ポアンカレはテーブルの上に置いた新聞に手を伸ばし、経済欄を開いた。クレールとふたりでドルドーニュにブドウ園を買って以来、彼は自分たちの投資がまちがっていなかったかどうか確かめるのに、ロンドンとパリの株式市況をよくチェックしていた。クレールがパリとニューヨークの画廊を通じて毎年売っている絵の代金と彼の給料を合わせて、ふたりはリヨンにアパートメントを買い、長くエティエンヌの学費をまかなってきた。が、アパートメントのローンが終わった八年前のことだ。贅沢《ぜいたく》は望まなくとも静かな老後を思い描いたふたりは、ファイナンシャル・コンサルタントの忠告に逆らい、かなりきついローンを組んで、フランス南部のブドウ畑――それに雨洩りのする石造りの母屋《おもや》――を買ったのだった。いわば〝牧歌的な〟自分たちの将来を夢見てのことだった。しかし、それはなんとも無謀なことだった。ふたりの〝農業体験〟といえば、トマトを一鉢か二鉢、栽培したことぐらいだったのだから。それでも、その年のその休日、丘のてっぺんにあるその地所を午後いっぱい車で走り、ブドウ畑と遠くの川と古い村の景観を眺めて大いに田舎を満喫したふたりが、自らの愚かさを重々自覚しつつイエスという答を出すのには、十五分とかからなかった。毎日株式市況を見るたび、〈エアバス〉と〈住友金属〉の株価が彼の早期退職の可能性を大きくも小さくもしているのは、そのためだった。

新聞をたたんで、ベーカリーを出ようとしたところで、ひとつの小さな記事に眼がとまった。バルセロナで不良少年のカウンセラーが殺されていた。まだ若い女性で、彼女を雇っていた警察からは高く評価され、彼女に人生相談をした少年からは愛され、市からは表彰され、青少年の暴力防止のための国際会議でもよく知られた女性だった。そんな人物が殺された？　そのニュースがバルセロナだけにとどまらなかったのには、彼女の死体が発見された状況が少なからず関係していた。彼女は、コミュニティ・センターにある自分のオフィスで机について坐っているところを何者かに後頭部を銃で撃たれて死んだのだが、彼女のブラウスにマタイによる福音書の第二十四章第二十四節を記したメモがとめられていたのだ。

悪人どもを追いつづけて長い年月を経ながらも、ポアンカレには今でもまだ憤《いきどお》ることができた。今朝はすでに大量殺人で第一章を締めくくっていた。午後、また新たな殺人が第二章の幕開けになった。明日は……誰にもわからない。今日のような日にはもっと平穏な人生をあこがれないわけにはいかなかった。あこがれつつ、マタイによる福音書の第二十四章第二十四節を確認することと、ミラノの爆破事件に関するインターポールの資料をチェックすることを心にとどめた。見るかぎり、ともにイエス・キリストになんらかのアピールをしようとした事件のようだった。ともにヘーレン運河の爆破事件のあとに起きた事件ながら、ポアンカレはわけもなく関係がありそうな気がして、ミラノの事件では教授も数学者も殺されていないことを確かめておこうと思った。エスプレッソを飲み干し、ジェームズ・フェンスター、と胸につぶやいた。あともう少し熱が加えられていれば、彼の亡骸は火葬されたも同然の状態だった。

多すぎるチップを置いて店を出た。一週間降りつづいた雨がようやく上がり、ヘーレン運河のその一帯を覆う雲の合い間から陽の光が射し、平らで知られる市《まち》の立体的な部分をきわだたせていた。清々《すがすが》しいそよ風が西から吹いていた。その風は思考まで明晰《めいせき》にしてくれることはなくても、少なくとも雨の降らない何日かを期待させてはくれた。ポアンカレはポケットに深く手を突っ込み、満足とはほど遠いアムステルダム警察の主任捜査官とのやりとりを思い出しながら、〈アンバサード・ホテル〉に戻った。禿げ頭の小柄なその捜査官には戸惑わされただけだった。この事件を手放したがっていることをあまりに露骨に示されたのだ。

「確かに」とポアンカレもとりあえず捜査官に同意はした。「ロケット燃料が爆薬に使われるというのはあまりないことです」

「もとをたどると明らかにわれわれの管轄を越えます」これであと数インチ背が低ければ完全な球体になってしまいそうな体型の男は言った。「被害者はオランダ人ではなさそうだから、この二点からこの件は明らかにインターポールさんにお願いしたほうがよさそうですね。もちろん、いかなる支援も惜しみません……」それで決まりだった。この件はポアンカレに引き継がれたのではなく、放り出されたのだ、エアメールで。もっとも、それはそれで都合の悪いことではなかったが。インターポール本部のほうは、なにより過塩素酸アンモニウムの出所を突き止めたがっていたからだ。

ポアンカレが手帳に書いた〝やるべきリスト〟は増える一方だった。フェンスターの講演の内容については、明日のうちにローランが世界貿易機関のフェンスターとの連絡係に会って確かめてくれるはずだった。ポアンカレ自身はフェンスターの研究に関して調べようと思っていた。ルドヴィッチはすでに現在アムステルダムにいる抗議活動家を篩《ふるい》にかけ、聴取をしたほうがよさそうに思われる者たちのリストをつくってくれていた。デ・フリースもまた捜査を進展させていた。ホテルの宿泊者名簿から、フェンスターは過去十八カ月のあいだに少なくとも三度、マドレーン・レーニアという女性をともなって〈アンバサード〉に宿泊していた。ただ、今回の滞在には彼ひとりの名前しか書かれていなかった。レーニアなる女性を見つけなければならない。ホテルには彼女のパスポート写真のコピーが残っていた。

「支配人はフェンスターを知っていた?」とポアンカレはデ・フリースに訊いていた。

「そうです。リピーターの客の名前は努めて覚えるようにしてるんだそうです……それと宿泊台帳は過去二年間保管してあるようですが、これが最近二週間の分です」彼女はポアンカレにコピーを見せた。「ここ数日のあいだにチェックイン、あるいはチェックアウトした宿泊客全員にあたろうと思っています。時間はかなりかかると思いますが。あと、まわりのホテルの客の名前を入手するのには一日か二日かかると思います」彼女とは二時間前にそんなやりとりをしたのだが、それは二分前でもおかしくなかった。当のデ・フリースが運河の反対側から腕を振りながら彼のほうに足早にやってきて、ふたりは橋の真ん中で顔を合わせた。

「彼女はここにいます」

「彼女？」

「マドレーン・レーニア。フェンスターと以前〈アンバサード〉に泊まったことのある女性」そう言って、デ・フリースは振り返り、運河の反対側をまっすぐに指差した。「先週の水曜に〈ホテル・ラーヴェンシュプライン〉にチェックインしてました。今、その部屋にいます。フロント係の話では、二十分たらずまえに彼女にルームキーを渡したそうです」

5

ポアンカレは〈ホテル・ラーヴェンシュプライン〉のロビーを見て、子供の頃できるだけ近づかないようにしていた街角を思い出した。ディスプレーにひびのはいっているソフトドリンクの自動販売機がブーンという音をたてて、非常口をふさいでいた。頭上では一九四〇年代には用を足すばかりか、エレガントでさえあっただろうシャンデリアが光より影を多く供していた。壁紙は破れ、ポアンカレは物陰に誰かひそんでいないか思わず確かめたくなった。フロントデスクには髪を紫に染め、唇にピアスをしたティーンエイジャーが坐って雑誌を読んでいた。ポアンカレが近づいても顔すら上げなかった。それでも、彼がデスクの上にバッジをすべらせると、慌てて立ち上がり、あとずさった。

彼女のそんな様子を見てもポアンカレは少しも嬉しくなかった。が、自分ではどれほど若者に理解のある大人と思っていても、ルドヴィッチとデ・フリースにはさまれたポアンカレが威圧的な人物に見えるのはしかたのないことだ。ティーンエイジャーのフロント係はポアンカレのふたりの仕事仲間が持っている鞄《かばん》に眼を走らせた。ルドヴィッチが体の重心を右から左に移動させると、金属と金属が触れ合う音がした。

「これって爆破と関係ある？」とティーンエイジャーのフロント係はルドヴィッチに尋ねた。

「そうだ、お若いの」

デ・フリースがまえに出て言った。「あなたのまえにここにいた人の話だと、マドレーン・レーニアという女性が4Bに滞在しているということだったけど、まだいるかしら？」デスクの奥の空《から》のメールボックスがその答になっていた。レーニアはルームキーを持って部屋に戻っていた。

「支配人に電話したほうがいいと思うんだけど」とフロント係は言った。

ポアンカレは階段に向かいかけたルドヴィッチのコートをつかんで、フロント係に言った。「電話するのはかまわない。ただ、悪いけれど、われわれとしては今すぐ会いたいんだ」ルドヴィッチはまた行きかけた。が、ポアンカレはコートを放さなかった。

「これぐらいやっても面倒なことになんかなりませんよ」とルドヴィッチは言った。

ポアンカレは手を放した。四階まで駆け上がると、ルドヴィッチはジャケットの下のホルスターに差していた銃の安全装置をはずした。安全を期してドアの右側に立って、デ・フリースが三度ドアを強く叩いた。

そして待った。もう一度叩いた。

今度は足音が聞こえた。チェーンが掛けられる音がしてドアが開いた。最初は少し、そのあとさらに数インチ、チェーンが許すかぎり開かれ、ドアのへりとドア枠に縦長に切られた顔が見えた。分厚いレンズの向こうの血走ったグレーの眼、真ん中に窪《くぼ》みのある顎、青白い肌、長身。

「はい？」

「警察です」とデ・フリースがバッジをドアの隙間に挿し込んで言った。「ミズ・マドレーン・レーニア？」

女は黙ってうなずいた。

「〈アンバサード・ホテル〉の爆破事件のことでお訊きしたいことがあります」

レーニアはドアの隙間から見えるかぎり廊下をのぞいた。「そんなことのために三人も見えたんですか？ 捜査令状を見せてください」

「不審に思われるのはよくわかります」とポアンカレはまえに出ると、ドアの隙間に名刺を挿し込んで言った。「インターポールのリヨン本部に電話してもらえれば、われわれが怪《あや》しい者ではないことはすぐにわかります。今すぐ電話してみてください。あるいはアメリカ大使館にでも。あなたが納得されるまで待ちます。納得されなければ出直します。そう、令状はないんです」

ドアが閉まり、ボルト錠がかけられた音がした。ルドヴィッチがしかめつらをしてポアンカレを睨《にら》んだ。一時間前からルドヴィッチはレーニアを逮捕することを執拗に主張していた。爆弾魔は自らの作品を見て愉しむものであり、レーニアが泊まっているその部屋はもってこいの鑑賞場所というのが彼の論拠だった。くわえて、アムステルダムにいながら、フェンスターと一緒に丸焼けになるのを免れた。これまではずっとフェンスターと〈アンバサード〉に泊まっていたのに。なんとも妙ではないか。それでも、ポアンカレとの議論に負けて、任意の聴取ということで不承不承納得したのだが、今は苛立ちを隠そうともしなかった。「ティーセットを持ってくるんでしたね、アンリ。そうしていれば、ミス・レーニアもくつろいでくれて、みんなが幸せになったところで、彼女にジェームズ・フェンスターを殺したかどうか訊けたのに」

「彼女と容疑者とのあいだには相当な隔《へだ》たりがある」

「だったらごゆっくり」

「そのつもりだ」とポアンカレは言った。「彼女を脅《おど》しても何も得られない。逆に重要な手がかりを失うことになるかもしれない。実際のところ」――ポアンカレはデ・フリースを見やった――「私ならもっとドアをやさしくノックしていた。もちろん、こんなことはきみたちには要らぬ説法だと思うが」

ルドヴィッチは例によって自分に不都合な結論は無視した。もっとも、それはポアンカレが初めてマルセイユで彼に会ったときに称賛した彼のすぐれた資質のひとつでもあったが。それでも、この若者には半歩先を行きすぎてしまう癖があった。それ以上議論を続けるかわりに、ポアンカレはルドヴィッチを忙しくさせておこうと、ホテルの同じ階のほかの部屋を調べるよう指示した。デ・フリースはローランに電話し、彼とアムステルダムの警察から借りた刑事で、ホテルの玄関と裏口が固められていることを確認した。ドア越しに電話している声がとぎれとぎれに聞こえ、最後に受話器を架台に置いた気配があった。そのあと足音が聞こえ、チェーン錠とボルト錠がはずされた音がしてドアが開いた。

「アメリカ大使館に電話して、あなたがインターポールの捜査官であることが確認できました。彼らは大使館の人間がひとりもいないところでの聴取については難色を示しましたが、でも、あなたたちはここにいて、彼らはここにいないんですものね。あなたたちを中に入れるように言われました」

ひと仕事終えた猛禽《もうきん》の疲労。女からはそんなものが見て取れた。肌は蠟《ろう》のように青白く、ポアンカレはレーニアが着ているゆったりとしたセーターの袖をまくったら、注射針の跡がいくつも見られるのではないかと半ば本気で疑った。体を支えるようにドア枠にもたれた拍子にレーニアの眼鏡がドア枠にぶつかって傾いた。まるで眼鏡をかけていたことを忘れていたかのように。もしくは眼鏡をかけることにまだ慣れていないかのように。実際、似合っているとは言いがたい眼鏡だった。一方のレンズがもう一方よりかなり分厚く、グレーの両眼が見るからに不釣り合いだった。最近片眼を手術したのではないか。ポアンカレはそんな気がした。髪はまさに収穫を待つ麦畑の色だった。

「どうぞ」と彼女は言った。「寝室のほかにもう一部屋ありますから」

彼らは彼女のあとについて明るい照明の部屋にはいった。室内の調度品はホテルのロビーから想像されるよりはるかによく調《ととの》えられていた。向かい合って置かれたふたつのカウチ、書きもの机に電気スタンド、坐り心地のよさそうな読書用の椅子。見るかぎり禁制品や薬物を思わせるものは何もなかった。どういう理由があって彼女が今、消耗しきったような顔をしているにしろ、それは彼女自身の不品行のせいではなさそうだった。それでも、何かに叩きのめされていることにちがいはなかった。ポアンカレはその明らかな外見にはとりあえず眼をつぶり、聴き取りを始めた。「今朝の爆破事件のことはもう聞いておられると思いますが」

「わたしは外出していました。でも、あんなにひどいことになって、こんなにマスコミが騒いでるんですからね。気づくなというほうが無理です」

「事件に関してあなたは何を知っていますか、ミス・レーニア？」

「知っている？　途方もない……恐ろしい事件という以外にですか？　誰か怪我をしたんですか？」彼女の

声は葦《あし》のように頼りなかった。近くにいても耳をすまさなければならないほどだった。歳は二十代後半のようだった。が、近くで見るとそれよりずっと老《ふ》けて見えた。

「男性がひとり死にました」とポアンカレは言った。「あなたの知っている人です。われわれはそう思っています」

ポアンカレは注意深く観察した。彼が男の名を口にすると、レーニアは心の土台がひび割れたようなうめき声を洩らした。「単刀直入にお訊きします」と彼は続けた。「捜査は最初の数時間がきわめて大切なものでしてね。過去十八カ月のあいだに三回、あなたはフェンスター博士と〈アンバサード・ホテル〉に泊まっています——運河をはさんでこのホテルの真向かいにあるホテルに。それは事実ですか?」

レーニアはデ・フリースとルドヴィッチには眼を向けず、開き窓を見た。窓のすぐ外に入り組んだ木の枝が見えた。あとほんの数日で葉が芽吹きそうな枝だった。カーテンを揺らしているそよ風が近くの露店市で奏《かな》でられている音楽を部屋に運んできていた。こんなときでなければ、気持ちのいい夕べであってもおかしくなかった。

「ミス・レーニア?」

「わたしたちは一緒でした……はい」

「しかし、今回の訪問ではあなたはここに、フェンスター博士は運河の反対側に泊まった」

彼女は自分の体を自分で抱くと、上体を揺らしはじめた。

「ミス・レーニア?」

「わたしたちは婚約してたんです」と彼女は消え入るような声で言った。

「してた?」

「今はちがいます」

「それでもアムステルダムであなたは彼と会った?」

「死んだというのは──ほんとうなんですね？」

黒焦げになった骨以上に死を思わせるものもない。しかし、ポアンカレはそんなことまで彼女に話すのはひかえた。「苦しまなかったはずです」とだけ請け合った。「被害者はいっさい何も予期しておらず、即死だったというのが検死医の所見です」

彼女は黄色いチンツのカバーを掛けたカウチに坐っていた。鏡をうしろに、疵《きず》とコーヒーのしみだらけのテーブルをまえに。デ・フリースとルドヴィッチは少し離れて脇に立っていた。ふたりの頭上には重そうな屋根の梁が斜めに伸びていた。ポアンカレはレーニアと向かい合って坐っていた。安っぽい風車の壁掛け時計の振り子と風にそよぐ窓のカーテン以外、何も動いていなかった。「ミス・レーニア、フェンスター博士とは今回の滞在でも会ったんですか？」

「わたしがこっちにきた日に夕食をともにしました」

「そのあとは？」

彼女は首を振った。

「あなたがアムステルダムに来られたのは……？」

「わたしはアンティークの仕事をしてるんですが、アムステルダムはその仕事の拠点なんです。まえのときはそれにジェームズがつきあってくれたんです。今回はわたしのほうが彼を訪ねることになっていました。それで彼は〈アンバサード〉を予約したと言うんで、わたしはここにしたんです……爆破事件のことですが──あんなにひどいありさまなのに、亡くなったのはひとりだけなんですね？」

背すじを伸ばして坐っているだけで彼女はつらそうだった。ポアンカレは彼女の勾留を考えた。たとえそれが病院に入院させることであれ。「爆破のあった時間、ホテルの宿泊客はほとんど外出していましてね」とポアンカレは言った。「みんな仕事に出かけたあとだったんです。それだけは不幸中の幸いでした。それでも、犠牲者がほかに出なかったのは爆破の精度がきわめて高かったからです。ミス・レーニア、これがプロの仕業であり、フェンスター博士殺害を狙ったものであることに疑問の余地はありません。博士に恨《うら》みを抱いていた人間に心あたりはありませんか？」

レーニアはコーヒーテーブルをじっと見つめた。

デ・フリースがカーテンを脇にやり、灯火を映す運河を見てから言った。「あなた方がときを同じくしてアムステルダムに来たのは偶然だったんですか？　爆破見物にはこの部屋が特等席というのもやはり偶然だったんですね？」

レーニアはテーブルから眼を離さなかった。

「ミス・レーニア？」

レーニアはそこでいきなり怒りを爆発させた。「特等席？　よくもそんなことを！」

「でも、あなただって思うんじゃないかな。そんな偶然というのは——英語ではなんていうんでしたっけ？」デ・フリースは宙に眼をやった。まるで漫画の吹き出しのようなものが宙に浮かんでいて、そこに答を見いだそうとでもするかのように。「オランダ語でアフテルドフティフ——怪《サス》しげ《ピシャス》。そう、それね。少なくともわたしにはそんなふうに見える。彼は死んで、あなたは死ななかったということに疑問を覚える。これまではふたり一緒に〈アンバサード〉に泊まっていたわけなんだから……正直なところ、あなたも彼と一緒に死んでいてもおかしくなかった。婚約を破棄したのはどっちなんです、ミス・レーニア？」

質問の乱暴さにポアンカレはいささか辟易《へきえき》した。もちろん意味のある質問だった。が、彼としてはその答はあとでもっとおだやかなやり方で訊き出すつもりだった。婚約を破棄されてフェンスターを恨んでいたのではないか。レーニアは、そんなあてこすりに涙さえにじませて感情をあらわにしたものの、それでも気を静めると、デ・フリースではなくポアンカレに向かって言った。「彼の遺体はご覧になったのですか？」

「ええ」

「もしかしてわたしに遺体の確認を――」

ポアンカレはレーニアのことばを制して言った。

「いえ、まずまちがいはありませんから」

現時点で遺体の残骸に名札をつけられるのは鑑識班だけだった。が、そんなことを伝えるつもりはポアンカレには端《はな》からなかった。身を乗り出すと、両手を組み、じっとレーニアを見つめた。今は忍耐強いアプローチが肝心だった。が、とっくにしびれを切らしているルドヴィッチの不用意な質問をさえぎることはポアンカレにもできなかった。「あなたはこれまで爆弾に関わったことはありませんか、ミス・レーニア？」

聴取は始まったと思ったらもう終わっていた。それでも、ルドヴィッチはかまわずに続けた。「われわれは化学的残留物を探しています」レーニアの新たな涙にも容赦がなかった。「あなたの許可が要ります。でも、何も隠すものがないなら……」

レーニアは嗚咽《おえつ》の合い間に手を振ると――ろくでもない仕事はさっさとすませて出ていってくれと言わんばかりに――デ・フリースから差し出された書類にサインした。デ・フリースはラテックスの手袋をはめると、ジム用バッグからピンセットと円状の薄い脱脂綿をいくつか取り出した。そして、ピンセットを使い、脱脂綿を次々と取り替えて部屋のさまざまな表面を拭いた。その中にはレーニアのハンドバッグと旅行用鞄も含まれた。デ・フリースは使った脱脂綿をすべて証拠採取用ビニール袋に入れると、それぞれに慎重にラベルを貼った。ルドヴィッチは部屋全体を探索した。寝室とバスルームを調べているあいだは姿を消した。

彼らが自分たちの仕事をしているあいだ、レーニアは打ち沈んだ顔で身じろぎひとつしなかった。ポアンカレはこれまでに悔恨から涙を流す殺人者も、ついにやり遂げた安堵《あんど》に涙する殺人者も見てきた。現時点でレーニアの悲しみを正確に理解するのはむずかしかったが、それでも演技とはとても思えなかった。状況からすれば愚かなことながら、気づくと彼は彼女を慰めてやりたいという自らの思いと闘っていた。デ・フリースとルドヴィッチがほのめかしたとおり、恨みによる殺人だとしたら、これまたもつれた人の心の歴史の一ページを飾るだけの事件だ。が、ポアンカレにはなぜかそんなふうに簡単に説明できる事件とは思えなかった。

「こっちは終わりました」とデ・フリースが言った。同時にルドヴィッチも証拠採取袋をジャケットのポケットに突っ込みながら寝室から出てきた。ポアンカレは立ち上がり、レーニアのほうを向いた。彼女は、まるで掘られたばかりの墓穴から見上げるようにテーブル越しに彼を見上げた。

「つらい知らせをお伝えしました。お悔やみ申し上げます、ミス・レーニア」

しないわけにはいかない最後の質問をするのに五秒、いや、十秒でもあいだをおけば、いくらかは慎みのある態度ということになっていただろう。が、デ・フリースはそうした思いやりを示そうとはしなかった。彼女にとって相手の急所はそれ以上のものでもそれ以下のものでもなかった。「アムステルダムにはあとどれぐらいおられるんですか、ミス・レーニア？」

レーニアは視線をまたカーテンのほうに泳がせた。

「あなたの滞在の予定です」とルドヴィッチが強い口調で促した。

「明日までです。明日ブリュッセルに発ちます」

「週末までこっちにいてください」ルドヴィッチはまるで交通違反の切符に記入するように気楽に何かを手帳に走り書きしながら言った。「お訊きしたいことがあとからまた出てくるかもしれないんで。ほかにご予定があったのならキャンセルしてください——大変申しわけないけれど」

「どうして彼があえてそんなことを言うのかという

と」とポアンカレは慌ててつけ加えた。「現時点ではわれわれには何もわかっていないからなんです。それであなたとは連絡がきちんと取れるようにしておきたいんです――今回の事件にいくらかでも関係のある人は誰であれ。それでこっちは大いに助かるんです」

「わたしはジェームズを殺したりしていません」

「ええ、採取させてもらったものがそのことをきっと立証してくれるでしょう。しかし、誰かがやったのです。われわれはわれわれで自分たちの仕事をしなきゃならない」

レーニアはいきなりカウチの隅に置いてあった大きな革の鞄に手を伸ばした。反射的にルドヴィッチがジャケットの中に手を入れた。ふたりのその動きが、まるでダンスフロアでパートナー同士がゆっくりと相手に近づきはじめた動きのように見え、ポアンカレはレーニアがそこまで愚かな女でないことを祈った。ルドヴィッチは射撃に関して徹底した訓練を受けており、至近距離から千メートルの遠距離の射撃まで、ポアンカレの知るかぎり誰よりすぐれた射撃手だった。そして、何事においても性急な男だった。それでも今は手をジャケットの中に入れたまま、じっとレーニアを観察していた。もし今ここでレーニアが銃を取り出せば、ルドヴィッチは即座に撃つだろう。その結果、彼女は指か手を失うことになるだろう。

彼女が出したのはカレンダーだった。

「週末までならこっちにいられます。仕事の打ち合わせは延期します。わたしとしてもあなた方のお役に立ちたいですから」

ポアンカレはそれまで止めていた息を吐いた。そのときだ。レーニアがなぜか問いかけるような眼を向けてきた。まるで何かをなくし、それは彼だけに見つけることができるものだとでも言うかのように。その表情があまりにも親しげで、あまりにも思いがけなかったために、ポアンカレはいっとき心も体も固まったようになった。彼女は奇妙に大きく見えるほうの眼で彼に問いかけていた。彼を観察してもいた。そんな彼女を彼も観察した。面長の顔にアーモンド形のグレーの眼。繊細な弧を描く高い鼻。薄い唇。動揺しきった顔を縁取る小麦色の髪。彼女はまさに痩せた幽霊だった。ことばにされない喪失と消耗に打ちひしがれた幽霊だった。そんな彼女が彼を見ていた。片時も眼をそらすことなく。彼のほうもさらに深く彼女を見つめた。

そこに殺人者の影はなかった。が、一方、どうしてこれほど冷静に話すことができるのか。もちろん、傍《はた》から人の悲しみは量《はか》れない。それでもだ。フェンスターは彼女のフィアンセだった。彼女の人生において感情の中心にいた人物だった。彼の死を悼《いた》む悲しみは本物としても、彼が殺されたことを知ったときのショックはそれとはちがって見えた。ポアンカレには、なぜか彼女のショックはもっとまえからのもののような気がしてならなかった。そう考えると、彼女が最初にドアを開けたときに受けた奇妙な印象の説明がつく。なぜか悲劇の最終幕をいきなり見せられたような気がしたのだ。デ・フリースがホテルの部屋のドアを乱暴に叩くまえから、彼が悲報を告げ、彼女の反応を観察するまえから、この女は〈アンバサード〉の爆破事件を悲しんでいたのではないか。

彼尋問者からの謎めいた無言の尋問は長くは続かなかった。レーニアは立ち上がると、三人を戸口まで見送った。明らかに自分ひとりで何かを決めたような風情があった。と同時に、彼女のほうから彼に訊きたかったことはもう訊いたとでも言いたげなところも。では、彼女に何を尋ねられたのか。ポアンカレにはまるで見当もつかなかった。

6

「パオロ」とポアンカレは運河を越えて吹き飛ばされたレンガの破片に手を伸ばしながら呼びかけた。爆破によってヘーレン運河の〈ホテル・ラーヴェンシュプライン〉側にある建物の何十という窓ガラスが割れていた。損害は数百万ユーロにもなるだろう――保険会社の悪夢だ。「ときには鋏《はさみ》のほうが手榴弾《しゅりゅうだん》より役立つことがある」

　ルドヴィッチはちょうど携帯電話をしまっているところだった。「なんですって、アンリ？」

　ポアンカレは言いかけたことを考え直した。世界貿易機関の会議は明日始まる。繊細さに関する指導はあとからでもできる。デ・フリースがレーニアを追いつめようとしたのをあえて止めなかったのは、デ・フリースとまた仕事をすることはないだろうと思ったからだ。が、ルドヴィッチにはもっと教えたかった。今回、この秘蔵っ子の性急な判断は尋問そのものを危うくした。その性急さのためにルドヴィッチはいつか命さえ落としかねない。ただ、それは今どうしても言わなければならないことでもない。そう思い直してポアンカレは言った。「彼女の部屋にあった残留物の検査結果はシロだろうって言ったんだ。彼女はフェンスター殺害に関与してないよ」

　ふたりは〈アンバサード・ホテル〉への近道になる石橋のほうへ向かった。遠慮なくものを言うルドヴィッチは、夜風に揺れる木の枝を見ながら抑揚のない口調で言った。「その結論はすべて彼女の眼によるものですか？　あのホテルの部屋であなたはどういう科学捜査をしてたんです？」

「科学じゃない」

「だったら、読心術講座を受けるにはどこにサインしたらいいのか教えてください。まったく、アンリ、あの女は知ってることを全部話しちゃいませんよ。それを否定するんですか？」

「いや、それは否定しない。しかし、だからといって彼女が犯人ということにはならない」

「逮捕すべきです」

「検査結果がクロと出たら、するさ。ジーゼル、結果は今夜じゅうにわかるのか？」

〈アンバサード〉のまわりに集められた瓦礫の山が、発電機につながれた照明具の明かりに照らされているのが運河越しに見えた。作業員が動物の死骸に群がる甲虫のように瓦礫の中で仕事をしていた。砕けたレンガやガラスを艀《はしけ》に積み込んでいた。それらは運河をくだり、北海に捨てられることになっていた。損傷を受けた車はすでにレッカー車によって運び去られており、道路は朝のラッシュアワーまでには通行可能になりそうだった。

「もし科研の連中がわれわれの証拠を最優先項目にしてくれたら、今夜のうちに見られると思います」とデ・フリースは言ってつけ加えた。「この〝もし〟は大きな〝もし〟ですけど」

ルドヴィッチがポケットからふたつのビニールの証拠採取袋を取り出して言った。ひとつには歯ブラシ、もうひとつには熟した小麦色をした髪が何本かはいっていた。「これも科研に検査を頼んでくれないか？」

ポアンカレはそれを制した。

「どうして？」とルドヴィッチは言った。

「きみはいつからヨシフ・スターリンのもとで働くようになったんだ？」

ルドヴィッチは踵《かかと》を軸に体を半回転させて言った。

「それってジョークですよね？」

「いや」

「あの女の態度にはあなたも気づいたはずだ」そう言

って、ルドヴィッチはレーニアが彼らに部屋全体を示したときの手の振りを大げさに再現してみせた。「これって何もかも捜索していいってことじゃないんですか、アンリ。どの部屋を捜索してもいいってことじゃないんですか。書類にサインもしたんですよ」

「拘束状態で」

「ばかばかしい。あの部屋を徹底捜索しても合法でしたよ」

「あの書類はあくまで科学残留物に関するものだ。DNAではなく。そんなものは捨てろ」

「なんですって？」

「捨てろと言ったんだ」

ルドヴィッチは訴えるようにデ・フリースを見た。デ・フリースはゆっくりと髪のクリップをはずしてからふたりに言った。「そういうことは決闘でもやって決めてください」それからルドヴィッチに向かって言った。「アンリが正しいことはあなたにもわかってるんでしょ？　レーニアが同意したのは残留物検査だけよ。あなたの証拠はオランダの裁判所では認められない。たぶん北朝鮮でも。それでも裁判地の変更を申請する？」

ルドヴィッチはふたりから少し離れ、誰に向かってともなく大声をあげた。「くそ教条主義者たち！」そのあとポアンカレに言った。「わかるでしょ、これだから悪党がいつも勝つんです――あなたのような良心的な石頭がルールどおりにプレーするせいで」

ポアンカレはルドヴィッチの言ったことなど少しも意に介することなく言った。「これはむずかしいことでもなんでもない、パオロ。彼女のベッドの下を見ても、きみには過塩素酸アンモニウムというラベルが貼られた箱を見つけることはできなかった。で、びっくり仰天して、彼女のDNAを採取した。きみは違法な捜索《フィッシング》をしたんだよ」

「そのとおり。おれは魚を釣って《フィッシング》食いました。生存するのにそれよりもっといい方法があったら教えてください」

「私は人を逮捕するまえに事実を確認することにしている。これまでずっと。そういうやり方はきみの好みからすると古すぎるのだろうか？」

ルドヴィッチは冷ややかに笑った。

「可笑《おか》しいか？　きみはドミトリ・コーリッツという名を聞いたことがあるかな——三年か四年ほどまえのことだ。こいつは四ヵ国で人を素手で十二人殺し、死体を引き裂いた。異常者の中でも最もひねくれた部類のやつだろう。でもって、被害者の指やら内臓やら何やらがあちこちの郵便箱から発見された。どう考えても明々白々たる事件だった。なのに証拠が〝汚れていた〟せいで無罪放免になった。熱心すぎた捜査官のせいで。それは」とポアンカレはルドヴィッチの証拠採取袋を指差した。「汚れた証拠だ」

「そいつのことなら覚えてますよ。そのひと月後にブダペストでトラックに轢《ひ》き殺された。なんという偶然なんです、アンリ？　轢き逃げ犯は確かまだ見つかってなかったと思うけど」

ポアンカレは何も言わなかった。

「おれはどうせそんなことになるんだろうって思ってました。われわれは……どう言えばいいかな……その場でつくり上げるべきなんですよ。常識が求める何かを満足させるものを。それこそ常識というものだ。この女は何か知っている。だから、彼女のDNAはのちのち役に立つはずだ。でも、心配は要りませんから」と彼は言った。「あとで、だからあのとき言ったでしょうが、なんてことを言うのにおれはためらったりしませんから」

「DNAが欲しければ、まず令状を取ることだ」

「それじゃ時間がかかりすぎる」

「だからこそ、今夜彼女の聴き取りをすることにみんな同意したんじゃないか。きみも含めて。それは〈ホテル・ラーヴェンシュプライン〉に向かうまえに話し合ったことだ。忘れないでもらいたい。何が得で何が損か。令状を取ってから行くか、令状なしで行くか。われわれ三人で話し合ったのに、パオロ、きみはわが道を行ってしまった。彼女を追いつめすぎて聴取を台無しにした。犬も自分が寝るところには小便をしないものだ」

「わかりましたよ！」そう言って、ルドヴィッチはゴミの缶のほうに歩いていった。ビニール袋を持った手をわざとらしく体から離して。放射性物質でも運んでいるかのように。「アンリ、あなたはコーヒーのことでまだ怒ってるんですね？　でしょ？　クリーニング代は出すって言ったのに」

ポアンカレは〈アンバサード・ホテル〉のまえで、フェンスターが泊まった部屋のあった場所を見上げた。今はペンチか何かで建物からその部分だけ挟み取られたかのようになっていた。足元にフェンスターの片脚が着地した跡がチョークで楕円形に描かれていた。その輪郭を見るなり、ポアンカレは、この事件は自分が担当しようと強く思った。インターポールから正式な指令を受けようと受けまいと関係なかった。個人的なスイッチがかちりと音をたててはいったのだ。もちろん、公的な要請には応じなければならない。職権も捜査も国境をまたがなければならない事件なのだから。それでも、彼はなによりディテールに捜査意欲を掻き立てられるタイプの捜査官だった。その日の朝のバノヴィッチとの面会が思い出された。あの事件も二年前にボスニアのあの殺戮《さつりく》現場を訪ねたときにスイッチがはいったのだ。黒焦げになった男の死体はそんな彼の基準に充分適《かな》うものだった。人間の尊厳そのものを奪うような殺人は絶対に赦《ゆる》せない。

洗面台をのぞき込んで死ぬ。そんな死に方をして当然な人間などひとりもいない。

7

爆破後三日が経っても、オランダの警察もポアンカレの捜査チームもフェンスターの死と世界貿易機関の会議とを結びつけるいかなる理由も見いだせず、そのことはオランダ政府が会議の成功を宣する充分な根拠となった。通商担当大臣たちは何事もなかったかのように、閉じられたドアの向こうで話し合うと、華々しい声明に包まれた政策イニシアティヴを携《たずさ》えて部屋から出てきた。その序文が次のようにプレスリリースされた。

スーダンの農民の経済的健康はコロンビアの織工の運命と密に関わっている。インドやアメリカのコンピューター・プログラマーとも、世界各地の消費者とも。今日の通信手段、旅行、運輸の速度は、すべてを高揚させるか、すべてを水浸しにしてしまうかというひとつの経済的潮流を惹《ひ》き起こした。われわれが導こうと導くまいと、世界経済は今、ひとつの方向に向かっている。われわれ――先進工業国と発展途上国双方の代表はその方向を双方の利益に向けることで合意した。

会議の中でフェンスターの名が取り沙汰されることはなかった。予定されていた彼の講演も公表されることなく最後に代役が決まり、地元の大学教授が相互利益に及ぼす地球温暖化の影響を講義した。ポアンカレは爆破事件が公《おおやけ》の記憶から抹消されるさまを目のあたりにした。〈アンバサード・ホテル〉も保険会社から満足のいく補償がすぐに得られ、清掃と主要設備の修理を二日間集中的におこない、三日後には営業を再開した。さらに会議が終わる頃には、通りに面した側もきれいに塗装され、粉砕された部屋の修復も分厚い建設シートの陰で始められた。事件の後追い記事も第一面からアムステルダムの日常的な事件が載るページ中ほどのセクションに移り、日曜日にはそれもすっかりなくなった。実際のところ、ものの二十四時間で、〝爆破テロ〟がもっとおだやかな〝爆発事件〟に変容してしまっていた。オランダの警察はすでにフェンスターの死を犯人の猟奇趣味が昂じた単独のケースと見なしていた。著名人でもない数学者に向けられたこの攻撃は、オランダの利益を脅かすものでもなんでもなく、捜査機関が大がかりな捜査網を展開しなければならない事件ではなかった。それはポアンカレにも理解できないことではなかった。地元警察の仕事の優先順位としては、フェンスター殺害事件の解決より、観光収入に悪影響を与えるひったくり集団の取り締まりのほうが高いということだ。

日曜日の午後には、アネット・ギュンター検死医が、被害者はハーヴァードの数学者であることにまちがいないと宣した。彼女は二枚のレントゲン写真をライトボックスに挿し込むと、指差して言った。「わたしたちが今、同一人物の口の中を見ていることに疑いの余地はありません。三番と十一番と十四番に詰めものがしてあるのがわかります？　それとこの根管」彼女はその問題の個所を示すのに油性の色鉛筆を使った。「それから下顎の両側のこの骨の突起。きわめて特徴的です。この左の写真はフェンスターの掛かりつけのボストンの歯科医からメールで送られてきたものです――ハーヴァード大学の歯科部の先生でしょう。歯科記録は全部デジタル化されていました。近頃はどんな分野もそうだけれど。これらの詰めものはどれも別々の医者によって処置されたものです。だから、上手に詰められているのとそうでないのがあります。この二枚目の写真はわたしが昨日の午後引き延ばしたものだけれど、あなたの眼にもこの二枚が一致するのは明らかだと思うわ、アンリ」

ポアンカレがこの女検死医と会うのは爆破当日以来のことだった。ポアンカレと同じくらいの年恰好で、品のある女性だった。いかにも忍耐強そうで、体型はずんぐりと角張っていて二重顎。カールした髪をしたウィンストン・チャーチルといったところだ。チーズ店のカウンターかどこかのパーティで会っても、彼女が人の内臓に肘まで埋めて一日の大半を過ごしているとは想像すらできないだろう。が、検死官にありがちな、この世にくたびれ果てたような風情は少しも感じられなかった。明るさが自然と身についている女性だった。献血キャンペーンに積極的に取り組んだり、どこかの家に赤ん坊が生まれると、乳児用の毛糸の靴下を編んだりする気だてのいい近所のおばさん。ポアンカレはそんな印象を持った。昼間はたまたま死体とつきあっているだけで。「身元はもうまちがいないと思います」と彼女は結論づけた。「これを見て」そう言って、対《つい》になった二枚の図を彼の眼のまえに示した。それは明るい横縞にところどころさえぎられた数本の黒い垂直柱の図だった。

素人のポアンカレの眼にもその二枚の写真は完璧に一致していた。

「マサチューセッツ州の科研がフェンスターのアパートメントのトイレの便器に乾いて付着していた小便と、洗われないまま彼のオフィスに置かれていたコーヒーカップ、それに櫛《くし》にからまっていた毛髪と毛包を分析してくれたんだけど、それら三つのサンプルはどれも単一のDNAを示していて、わたしたちが被害者の大《だい》腿骨《たいこつ》から採ったサンプルと一致しました。それに、フェンスターのボストンのアパートメントとオフィスから採取した指紋も、こっちの爆破現場に残されていたものと一致しました。被害者はフェンスターにまちがいないわ」そう言って、彼女はオフィスの隅に置かれていた段ボール箱を指差した。サッカーボールがちょうどはいるくらいの大きさで、へりまで分厚いビニールシートが幾重にも重ねられ、しっかりと蓋がされていた。

彼女が何を指差したのかポアンカレにはすぐにはわからなかった。が、ようやくわかると彼は言った。

「火葬したんですか?」

「遺体は四分の一しか見つからなかったけれど。遺灰は明日アメリカに送ることになっています。わたしは今日はこれで店じまい。夫にポットローストをつくる約束をしちゃったもんでね。あと一時間以内に始めないと……」彼女は時計を見てから、机の引き出しに手を伸ばし、ペパーミントを入れた缶を取り出した。

「誰の許可を得て火葬したんです?」

その質問にはいささか難詰するような響きがあった。言ってすぐにポアンカレは後悔した。ギュンターは慎重に舌先にミントを二粒のせると、机の上をすべらせてミントの缶をポアンカレのほうに近づけた。ポアンカレは手を出さなかった。「マドレーン・レーニアという女性です」

ポアンカレはネクタイを直した。明らかに彼の判ミスだった。「彼女は容疑者でもあるんですよ」と彼は言った。

ギュンターは落ち着いたものだった。「一度こんなケースがありました。ある自殺死体の処理に三つの異なる要望が出たんです。ひとつは火葬を求めるもので、もうひとつは防腐保存処置を求めるもの。三つ目の要望は〝あんなクソ野郎、腐らせてくれ!〟でした。互いに争い合う人たちと死体のあいだに立つのは、わたしの貴重な時間の無駄づかいです、結論を言えば。通常の手続きを経るようにとは誰も言わなかった。でも、ここは墓地じゃないんです。わたしの仕事が終われば、死体はここから運び出されます、あっさりとね」彼女は最後のことばを強調するかのようにそこで指を鳴らした。「でも、あなたは怒っておられる……」彼女は机の上に置かれた書類の中からファイルをひとつ取り上げると、ページと写真をめくり、目的のページにたどり着くと、しばらく眼を通してから、ファイルごと彼のほうに机の上をすべらせた。「どこにもまぎれはありませんね。わたしたちは法に違反するようなことは何ひとつやっていません」

実際、ファイルのそのページに書かれていることはこれ以上ないほどきちんとしていた。ボストンのフェンスターの弁護士によって書かれたもので、十三カ月前に検認されたフェンスターの遺言書には、マドレーン・レーニアがフェンスターの遺言執行者であることが明記されていた。その弁護士が書いたものが正当なものであるとすれば――そのことを疑う理由はポアンカレにも何ひとつ思い浮かばなかったが――レーニアはフェンスターの亡骸をアムステルダムのダム広場の旗竿に吊るす権限さえ持っていた。そういうことがしたければ。

「フェンスターがここに書かれていることに同意したのは、ふたりがまだ婚約している頃のことだった」とポアンカレは言った。

「すばらしい。でも、そのことが何かわたしと関係があるんですか？」

「彼女はいつ火葬するようにあなたに指示したんです？」

「ゆうべです。あなたが今坐っている椅子に坐って。順を追って言えば、助手にハーヴァードの学長に電話させてフェンスターの弁護士の連絡先を調べてから、ミス・レーニアに連絡を取ったんです。そうしたら彼女はすぐやってきました。ついでに言っておくと」

「彼女はもうこっちにいたんです」

ギュンターはミントの缶を手前に引き寄せた。「そうだったんですか。それは奇遇ね」

ポアンカレはファイルをいったん閉じてからまた開

いた。ギュンターに見つめられているのがわかった。彼女が今や、解剖用の死体に示すのとまったく同じ冷めた関心しか彼に向けていないことも。苦い胆汁のようなものが咽喉元に込み上げてきた。彼はレーニアの心を完全に読みちがえていた。三日前、彼女は助けがなければ息をすることさえ一仕事のように見えた。そんな彼女が証拠の湮滅《いんめつ》を図ったのだ。「アネット」と彼は言った。「あなたは奇異に思わなかったんですか？　扶養家族もいない、完璧に健康な三十歳の男が遺言書を書きますか？」

「どうやらわたしにはあらゆる事実を疑ってかかる才能が欠如しているようね。あなたはお持ちのようだけど」彼女はデスクマットの皺を伸ばすと、フェルトの内張りのあるケースの位置を直した。その中には凝った意匠の万年筆がはいっていた。ポアンカレには、続き部屋のあるギュンターのオフィスが急に息苦しく感じられた。消毒液のにおいも、新たな〝利用者〟を待っているストレッチャーも。

「ひとついただけますか？」そう言って、ポアンカレはミントの缶を指差した。「遺体の受取人は誰なのか。あなたがそれを知っているなどということは……？」

「どうしてわたしが？　いいですか、フェンスターの両親はもう亡くなっています。親戚もいません。そんな彼がボストンの法律事務所の弁護士アシスタントに棺《ひつぎ》を選ばせることを望んだなんて思いますか？　彼の境遇を考えれば、三十歳で遺言書を書いてもなんの不思議もありません。わたしは二十二歳で書いたわ」

「それは検死官だからでしょうが。まったく」

彼女の肩の向こう、解剖室に抜けられる戸口越しに、助手が新しく運ばれてきた死体の内臓を持ち上げているのが見えた。助手は取り出した全部をスティール製の容器の中に放り込んでいた。これが命なのか？　ポアンカレはそう思い、さらに息苦しさを覚えた。

「あなたはわたしを責めている」とギュンターが言っ

た。「火葬してしまったことで」

「すんだことです。忘れてください」

「いいえ、忘れません。弁護士の指示は明確でした。レーニアの指示もね。申しわけないけれど、ポットローストをつくらなくちゃならないんで」彼女はコートを手に取ると、彼のほうを向いてむしろ慰めるような笑みを浮かべた。「元気を出して！　どっちみち遺体はあと数日で埋葬されてたんだから。そうそう、遺体が見たいってミス・レーニアに言われたことはもう話しましたっけ？　わたしはこの仕事を四十年近くやっています。それでも、心を動かされるというのはまだまだあるものです。わたしの基準に照らしてもフェンスターの遺体はぞっとするような遺体でした。だから、ミス・レーニアには見ないほうがいいとは言ったんです。でも、わたしがシーツを剝がすと、彼女は心底淋しそうな笑みを浮かべました。それから骨を手で撫ではじめました。赤ちゃんを沐浴《もくよく》させるように。それを見て、さすがにわたしも熱いものが込み上げました。そのことをあなたに明かす自分を恥ずかしいとも思いません。彼女はさらに自分の額をフェンスターのまだ残っている額にくっつけて何事か囁きました。ほんとうに彼を愛してたんですね。彼のいわば残骸まで。忘れろと言われても、そんな場面に立ち合ってどうして忘れたりできます？」


ポアンカレは通りに出ると、携帯電話を耳に押しつけて言った。「ジーゼル、頼むから検査結果が出たと言ってくれ」レーニアのホテルの部屋の残留物のスクリーニングは爆破の夜にはおこなわれなかった。アムステルダムの科研はほかのいくつもの事件の長い物証リストをこなすのに忙しくしており、彼らには甘いことばも賄賂《わいろ》も脅しも効かなかった。ポアンカレは三十六時間待って、それ以上待てなくなると、デ・フリースをハーグに、別の科研に遣《や》ったのだった。残留物の検査結果がクロと出ないかぎり、レーニアを拘束することはできない。実際のところ、世界貿易機関の会議中は、かぎられた人員の中、さまざまな仕事に忙殺され、ポアンカレはデ・フリースと適宜連絡を取ることすらできず、地元警察に協力を求めても無視されただけだった。爆破事件からいそいそと手を引きはしたものの、それでも協力だけは惜しまないと言っていた同じ刑事に。その刑事は十二時間経ってからポアンカレの電話に折り返しの電話をしてきた。それもただこんな台詞を吐くだけのために――どうしてこっちがそんな費用を負担しなきゃならないんだ？

ポアンカレに残された手段はひとつしかなかった。すなわち定期的にレーニアに電話することだ。何かあとから質問を思いついたふうを装って。それで少なくとも彼女の声が聞ければ、彼女がアムステルダムをまだ出ていないことがわかれば、いつでもその場で告知して拘束することができる。実際、その日の朝にも電話で話し、しかし、ポアンカレはいくらか警戒を解きはじめていた。しかし、検査結果が出ないことにはどうにもならない。その検査結果をデ・フリースがやっと手に入れた。「結果はクロでした。過塩素酸アンモニウムが検出されました」と彼女は言った。「スーツケースの中からと彼女のジーンズの前部とブラウスから。それで三十分前からあなたに電話してたんです――五分おきに。今デン・ハーグ駅発の列車の車中です。ホテルで落ち合いますか？」

彼はタクシーを停めた。「いや、さきに逮捕状を取ってくれ。きみが戻ってくるまで彼女の身柄は確保しておく」ポアンカレは別のところに電話し、その二十分後に〈ホテル・ラーヴェンシュプライン〉に着いた。ちょうどルドヴィッチとローランも車を降りたところだった。ロビーにはいると、このまえと同じフロント係――今日の髪の色は翡翠《ひすい》のような緑だった――がフロントデスクについていた。が、今回はポアンカレが乱暴にホテルの玄関のドアを開けると、若い女のほうからフロントデスクのまえに走り出てきた。

「だから電話したのよ」とティーンエイジャーのフロント係は訴えるように言った。「したんだって。あんたが置いてったふたつの番号に両方とも。あのお客さんは一時間半ほどまえにチェックアウトしたわ。だから電話したのよ。でも、つながらなかった。あたし、面倒なことになんかならないよね？」

「彼女はタクシーに乗ったのか？　それとも誰かが迎えにきたのか？」

「ただ歩いて出ていった……と思うけど」

「支払いはキャッシュだった」

「そう、高額紙幣だった。おじさん、どうして知ってるの？」

つまるところ、路面より階段二段分低い検死医のオフィスは墓場だったということだ。携帯電話の電波の。ポアンカレは検死医と会うことを誰にも話していなかった。携帯電話さえあれば連絡はいつでも取れる。それに不本意なレーニアの最初の聴取のあと、彼は単独行動をしていたのだった。フェンスターの事件の捜査はまだ正式にインターポールから任されたわけではなかった。だから〝正式には〟彼の失態とは言えなかった。それでも言うまでもなかった。記念碑的な大失態を犯したことは、彼自身が誰よりよくわかっていた。〈ホテル・ラーヴェンシュプライン〉の外に出るなり、ルドヴィッチに情け容赦のない皮肉を言われてもしかたがなかった。甘んじて受けるしかなかった。ローランがその証人となった。

「すばらしい、実にすばらしい。あの女は嘘をついた挙句、証拠を湮滅し、燃やしてしまい、犯行現場から姿を消した。でも、少なくとも、あなたは教科書どおりにやった。上出来、上出来！」

求刑どおりの有罪。ポアンカレにはレーニアの身柄を拘束する方法はもはやひとつしか残されていなかった。機械的で非効果的で絶望的なものしか。それでも、鉄道駅と空港の警備室にすぐに連絡を取った。法の公的執行機関が眼を光らせている場所にのこのこと姿を現わすほど、彼女が愚かな女であることを期待して。

デ・フリースはオランダの国境警備隊に手配を伝えた。ポアンカレはインターポールから赤手配書を取った。世界百八十八カ国の警察が彼女を見つけたら即刻身柄を確保するようにという国際逮捕手配書だ。が、レーニアは今後数週間オランダに潜伏するかもしれない。ポアンカレはそんな気がした。オランダの田舎で時間をつぶし、ほとぼりが冷めてから国外脱出を図る。それが一番ありそうなシナリオに思えた。

その日の午後遅く、ポアンカレはボストンのフェンスターの弁護士と連絡を取った。人あたりのいい男だったが、それでも簡単には情報を提供してくれなかった。「まず召喚状を取ってください。そうしたら話せますから」と弁護士は言った。「正確には彼女は私の依頼人じゃありませんが、それでも私はミスター・フェンスターただひとりを通じて彼女を知ったわけですから、弁護士・依頼人間の秘匿特権条項に抵触するおそれがあります」ポアンカレは召喚状を取る手続きだけはした。が、弁護士からどんな情報が得られるにしろ、それがいささか古い情報になることはわかりきっていた。レーニアが弁護士に伝えた連絡先など、電話番号にしろ、住所にしろ、とっくに変わっているだろう。例によって有能なデ・フリースが、レーニアはごく最近アンティークの商売をたたみ、住んでいたコンドミニアムも売り払い、クレジットカードもキャンセルし、定期預金口座の金も当座預金口座の金もすべてバハマの銀行に移していることを調べてきた。銀行口座自体はその数日後に解約されていた。デ・フリースはレーニアが転出先の住所をあとに残しているかどうかも確かめていたが、その結果を訊いても誰も驚かなかった。

ポアンカレが木曜日にレーニアを逮捕しなかったことは、聖職者や法学者なら称賛してくれたことだろう。聖職者は、ポアンカレが危険を冒してまでもレーニアに同情し、疑わしきは罰せずという恩恵を与えたことを。法学者は、法の正当な手続きを遵守し、のちの裁判での成果を危うくしたりしなかったことを。犯罪者ひとりを逃がしたほうが、法を蹂躙《じゅうりん》し、大多数の権利を危険にさらすよりはるかに高邁《こうまい》なことというわけだ。すばらしい。自分がただひとり責任を取ればいいだけのことだ。なんとしても見つけなければ。しかし、探さなければならない世界というものが、今のポアンカレにはとてつもなく広い場所に思えた。

8

レーニアの失踪はポアンカレの咽喉に刺さり、呑み込むこともできず、吐き出すこともできない骨となった。それが彼の生まれついての性格ということもあるだろうが、ポアンカレは自分の失態にはことさら注意深い容赦のない眼を向けることを心がけていた。なぜなら、自らの失態は自らを鼓舞してくれるからだ。父親がどのようなことをして日々の糧《かて》を得ているかがわかる年になった頃、エティエンヌがこんなことを訊いてきたことがあった。「パパはシャーロック・ホームズを知ってるの?」ポアンカレはただ笑って「そうだよ」と答えるしかなかった。あの偉大な探偵はごく親しい友達だと。しかし、苦痛なまでに不快な事実として、コナン・ドイルが生んだ碩学《せきがく》とは異なり、多くを凌《しの》ぐ成功を収めてきた彼にも失態はあった。彼自身、これまでの事件簿の中にそうした失態をいくつか指差すことができた。それらの失態は誰よりも彼をひどく苛立たせた。

彼は心をくじけさせないよう、椅子の上で上体をのけぞらせて二度伸びをした。ダム広場近くに建つ十八世紀の城の舞踏室。そこがあくまで好意としてオランダの警察がインターポールと短期間のリース契約を結んで貸してくれた、彼のオフィスだった。地元警察の担当者は、皮肉のかけらもなく、その朽ちかけた穴倉のような場所を、オールド・アムステルダムの中心にある高級オフィスと言った。オールド。そこのところだけは少なくとも正確だったが。壁の漆喰《しっくい》はいたるところがひび割れ、剝《は》げ、壁の上の天井蛇腹の残骸はぼろぼろの歯をした呑んだくれの口を思わせた。寄せ木張りの床もひび割れ、歩くと軋《きし》んだ。色褪せたカーテンを初めて見たときには、ポアンカレはうめき声を洩らした。クレールかエティエンヌの隣りに坐って見る、オペラ劇場の豊かなヴェルヴェットの深紅色ほど彼の心を動かすものもなければ、色褪せてしまった美しい赤ほど彼を落胆させる色もなかった。そのオフィスは以前知っていた男を彼に思わせた。貧しくとも自負心だけはほとばしらんばかりの男爵家の六代目で、口ひげの端をワックスで固めた、絵に描いたような気取り屋だった。

ドアが軋み、アムステルダムでの彼らの最後の仕事のひとつを終えたローランが中にはいってきて言った。「写真がさらに四枚……会議の講演者依頼を担当していた役人には、これをどこに送り返せばいいのかわからなかったというわけだ。フェンスターが〝キャンセル〟されてしまったんで」そう言って、フォルダーを掲げた。「〝キャンセル〟。それがその女の高級官僚が使ったことばだ。あのガミガミ女。フェンスターは講演のときにこれを配布するつもりだったらしい。で、コピーできるようまえもって送ってきたそうだ。これでまずまぎれはなくなったな——爆破現場に残されていたのは講演用の写真の一枚だったにちがいない」

ポアンカレは会議用テーブルのところまで歩いた。ローランはブリーフケースを置くと、ポケットを探って煙草を取り出し、マッチで火をつけた。

「セルジュ——」とポアンカレは諭《さと》すように言った。

ローランは肺癌《がん》ですでに片肺を失っており、以来二度禁煙に挑戦していた。深く一服すると、青味がかった白い煙をテーブルに吐きかけ、フォルダーを指差しながらローランは言った。「これはもう確認済みだ。ジェームズ・フェンスターのものであることが確認された謎。そういうことだな。なあ、アンリ、仕事を交換しないか？」

その日の朝、インターポールは正式にポアンカレをフェンスター事件の担当に任じていた。遺体の身元確認が終わると、オランダ当局はアメリカ大使館と連絡を取った。アメリカ大使館はＦＢＩの捜査権は留保しつつも、ふたつの条件をつけて、捜査の指揮権をインターポールに委ねた。そのふたつの条件とは、捜査のあらゆる段階でアメリカに情報を伝えることがひとつ、もうひとつは過塩素酸アンモニウムの出所を突き止めることに関しては細心の注意を払うこと。アメリカ当局としてもロケット燃料が爆破事件に登場するニュースなど二度と聞きたくないのだろう。つまるところ、フェンスター本人のことは二の次三の次ということなのだろう。

「きみの次の任務が決まったということか、セルジュ？」

「ああ、メールで知らされた。リヨンはおれに〈歓喜の兵士〉を寄越してきた。不運きわまりないろくでもない任務だ」ローランは咳をして痰《たん》をハンカチに吐いた。「やつらは〝歓喜主義者〟という名でも知られてる——原理主義者だ。終末思想を説く戦闘的なカルト。アルカイダみたいにどの支部も自立集団で、本部はない。新約聖書が唯一の行動の規範だ。原則的に教会も持たない。個々の支部は預言者を自任する指導者に率いられ、預言者は聖書に独自の解釈を与えてあれこれ指示を出す。つまるところ、聖書至上主義のテロリストだ。少なくとも、すでに二十件を超える殺人に関与していて、どの事件でも正義のことばとして聖書からの引用文を現場に残してる。キリストのために爆弾も仕掛ける——ミラノの事件もやつらの仕業だ。アンリ、やつらは審判の日のキリストの再臨を早めるために、世界をより悲惨な場所にしようとしてるんだよ。キリストというのは完全なカオスの中にしか再臨しないから、献身的なクリスチャンとしては世界の修復に努めちゃいけないだけでなく、積極的に世界を破壊しなければならないというわけだ。だから、銃弾も爆弾も殺人もすべてはキリストのためとなる。人類はもう愚かさのかぎりを尽くしたと思っていても、またぞろ……」

バルセロナの一件がなければ、ポアンカレもローランの今のことばをにわかには信じなかっただろう。コンピューターでマタイによる福音書第二十四章第二十四節を呼び出してみた。

偽のキリストたちや、偽預言者たちが立ち上がって、大いなるしるしと奇跡を行い、できれば、選民をも惑わそうとするだろう。

「同一犯にちがいないな」と彼は言った。さらにインターポールのデータベースにログインして関連性が確認できるまで記述を読んだ。「地元警察の報告によれば、犯人は被害者の髪にメモを留めていた。射入口の上に。血で文字が読めなくなったりしないように」

ローランは炭酸飲料の空き缶の中に吸い殻を突っ込

んで言った。「そういう細かな点に眼を向けると、そういうところだけはなんだか愛すべきところみたいに思えないか？　つまり犯人がいかにも……人間的に見えてこないか？」ローランは二本目の煙草に火をつけ、目一杯吸い込んだ煙を吐いた。「しかし、そこまで心が歪むというのは宗教に凝り固まったやつらだけだよ。ミラノの件にはそんなことばはひとこともなかった。犯人はアイスクリーム屋のすぐそばで自分を吹き飛ばした。六人の犠牲者のうち五人は子供だった」ローランはそう言って咳をした。彼の胸から嫌な音が聞こえた。「アンリ、おれたちは長いこと一緒に仕事をしてきた。おれが任務から逃げたことなど一度もないことはおまえさんが誰より知ってるはずだ。だけど、実際の話、おれはこの〈歓喜の兵士〉みたいなやつらは虫唾《むしず》が走るほど嫌いだ。そんな気持ちで新たな任務に就くのは決していいことじゃない。おれにフェンスターの件を任せてくれないか。本部にはおれが掛け合うから」

ポアンカレはその申し出を考えてみた。確かに〈歓喜の兵士〉の捜査というのはあまり心躍る任務とは思えなかった。が、そういうことを言えばどんな任務も同じことだ。ふたりともこれまでハイキングコースの修復や、寝たきりの病人への温かい食事の配送などといった任務に就いたことは一度もなかった。明日にはローランはもう捜査に着手していることがポアンカレにはわかっていた。「悪いが、それはできないな」と彼は言った。「でも、できれば協力はするよ。〈歓喜の兵士〉はどうやれば見分けられる？」

ローランはまたハンカチに痰を吐いた。「ハリウッドがつくる聖書がらみの大作からそのまま抜け出てきたようなやつを探せばいい。ローブをまとい、聖書を引用してるやつらを。歳はさまざまで、七十ぐらいのもいる。各国の報告を見るかぎり、その活動は二十カ国に及んでいて、自分たちの主張にインターポールも同調するよう求めてる。と言って、ローブをまとってる連中を全員逮捕するわけにはいかない。彼らの全員がいかれてるわけでもないんでね。つまり見た目じゃわからないということだ。いずれにしろ、これからアメリカに飛ぼうと思ってる——ラスヴェガスに」彼はまた咳をしてファイルを開くと嘆いた。「やれやれ。こっちのほうはもう謎の中の謎だな」そう言って、四枚の写真を見せた。

図A

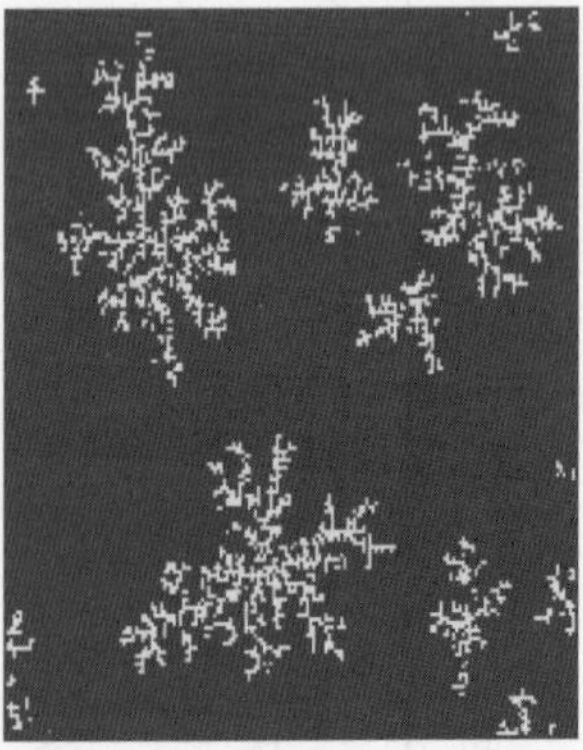

図B

図C

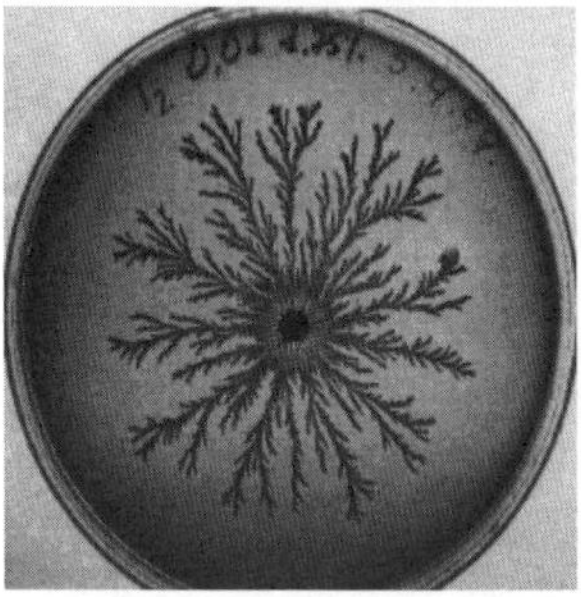

図D

「これを見てどう思うかってことか?」とポアンカレは言った。
　ローランは黙ってうなずいた。
「わかった。最初のは雪の結晶みたいに見える——雪にしちゃ色が変だが。だけど、図Aは図Bにも似てる。このBのほうは明らかに島か半島の写真だな。もしかしたら、AはBの——骨ばった山の構造の——X線写真かもしれない。これにちょっと肉づけをすると広大な土地になりそうだ。Cもまた雪の結晶か、あるいはマツの木を上から撮った写真か。Dは明らかに葉っぱのある何かの枝だ。ただ、尺度を変えればそれぞれが別のどの写真の中にあってもおかしくない。だけど、これがなんでグローバリゼーションと関係があるのか。そこのところはさっぱりわからない」
　ローランは順番に写真を裏返して裏に書かれているキャプションを読んだ。「四枚のうち二枚まちがったな、アンリ。Aは——おれにはちゃんと発音できそうにないが――〝エピタキシャル島状成長〟とかいうもののサンプルだそうだ。ここには〝樹状突起によって互いのケイ素層につながった金《きん》の原子〟と書かれている」ローランは顔を起こして言った。「つまり雪じゃなくて金《きん》だ」彼は次に図Bを裏返して読んだ。「〝ニュージーランドのクライストチャーチ。その衛星写真。山の尾根が樹状突起状に伸びていることに注意――中央の尾根から指状に低い尾根へさらに低い尾根へと海面近くまで伸びている。〟次は図C――〝バクテリアの増殖。ペトリ皿……樹状突起的枝分かれ〟。図Dは」ローランは写真をすべて表に返して言った。「シダの葉だ」

「当てさせてくれ、セルジュ。どれも樹状突起を示してる」

ポアンカレは写真を見直し、二枚が無生物の世界のもので、残る二枚が生物に関するものであることを確認した。裸眼では見えない小さなものがあるかと思えば、その構造を見るには人工衛星の軌道からでなければ見られない巨大なものもある。森の地面に生える植物もあれば、実験用寒天を貪《むさぼ》っている有機体のコロニー――ペトリ皿の中の回転花火の銀河も。ポアンカレは坐ったまましばらく黙り込んだ。

「それぞれの図の伸びてる先端を見てくれ」とローランが言った。「どれもよく似てる。それぞれが同じものの別々のレベルみたいに見える」話しながら、彼は大きな指輪をまわした。それは最後の禁煙に挑戦して失敗するまえに、三番目の妻のエラからもらったプレゼントだった。指輪というより真ん中に穴のあいた未加工の銀の塊《かたまり》のような代物だったが、半年に及ぶ不眠症と寝汗との戦いの中で、煙草に手を伸ばすよりその指輪に手を伸ばすようにという願いが込められていた。「ロザリオよりはましだろ？」とローランは当時言ったものだ。「エラはそういうもののほうがよかったみたいだけど。でも、おれは神さまには頼らないことに決めたのさ」

しかし、残念ながらその銀の塊も魔法の指輪にはならなかった。古い習慣に新しい習慣が加わったことだけがローランが示した努力の成果だった。今、彼は日に三箱のフィルター付き煙草を吸い、意味もなく指輪をまわしていた。「おまえさん用にコピーをつくっておいた」とローランは言った。「グローバリゼーションにこんな写真がどう関わってくるのか。それがわかったら左の金玉をやってもいい」

舞踏室のドアが軋んで開き、ルドヴィッチとデ・フリースが爆破事件に関する最後の聴取予定者をあいだにはさんではいってきた。ポアンカレは容疑者をひとりに絞るようなことはせず、インターネットでレーニアの捜査網を全世界に広げながら、ほかにも眼を向けていた——すなわち反グローバリストたちにも。そんな彼らのひとりがレーニアと結託し、単一世界経済について語ることになっていたフェンスターを標的にした可能性も考えられなくはなかったからだ。が、これまで聴取した中にフェンスターとのつながりをにおわせる者はひとりもいなかった。そもそもひとりとして彼の名さえ知らなかった。殺害を計画するほど彼の業績を知っている者など言うに及ばず。そんなリストの中の最後の男がエデュアルド・キトだった。元大学教授で、その点ではいくらか期待が持てそうだった。またポアンカレ自身、次のふたつの理由からこの聴取を愉しみにしていた。ひとつはキトがそもそも著名人だったからだが、もうひとつはこの聴取を終えればあとはアムステルダムを発ってリヨンの自宅に帰れるからだ。クレールは息子夫婦と孫たちを迎える準備のためにもうブドウ園のほうに行っていたが、それでもいつものワインを飲み、自分のベッドで寝ることには少なからず心惹かれた。写真はどこへも行かない。ポアンカレは自分にそう言い聞かせた。

9

南米の観光パンフレットは、豊かな北米人が休暇中により多くのドルを落としてくれることを願ってつくられる。そんなパンフレットにエデュアルド・キトの写真が載っていれば、ペルーの観光大臣はいい仕事をしたということになるだろう。インターポールの仮オフィスに、キトは頭のてっぺんから爪先までアンデスの息子然としてはいってきた。彼の仕事であり、彼の父親の仕事でもあり、彼の父親の父親の仕事でもあったアルパカ飼いの装いで。キャラコのシャツ、咽喉元で結んだバンダナ、ワックス加工をしたコットンのジャケット、白いものが交じる頭にはフェドーラ帽。その恰好は過激な政治活動家でもある学者というより、まさに牧夫そのものだった。が、ありえないことに彼はその三役をこなしていた。彼には、どれも同じたやすさで国際通貨基金を相手に議論することができ、抗議者の先頭に立って通りをデモ行進することができ、人里離れた山道を案内することができた。ある週は、パリで開かれた先住民族の権利に関するフォーラムで流暢《りゅうちょう》なフランス語を話していたかと思えば、翌週はベルリンの通りに立って、完璧なドイツ語でG-8の閣僚をこきおろし、その翌週にはまさにコンドルが巣に戻るようにアンデスに帰る。それがエデュアルド・キトだった。体型は小柄ながらがっしりとして逞《たくま》しく、突き刺すような黒い眼をしていた。

そんなキトにどのように接したものか、ポアンカレは実際に会うまえにあれこれ考えたものの、結論はまだ出ていなかった。キトがまだ子供の頃、炯眼《けいがん》の聖職者が数に関する彼の才能を見抜いていなければ、彼はおそらく牧夫のままだっただろう。その後、いくつもの学校を経て、最終的には植民地主義の経済を研究するリマ大学の教授にまでなるのだが、現在、彼をテロリスト監視リストに入れている国が少なくともヨーロッパにはひとつあった。また、扇動者のレッテルを貼って、常套《じょうとう》手段の入国禁止措置を取っている国も数カ国あった。その一方で、アカデミズムの世界では、ノーベル賞クラスの人材と囁かれていた。ただ——彼を非難する者たちのことばを借りれば——問題は彼が自らの独創的なすばらしい考えを政治力学によっていとも簡単に腐敗させてしまうところにあった。キトの支持者にすれば、むしろその政治力学がもたらす彼の影響力こそ魅力なのだが。いずれにしろ、本人はそうした権勢の高みにいながら学会における地位を自分から捨てていた。生まれ故郷の村、ピサクに帰ってしまったのだ。そして、自ら名づけた〈先住民解放戦線《ILF》〉を組織すると、〝敵〟から借用したインターネットという道具を駆使して、世界三億の先住民の心をとらえ、政治と人権運動の声となったのだった。そんな彼の活動は今や大きな世界のうねりとなっていた。ポアンカレは《ル・モンド》や《ガーディアン》や《ニューヨーク・タイムズ》に載っていた彼のプロフィールを読んで、予習はすませていた。また、先住民族の組織的経済破壊に関する彼の論文にも眼を通していた。しかし、心のどこかでは、誰であれ、記事に書かれているほど多才な人間、たやすくカリスマ性を身につけてしまう人間などいるわけがないと疑っていた——こうして本人が部屋にはいってくるまでは。リュックサックをおろそうともせず、キトはつかつかとポアンカレのまえまでやってくると言った。まるで長いあいだ探し求めていた聴衆にようやく出会えたかのように。

「あなたの評判はかねがねうかがっています」

　刺すような明るい眼がポアンカレの眼を見ていた。続いて力強い握手。キトには、相手を身構えさせもすれば、同時にくつろがせもする、機先を制する一種独特の愛想のよさがあった。キトが〝力〟を備えているのは疑いようがなかった。

「私の評判?」とポアンカレは訊き返した。

「インターポールを知っていて、あなたを知らない者などいませんよ」

が、キトがもう一方の手も添えてポアンカレの手を両手で包み込んだときに魔法は解けた。その瞬間、ポアンカレはシアトルで投げられたレンガとロッテルダムで焼かれた車を思い出した。パリで開かれた世界貿易機関の会議に抗議する暴動ではひとりの警察官が失明していた——そのどれもが今ポアンカレの手を親しげに握っている男によって先導された出来事だった。

ただ、キトが起訴されたことはこれまで一度もなかった。それだけ頭がいいということなのだろう。ポアンカレは内心そんなことを思いながら言った。

「知らない者がいないのはあなたのほうです」

「それはお世辞として受け取っておきます」そう言って、キトは豪快に笑うと、リュックサックを肩からおろし、ポアンカレのうしろについて会議用テーブルのところまで歩いた。「私はこれまで世界のほぼすべての主要国の司法機関から聴取を受けてきました。ただひとつ、インターポールを除いて。今日のような日がいつか来ることはわかっていました。だから会う準備はできていた。あなたたち同様にね。こちらのお若い方に」——キトはルドヴィッチを指差した——「同行を願いたいと言われてすぐに同意したのはそのためです。で、さらにこっちも調べたら、ポアンカレというあなたの名前に何度も出くわしたわけです」

「インターネットで?」

「もちろん。調べた先はほかにもあるけれど。インターポールに三十年勤務。英雄的行為を称える褒賞を十二回も受けておられる。ロンドン、ワシントン、それにモスクワに招かれて、越境犯罪に関する講演もなさっている。ほかの者なら失敗するところで、あなたは成功してこられた。それから私が理解するところ、一度ならず昇進も拒んでおられる。現場にとどまることを優先して。すばらしい！」

「私は自分に関する新聞記事はあまり読まないことにしてるんです、教授」

「なんと謙虚な！　私がなにより惹かれるのはあなたのこういう世評です。あなたはあのイギリス犬のように食らいついたら決して放さないそうですね。以前何かで読んだことがあるけれど、食らいついたものを放させるには鉄の棒で頭を叩かなければならない犬の話です。その犬は死ぬまで放さなかったそうです」

　そう言って、キトはテーブルを平手で叩いた。まるで友人たちとアムステルダムの酒場《ブラウン・カフェ》で談笑しているかのように。「きっとわれわれは先祖が同じなんですよ。私も妻からしょっちゅう生きている中で一番頑固なロバだなんて言われてましてね。私の村ではそういう輩《やから》は〝石頭《テナース》〟と呼ばれます」彼はまた屈託のない笑い声をあげた。が、笑いの途中でローランがテーブルの端に寄せ集めた写真に気づくと言った。「きれいな写真ですね。それはなんです？」

「ただの写真です」

「いや、ただの写真じゃない。フラクタル（細部のどこを取っても全体と同じ構造が現れる図形）ですね？」

　そのときポアンカレはキトの手を見ていた——少なくとも一年のうち何カ月かは野外労働をしていることを示す手だった。「われわれにはいったいなんなのかさっぱりわかりませんでね」と彼は言った。「ご教授願えますか？」

「私も専門家じゃありませんが」それは下手な謙遜だった。キトは四枚の写真を手に取ると、すぐに角度を変えて見はじめ、ややあって明らかに興味を覚えた様子で顔を上げた。「フラクタルを見ただけではスケールはわかりません——つまり対象の大きさはね。たとえばこれ」彼はニュージーランドのクライストチャーチの写真を持っていた。「衛星から写したこの半島の端っこをコピーして、次にその同じ海岸を、そう、一メートルぐらい写真に撮ったとします。そうして二枚の写真の大きさを変えたら、もう誰にもそれが三百キロの図なのか、ほんの一メートルの図なのか区別がつきません。部分と全体が同じというのがフラクタル幾何学です。全体が部分に現われて見える。そういうことです。あなたはカリフラワーを食べますか、ミスター・ポアンカレ？」

「ええ？」

「カリフラワーです。ブロッコリでもいい。食べますか？」

「ええ」

「ともにフラクタルです。ともに小さなひとつひとつの花が全体と同じ形をしています。わかります？」

よく理解できた。「世界は一粒の砂の中にもある」ポアンカレはそう言ってから尋ねた。「フェンスターのことはご存知だったんですね？」

キトはうなずいて言った。「私は経済学者で、彼は数学者だった。ときにアヒルも奇妙なカップルを組んでダンスをすることがあるということです」

そのあと誰もひとことも発することなく一分近くが過ぎた。今のことばだけでキトの説明が終わったことにようやく気づくと、ポアンカレはまるで商店主に釣銭をごまかされたかのように両手を広げて言った。

「それだけですか？　私は殺人事件の捜査をしてるんです。アヒルの喩え話ではなく、もっとほかに教えていただけることはありませんか？」

「私に何が言えます？」とキトは言った。「私にとってもジェームズにとってもタイミングがよくなかったんでしょう。ジェームズとはもう少しで共同論文を発表するところまでいったことがあるんです。ただ、そこで――」彼は写真をきれいに並べ直した。「――きちんと説明しましょう。数学者は方程式を書きます。

彼らはこの世に存在するものとは必ずしも結びつかない数字や象徴を相手にしています。その純粋さを愛している。一方、経済学者は実際の出来事、現実のモデルを描きます——それはもうひどいありさまの現実のね」

ジェームズ・フェンスターの亡骸にかぶせられ、風にはためいていたブルーの防水シートがポアンカレの脳裏に浮かんだ。さらに宝石箱を覆したように、〈アンバサード・ホテル〉のまえの通りに散乱していたガラス片。「なるほど。にもかかわらず、あなたとフェンスター博士はどんな共同研究をなさってたんです？」

キトはことさら真面目な顔つきになると、両手を組み合わせて言った。「愛の数学的モデルです」

まるでたいまつの火を尻に押しつけられでもしたかのように、ローランが過剰に反応した。いきなり笑いだしたのだ。その笑いのせいで咳が出て、顔が真っ赤になった。

「どうぞ、どうぞ」とキトが言った。「好きなだけ笑ってください。私たちはあるひとつの概念を発展させようとしていたんです——人間の行動の中でもなにより法則性がなく予測がつかないものであっても、数学はそれをモデル化できるのではないか。そんな考えをね。愛をモデル化できれば、それはもうどんなものもモデル化できる。そう思い、まず恋人たちの情愛を象徴として表わしてみることにしました。そして、そのあと有名な文芸作品の登場人物の行動を予測するグラフ作成に取りかかったんです。その最初の試みが『ロミオとジュリエット』の分析でした」

「ようやっとわかったよ」とローランがどうにか息をついて言った。「どうしておれは何度も結婚生活に失敗してきたのか。おれには非線形方程式がわかったためしがなくてね！」そこでまた咳き込み、彼は水を探して部屋を出ていった。

今度はキトが自分から笑った。「もっとひどいことを言われたこともある。残念ながら、このことを真面目に受け取ってくれる人はそう多くはありません。それでも、心の数学というものは存在します。私の両親などはそのことをよく理解していました。ふたりとも文盲でしたが」

「で、その心の数学というのは？」それまでキトをただずっと見ていたルドヴィッチが横から尋ねた。

「愛し合う者たちのあいだでは、1プラス1はめったに2にならないということです」

「確かに！」

「よくも悪くもね」とキトは言った。

さらにポアンカレのほうを向いて言った。「実のところ、〝愛の数学的モデル〟というのはそれほど馬鹿げた命題でもないのです。そう、人々の注意を喚起することを計算した命題であったことは認めますが、とにもかくにもジェームズと私は一気に大きな得点を稼ごうと思ってたんです。どう説明すればいいかな」ポアンカレもキトの視線を追って窓の外――広場を見やった。トラックのクラクションが聞こえた。キトはその音に話の糸口を見つけたようだった。「そう、典型的な例がある。交通です。どこでもいい、都市を選んでください。そして、その年の夏の金曜日の午後五時の交通の状況を思い描いて、思いつくことばを言ってみてください」

「交通渋滞」とポアンカレは言った。「それに駐車場」

「まさに。交通渋滞も駐車場も人間のシステムです。人間はほかの人間がつくった車に乗ってハンドルを握り、ほかの人間がつくったハイウェイを走る。ここまでは認めてもらえますか？　車も交通渋滞も純粋に人間がつくるシステムだということは」

ポアンカレは黙ってうなずいた。

「よろしい。交通関係のエンジニアもまた数学を駆使します——流体力学の法則を利用します、車の流れを調べるのに。では、ミスター・ポアンカレ、教えてください。どうして川の流れの速度や水量や流れ方を説明する方程式で、ラッシュアワーの車の流れも説明できるのか。一方は自然のシステムで、もう一方は人間のシステムなのに。交通のほうでは、われわれの心が作用します。あらゆる乗りものを運転しているのはわれわれなんですから。もうひとつのほうで作用しているのは、ただ重力の法則だけです。にもかかわらず、交通エンジニアはハイウェイを設計するのに流体力学を利用します。どこでこのふたつは関係しているのか？　そもそも関係があるとして。人と自然、いかにも関係がなさそうに思えるのに、実はそうでもないのはどういうわけなのか」

ポアンカレとしてはただ肩をすくめるしかなかった。

「そういうことは今まであまり考えたことがありませんでした」

「そう、でも、私とジェームズは考えたわけです。人間の行動も数学的にモデル化できるのではないかとね。自然界の動的システムはどれほど複雑なものでもモデル化できるんだから。たとえば天候のようなものでも。つまり、われわれは複雑な自然界のシステムを説明するのと同じ法則で、複雑な人間の行動も説明できる可能性を示そうとしたのです」

「それはどうですかね」とポアンカレはあえて疑問を呈した。「流体力学で車の流れを説明することはできても、いったいどんな種類の数学で愛を説明するんです？」

キトは椅子の上で坐り直してから言った。「そう、われわれもそこまでは行けなかった」

ルドヴィッチが鼻を鳴らしてぼそっと皮肉を言った。

「そうでしょうとも」

「部下が礼を失したことを言いました。謝るんだ、パオロ」

「いやいや、お気づかいは無用です、ミスター・ポアンカレ。われわれの着想自体は無意味なものではなかったんですから。それはともかく、われわれは数ヵ月ともに仕事をし、結局、ジェームズが興味をなくして、共同作業はそれで終わってしまったんです。彼が世界貿易機関の会議で研究発表をすることは知りませんでしたが、講演のタイトルから想像すると、実際のところ彼は数学的なモデル化に対する興味を失っていなかったのでしょう。つまり、私も彼になんらかの影響を与えていたということなんでしょう。私としてはそう思いたいですね」

グローバリゼーションの数学。それが講演のタイトルだった。ポアンカレにはありそうにないことに思えたが、これまでにわかったことから判断するかぎり、フェンスターというのは一風変わった天才だったのだろう。キト同様。ふたりの共同研究からどんなものが生まれていたのか。そんなことは誰にも予測不能だった。「あなたは」と彼は言った。「経済の働きを研究するためにボストンに行かれたわけですよね。愛の研究ではなく」

「もちろん」とキトは笑って言った。「ジェームズは方程式に関して直観力のある数学者でした。部屋を飛びまわっているハエを見て、その動きを示す方程式を書き、その方程式を図式化することができた。三次元図表にしてハエの動きを再生することができたんです。実際、彼は驚くべき才能と独自の感性を備えた学者だった。それは彼の論文を見れば明らかです。だから私は彼に眼をつけたんです。今から三年半ほどまえのことです」

「そういうことなら、さぞがっかりなさったことでしょうね、フェンスター博士が興味をなくしたときには」

ポアンカレはそう言って、ペトリ皿の中で増殖するバクテリアの写真に手を伸ばすと、〈先住民解放戦線《F》〉の指導者に向かってというより、その写真に話しかけるようにして尋ねた。「経済の一部の中に経済の全体を見ることなどできるんでしょうか？　カリフラワーみたいに。今朝、私はコーヒーを買いました。そんな売買の中にも世界経済の全体像を見ることができるんですか、教授？」

キトは音をたてずに拍手をしてみせ、ポアンカレの指摘を称賛して言った。「それこそ聖杯、究極の目標です。でも、実のところ、フラクタル数学で世界経済が説明できるかどうかと訊いておられるのなら、私自身はそういうことはあまり考えていませんでした」

嘘だ――ポアンカレはなぜかそんな気がした。そもそも、キトのことばはほとんど信じられなかった。さらに性質《たち》が悪いのは、この男はこっちが信じていないことを承知で話していることだ。今も何事もなかったかのように、舞踏室にはいってきたときと同じ落ち着いた親しげな様子で、写真を指差して言った。「その写真と講演のタイトルから明らかなのは、ジェームズは世界経済と自然界の幾何学はきわめて深いところで関係していることを論じようとしていたということです。つまり、彼はわれわれのテーマを推し進めようとしていた。われわれの共同研究が挫折したあと、まちがいなくなんらかの進展を見たんでしょう」

キトはそう言って写真をきれいに重ねた。「これでもうよろしいですかな、ミスター・ポアンカレ。知っていることはすべてお話ししました。ジェームズが亡くなったことはほんとうに残念ですが、こうしてあなたとお会いできてよかった。ただ、正直に言うと、会うのにあなたが選んだ場所はあまり好きになれませんが。なんだかここは私には居心地が悪い。そろそろお暇《いとま》させてください」

キトを帰すつもりはポアンカレにはなかった。今はまだ。フェンスターに関してさらに問い質《ただ》すのではなく、うまくなだめて会話を引き延ばそうと思った。とにもかくにもしゃべらせることだ。その利点についてはとうの昔に学んでいた。しゃべらせることはしゃべらせないことよりはるかにいい。なんでもない世間話をしていてさえ何か直感のようなものが働くことがある。場合によってはただ得るだけでも数カ月、それが正しかったことが立証されるのにさらに何カ月もかかるような直感だ。キトがシャンデリアを指差して言った。「十八世紀の前半につくられたものですね。時期はそれでほぼまちがいないと思います。オランダ東インド会社のことは聞いたことがおありと思いますが」

「貿易会社ですね」とデ・フリースが言った。ポアンカレには彼女がこの男にすっかり魅了されているのがよくわかった。キトのことばが明らかに聴取を終わらせようと意図したものだったのにもかかわらず、彼女は続けて言った。「アムステルダムの黄金時代の建築家たち。オランダの子供は小学校でアムステルダムの黄金時代のすべてを学びます。学ばないと卒業できません」

「建築家の存在もひとつの説明になるでしょうが」とキトは言った。「ほかにもある。何がこのようなものを可能にしたかわかりますか？」彼は両手を広げて部屋を示した。「この馬鹿げた場所や、オランダ国立美術館にあるレンブラントやフェルメール、ふくよかなオランダ市民を描いた絵を可能にしたのは何か。オランダの富もオランダ人のリベラルな気質も、キュラソーからマダガスカルまで、すべて大西洋とインド洋上で奴隷の背中の上に築かれたものです。この舞踏室が存在するのは国家が慎重に計画し、後押ししたレイプのおかげです。スペイン、オランダ、イギリス、フランス、ドイツ、ベルギー、ドイツ、アメリカ——みんな自分のズボンのバックルをはずすと、美しくて価値のあるものはなんでも先住民から奪ったのです。ミスター・ポアンカレ、あなたはそんな場所に私を呼びつけたわけです。ここにいるだけで、私には苦しみが見えます。鞭がうなる音や叫び声が聞こえてきます。ジェームズはそこに数字を見た」

思ったよりも早く手がかりの断片が転がってきた。ポアンカレは内心そう思って言った。「あなた方の共同作業が行きづまったのはそのためだったんですね」

キトはじっとポアンカレを見すえた。陽気な仮面はもう跡形もなかった。「先住民ももう丁重に尋ねることはやめたんです。あなた方の望みはなんなのか。アンコールワットでiPodの宣伝をすること？　さすがにこの時代、レイプはもうできないでしょう。しかし、この五百年、何も変わってはいません。今はただあなた方はあなた方の携帯電話やテレビをつくるのにわれわれに日に二ドル払っているだけのことだ。もう終わりにしましょう。この部屋にいると胸くそが悪くなる」彼はリュックサックに手を伸ばした。

「どうかあと少しだけ」とポアンカレは言った。「あなたの政治的立場に関してですが、フェンスター博士とのあいだで議論になるというようなことはなかったんですか？」

「どうして？　われわれの論文の趣旨は『ロミオとジュリエット』の分析だったんですよ」

「それはつまりあなた方の思想の相違が問題になったことはないという――」

キトはいっとき部屋の隅に顔を向けた。またポアンカレに眼を戻したときには落ち着きを取り戻していた。

「われわれの文化において、先住民もあなた方と同等のパートナーになる。さもなければ、われわれはわれわれが同等のパートナーになるまで、あなた方の暮らしをどこまでもみじめなものにする。しかし、どうか誤解なきよう」彼は陽気につけ加えた。「私は学ぶことに対する西洋の愛には敬意を払っています。進んで疑問を呈する態度、受け取った知恵を疑う姿勢にもね。だから、あなたが引き止める気持ちもわからないではないが、ほんとうにもう終わりにしてください。ジェームズとはともに研究し、そのあと別れた。われわれのスケジュールがたまたまアムステルダムで重なったのは事実です。彼はそこで殺された。しかし、論理と証拠に基づく法則が私を完全に裏切らないかぎり、あなたとしても私と事件を結びつけることはできない。お会いできて愉しかった」そう言って、彼は辞去しようと立ち上がった。

そこで電話が鳴った。デ・フリースが部屋を横切って電話に出た。そして、ポアンカレの机のまえに立って彼を手招きした。ポアンカレは席をはずすことを詫びながらもすぐには帰らないようにとキトに釘を刺した。舞踏室には個人用のオフィスなどなかった。だだっ広い空間に机が四つと会議用テーブルが一卓あるだけで、背中を向けることだけが望みうる最大限のプライヴァシーだった。

「スヘーヴェニンゲン刑務所です。今、所長と替わりますのでお待ちください」という声がした。妙だ、とポアンカレは思った。もうバノヴィッチに会いにいくことはないと思っていた。裁判を傍聴しにハーグに行くことはあるだろう。しかし、それはまだ何カ月もさきのことだった。

「ポアンカレ捜査官？」

ロマン・スキヴェルスキーはユーモアのかけらもない刑務所長としてよく知られていた。刑務所の監房の扉がきちんと閉ざされており、収監者が愉しすぎる時間を過ごしていなければ、日々《ひび》是好日《これこうじつ》と思える男だった。

「単刀直入に言います」とスキヴェルスキーは言った。「公にするわけにはいかない情報源からの情報と思っていただきたい。あなたが今年の一月に私たちのところに送り込み、先週の木曜にも面会に来られた収監者、スティポ・バノヴィッチがあなたの家族の命を狙っています。これはかなり精度の高い情報です、捜査官。所内であの男と弁護士とのやりとりをひそかに録音したテープを翻訳したのです。バノヴィッチは指令を出しました……あなたの奥さん、息子さん、息子さんの奥さん、お孫さんたちを抹殺せよという指令です」そこで間《ま》ができた。「思いもよらないことです。同時に、バノヴィッチはあなたにはいっさい手を出すなと言ってるんです」

胸がかっと熱くなった。一気に息苦しくなった。思わず受話器をきつく握りしめていた。「どうしてそんなことがわかったんです？　バノヴィッチは世界でも有数の重警備の刑務所にはいってるんじゃないんですか？　そんな男に何ができるというんです？」

「言うまでもないでしょうが、彼の部下は全員捕まったわけじゃありません。確かにあの男の殺人部隊は解散しました。しかし、彼らの資金はまだ見つかっていません。その資金を使えば、あの男には誰にでも手が出せる。たとえ刑務所内からでも。しかし、われわれとしては免責特権のある依頼人と弁護士とのやりとりを録音したなどと認めるわけにはいきません。たとえそれが犯罪を示唆する内容であったとしても。国際協定に抵触したと自ら認めることになります。それでも、あまりに極端な内容だったので、あなたにはこうしてお知らせしているわけです——オフレコで。だからあなたのほうから質問してください。この件に関して私のほうからはもうこれ以上申し上げるわけにはいきません」

「バノヴィッチが私の家族を狙ってる？」ポアンカレは自分がいるところも忘れて大声をあげ、呆然として振り返った。ルドヴィッチもデ・フリースもローランも怪訝《けげん》な顔で彼を見ていた。キトはまた写真を眺めていた。

「あの男が何をするかなんて誰にわかります？」と所長は言った。「アレクサンドル・ボリスラフがあの男の連絡係です。三日前、あの男と会うためにハーグにやってきて、所内で面会したあと、またボスニアに帰っていきました。表向きは法律事務所ということになっているボリスラフのオフィスはボスニアのモスタルにあります。調べたところ、その住所にあったのはカフェテリアでした。ボリスラフはボスニア戦争の頃からのバノヴィッチの友人と思われます。また、これは私の考えですが、所内にはいる者全員に施している指紋採取と顔写真撮影、それにバノヴィッチの発言から察すると、ボリスラフ自身は暗殺者ではなく、暗殺者を調達する仲介人のようです。いずれにしろ、ボリスラフから始めるのが一番の策でしょう。彼の顔写真と指紋、それにふたりのやりとりをテープ起こししたものを送ります。バノヴィッチの面会はいつでもかまいません——もちろん内密に願いますが。ボリスラフのほうはそれが偽名であることしかわかっていません。オランダ発ボスニア行きの便に乗ったのは確かですが、現在どこにいるのかは不明です。この情報のインターポールへの伝達はあなたにお任せします。ご家族の警護はインターポールが万全を期してくれることを祈っています」

ポアンカレは舞踏室のシャンデリアの下にぽっかりと空いた空間を見つめた。仕事と家族とは完全に分離させる。それこそ彼がこの三十年なにより心がけてきたことだった。それが今、彼にはなんの落ち度もないことなのに、制御不能の脅威に直面することになった。バノヴィッチにはなんら失うものがない。すでに犯した殺人にこのあと容疑が何件加わろうと、古い苦しみに新しい苦しみがさらに重ねられようと、彼の刑にはほとんど影響しないだろう。国際法廷が被告人に科することができる最も重い刑は終身刑で、バノヴィッチにはもうそれがすでに確定しているも同然なのだから。バノヴィッチはきっとこう思ったにちがいない。罰として命を取り上げられてしまった以上、あとは愉しんで何が悪い？

「お引き取りいただいてけっこうです」とポアンカレ

は言った。

　キトは写真から顔を起こして言った。「何かよくないことでも？　どうしても聞こえてしまったものでね、ミスター・ポアンカレ。なんの罪もない相手を脅迫できるのは悪党の中でも最悪の部類だけです」

「聞いたことは忘れてください」

「わかりました。でも、先住民は何世紀も先進国の残忍性に耐えてきたのです。われわれの一番大きな過ちは力には力で対抗しなかったことです。そうでなければ、ピサロとたった百八十名の兵士にどうして何百万ものインカ帝国が征服できたのか」キトはリュックサックを背負った。「あなたはあなたで無実の人を守ってください、ポアンカレ捜査官。脅威には力で対抗してください。われわれ先住民なら誰もが知っていることです」

　ポアンカレは戸口まで歩いてドアを開けた。バノヴィッチの指令が実行に移されるまでには数週間、数カ月はかかるだろう。まだ時間はあった。余裕はなくとも。彼は伸ばされたキトの手を握り返した。自分の言ったことばが何かに必死に耐えながらのことばのように聞こえた。「わざわざ来てくださったこと、感謝します」

　キトは最後に部屋の中とポアンカレを長々と見やってから言った。「力には力を。暴力だけが暴力のなんたるかを知っているのです」

10

甲高いクラクションとヘッドライトの洪水。ドクドクと響くアフロポップ。心臓の鼓動が加速していた。考えることが怖かった。危険は何もない、とポアンカレは自分に言い聞かせた。危険なことは何も。しかし、彼の胸を引き裂こうとして爪を立てている獣は彼のことばを聞いてくれそうになかった。夢を見たのは一瞬だったにちがいない。タクシーの中でうたた寝をしたのはほんの数秒のことだった。が、その数秒間、彼はあのすさまじいボスニアの殺戮現場に戻っていた。その幻影に逆らって眼をぐるっとまわした。思わずうめき声が出た。暴力的なまでに荒々しく心臓が抗議の声をあげていた。そのあまりの激しさに彼は意識を失うまいとして唇を強く噛んだ。

彼は国連のトラックに護衛とともに乗っていた。先導車両にはあとふたり平和維持軍の士官と兵士が乗り込み、地図とGPSを頼りに防火帯を走り、ボスニアのバニャルカ市（ボスニア－ヘルツェゴヴィナ北部の市）の北に位置する深い森の中をうまく切り抜けていた。ただ、その週の前半に降った雨のせいで小径はひどくぬかるんでおり、タイヤは何度も空転し、そのたびに泥が跳ね上がった。トラックの車体が跳ねたり、横すべりしたり、傾いたり、立ち往生したりする道ゆきだった。防火帯の両側は鬱蒼《うっそう》としたマツ林で、雲ひとつない晴天なのに陽射しがさえぎられ、森の地面には黒い影ができていた。まえを走る先導車両のリアウィンドウが跳ねていた。こびりついた泥に国連のロゴがほとんど見えなくなっていた。

荒くれた民兵の攻撃をどの地点で受けないともかぎらなかった。戦争は終わっていたが、政府に不満を抱く若者たちが今もその一帯をうろついていた。日替わりで同盟を組み、自分たちで誰を殺すか、身代金めあてに誰を誘拐するか決めており、その対象には国連の代表団も含まれた。そんな若者たちが名だたる殺人者たちの善意を頼って集まっているのがこの森だった。森にはいって五時間、先導車両が停車した。同じ野戦服を着てベレー帽をかぶった三人の平和監視団員――ナイジェリア人と日本人とカナダ人――がそれぞれのトラックから降りて、地勢図の検討を始めた。ポアンカレも運転手とともに車を降りた。ナイジェリア人が森を指差して言った。「あと一キロ弱。真東だ。バノヴィッチはここからは彼らを歩かせたようだ」

それは捕虜にしたバノヴィッチの暗殺部隊の隊員に鋭い尋問を浴びせ、〝裏技〟――その是非を論じようとする者などひとりもいなかった――を用いることでわかったことだった。前年の十月、地面はすでに凍てついていたが、雪が降るまでにはまだ数週間あった。バノヴィッチの暗殺部隊は南の村の男と少年たちを狩り立てると、奴隷市場に送る奴隷さながら数珠《じゅず》つなぎにし、トラックの荷台に乗せたのだった。その吹きさらしの旅の途中で命を落とした者もおり、国連の情報機関によれば、死人はその地点で、つながれた綱を切られ、捨てられたということだった。森の中に数メートルほどはいったあたりに。カナダ人の監視団員が地図を見ながら、防火帯から二十歩ほど森の中にはいって呼ばわった。「ここだ」その声は原生林の中でトラックのエンジンの音と軍用無線の雑音と同じくらい異質に響いた。「四体ある。袋を持ってきてくれ」

おだやかな天候の一週間が厳しい冬の背中をすでに蹴飛ばしており、外気は甘い香りを含んでいた。ポアンカレは骸骨が横たわるそばまで歩いた。風雨にさらされ、獣に食われ、骨以外に残っていたのはわずかな睫と毛髪だけだった。誰も何も言わなかった。いくらかでも死後の尊厳を保とうと防水シートが掛けられ、平和維持軍の士官が位置を地図に印した。監視団員のひとりが磁石を見て言った。「こっちだ」

ポアンカレがしんがりを務め、彼らは一列になって歩いた。まるで夕暮れのような薄闇の中、踝《くるぶし》まで浸かるぬかるみを踏むブーツの音と、男たちの激しい息づかい以外、何も聞こえなかった。ふとポアンカレは思った。鳥はどこにいるんだ？　頭上では風が木々のてっぺんを揺らしていた。彼はひたすら自分のブーツを見ることで骨の折れる道ゆきを忘れようとした。一度に一歩ずつぬかるんだ歩を進めることだけに集中し、努めて何も考えないようにした。ただ、暗い予感だけはどうしても頭から払えなかった。

しかし、どれほど心の準備をしていても足りなかっただろう。自分のブーツだけを見つめ、息を荒らげて歩いていると、まえを歩く男の背中にぶつかった。男がいきなり立ち止まったのだ。彼らのまえには峡谷が開けており、雨ざらしの墓はその谷底にあり、数えきれないほどの骨が散乱していた。大人の骨も子供の骨も。まだいくらか残る雪の中から突き出ている骨もあった。嵐で折れた木の枝のように。あとから現場検証に参加した人類学者は、そうした骨の姿は大人が子供たちを銃撃から守ろうとしていたことを示唆していると語った。村人たちの証言が正しかったことはＤＮＡ鑑定によって裏づけられた。遺体はすべて男だった。彼らの罪は？　新世代の父親となってセルビア人の純粋性を損なう恐れがあったこと、それ以外には何もない。大人も子供も全員がイスラム教徒だった。

ポアンカレの足元の松葉の絨毯の上に自動小銃の銃弾の薬莢《やっきょう》がまるで高価な金属のように転がっていた。そのそばには岩がテーブルのように並べられていた。パノヴィッチの義勇軍兵士が昼食を食べた跡のようだった。先を見越して用意していたのだろう、オイルサーディンの缶詰の缶、ゴミ、おそらくサンドウィッチが包まれていたと思われる丸めたアルミホイル。ポアンカレは地面に膝をつき、谷から聞こえてくる、殺人者にはわからなかっただろう言語で叫ばれた声に眼を閉じた。夫は妻の名を、少年は母を、老人は天国を叫んだにちがいない。銃弾が雨あられと降り注ぎ、煙が立ち込め、温かい血が噴き飛び、光がすべて失われていく中で。ポアンカレは上体をまえに傾げ、冷たい台地に額《ぬか》ずいた。人間の途方もない非道はこれまで何度も目《ま》のあたりにしてきた。しかし、これほどのものを見たのは初めてだった。吐き気を覚え、口からうめき声が洩れた。神よ、神よ、万能の神よ。こんなことが現実であるはずがない。しかし、それが現実だった。彼は胃の中が空《から》になるまで吐きつづけた。最後に苦い胆汁が咽喉元に込み上げてくるまで。

平和監視団たちはみな背を向けて、ポアンカレの嘆きに敬意を表した。数分後、ようやく気持ちを落ち着かせると、ポアンカレはこの犯行現場の証人となる仕事に取りかかった。重なり合った骨から骨へと、犠牲者たちの腰から腰へと巻かれている黄色いナイロンのひもが眼についた。写真が撮られ、四ヵ国語で書かれた表示板が立てられた。国際刑事法廷――証拠物件――立入禁止。立入禁止。そう決められた。ポアンカレはそのときスティポ・バノヴィッチを必ず探し出すことを、この罪の咎をバノヴィッチ本人から聞くまで捜索の手を休めないことを、固く心に誓ったのだった。

たいてい眼が覚めるところで――ナイジェリア人の監視団員が地面に表示板を打ち立てているところで――今も夢から覚めた。その日は、ナイジェリア人が打ちおろすハンマーがことさら強く激しく彼の胸を叩いた。タクシーの後部座席で上体が倒れかけた。夢の中、あまりのプレッシャーにこのまま死んでしまうのではないかと思った。眼が覚めると、音楽が聞こえていた。そこはボスニアではなかった。サン・テグジュペリ空港からリヨンの自宅に帰っている途中だった。わが家に。震える手が許すかぎり慎重に彼はピルケースを探してスーツのポケットに手を入れた。彩りの鮮やかな錠剤を二錠――心臓がおかしくなったときの二錠――と水を常に持ち歩くようにしていた。あとは待つしかない。いつまでかはわからなくても。胸の中の獣が騒ぐのをやめてくれるまで。

タクシーの運転手はハイウェイを降りると、ポアンカレの指示に従い、迷路のような道路をプレスキル地区のほうへゆっくりと向かった。ポアンカレは運転手にチップを多めに払い、五つのフライトバッグをアパートメントに運んでもらった。一時間後、脇腹を下にしてベッドに寝そべり、今クレールをこの腕に抱くことができたら、と思った。さらに何も伝えずにすむことが許されたら、と。その夜彼女の無事がわかったことは彼を安堵させてもいいことだった。うつらうつらしていると、ことばが闇の表面に浮かび上がってきた――暴力だけが暴力のなんたるかを知っている。それはほんとうだろうか。そのことばの真偽が今、明らかにされようとしているのだろうか。考えれば考えただけ不安が増した。

翌朝、コーヒーを飲みながら、ポアンカレはローヌ川越しに荒れ模様の空を眺めた。まるで今置かれている苦境を脱する答がそこに書かれてでもいるかのように。朝刊は読まれないまま朝食のテーブルに置かれていた。ちょうどインターポールの上司に電話をかけようとしたところで――バノヴィッチとボリスラフのやりとりの内容とボリスラフの写真はすでにファックスでリヨンの本部に送ってあった――電話が鳴った。電話をかけようとした相手、アルベール・モンフォルトからだった。

「アンリ、これはあってはならないことだ！　なんとしてもこのボリスラフの居所を突き止めなければ」

「そのとおりです」

「どうしてきみなんだ、アンリ。これが……まあ、ルドヴィッチならわからなくもないが。彼にはスペインの麻薬関連の仕事を割り振ったところだったんだが、今朝任務を変えた。今夜ボスニアに飛んでもらう。バノヴィッチがほんとうにきみの家族全員を標的にしたということなら、複数の殺し屋が雇われることになる。こうした襲撃は同時におこなわれることが多い。そういう画策はしっかりとしたネットワークがなければできないものだ。また、今のところ、われわれに最も有利な点は、彼らにはこっちがすでに情報をつかんでいることがわかっていないということだ。ボリスラフを見つけて、さらに情報を訊き出すのはルドヴィッチに任せるのが一番だ。きみのお孫さんたち、きみの息子さん、息子さんの奥さん、それにクレールには二十四時間態勢で警護がつくことになっている。リヨンの本部づめの捜査官も協力するが、この問題が解決するまでは絶対に相手に悟られてはならない。バノヴィッチのこの指令は社会秩序に対する挑戦だ。私自身、できるかぎりのことをするつもりだ」

ポアンカレは何も言わなかった。

「アンリ、私の部下にきみの家族の写真を送ってくれ。そして、あとはわれわれに任せてくれ。ご家族は今どこにいる？」

彼は伝えてから言った。「数日猶予をください。今日明日に何か起こるとも思えない。ボリスラフにしても殺し屋を見つけるのに何日かはかかるでしょう」

「わかった。で、きみはどうする？　奥さんと一緒のときには当然きみも警護される。しかし、きみが仕事をしているあいだはどうする？　きみにも誰かひとりひそかにつけたほうがいいように思うが」

そういった制限を受けながら仕事をしなければならなくなるなど、これまで考えたこともなかった。しかし、クレールや息子や孫たちが狙われる危険性というのはいつまで続くのか？　ひと月それぞれの人生をあきらめなければならないのか。あるいは一年？　それともどこかに身をひそめたのち、新しい身分を得て新たな人生を始めなければならなくなるのか。「バノヴィッチは私を苦しめようとしてるんです」とポアンカレは言った。「家族が崩壊するのを私に見せたくてしかたがないんでしょう。だから、私を充分苦しませたあとで、誰か人を寄越そうというんでしょう」

「あの男の言うことが信用できるとすれば」

「いや、それは信じられます」とポアンカレは言った。「あの男にしてみれば私が死んでしまっては元も子もないんですよ。ささやかな気ばらしが台無しになってしまう」上司の力強いことばにも、とうてい安心はできなかった。インターポールがどれほど人的および物的資源を警備に投入しようと、プロの殺し屋というのはどんな小さなほころびも巧みに見つけるものだ。要塞に閉じこもるか、別の場所で新たな人生を送るかしないかぎり、彼の家族は安全とは言えなかった。安全であるわけがなかった。

歩くことしか思いつかなかった。ポアンカレは襟を立て、ジャケットのポケットに両手を深く突っ込んで古い市《まち》の通りから通りへとあてもなく歩いた。その昔、共同墓地のあった古いサン・ジュスト地区やサンティレネ地区をさまよった。クレールが愛してやまない、何世紀もまえに造られた屋根のある狭い小路を歩いた。ローマ風呂の上に中世の砦《とりで》が築かれ、さらにその上にルネサンス期の城が築かれた一帯も通った。噴水やシャッターの降りた市場のまえも通り、最後にサン・ジャン大聖堂のまえの慣れ親しんだ丸石舗装の小路までたどり着いて、足を止めた。

エティエンヌが家族を連れてパリからやってくると、ポアンカレは三人の孫――エティエンヌの双子の息子と娘のクロエ――をよくこのサン・ジャン大聖堂まで連れてきた。そして、陽が沈むまで、子供が我慢できるかぎり静かにただ椅子に坐って過ごすのだ。宗教的興趣を味わうにはまだ六歳のエミールとジョルジュは幼すぎたが、それでも祖父同様、大聖堂のドームの下の薄闇には、彼らにしても心惹かれるものがあるようだった。それとは対照的に、クロエはじっと坐ったまま、まるで物陰の精霊のやりとりが聞こえているかのように耳をすました。彼ら四人はたいてい簡単な造りの籐の椅子に坐った。使徒たちのローブの赤がまたたき、真っ暗になるまで、暗黙の了解で身じろぎひとつすることなく過ごすのだ……最後には――お祖父《じい》ちゃん、アイスクリーム！　という大合唱にポアンカレが甘いことばを口にして終わるのだが。それでも、ポアンカレにとっては孫を甘やかす自らのことばこそ祈りだった。彼の礼拝堂はどこにもなくても。

礼拝堂の中にはいった。これまで何年も理解しようと努めてはいたが、彼にはクレールの信仰心が理解できたためしがなかった。教会にたまに行くのはクレールに請われるからで、司祭がローマからの通達に逆らってラテン語でミサを始めると、彼女が彼の手の中に自分の手をすべり込ませてくるのが心地よいからだった。だから、エティエンヌに洗礼を受けさせたいと彼女が主張したときにも、彼は逆らわなかった。が、内心は洗礼式もブードゥーも大差はないと思っていた。にもかかわらず、祝福のことばを司祭が述べ、エティエンヌの額に聖水を振りかけると、思いもかけず感情が昂った。まずそんな自分に驚いた。次いで聖水なるものを信じることができる人たちがいることにも驚いた。さらに、ポアンカレの眼にはすでに神聖なエティエンヌが、なにより大きな神秘の名のもとに他人から祝福されていることにも。その儀式がリヨンの市《まち》の通りが牛車であふれている時代に建てられた建物の中でおこなわれていることにも。妻と妻の家族が二千年も続く信徒集団の中になんのためらいもなくエティエンヌを組み入れていることにも。無神論者である自分がほとんど涙が出そうなほど心を動かされ、自分を取り戻そうとすばやく顔をそむけざるをえなかったことにも驚かされた。そうしたことのすべてがひとつの事実の証左だった。アンリ・ポアンカレは信じることを求めながらも、神秘と美に感動を覚えながらも、信じることが不可能な男であるという事実の証しだった。信仰を持つには彼は科学者でありすぎた。原因と結果という織物に隙間なく織り込まれた世界に生きる捜査官でありすぎた。そして、その世界はあらゆる点で彼にとって居心地のいい世界だった。ただ、一日のひとつの時間帯——薄闇から真の闇に変わる時間帯、空の色が深いコバルト色から黒に変わる時間帯を除いては。そんなとき、彼はなぜか大きなもの、容易ならざるものが手を伸ばせばすぐにも捕まえられるところにあるような気分になるのだった。しかし、それは時折意識の中にちらっと姿を現わしながらも、つかもうと手を伸ばすと決まって消えてしまう。

大聖堂の静けさの中、誰かの足音が響き渡った。ポアンカレは立ち上がると、その足音の主である聖職者に会釈《えしゃく》した。南に向かう列車に乗るまえに家に戻り、シャワーを浴びる時間はまだ充分あった。むずかしい仕事をうまくこなそうとしながらも、なんの罪もない愛する者たちを混沌の中に引きずり込んでしまった事実を家族に説明するまで、まだ時間はあった。しかし、なんと言えばいい？　涙が枯れるまで泣いて、涙で湖ができたという男の昔話を思い出した。その翌朝、近くに住む少女がその男のそばまで行って尋ねた。「ムッシュー、これは奇跡です。でも、何がそんなに悲しいの？」

少女の眼に無垢《むく》な光を見て取り、男は真実を話した。「なぜなら命というものがこれほどまでにすばらしいからさ」

少女は男の袖を引いて言った。「ムッシュー、意味がわからない」

男はまた泣きだすと言った。「私もだ」

11

ポアンカレがドルドーニュ県フォンロックに着いたのは、みんながもう寝てしまったあとだった。クレールは眠りから半分覚めると、両腕を広げた。彼は眠れぬまま数時間横になったものの最後にはあきらめ、孫たちの寝姿を見てから外に出た。そして、夜明けまえのブドウ畑にかかる靄《もや》の中を歩いた。苦境に陥っていることが自分でもよくわかった。バノヴィッチの怪しげな弁護士とのやりとりはぞっとするほど明確だった。

「ポアンカレには指一本触れてはならぬ」とバノヴィッチは十八世紀の聖職者のようなことばづかいで指示していた。「指はほかの者たちに触れるのだ。ほかの者全員に」

月が地平線の上にかかっていた。絞首門に吊るされた死刑囚のように。ポアンカレはブドウの木の列と列のあいだを行ったり来たりした。空疎な光の中に長い影を落とし、行ったり来たりを繰り返し、すべての列を歩き尽くして、地所の境界線上に大昔に築かれた石塀のところまでやってきた。一時間が過ぎており、月は消え、鳥がさえずりはじめていた。ジャック――彼らが飼っている性格が悪くて精力旺盛な雄鶏――が大きな鳴き声で朝の冷気を引き裂いた。近くの雑木林からキジがその声に呼応した。谷の底には起伏のある地形が広がっていたが、この地を知らない者ならドルドーニュを湖水地方と思うかもしれないほど濃い霧が谷底を覆っていた。

彼の背後では母屋の煙突から煙が立ちはじめていた。クレールが普段はポアンカレが愉しみにしている暖炉の火入れをしたのだろう。眼が覚め、彼がいないことに気づき、彼が戻ってきたときのために火を熾《おこ》したのだろう。隣人のラヴァルの農場から届く新鮮な卵とベーコン。それに孫たちのための焼き立てのロールパン。雨洩りのする古いあばら家で今、彼の愛する者全員が起きだしていた。ポアンカレは家族には何も言わず、今すぐフォンロックを発ち、ハーグに向かい、バノヴィッチを殺したいという衝動と闘った。しかし、そんなことをしても家族を守ることにはならない。元司書の命令はすでにくだされてしまったのだから。今このときにはまだボリスラフは寝心地のいい温かいベッドに寝ていても、起き出してトーストとポーチトエッグの朝食をとったら、あとはいつでもローロデックスをめくって人選作業を進めることができるのだから。民族間の抗争のもと、いとも簡単に殺人がおこなわれていた古きよき時代を恋しがっている男たちの中から、プロの中から、元軍人の中から、容赦なく気まぐれに人を殺せる殺人者の中から選べるのだから。

ポアンカレは一度ルドヴィッチに命を委ねたことがあり、逆に彼から命を委ねられたこともあった。しかし、家族全員を守るとなると、ことはそう簡単にいきそうになかった。いつもは人から答を求められる男が今は途方に暮れていた。自分でボリスラフを探し出したかった。一方、今、クレールとエティエンヌのもとを離れるなど考えられなかった。ブドウ畑に立つ彼のまわりで田舎が目覚めはじめていた。絶対にここを離れまい。彼はそう思った。ここを要塞都市にするのだ。上司のモンフォルトが考えている警備を二倍にも三倍にも厳重にしよう。そして……そんなことをするわけにはいかなかった。家族を要塞の中に閉じ込めてしまうということは、取りも直さずバノヴィッチの勝利を認めることだ。元司書は弁護士とのやりとりで次のように言っていた——あの男を塵芥《じんかい》に帰《き》させよ。あの男の愛する者たち全員を抹殺して、あの男のありさまを見届けよ。

レンジのまえに立つクレールの横にエティエンヌも立っていた。料理チームの再結成。ポアンカレの息子が建築以上に情熱を傾けているのが食べることだった。が、幸運なことに、自分がつくるどんなものを食べても一グラムも増えない代謝機能を持っており、すでに何年ものあいだ、クレールとふたりで凝ったディナーをつくるペアを組んでいた。エティエンヌの得手はソースづくりで、完成した料理にまるで設計展示会に出品するかのようにきれいにソースをかけた。思えば当然のことだ。エティエンヌは八歳で鍋などのキッチン用品を使って、片持ち梁や重量に耐えうるアーチのある〝建造物〟を造ったのだから。十歳のときにはもう、夜空に突き刺さるような摩天楼を造るための建築資材を集めはじめていた。十六歳のときには自分の部屋をスタジオに造り変え、ある週はその〝スタジオ〟で、フランスの昔の田舎に敬意を表した都会的な村の模型を造り、次の週には月面基地のような集落を造った。

そういった年月を通じて、自分の建設計画のための土台となるベニヤ板の下で寝て、大学院を出たと思ったらまたたくまに、パリに拠点を置いてドバイからサンフランシスコまで事業を広く展開する建設会社の最年少重役になっていた。

「父さん、ずいぶん早起きしたんだね？」

「ほかのどこよりここならよく眠れるはずなのに」とクレールが言った。「お父さんの眼の下の隈《くま》を見てごらんなさい」そう言って、ポアンカレにコーヒーを渡した。ポアンカレはカリフラワーに手を伸ばした。クレールはその手を木のスプーンで軽く叩いた。「それはお昼のスープ用よ、アンリ」

ポアンカレはエティエンヌの頬に手を伸ばし、クレールにキスをして言った。「孫たちは？」

手が小麦粉だらけになっているクレールは居間のほうを顎で示した。「自分たちの〝プロジェクト〟をあなたに見せたがってる。ルシールは〝バター・アート〟って言ってるけど」彼女はそう言って肩をすくめた。「雑誌か何かに載ってたのね。わたしがこうして説明してるより見たほうが早いわ」ポアンカレは居間に向かった。双子のエミールとジョルジュ、クロエの三人の孫は暖炉のまえに置かれたテーブルについていた。母親のルシールのまえに熱して軟らかくしたバターを入れたボウルがあった。ポアンカレはそんな彼らの作業をしばらく見守った。生まれてから四年も彼には双子の区別がつかず、双子たちの姉のクロエにいちいち尋ねていた頃があった。彼に何度訊かれようと、クロエは辛抱強かった。そういう女の子なのだ。が、双子たちはそうはいかなかった。祖父の弱点に気づくと、容赦なく祖父をからかいはじめた。彼が呼んでもでたらめに応えるようになったのだ。ポアンカレはルシールに頼んで、ふたりに名札をペンダントのようにしてつけさせた。最初のうちは義務的に。ところが、双子はすぐにそれを取り替えるようになった。そんなふたりのどちらかが部屋にはいってくるたび、クロエは大笑いした。それでも、最後には天の配剤か、ジョルジュの左手の甲に嚢胞《のうほう》ができ、取り除かねばならず、手術痕ができた。ポアンカレにはそれが双子を見分ける決め手となった。そんなふうに突然見分けられるようになった理由を双子に明かす気など、彼にはさらさらなかった。言うまでもない。

「なんだい、これは?」とポアンカレは孫たちのそばに立ち、見下ろして言った。

「バター・アートだよ、お祖父ちゃん」

「見てて」とエミールが言った。「こうやって二枚のガラスの板の上にバターを伸ばすでしょ、それからこうやってぎゅっとはさんでからまた離すでしょ――ほら!」そう言って、エミールは二枚のガラス板を離して誇らしげに成果を見せた。そこにはまさに葉脈、あるいは川の何本もの支流を思わせる図柄ができていた。樹状突起、とポアンカレは胸につぶやき、部屋を見まわした。まるでフェンスターの幽霊でも探すかのように。

「まだ使ってないガラス板が二枚あるから、お義父《とう》さんもやってみませんか？」

「いや、見るだけにしておくよ」

彼がそう答えると、ルシールは『家庭で開ける科学教室』という雑誌を彼に渡して言った。「ご自由に。でも、わたしとエティエンヌが喧嘩をしたときには、子供たちがそれぞれの代理人になってくれるということは知っておいてくださってもいいかも。そんなとき、彼は子供たちとブロック遊びをしたり本を読んで聞かせたりして、わたしのほうは子供たちと算数をしたり、科学の実験をしたりするんですけど、それでまるく収まるんです」彼女の言うとおりだった。孫たちは自分たちのしていることに没頭していた。ジョルジュとエミールは母親も祖父も無視して、無心にバターをガラス板に塗りつけ、クロエは窓辺に立って自分の最新作を吟味《ぎんみ》していた。

ルシールはまた作業に戻った。ポアンカレは手渡された雑誌を手に、暖炉のそばの椅子に腰をおろした。贔屓《ひいき》の孫をつくってはいけないことぐらい彼にもわかっていた。が、クロエは彼にとって生ける宝石だった。ガラス板を拭きに戻ってきたクロエが言った。「お祖父ちゃん、見て――バターの量を変えると、模様も変わるの」双子の男の子はテーブルの下で蹴り合いをしており、やがてバター・アートにも飽きたのか、外に駆け出していった。クロエは弟たちの汚れたままのガラス板を拭くと、きれいに並べてから慎重に計ったバターをガラス板の上に塗りはじめた。「お祖父ちゃんは模様が好き？」クロエはクレールに似た丸顔で髪もブロンドだったが、眼はエティエンヌ譲りで、将来ルシールのような科学者にでもなりそうな知的な輝きを宿していた。

「うん、好きだよ」とポアンカレは言った。「お祖父ちゃんは模様が好きだ。おまえがつくる模様ならなんでも好きだ。焦らさないでみんな見せてくれ」

これまでのポアンカレの長いキャリアの中で一度もなかったわけではない。が、これほどの偶然が重なるのは初めてだった。どこを向いても新たな情報にぶつかりそうな気がした。ポアンカレはルシールに手渡された雑誌を読みはじめた。自然にできる模様のあれこれを子供に教えるための雑誌だった。外では双子の男の子が鶏を追いまわしているようだった。それらしい音が聞こえていた。あと十分で朝食、というエティエンヌの声がした。ポアンカレは膝を叩かれた。気づくと、まえにクロエが手を伸ばして立っていた。黄色いヘアクリップが髪を一房つかんだまま垂れて眼にかかっていた。ポアンカレはいったんクリップをはずしてからまたきれいに留め直した。

「よし、いいぞ」そう言って、立ち上がった。クロエはバター・アートの最新作を片手に持ち、もう一方の手で祖父の手を引き、エティエンヌとルシールのそばを黙って通り過ぎた。ポアンカレはキッチン・カウンターに置いてあったふたつのカリフラワーを吟味するのに立ち止まった――より大きなもののミニチュア版であり、全体の縮小版である小さな花蕾《からい》を。クロエがそんな彼の手をさらに引っぱった。外に出ると、納屋まで歩いた。納屋の中では双子の男の子が雄鶏のジャックを納屋の隅に追いつめようとしていた。ポアンカレはすぐやめるように男の子たちに言った。ふたりともポアンカレの脇をすり抜けて母屋のほうへ走っていった。振り返ると、クロエは納屋の中にははいろうとせず、ドアの手前で立ち止まっていた。ポアンカレは孫の背の高さまで腰を屈めて納屋のドアを見た。ドアにはひび割れたペンキの上にペンキが塗られ、それが何層にも重なっており、長い歴史を物語っていた。

「よし」とポアンカレは言った。「何を見せたかったんだ？」

「見て」とクロエは言った。

「ああ、ドアが見えるね、クロエ。お祖父ちゃんも見てる」

クロエはペンキが塗られたドアの横に自分のバター・アートを掲げた。「模様がおんなじ。どうしてなの、お祖父ちゃん？」

確かに同じ模様になっていた。

「どうして？」

「さあ、お祖父ちゃんにもわからない」

そう言いながらも、彼の頭はフル回転していた。

「とってもきれい」

「そうだね」

「あたしが何を考えてるか、お祖父ちゃん、わかる？

神さまはちっちゃくて、とっても大きいんだと思う。

神さまはバターとペンキの中に生きてるんだって思う。

神さまは模様の中に生きてるのよ、お祖父ちゃん」

男の子たちが母屋の角を曲がって走ってきた足音がした。ジョルジュが言っていた。「パパのブリーフケースの中に新しいおもちゃがあった！　来いよ！」男の子たちの姿はすぐに見えなくなった。ポアンカレは考えていた。どうすれば八歳の女の子にフェンスターが見たものが見えるのか。いや、これはつまり、フェンスターには子供に見えるものを見て、それと数学を結びつける才能があったということなのか。

ふたりはまた母屋に戻った。クロエは新作の創作を再開し、ポアンカレは雑誌に戻った。自分がジェームズ・フェンスターの頭の中に近づいているような気がした。彼に関する驚きは新しい段階にはいっていた。彼が研究していた幾何学は眼に明らかなあらゆる場所に隠れている。漆喰の壁のひび割れが稲妻のように見え、それがあるときには山の尾根を写した衛星写真にも見え、あるときには常に血走っているローランの眼のようにも見えるのと同じだ。誰の目にも明らかなところに隠れている。ポアンカレは眼を落として自分の前腕を見た――それは五本の指のある手という半島まで伸びており、手のひらの中には三角州まである。彼は雑誌を脇に置くと、眼を閉じた。稲妻の中に川が、山岳地帯の中に稲妻が見えた。それでも、フェンスターを追っても、国境を越える商品やサービスの動きまで見ることはできなかった。グローバリゼーションの数学？　昨日列車の切符を買ったことが、オークの木の成長を支配する自然の法則に支配されているとはとても思えなかった。

そこまで飛躍して考えることはできなかった。

それは彼がまた眼を開けたときに起きた。あまりに突然のことで、すぐには理解できなかった。それでもわかるなり、反射的に反応したのだろう。次に気づいたときには床に横たわり、すすり泣くクロエを腕に抱いていた。みんながそのまわりに集まり、彼を見下ろしていた。まるで彼が何かの発作に襲われでもしたかのように。彼はそれまで暖炉のそばの椅子に坐っていた。エティエンヌとルシールとクレールはボリュームのある朝食の最後の仕上げにかかっており、双子の男の子たちは家を出たりはいったりしてふたりだけのゲームに興じていた。が、ふと雑誌から眼を上げると、バター・アートに没頭しているクロエの頭に赤い光線が射しているのが見えたのだ。ことばを発することも考えることもできなかった。弾《はじ》かれたように立ち上がると、クロエを抱え、窓とクロエのあいだに自分の体を置いて、さらにテーブルの下まで床を転がった。クロエは叫び声をあげた。ポアンカレはなおも彼女を抱えたまま、少しずつ廊下のほうへ、窓の見えないところまで這《は》った。そして、キッチン用品が床に落ちた音が聞こえたと思ったら、次の瞬間にはみんなに見下ろされていたのだった。「レーザー光線だ」と彼は息を切らしながら言った。「レーザー光線がクロエの頭を狙ってたんだ」クロエは彼の腕の中で体をもぞもぞさせ、彼の腕から逃れると母親のもとに避難した。

クレールは片手を額にあてると、暖炉に寄りかかって体を支えた。エティエンヌは父親のそばに膝をついて、父親の頬に手をあてた。

「クロエは――あの子は大丈夫か？」

「父さん、坊主たちが遊んでただけだよ。ぼくの鞄の中から見つけたレーザーポインターで。こっちにくるまえにパリでプレゼンテーションをしなきゃならなかったんでね。坊主たちが遊んでただけのことだよ」そう言って、エティエンヌは父親の上体を抱えて起こした。「ルシール、悪いけど水を持ってきてくれないか？」

「クロエ？」

クロエは祖父のほうを見た。まだ鼻をすすっていた。エティエンヌがそんな彼女を父親の腕の中に押しやって言った。「クロエは大丈夫――わかった？」

「お祖父ちゃん、あんなにびっくりさせないで」とクロエは言って、父親と同じように祖父の頬に手をあてた。

ポアンカレはクロエを抱き寄せると、ルシールが水を持って戻ってくるのを待ちながら言った。「すまん、ほんとうにすまん」そう何度も繰り返し、自らの失態を呪った。自分こそ誰より落ち着いていなければならないのに。怯えてなどいないところを見せてみんなを安心させなければならないのに。クレールが彼のそばに膝をつくと、彼は言った。「みんなに話さなければならないことがある。よくない知らせだ」


その夜、初夏の気配が感じられる外に向けて窓を開け放ち、ポアンカレはベッドに横たわって、孫たちの様子を見にいったクレールが戻ってくるのを待った。寝室のドアが軋みながら開いた。クレールはベッドにはいるまえにまず鏡台のところまで行って髪を梳《と》かした。ふたりのベッドは何年くらいまえに造られたものなのか、誰も知らなかった。関係書類を見るかぎり、三百年前までさかのぼれるところを見ると、母屋より古い可能性があった。よく使い込まれたほかのあらゆる家具同様、母屋を買ったときについてきたもののひとつだ。クレールは大きな木のテーブルと暖炉、それにどれだけの生と死を見てきたかは神のみぞ知るといったそのベッド以外は、すべて教区の教会に寄付していた。ポアンカレは彼女が頭にスカーフを巻いてから明かりを消すのを見守った。

クレールは掛け布団をめくって横になると、ポアンカレの胸に頭をあずけた。彼の息づかいに彼女の頭が上下した。「アンリ」と彼女は言った。「実のところ、どれほど危険なの？」

「とにかく危険だ」と彼は言った。

「わたしたちに危害を及ぼすなんてことがあの男にできるの？」

「少なくとも試そうとはするだろう」

「わたしたちは隠れない。わたしはそんなことはしない」

彼は不審な音が聞こえなかったかとふと耳をすました。が、すぐに緊張を解いた。もしプロがやってくるようなら、こっちが物音を聞きつけたときにはもうクレールもほかのみんなも殺されているだろう。そんなことは口が裂けても言えなかった。バノヴィッチという男についてどう説明すればいいのか、彼にはわからなかった。

「わたしたちはやるべきことをやる」とクレールは言った。「わたしたちのことはインターポールが守ってくれる。わたしが心配なのはあなたのことよ。あなたは昔から一緒に生きていくのがむずかしい人だったけど、今はそれがもうほとんど不可能な人になってる」

彼は妻の髪を撫でた。

「わたしたちは大丈夫」とクレールは言った。「今もエティエンヌに笑われたわ」

「笑われた？」

「あの子が子供たちの様子を見にきたときには、わたしがもう見てたから。わたしたちは戸口に立ってしばらく孫たちの寝顔を見てた」

「だったら、あいつもきみ同様、何もわかってないということだ」

「ルシールにはルシールの計画がある——子供たちに関して毎日別の計画がね。で、昨日の朝はマルク・ラヴァンに、子供たちに卵を集めさせてもらえないかって頼んだんだけど、あのドタバタ劇はあなたも見るべきだったわね。鶏たちが飛び跳ね、クロエと双子たちは叫び……マルクは腕組みをして戸口に立っていた。怒ってはいなかったかもしれないけど、といってそのドタバタ劇を愉しんでるとも思えなかったわね……いずれにしろ、そのあと門のまえに子供たちは店を出したの。三時間は粘ったわ。でも、一台も車が通らなくて、最後にはマルクが自分で卵を買ってくれた」

「嘘だろ？」

「ほんとよ」

「毎朝おれたちに卵を届けてくれてるのに？　彼には彼の鶏がいるのに？」

クレールは枕の上に肘をつき、頰づえをして言った。

「子供たちはそのことを知らないもの。だからいくらかおこづかいをもらえて、今はすごくお金持ちになったと思ってる。ルシールは明日の朝も何か新しい計画を考えてるはずよ。彼女ってすばらしいお母さんよ、アンリ。エティエンヌがあの子供たちの年頃だった頃のわたしより、ずっとすばらしいお母さんよ」

「それはどうかな」

「わたしにはあんなエネルギーはなかった。今は言うまでもないけど」

「あったよ」ポアンカレは妻の手にキスをして言った。「ただ、今はもう老いぼれちまって覚えてないだけさ」

クレールは夫を小突《こづ》いた。「絵が完成したの——もう話したっけ？　六月の展覧会に向けて荷造りをしているところ。今度はニューヨーク」

「今度はなんの絵？」

「〝なんの〟じゃなくて〝誰の〟ね」

「わかった。じゃあ、誰の？」

「あなたよ、あなた」

ポアンカレは思わず上体を起こした。

「落ち着いて。抽象画なんだから、わたしにとってさえ。エティエンヌでもあなただってわからないでしょうね。それでも、あなたであることに変わりはないけど」

「それがどこか知らないやつの家に飾られるわけか？」

「そういうことは展覧会が終わってから考えましょうよ」

「そのまえにおれが買うよ。送らないでくれ」

「もう契約済みなんだもの。それにどっちみちあなたに売るつもりはないわ。エティエンヌにならーユーロか二ユーロで売ってもいいけど」

「クレール、頼むから……もうタイトルはつけたのか？」

「〝生真面目な男〟というのを考えてるんだけど。あるいはただあなたのイニシャル。わたしのイニシャルの上に。リヨンに戻ったら、アトリエに見にきてね」彼女はそう言って彼のシャツの中に手を入れた。「エティエンヌが子供たちに就寝時間を厳しく守らせようとしているのにはもう気づいた？　そんなこと不可能なのに。あなたにだって」と言って彼女は笑った。そのあとはしばらく妻の寝息と家鳴りだけが聞こえた。開けられた窓からスイカズラの香りが漂い、落葉が舞い込んできた。ポアンカレは寝返りを打った彼女を引き寄せ、キスをした。ふたりとも唇を少しだけ開いて。秘密がどうにかかすり抜ける程度に。月明かりに照らされながら、ふたりはしばらくそうやってお互いの息を吸い合った。ややあって、クレールがいきなり自分のナイトガウンのまえを開いて言った。「わたしは田舎娘だけど、おぼこ娘ってわけじゃないのよ」ポアンカレはいっときボスニアのこともアムステルダムのことも忘れた。仕事で訪れたあらゆる場所のことも。クレールとただ一緒にいさえすれば、世界は正しかった。

12

インターポールはポアンカレの家族を分厚い毛布でくるんだ。その結果、ふたつの市《まち》にある彼らの家はほとんど要塞のようになった。警備計画はこれ以上考えられないほど完璧なものだった――武装した護衛が四時間ごとのシフトで二十四時間つき、ふたつの家族が住むふたつのアパートメントの外辺部には電子監視装置が取り付けられ、地元警察の協力を得て、近隣のパトロールが増やされた。それでも、ポアンカレにはもっと何かできることがあるように思われ、家族の警備にいくらかでも加勢しようと無期限の休暇を取った。考えうる対策が次々に取られ、彼のリヨンのアパートメントもエティエンヌのパリのアパートメントも、監視だらけのミニ警察国家のようになった。クレールはそうした状況に気分を滅入らせた。たとえ自分たちを守るためにしろ、自分たちが住む環境が警察に破壊されるのには耐えられなかった。彼女はやさしいことばでポアンカレに仕事に戻るように言った。ポアンカレは彼女の不満を無視した。クレールとエティエンヌだけでひと月の休暇に出かけることになった過去のことが蒸し返されても。「わたしたちを最初に愛して」とあのとき彼女は言ったのだった。「自分の家族を最初に愛して。次に仕事を愛して」と。そのことについてはときが経つにつれ、ふたりのあいだで妥協点が見つかった。仕事で何週間も家を空けるようなことがあっても、家に帰ったときには、彼はそれが体だけでなく心の帰宅にもなるように努めた。仕事のことはいっさい家に持ち込まないよう心がけた。ふたりのその協定は三十年守られた――バノヴィッチが無効にするまで。

厳重な警備が始まってしばらく経ったある朝、キッチンの隅でクレールはポアンカレの手を取り、その手を自分の頰に押しつけて言った。「もう窒息しそう。エティエンヌに電話で言われたわ。父さんを当分パリの家には来させないでくれって。あなたが行くと、子供たちが怖がるんだそうよ」彼女はそう言ってポアンカレに体をあずけた。「わたしたちは警備の人たちに毎分毎秒監視されてる。お願いよ、息をさせて」

「彼らはおれたちの家の中にいるわけじゃない」とポアンカレは主張した。「監視されてること自体はきみにはわからないはずじゃ――」

「そのとおりよ」と彼女は言った。「わたしにはわからない」

ポアンカレはレミーマルタンを背の高いグラスに注いで、リヨンの市《まち》が見渡せる居間の椅子にくずおれるように坐った。そのアパートメントはふたりが結婚式を挙げる直前に見つけたもので、自分たちのものはまだベッドと鍋がひとつしかなかったある夕べ、ふたりはワインをしこたま飲んで、裸で窓のまえに立ったことがあった。嵐が徐々に収まって去っていくのを窓辺から眺めたあとは未来に乾杯し、さらにワインを飲み、疲れた体が眠りを求めて悲鳴をあげるまで愛し合った。あれから何十年も経っているのに、リヨンの市《まち》の灯は少しも変わらない——この古い市《まち》はいつ見ても若い。それにひきかえ、とポアンカレは思った。おれは変わった。近頃は重力がことさら強く感じられるようになった。関節が痛み、頭痛も頻繁に覚えるようになった。

彼はコニャックを飲んだ。さらにもうひと飲みした。

クレールがやってきて、彼の肩に頭をあずけて言った。「あなたが仕事をしなければ、バノヴィッチが勝ったことになる。彼はもう勝利を手中に収めている」

「無理だよ。きみとエティエンヌをこんな状態に置いたまま仕事なんかできない」

「仕事に戻って、アンリ。わたしたちは厳重に警護されてるんだから。むしろあなたにずっといられると、気が変になる」

「駄目だ」

彼女は彼の体に腕をまわして言った。「ダーリン、わたしはあなたに頼んでるんじゃないの」

ポアンカレにも彼女の言うことはよくわかった。

「今の仕事を続けるなら、おれはアメリカに行かなきゃならなくなる……ああ、わかったよ。仕事に戻るよ。ただしおれたちは毎日話し合う。毎日話ができれば、きみがおれを必要としたときには数時間でリヨンに戻ってこられる」

「いいわ、それで。仕事に戻って」

「大丈夫だって言ってくれ」

大丈夫、と彼女は言った。そう答えたからといって、何かが変わるわけでもなかったけれども。

ハーヴァード大学科学センターの第一講義室は、坑道のように寒々とした、なんの飾り気もないコンクリートの掩蔽壕《えんぺいごう》のようなところだった。ボストンのローガン空港で入国審査をすませたあと、ポアンカレはタクシーを拾い、ダナ・チャンビの学期最後の講義を二十分ほど聞いた。チャンビはフェンスターの大学院の教え子で、アムステルダムで不帰の人となったフェンスターの代役を務め、〝自然の数学〟という彼の講座を引き継いでいた。ポアンカレは彼女にじかに会って話を聞くまえに仕事中の彼女も見ておこうと思い、いくらか早めに着いたのだった。

実験台と展示テーブルと教卓のある教壇を中心に、円形競技場のような急な傾斜の席が漏斗《ろうと》状に広がっていた。チャンビは実験台とコンピューターの脇に立っており、二百人ほどの学生が彼女を見下ろしていた。彼女はこのむずかしい仕事をうまくこなしているのだろう、とポアンカレは思った。フェンスターが教えていたふたつの講座には定員以上の申し込みがあったようだが、彼が死んでしまってもまだこれだけの学生が受講しているところを見ると。ポアンカレは席に着いた。

「それでは」と彼女は学生に語りかけていた。「三人の勇敢な人たちに最後の試験問題に答えてもらいましょう。まず方程式を書いて、コンピューターで十万回実行して、それぞれのデータポイントをグラフにして、モデル化する。それがあなたたちの宿題でした――つまりこれをモデル化するのが」

「別に珍しくもないシダです。この一週間、助けを求めてきたあなたたちの数からすると、こんなものはもう二度と見たくないと思ってる人も少なくないと思うけど」

学生たちは笑った。

「でも、考えてみて。森を歩くと、こういうものは何百万と見られるけれど、でも、ひとつとして同じものはありません――遺伝学的な区別まではつかなくても。でも、どれも似ていても同じではない。オークの木やサルや雪片や人と同じように」ポアンカレは双子の孫のことを思った。確かに。「それでは、〝決める〟ということばが使えるなら、シダはどうやって決めているのか。どこに枝をつければいいのか、それをどれだけどの方向に伸ばせばいいのか。まるで自然界にはあらゆるシダが引き寄せられる〝シダ〟という大ざっぱなモデルがあって、さらにそのモデルには個々にヴァリエーションを与える余裕もあるように見えます。宿題はこのシダのためのモデルとなる方程式を書いてグラフ化することでした。誰かいませんか？　みんなで財産を分け合いましょう――この学期をみんなで愉しんで終えましょう」

公開処刑となるかもしれないリスクを誰が冒すか。教室がいっときざわついた。チャンビは実験台にもたれ、靴で床を叩き、何度も腕組みを繰り返して、じれったさをことさら大げさに訴えてから言った。「最初に手を挙げた人は今学期の成績がAになると言えば、それでみんなの気持ちも変わるかしら？」

十二人の学生が立ち上がった。

「すばらしい」と彼女は言った。「立ってくれとは言わなかったけれど。でも、せっかく立ってくれたんだから、あなた――」彼女はすらりとした女子大生を指差した。「ミズ・チェン、だったわね？　お願いします。それからあなた――」彼女はポアンカレの二列前の席に坐っていた体のそこらじゅうにタトゥーを入れた男子学生を指差した。ポアンカレは自分の存在にそこで彼女も気づいたにちがいないと思った。そのあと彼女は三人目の学生を指名した。三人の学生は階段を降りて円形競技場の底へと向かった。

「三人とも気楽にね」とチャンビは言った。「わたしが初めてモデル化したシダなんか――」それはどれぐらいまえのことなのだろう？　とポアンカレは思った。どう見ても彼女はまだ二十代後半にしか見えなかった。「串刺しにしたヤマアラシにしか見えなかったんだから。だからすぐにあきらめないで。数学専攻の人たちには――このクラスにいる四人には全員に――次のチャンスがあるし。それ以外の人も何も気にしないでいいわ。それでも、次に天気予報や気候の変動予測を見たときには、そこには数学的なモデル化が関係してることにみんな気づくはずよ。わたしはこの仕事がどれほどむずかしいものか、そのことにみんなに気づいてほしくてこの宿題を出したの。天気のようなもののシステムをモデル化することはシダのモデル化よりはるかに複雑になる。それだけは言っておくわね」

唇にリングもはめたタトゥーの学生がさきにチャンビのコンピューターにフラッシュメモリを取り付けると、幻覚に現われたシダのイメージのようなものがコンピューター画面に現われた。

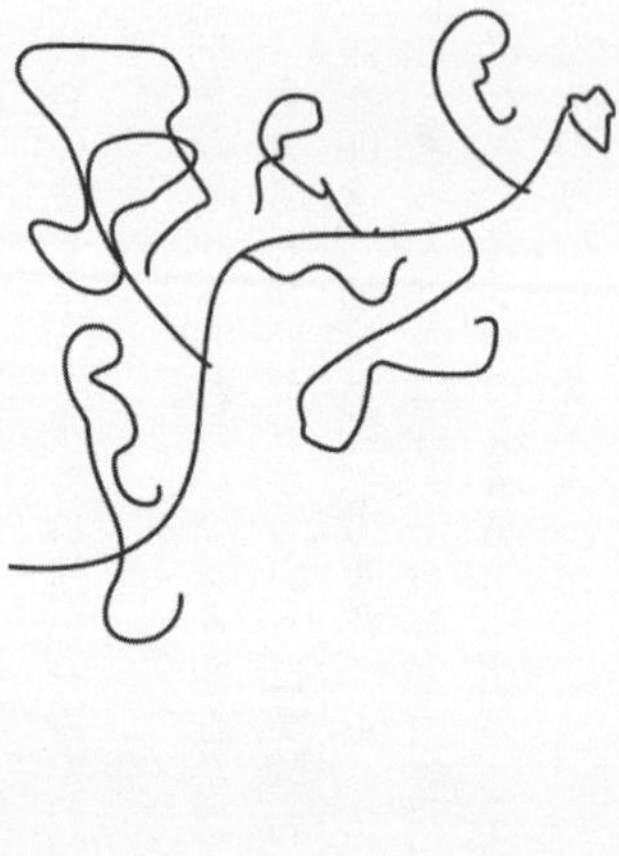

「みんなは犬だけが飼い主に似ると思ってるかもしれ

ないけど」とその学生は表情ひとつ変えずに言った。みんながどっと笑った。チャンビも声をあげて笑っていた。「ぼくが定めたxとyの初期値が明らかにまちがってたんでしょうね。だから、方程式で確率関数をうまく表現する方法がわからなかった。こんなものが夢に出てきたら、絶対叫び声をあげて起きちゃいますよね」そう言って、その学生はほかの学生の拍手と祝福を受けて席に戻った。二番目の男子学生は、ヨットから降りてそのままこの教室にやってきたかのようだった。サーモン色のショートパンツに襟を立てた白いポロシャツ。冷笑をうっすらと浮かべていたが、内面の緊張を隠すにはいささか冷ややかさに欠ける笑みだった。「名前は?」

「ヘンリー」と学生は答えた。「ウェンデル・ヘンリー」

「ミスター・ヘンリー、あなたのモデルは?」

ヘンリーの像が画面に現われると、またクラスにどよめきが起きた。

「がんばってはみたんだけど」と彼は言った。「電柱みたいですよね。葉っぱにしては横材、あるいは爪楊《つまよう》枝《じ》みたいなのが多すぎる。一週間まるまるがんばったんだけど。数値をひとつひとつ変えて。曲線を枠型のようにして。さっきの人のシダとひとつの部屋に閉じ込めておけばよかったのかも。そうすればふたりの子

供にもチャンスはあったのかも」タトゥーの学生が挨拶がわりに拳《こぶし》を突き上げた。「だいたい二万回ぐらいはうまく行ったんだけれど、そこからは全然うまく行かなくなっちゃったんです。何回方程式をいじってみても。ぼくの場合、力ずくでけっこううまくいくことが多いんだけど、今回は駄目でした」

講義室にいる学生はみな講義を愉しんでいた。それはポアンカレも変わらなかった。プレッシャーを感じている者はいなかった。クラス全員を不合格にする教授などいやしない。みんながくつろいでいることがはっきりと肌に感じられた。三人目のアジア系の女子学生が教壇に上がるまでは。ポアンカレにはこのあとどういうことになるのか見当がついた。女子学生は薄手の淡い緑のカーディガンにプリーツスカートという、まるで小学校の制服のような恰好をしていた。ほかのふたりの学生が自分たちのイメージを画面に映すあいだ、しっかりと両手をまえで組み合わせ、下を向いて立っていた。まえに出ると、スポットライトを受けて直毛の黒髪が輝いた。クラス全体が静かになった。

「これがわたしが自分のシダをつくるのに使ったグラフと方程式です」マイク越しだと聞き取りにくい声だったが、ポアンカレは感嘆した。彼女の途方もない頭脳に。彼女は続けて言った。「コンピューターの実行は十万回以上やりました。以上です」

$$\begin{pmatrix} x_{n+1} \\ y_{n+1} \end{pmatrix} = \begin{pmatrix} a & b \\ c & d \end{pmatrix} \begin{pmatrix} x_n \\ y_n \end{pmatrix} + \begin{pmatrix} e \\ f \end{pmatrix}$$

そう言って、彼女は席に戻った。数人が立ち上がって祝福した。が、大半は坐ったまま呆気《あっけ》に取られていた。

「みんな落ち込まないでね」とチャンビが言った。

「ミズ・チェンはまだ十五歳だけれど、祖国の台湾ではもう受講する数学のクラスがなくなったという学生だから。わたしたちも彼女の将来には大いに期待しています。でも、いいですか、みなさんにとって大切なのは、どうやって問題にアプローチしたかということをきちんと説明することです。たとえミスター・ヘンリーのやり方で何か発見できたとしても、力ずくでは数学的なモデル化は絶対にうまくいきません。数学の問題には数学を使うべきです――もっと言えば、直観力もね」

ひとりの学生が手を上げた。「チャンビ先生、詩人には直観力があります」

「そんなふうに言いますね」とチャンビは言った。

「でも、ここは数学のクラスです」

「すぐれた数学者は詩人でもあるのよ」とチャンビは言った。「異なるシンボルのシステムを使うところは同じよ」

別の手が上がった。

「はい、ミスター――?」

「グループマンです。一点、お訊きしたいのですが、シダに関するミズ・チェンの方程式ですが、要するにそれって記述ですよね?」

　チャンビは広げた自分のノートを集めてきれいに積み上げながら言った。「もう少し説明してください。〝記述〟ということばの意味がよくわからないんだけれど」

　学生は立ち上がって言った。「最初はやはり森に生えてるシダから始めますよね。それをことばで描写することはぼくにもできます。あるいは絵に描いたり写真に撮ったりすることも。それで誰にもそれがシダであることがわかるはずです」ポアンカレはずっとチャンビを見ていたのだが、チャンビの口元にうっすらと笑みが浮かんだような気がした。彼女は学生に最後まで発言させた。「シダの方程式は絵や写真が描く以上の青写真のようなものですよね。ぼくは数学がそのもの――シダそのもの――だと言ってるんじゃないし、そのものになれると言ってるのでもありません。数学はむしろシダのDNAのようなものです。DNAじゃないけれど。方程式にちょっとした泥や水をつけたらそれでできあがりです。自然界のすべてのプロセスは方程式を使ってモデル化できる。ぼくたちはフェンスター博士とあなたからそういうことを学びました。でも、ぼくが訊きたいのは、これらの方程式というのはただの現実の記述だけじゃなくて、現実そのものなのかどうかということです」

　チャンビは実験台に置いた片手をすべらせながら教壇の上を移動して言った。「ミスター・グループマン、現実そのものというのはどういう意味かしら?」

　グループマンはコンクリートの床を足で踏み鳴らした。「これです。これです」次にナップサックを取り上げた。「これです。これらすべてです」

「わかりました」彼女はマイクの位置を直した。「あなたの今の質問にはこんなふうに答えさせてください。わたしたち数学者にとっては、今あなたが指摘したことを考えるにも数学は有効だということです。たとえばこのシダ。３Ｄのグラフ・プログラムを使えば、現実の森の中の現実のシダを見ているような気分になれます。森に吹く風も早朝にシダの葉に降りる霜も想像できるほど繊細でエレガントなモデルを見ることができます。方程式がそれほどのレベルまで書けて、あなたが数学者なら、きっとあなたも〝記述〟ということばを使うはずです。つまり、今自分が見ているものを方程式が記述しているとね。でも、あなたが神学者なら、また別なことばを使うかもしれない」

彼女はそれとなく疑問を呈して、間《ま》を置いた。教室は静まり返った。眼を閉じたら、このだだっ広い教室にほんの数人の学生しかいないように感じられたことだろう。数秒が過ぎ、ポアンカレの席の反対側の隅からひとりの学生が声をあげた。「〝支配〟。神学者なら自分たちが見ているものを数学が支配していると言うんじゃないかな」

「考えられるわね」とチャンビは言った。

「でも、そういうことばを使ったら、今度は〝支配者〟とは何かという疑問が出てきませんか？」と別の学生が言った。

「確かに」とチャンビは言った。「支配者。創造主。なんでもいい。では、誰が自然の方程式を書くのか」

また沈黙ができた。

最初に問題を提起した学生が立ち上がって言った。「講義要項によれば、このクラスは数学科の必修科目になってるけど」

チャンビはにやりとして言った。「そういうことは気にしないでいいわ。いずれにしろ、ミスター・グループマン、あなたは何？　数学者、神学者？　それとも人には決められない何か？」

学生は肩をすくめて言った。「なんとも言えないですね。どちらでもないような気もするし、どちらでもあるような気もする。それって朝の何時に訊かれたかによってちがってくるような気がします」

「ミスター・グループマン、あなたは正直な人ですね。でも、もしセカンド・オピニオンが聞きたければ、近くのフランシス・アヴェニューにある神学部に行くといいわ」

学生たちはどっと笑った。チャンビは腕時計を見た。

「これぐらいにしましょう。あなたたちのレポートはきちんと見させてもらいます。成績はメールで送ります。では、ちょっとだけみなさんの時間を貸してください。最後にひとこと言わせてください。フェンスター先生がアムステルダムで不慮の死を遂げられ、わたしは先生の代役としてこの講座を担当させてもらいました。でも、みなさんにはこの講座の講師はわたしではなく、あくまでフェンスター先生だと覚えていてほしいと思います。みなさんが先生の講義を受けたのはほんの数週間のことでしたが。ここにあるのはみんな先生の資料とノートです。今度のレポートのテーマも先生が考えられたことです。フェンスター先生は偉大な学者でした。先生にとっての数学はただ仕事というだけでなく、人生そのものでした。そんな先生は方程式にこの上ない美を見いだしていました——先生の方程式に対する直観力が世界的に認められているのはそのためです。そう、先生は詩人だったんです。ミスター・グループマン、あなたの疑問について言えば、とてもとてもすばらしい疑問です。どうかその疑問を忘れないでください。では、みなさんにとっていい夏休みでありますように。夏休みを愉しんでください。それは昔からの学生の特権です」

拍手が起こり、そのあとに本が片づけられる音、リュックサックのジッパーが閉められる音が続いた。二十人ほどの学生が円形競技場の階段を降り、チャンビを囲んだ。ポアンカレは二十分ばかり、このエネルギッシュで、きびきびとした女性がくだけたことばづかいで話しかける学生たちの質問に答えるのを眺めた。学生たちはその答を熱心にノートを取っていた。そこでポアンカレの携帯電話が鳴った。ジーゼル・デ・フリースからのメールだった。

欧州宇宙機関はオランダの科研の検査結果を追認しました。アムステルダムの爆薬＝過塩素酸アンモニウム＋添加剤。NASAはサンプル＝一般市場では入手不能の軍用グレードの燃料＋爆発効果を高めるための添加剤と言っています。続報はまたのちほど。　デ・フリース

ポアンカレはすぐに返信を送った。

爆破犯は軍用グレードのロケット燃料に関する知識がある者か、入手可能の者。NASA、欧州宇宙機関、ロシア及び中国の関係機関に以下の問い合わせをするように。過塩素酸アンモニウムに添加剤を加える知識を持つスタッフは誰か。ロシアと中国が回答を渋るようなら、アメリカの情報機関にロシアと中国の関係機関の職員名簿を求めるといい。　HP

チャンビは最後の学生と握手を交わし、手を振って見送ると、円形競技場の奥の階段をのぼり、ポアンカレが坐っているところまで、席の長い列のあいだを歩いてきた。中背で丸顔、幅の広い鼻、真っ黒な髪を縄のように編んでいた——ポアンカレのメモによればエクアドル人。複雑なシステムのモデル化を学ぶために学生ビザでアメリカに来ていた。数学科のウェブサイトに載っているプロフィールによれば、薬剤耐性の結核の広がり方に関心があるということだった。すなわち、その広がり方を数学的にモデル化しようというわ

けだ。大学院卒業後は祖国に帰り、保健省への入省が約束されていた。結核撲滅に貢献するつもりなのだろう。彼女の祖国ではその病が構造的な貧困の一因になっている。

「あなたが移民帰化局の方なら言っておきますが」と彼女は言った。

ポアンカレは笑った。「わたしのビザは本物よ」

「それはもう明らかじゃないかな？　あなたがどれほどの才能をお持ちか。それは充分拝見させてもらいました。アンリ・ポアンカレです」彼は手を差し出した。「許可も得ずに講義を受けさせてもらった非礼をまず謝っておきます。私がいたことで気が散ったりしていなければいいのだけれど」

「今はむしろあなたのことにしか関心がありません。ポアンカレ、とおっしゃいました？」

ポアンカレはここでも自らの出自を思い出させられた。「私の父の祖父です」

「あなたはジュール・アンリ・ポアンカレのひ孫さんなんですか？」

「先祖は誰にも選べない。でしょ？」

チャンビは先に立って科学センター正面入口の脇にあるアルコーヴまで歩いた。「あなたのひいお祖父さまはまさに偉人です。数学の巨人です」

「残念ながら、私にはそういう血は流れてなくてね。両親は曾祖父の遺伝子が私にも受け継がれてることを祈って、同じアンリという名前をつけたんでしょうが、失望させてしまいました。実は私も一度は試したんだけれど。あきらめました――つまり、私は方程式の詩人ではなかったということですね、チャンビ博士」そう言って彼は苦笑した。

「わたしは博士ではありません――まだ。ジェームズがわたしの博士論文の指導教官だったんです。彼が亡くなった今はわたしにはそういう教官はいません。この学部には彼の研究もわたしの研究もちゃんと理解できる人がほかに誰もいないんです。わたしの論文は完成していません。四分の三ほど進んだところで足踏みしてしまっています。でも、指導してもらえそうな先生は世界にほんの一握りしかいなくて、その人たちにしても適任というわけではありません。あなたのひいお祖父さんが今いらしたら……いずれにしろ、大学はわたしがここから出ていくことを望んでいます」

「ありえない。あなたは信じられないほど優秀なのに」

彼女はスカーフを首に巻いていた。彼女はハニーナッツ色のすべらかな肌をしていたが、大きなポートワイン色の痣《あざ》がスカーフの下に隠されていた。ポアンカレの視線に気づいて彼女はスカーフを直しながら言った。「わたしは消耗品なんです。数学科には院生がごろごろしていて、学部長にしてみればわたしもそのひとりにすぎないんです——ジェームズの講座を引き継いだことにもあまり意味はなかったんでしょう。でも、わたしのほうにも未練はありません。それにしても、ジュール・アンリの血を受け継いでおられるなんて！　ひいお祖父さまにお会いになられたことは？」

ポアンカレは笑った。「確かに私もいい歳ですが、ミズ・チャンビ、そこまで歳というわけでもない」

彼は急に何か畏怖の念のようなものに襲われた。数学者や物理学者に会うと、どうしても覚えてしまう感慨だった。まだ若い頃にはポアンカレという姓が重荷に感じられ、改名しようかと思ったことさえあったのだが、近頃は曾祖父のことを話題にされてもただの外交辞令と思えるようになっていた。それでも……「私が受け継いだのはせいぜいパズルが好きだということぐらいです」とポアンカレは正直に言った。「それは私のような仕事をしている人間にとって意味のない資質でもないけれど、白状すると、私には導関数《デリヴァティヴ》とお尻《デリエール》の区別もつかない」

チャンビは屈託なく笑い、コンピューターを入れたバッグをアルコーヴの棚に置いた。「それはご謙遜でしょう。でも、ひいお祖父さまの才能は一世代にただひとりというほどのものです。ひいお祖父さまはジェームズのヒーローでした。ひいお祖父さまの方程式は彼のオフィスのあちこちに張り出してあって、コンピューターにも貼りつけてありました。嘘じゃありません。ジェームズにとっては目標のようなものだったんです。アインシュタインももっとジュール・アンリを勉強すべきでした。あなたのひいお祖父さまは最初にそこに到達した人ではないにしろ、少なくとも一般相対性理論を予見してたんだから。カオス理論については言うまでもありません」

ポアンカレは廊下の奥に見える小さなカフェテリアを指差して言った。「今日こちらへは仕事で伺ったんです、ミズ・チャンビ。フェンスター博士のことをもっと知りたいのです。私はあの事件を捜査してるんです」そう言って、そこで初めて名刺を渡した。

チャンビはそれを見て言った。「インターポール？」

「そうです」

「ジェームズのことはまともにお話ができるような状態にはありません」

「お察しします。でも、どうしてフェンスター博士は殺されたりしたのか。私にしてもまるでわけがわからない。数学界の大きな損失だったんでしょうね」

「すみません、ミスター・ポアンカレ。彼のことはお話しするわけにはいきません」彼女は眼のまえに腕時計を持ってきて時間を確かめてから、またスカーフを直した。「いけない、もうこんな時間だわ。これから用事があるんです」

「だったら今日は五分だけでも」と彼は言った。「また明日出直します。ボストンには土曜までいる予定なんで」

「五分でも無理です」

ポアンカレはマドレーン・レーニアの写真を取り出

して見せた。「この女性はご存知ですか？」

チャンビは両手をまえに突き出して言った。「無理です。ほんとうに」

「だったら明日。あなたの勤務時間中に会いましょう。明日は午前中ずっと学校におられますよね？」

「調べたんですか？　ジェームズのことはお話しできません。悲しすぎるんです。無理です」

「悲しいから話せない？　それとも忙しいから話せない？」

「忙しいし、悲しいし。両方です。もう行かなくちゃ」

「ミズ・チャンビ、これは公的な捜査です」と彼は諭すように言った。「あなたのお話から何があったのかわかるかもしれない。あなただって捜査には協力したいはずだ。話してください」

「もう行かなくちゃ」

「だったら明日」

「明日は学生の面接をしなければなりません」

「一日じゅう？　それでも昼食ぐらいはとるんでしょう？　あのカフェで明日の十二時半でどうです？」そう言いながらも、ポアンカレは同時にいくつかの可能性を考えていた——男女関係のもつれ？　彼女の論文の完成を遅らせたことに対する怒り？　それとも彼女が言うとおり、深い悲しみ？　「では、木曜では？」

「忙しいわ」

「ミズ・チャンビ、これはとても大切なことです」

彼女はバッグを肩に掛けると、ノートをまとめて手に持った。「金曜日の午後なら。わたしの勤務時間は学部のサイトで調べてください」それだけ言うと、ダナ・チャンビは通路を歩き、回転ドアを抜けてポアンカレのまえから姿を消した。

その日の午後、ポアンカレはホテルの部屋からリヨンに電話した。

「アンリ！　飛行機はどうだった？　変わりはない？」

すべて順調だ、とポアンカレはクレールをまず安心させてから尋ねた。「そっちの様子は？」実際のところ、電話に出たことがその質問の答になっているわけで、彼はすでに一安心していたが。

「こっちも変わりないわ。わたしたちは大丈夫だって言ったでしょ？　実際、大丈夫だから」

「エティエンヌのところは……あいつのところも変わりないね？」

「ええ、変わりないわ。ほんとうに。さあ、おやすみのキスをして。もう寝ようとしてたところよ。明日の電話は朝早くしてね」

　ポアンカレは唇でキスする音をたてた。そして、携帯電話をたたむと、フォンロックの母屋のベッドで彼女と一緒に寝ているところを思い描いた。コオロギの鳴き声と、餌《えさ》と自分たち自身の温かい寝床を求めて、野ネズミが家の土台のまわりに穴を掘る音を聞きながら、ベッドに横になっているところを。やはり毎日電話をすることにしてよかったと思った。こっちから電話をし、クレールがそれに応える。それですべてうまくいく。彼は自分にそう言い聞かせた。

13

ポアンカレは手探りで携帯電話に手を伸ばした。すぐには今自分がどの大陸にいるのかもわからなかった。「もしもし?」ともごもごと言った。そのとき水を注いだグラスをうっかり倒してしまった。起き上がり、カーテンの隙間から射し込む陽射しに手をかざした。

「アンリ、ニュースです」

「パオロか?」

「ボリスラフの本名がわかりました。クリストフ・ムラディック。〈拡大セルビアのための志士団〉のナンバー2です。インターポールは二年前に彼の身柄を確保するよう赤手配書を出しています。にもかかわらず、オランダの警察は彼の出入国を見逃したということです。バニャルカで見つけました」信号の遅延があり、機械音と雑音が聞こえてから、またパオロ・ルドヴィッチの声が戻った。「バノヴィッチの指令はやはり事実でした、残念ながら。すでに四件の殺人契約を結んでました——あなたの奥さん、エティエンヌ、ルシール、それにあなたのお孫さんたちの殺害の——お孫さんたちはひとまとめになってました。あなたも契約にはいっているのかどうかは不明です。モンフォルト局長にはもう伝えてあります」

「殺人を請け負ったやつらは? そこまではわからないのか?」

殺し屋の名前がわかったからといって冷酷な事実は変わらない。それでも、ポアンカレとしてはどんな情報も知っておきたかった。些細なことからより有効な警備のヒントが得られることもある。相手がどのような攻撃を仕掛けてくるか予測できることも。彼はベッドから足をおろした。

「そこが問題でしてね。ムラディックも暗殺者を知らないんです。確実を期すために仲介人を通してるんです。バノヴィッチの指令に従って、その仲介人に標的の名前と住所を教え、金を渡した。そして、実際にはその仲介人が手配した」

「手配した？」

「そうなんです。三日遅かったんです。ただ、暗殺者は元共産圏の一匹狼であることはまちがいないでしょう。おそらく元シュタージ（東ドイツの国家秘密警察）のようなやつでしょう。今、おれは殺人の手配をした仲介人を追ってます。そいつはハンガリー人でした。だから、今、ブダペストにいるんです。〝事故〟のまえにムラディックからそれだけは聞き出せたんで」

〝事故〟についてはポアンカレはあえて尋ねなかった。

「いずれにしろ、アンリ、この情報は確実なものです。進展があり次第、また連絡しますが、とりあえずお知らせしておこうと思って」

ポアンカレは両手の中に顔を埋めた。大西洋の反対側にいる彼にできることは――バノヴィッチの指令を止めるためにできることは何もなかった。彼はモンフォルト局長に電話した。モンフォルトもまたルドヴィッチが伝えてきたのと同じことを言った。バノヴィッチの指令はすでに暗殺者のところまで届いてしまった、と。「だからといって何も変わらない」とモンフォルトは続けた。「大使一家が受けようと思っても、きみの家族ほど厳重な警護は受けられない。インターポールという組織を信じるんだ、アンリ」

ポアンカレは命を賭してもかまわないほどインターポールという組織を信じていた。それでも、自分の家族については信頼以上の保証が欲しかった。誰にも望めない保証であっても。大統領でさえ首相でさえプロの暗殺者から逃れることはできない。大統領や首相に比べて、公園のブランコで遊ぶ子供や、牛乳を買いに近所まで車を出そうとするエティエンヌはどれほど容易な標的だろう？　ポアンカレはシャワーを浴びると、インスタントコーヒーで間に合わせ、《ボストン・グローブ》を読んだ。悲惨な状況に置かれているのが彼の私的な世界だけではないことを知るのに、さして時間はかからなかった。エチオピアの分離主義者が中国人の石油採掘業者を処刑していた。スンニ派がシーア派を襲い、それを神の為せる業と称していた。神の名のもと、シーア派の信徒がスンニ派の信徒を断首し、死体を路地に捨てていた。ここアメリカではマサチューセッツの大学生が十三人の同級生を殺していた。これといった動機もなく。

ポアンカレはホテルを出た。よく晴れた日で、陽光がチャールズ川をきらきらと照らしていた。ふたり乗りや四人乗りのボートに乗った人たちがミズグモのようにすばやくオールを漕いでいた。ポアンカレは橋を歩き、川の真ん中に立った。川の一方にあるケンブリッジも、もう一方にあるボストンも、眼を覚ましかけていた。歩道は自転車を漕ぐ人、ジョギングをする人であふれていた。大通りからは車の音が聞こえていた。ポアンカレはそんな景色を眺めて待った。それ以上待ちきれなくなるまで。それから携帯電話を開いた。

「クレール？」

ハンマーで鍛造したような川面にクレールの笑顔が見えた。しゃべるんだ。彼はそう自分に命じた。新しい絵に取りかかった？　すばらしい。孫たちはスイミングスクールに行っていた。エティエンヌはブリュッセルの美術館の新しい棟を設計する契約を勝ち取っていた。みんなそれまでと変わりない暮らしを送っていた。それでもポアンカレは安心できなかった。顔さえ見られれば不安は解消できるのに。クレールの息づかいを聞きながら、彼は不安を声からこそげ落として言った。

「クレール？」

「何、アンリ？」

橋の下から大きく一漕ぎしたボートが現われた。まっすぐに伸ばされたオールから水滴がしたたっていた。そのさまに不思議な力を感じ取り、ポアンカレは自分に言い聞かせた。うまくすれば夕食までには家に帰れる。

「なんでもない」と彼は言った。「きみの声が聞きたかっただけだ」

すべてがまだ不確かなものの、それでもポアンカレは予定を詰め込んでアメリカに来ていた――フェンスターという人物と彼の業績に関してもっと情報を集めること。マドレーン・レーニアの経歴を詳しく調べること。ロケット燃料とその不正使用に関して専門家の話を聞くこと。ルドヴィッチから電話があるまでは、それらはボストンから始まり、パサディナの〈ジェット推進力研究所〉で終わる三週間ほどの滞在でどうにかこなせる仕事だった。それがまだボストンに着いたばかりだというのに、彼は今すぐにでも大西洋を渡り、家族のまわりに鉄のバリアを築きたくなった。

めあての建物はハーヴァード・スクウェアから一マイルたらずのところにあった。ポアンカレは紙切れに書いた住所と眼のまえのその建物を何度も見比べ、何かのまちがいではないかと思った。〈ボンベイ・ビストロ〉という酒場と〈マイクズ・トゥルー・タトゥー〉という店にはさまれて、風雨にひどく痛めつけられたその建物のドアがあった。ブザーを押すと、女性が応答し、アイゼンハワー政権時代よりまえに取り付けられたようなインターフォン越しに、彼の名前を訊き返してきた。

「ポンキー――誰？」

「レです」と彼は送話口に屈み込むようにして言った。

「ポアン――カ――レです」

「インター――何？」

二分ばかりそんなやりとりをして、やっと相手にも通じる発音ができたのだろう。ブザーが鳴って錠前がはずされた。中にはいって階段を三階まで上がると、ピーター・ロイは廊下の端まで出てきて彼を待っていた。いかにもすまなそうな顔をして。「女房のおふくろなんです」そう言って、ロイは肩をすくめた。「だから、彼女を馘《くび》にしちゃうと、ぼくはそのあと住む場所を探さなきゃならなくなるんです」

ロイはポアンカレが朝見たボートの漕ぎ手のひとりであってもおかしくなかった。ひょろっとした体型の上品な男で、すり切れた革のカウチと折りたたみ椅子を並べただけの受付エリアにポアンカレを案内した。部屋の反対側では、ロイの義母のグラディスが政府払い下げのデスクの向こうに坐っていた。今にもポアンカレの首を狙って飛びかかろうとしているのか、それとも彼のためにクッキーを焼こうとしているのか、ポアンカレにはどちらとも判断がつきかねた。皮膚がたるんで首の下にも二の腕にもひだができており、離れていても彼女がその日の朝、顔にはたいた白粉《おしろい》のにおいがした。

ロイは大声で彼女にポアンカレを紹介した。それに応じて彼女が両手を両耳の裏にあてがうのを見て、ポアンカレはインターフォンで彼女と格闘しなければならなかったわけを理解した。

「フランス人なの？」とグラディスは顔を輝かせて言った。「フランスへは三十七年前に行ったことがあるのよ。最初の亭主と。エッフェル塔も見たし――」

「お義母《かあ》さん、お義母さんの話にはミスター・ポアンカレもきっと興味を持たれると思うけど、でも、忙しい方なんだよ。だからその話はまたあとで」そう言って、ロイはポアンカレを応接室のほうへ急《せ》かした。が、そのまえにポアンカレは彼の義母の手を取り、その手にキスをした。彼女は『恋の手ほどき』のモーリス・シュヴァリエに恋をしたにちがいない年齢に見えた。

「愛する女性の母親。そう思うといいそうです」ポアンカレはそのあと椅子に腰かけると言った。

「そう、理論上はね」

ロイの応接室はつい最近までウォークイン・クロゼットだったにちがいなかった。コート掛けの釘を抜いた跡は不器用ながら埋められていたが、ハンガーを掛けるポールの留め具はまだ取り付けられたままになっていた。そんな場所にプラスチックのテーブル、それに折りたたみ椅子が五脚。金箔をかぶせた額にふたつの卒業証書が飾られている以外、壁にはなんの飾り気もなかった。卒業証書のひとつはプリンストン大学、もうひとつはコロンビア大学のロースクールのものだった。窓がひとつだけあり、通気のための狭い空間の向こうにレンガの壁が見えた。

「電話でお伝えした以外にはもうお話しできるようなことは何もないと思いますが」とロイは言った。

それはわかっています、とポアンカレは言って、ひとまずロイを安心させた。たとえわずかでもジェームズ・フェンスターを知っていた人間から直接話を聞くのが彼の目的だった。「それでも名前だけでは捜査はできないんで」と彼は言って手帳に手を伸ばした。

「できるだけお役に立ちたいとは思いますが……ただフェンスター博士に会ったのは私も一度だけなんです」と彼は言った。「それも一時間半ぐらいのことです――それでも、印象深い人ではありました。ある日、予約もなしに見えましてね。インターネットでダウンロードした遺言書を完成させたい。そう言われたんです。数学には特に関心はなかったんで、彼の名前を聞いたのはそのときがたぶん初めてでした。それでも、印象に残ったんで、彼が帰ったあとちょっと調べてみたんです。そうしたら、やっぱり印象どおりの人だったことがはっきりしたというか。頭脳明晰すぎて、世界と関係を持つためには逆に自分の頭の回転を少し遅らせないといけない人っていますよね。彼はそういう人だったんですね。無愛想な人では全然なかったけれど、話しているとわかりました。この人は相手に理解させるために自分の頭の回転を抑えてるなって。単純な文をつくるのにも十五秒から二十秒ぐらい時間をかけるんですよ――こんなふうに。そう、私は……インターネットから……この書式を……コピーしました、なんてね。そういう話し方をされると、なんだか明らかなことを見落としてるのは自分のほうじゃないかなんて気にさせられる。彼の頭の中ではきっと銀河が回転してたんでしょう。そういうことは彼の経歴を読んだり、論文や受賞した賞を見つけたりするまえからわかりました。

でも、どうか誤解のないように」とロイは続けた。

「偉そうな感じはまったくない人でした。むしろ相手と一生懸命コミュニケーションを取ろうとしてるのはわかるのだけれど、あるレベルでそれがまるでできない人というか。コンピューターがずらりと並んだ研究室とか図書館とか講義室の壇上とか、そういうところに立っているかぎりはまったく問題はないのだけれど、カクテルパーティには絶対呼んじゃいけない。そんな感じの人だったんです。体型はレールみたいに痩《や》せていて、背は六フィート、カールしたブロンドの髪が聖人の光輪みたいに見えて、二十九だというのにまだどこか少年らしさが残っていて、社交性はゼロ、知性は抜群……悪意で人を殺したりする人間からは誰よりもほど遠い。そんな感じの人でした」

「それはほかの人も同じことを言ってます。ミスター・ロイ、彼とはただ遺言書だけの関わりだったんですか？」

「ピーターと呼んでください。ええ、そうです」弁護士はそう言って、シャツの袖をまくり、分厚いたこのできた手を組んだ。ポアンカレは思った、実際に彼の趣味はボートかもしれない。

「遺産の相続人は誰だったんです？」

「すでに遺産は相続されてるんで、話してもさしつかえないと思います。生命保険が六万ドルほどあったんですが、それはケンブリッジ市に〈数学リーグ〉――子供の数学教育を支援するボランティア組織です――をつくるための基金になりました。でも、フェンスター博士は保険というものを信じてなかった。自分でそう言ってました。その保険は大学が彼にかけていて、掛け金も大学が払っていて、彼が権利を放棄しようとしてもできない性質のものだったんです。だから、彼としては相続人の欄を埋めなければならなくて、そんなふうにしたんでしょう」

「家族や親戚はいなかった？」

ポアンカレにはその答はすでにわかっていたが、念のために訊いてみた。

「私が探したかぎりひとりもいませんでした。フェンスター博士はハーヴァード大学の人事部にもプリンストン大学の人事部にもひとりも親戚を届け出ていなかった。ただ、プリンストンの雇用ファイルにオハイオ州の彼の旧住所が記されてたんで、念のためにあたってみました。でも、その住所だけでは何もわからなかったんで、クリーヴランドの私立探偵を雇ったんです。そうしたら、意外なことがわかりました。フェンスター博士は孤児だったんですね。それで子供の頃には十一年以上も里親のあいだをたらいまわしにされた挙句、州の保護下に置かれたようです。探偵がその里親全員に問い合わせたところ、どの里親からも同じ答が返ってきました。フェンスター博士は里親が養子にしたくなるような子供じゃなかった。そういうことだったようです。少なくとも、父親がキャッチボールをしたり、釣りに連れていきたくなるような息子じゃなかった。それでたらいまわしにされたんですね。でも、青少年局は裁判所命令なしに子供の出生記録を見せてはくれません。だから、調査はそこで打ち切らざるをえませんでした。そもそも大した金額の相続ではないんで、オハイオの弁護士まで雇っていたら、彼の遺産は半分ぐらいなくなってしまいますからね。それで遺言書の検認が終わったら、〈数学リーグ〉に小切手を送ることにしたんです。それはもう先週すませました」

「彼の出生証明書ですが、それはもちろん存在するわけですよね？」

「青少年局の拒否は機械的なものです。だから、誰もわざわざ調べもしなかったんじゃないですかね。場合によっては、養子本人でさえ出生記録を見られないことがあるんですよ。今回がそういうケースだったかどうかはわかりませんが。そこまで調査はしなかったんで」

「それでも彼が生まれたことにはまちがいないわけだから。青少年局にはインターポールから要請することにします」ポアンカレは忘れないようにメモした。

「インターポールの要請があってても変わらないと思いますよ」とロイは言った。「どっちみち裁判所命令が要るはずです。探偵の調査報告書なら全文メールでお送りしてもいいですけど。ただ、これだけは今言っておくと、読んで気分がよくなるようなものじゃありません。里親たちのみんながみんな理解のある人たちだったとは言えないけれど、彼らにしてみても、彼のような知性を持った子供をどう扱ったらいいのかわからなかったんでしょうね。フェンスター少年にとっては学校こそ唯一頼りになる存在だったのかもしれないけれど、先生たちでさえ彼にどう接すればいいのかわからなかったようです。これは私の想像ですが、四歳から十五歳になるまで、フェンスター博士はずっと無視されつづけ、プリンストン大学から奨学金がもらえるようになって、ようやく救われたんじゃないでしょうか。その後、二十歳で博士号を取得して、その翌年からハーヴァードで教えるようになって、その三年後にはもう終身在職権を得ています。でも、彼には親もいなければ兄弟もいないだけでなく、ここケンブリッジでも豊かな社会生活はしてなかった。それはまずまちがいないですね。教授になっても新米で、歳の変わらない学部生ともあまりうまくやれなかった。一方、二十代の若い教授ということで、ほかの教授たちに同僚として温かく迎え入れられたわけでもなかった。その才能にもかかわらず。学部生には大人で、同僚には子供だった。つまり、どこにも溶け込むことができなかった」

「ジェームズ・フェンスターというのは生まれたときの名前なんですか？」

「私の知っているかぎり、最初の家族――最初に彼を養子にしようとしたフェンスターという夫婦が〝ジェームズ〟あるいは〝ジミー〟と名づけたようです。半年の試験期間が過ぎると、性格の不一致ということでまた施設に返してしまうわけですが。書類に不備があったらしく、実際には養子縁組が公的に成立していたのに。そのあと四つの家族を転々とするんですが、結局、名前は最初のまま残ったんですね。いずれにしろ、プリンストン大学に受け容れられたことがフェンスター少年にとって、それまでの人生で最良の出来事だったわけです。それで彼は救われた」

　そのあとフェンスターはどこかで社会性を身につけたにちがいない。ポアンカレはそう思った。結局、破棄されたとはいえ、マドレーン・レーニアと婚約したことがなによりそのことを物語っている。「あなたのところに相談に来たとき、彼に変わったところはありませんでしたか？」とポアンカレは尋ねた。「自分の身に危険が迫っているように感じているとか、そんなふうには見えませんでしたか？」

「いいえ、そんなところはまったくありませんでした」

「それでは健康問題は？　まだ若かったのにどうして遺言書など書こうとしたんでしょう？　重い病気を患《わずら》っていることを思わせるようなところはなかったですか？」

ロイは肩をすくめた。「痩せてはいたけれど、見るかぎり健康そうでした。爆破事件のあと、警察は彼の医療記録を調べたようですが——フェンスター博士は医科も歯科も大学の付属施設を利用していたみたいですね。そのどちらにも問題はなかったと聞いています。精神面ですが、遺言書をつくるにあたってはまったくなんの問題もないように見えました。精神的に追いつめられているようなところは少しも見られませんでした。今あなたが坐っている椅子に坐って言うには、私の名は職業別電話帳で見つけたのだけれど——彼が使ったとおりのことばで言えば——私の事務所の簡素さが気に入ったということでした。まあ、法律事務所というからにはマホガニーの内装に、額にはいった立派な絵が飾られたオフィスを想像していたんでしょう。でも、私の顧客はみんなピザでも注文する気楽さで来るんです。ひと切れ注文してみて悪くなかったら、みんな次のひと切れも近所ですませようとするものです。いわば私は近所の弁護屋さんです。で、諸経費を抑えて、弁護料を安くできるようにしてるんです。フェンスター博士はそういうのが自分も好きだと言ってました。シンプルなのがね」

「それであなたはひと切れいくらにしてるんです？」とポアンカレは卒業証書を指差して言った。

ロイは笑った。「まだ若かった頃はかなり高い部類でしたね。プリンストンとコロンビア卒というのはダウンタウンの法律事務所で仕事をするには大いに役立ってくれました——以前は代表弁護士だったんです。だから収入は悪くなかったけれど、そのぶん胃潰瘍《いかいよう》にもよくなりました。訴訟手続きが商売になりすぎたんです。で、そういう仕事は辞めて、自分で納得できるスケールの仕事にシフトしたんです。ここじゃ私がどこのロースクールを出てるのかなんて誰も気にしやしません。ローン会社相手に私がちゃんと交渉し、移民局相手に物事を穏便にすませてるかぎり。もちろん、ただでやってるわけじゃありません——それは公的機関がすることとです。といって、一時間に五百ドル要求したりもしていない。依頼人の現金の持ち合わせがたまたま足りなかったりしたら、交渉に応じます。弁護料として一年分の手作りジャムを受け取ったこともあります。それでけっこううまくいってるんです。フェンスター博士は小切手で払ってくれました。銀行口座には別に六万ドル残ったわけだけれど、それは〈数学リーグ〉に行きました。車は持っておらず、アパートメントは賃貸でした。警察はそのアパートメントをいつ大家に返すんでしょうね？」

「彼の私物は——それはどうするんです？」

「最終的にはどこかに寄付することになると思います。彼の遺産のうち金融資産はすべて処理しましたが、大して時間はかかりませんでした。彼は支払いの大半を小切手ですませていて、クレジットカードもたまにインターネットで何かを買うときだけのものだったんです。これといった借金もなし。私物もこれといったものは彼が自宅で使っていたノートパソコンだけですね。ただ、そのコンピューターについては、ハーヴァード側はフェンスター博士の知的財産ということで大学に帰属すると主張していて、一方、博士の後援者のひとり、チャールズ・ベルは、博士がベルの基金で買ったものだから、自分のものだと言っています。でもって、それが奇妙なことに訴訟にまで発展してしまって。現時点ではそのハードディスクは証拠品ということで警察が管理していますが」

「そのコンピューターには何がはいってるんです？」

「そこなんですよ、奇妙と言ったのは」とロイは言った。「誰にもわからないんです。誰もパスワードを知らないもんだから。警察は暗号解読の専門家を雇ったようですが、博士はどうやら独自のデジタルロックを発明したみたいですね。だから、それを解読するのは相当大変なんじゃないでしょうか。にもかかわらず、ハーヴァードもベルも互いに訴え合い、それに州も巻き込んで、そのハードディスクを手に入れようとしてるんですからね」

「それにはいくらぐらいの金が関わってるんですか？ベルはフェンスター博士にどれぐらい提供してたんです？」

「聞いた話ですが、八百万ドルほどだそうです。だから、ベルにしてみれば、その投資の見返りがあって当然ということなんでしょう。八百万に対してハードディスク自体はせいぜい四百ドルぐらいのものでしょうが。一方、ハーヴァードのほうは税金控除の対象となる大学への何百万という寄付金の所産だと主張してるわけです。投資ではなくてね。まあ、結審するまでには何年もかかりそうですね」

ポアンカレはベルの連絡先を書き取った。ロイは笑みを浮かべながらその様子を見ていた。

「何か？」とポアンカレは尋ねた。

「直接会ってご自分で判断なさるといいと思いますが、まあ、ミスター・ベルというのは、ご自身の成功と性格がまったく矛盾しない人だとだけは言っておきましょう」

ポアンカレはロイが好きになった。弁護報酬に手作りジャムを受け取ったという話が気に入った。いい加減に塗られたペンキの下にコート掛けの跡が見える、飾り気のない壁も気に入った。プラスチック製のテーブルからロイの蝶ネクタイの結び方まで。それになにより彼の義母も。「弁護士の直感でけっこうです。マドレーン・レーニアのことはどう思いました？」とポアンカレは尋ねた。「彼女がフェンスター博士の遺産を狙っているようなところは感じられましたか？　十二万ドルというのはさほどの大金とは言えなくても」

「ミズ・レーニアがフェンスター博士の遺産を狙ってた？　そんなことは考えもしなかったですね。私は本人から、彼女が正当な遺言執行者であることを証明する書類をオランダ当局にファックスで送るよう頼まれたわけですが、そのあとすぐ彼女に雇われもしたんです。遺産の処分は遺言書に沿ってできるだけすみやかにおこなうようにということでした。その間、遺産にしろ資産にしろ、彼女がそういうことに関心を示したことは一度もなかったですね。ただ、爆破事件のあと何度か電話でやりとりをしたんですが、急に連絡先がわからなくなったんです。わかっていた電話番号は不通になり、メールも返ってきてしまうようになりました。そんなところへこんなものが届いたんです」そう言って、彼は絵はがきを取り出した。牛が草を食《は》む急斜面の丘と山々の写真の上に、〝スイスへようこそ〟という活字体の文字がアーチ形に印刷された絵はがきで、その裏にはレーニアのものとポアンカレにもわかる筆跡で、次のような簡単なことばが書かれていた――〝むずかしい時期に手を貸していただき、心からお礼申し上げます。M・レーニア〟。

消印はチューリッヒ。日付は爆破事件の二週間後だった。彼女はオランダを出ていたのだ。「遺産が〈数学リーグ〉に寄付されても」とポアンカレは言った。「レーニアは金にはまるで関心を示さなかった。そうだとしても、事件の背後に金がからんでいる可能性をすべて否定することはできません。フェンスター博士の資産記録を見せてもらうわけにはいきませんか？銀行の出入記録や支払い済み小切手の記録のコピーをお持ちじゃないかと思うけれど。どういうものであれ、事件を解決する手がかりになるかもしれないんで」

「眼を惹《ひ》くようなところは何もありませんが」とロイは言った。「でも、かまいませんよ。フェンスター博士はネットショッピングのための銀行口座をこの市《まち》にひとつだけ持っていました。彼の過去五年のお金の出し入れ、小切手の支払い、クレジットカードの決済の記録はすべて私のUSBメモリにはいってますから、すぐにお見せできます」

ポアンカレは立ち上がると握手を求めて言った。

「率直に言います。われわれはマドレーン・レーニアをジェームズ・フェンスター殺害の有力な容疑者と考えています。インターポールからの逮捕令状も出ています。つまり、現時点では彼女は法の手から逃れている逃亡者というわけです。ということは、もしまた彼女から連絡があった場合――」

「もちろん」とロイは言った。「彼女から直接得た情報をすぐにあなた方に伝えることができなかったのは――」

「もちろん、それはあなたには権利があったからです。彼女にもね。しかし、その時点では彼女は容疑者じゃなかった。事情はよくわかります。ただ、私の仕事では弁護士・依頼人間の秘匿特権というものが障害になることがよくありましてね」

「しかし、それは必要な障害です、ミスター・ポアンカレ」

「もちろんわかっています」そう言って、ポアンカレは鼻を鳴らした。「それが法というものであることはね」

ロイは狭い受付エリアまでポアンカレを送って言った。「フェンスター博士の会計記録を印刷するあいだ、ここに坐って待っていてください。義母が次の依頼人を虐待するところでも見ながら」

好天のもと、マサチューセッツ・アヴェニューは忙しげな都市生活をそのまま映し出していた。人と車で混み合っていた。ポアンカレは地図を見て、レッド線の列車で川を渡り、そこからは州警察がハーヴァード大学のオフィスにあったフェンスターの私物を保管している〈ガヴァメント・センター〉まで歩くことにした。地下鉄の入口で地図をたたむと、サックスのどこか現実離れした淋しい音が聞こえてきた。『わたしのお気に入り』をきわめてゆっくりとしたテンポで奏でていた——わたしのお気に入り、バラの花に落ちた雨のしずく……人々が忙しげに地下鉄の階段を昇り降りする中、ポアンカレは立ち止まった。彼の左手ではトウモロコシパンを売る屋台に行列ができていた。通りの反対側では、ピアノ運送のプロが数人の通行人の関心を惹いていた。屈強な大男が数人で建物の三階の窓から小型のグランドピアノをおろしていた。彼のまわりでは都市生活が相変わらずざわめいていた。サックスが奏でるメランコリックな旋律とはいかにも対照的に。犬が咬み、ハチが刺し、悲しい気分のときには……曲のその最後の部分が祈りのように聞こえ、ポアンカレは自分自身のお気に入りを思い出した。エティエンヌ——まだ六歳の頃、彼はポアンカレの膝の上で自分の設計した塔の複雑さについて説明したことがあった。思いがけず画廊でクレールに見つかってしまったこと。お互いこっそり同じ絵を相手にプレゼントしようとしていたのだ。納屋のドアのまえまで彼を引っぱっていって、お祖父ちゃん、見て！ と言ったクロエ。そんな彼らのために何もしてやれない自分がいかにも不甲斐なかった。今、眼のまえにパリ行きのジェット機のドアが開かれていたら、なんの迷いもなく搭乗するのに。

車のクラクションに現実に戻され、ポアンカレは地下鉄の階段を降りた。サックス奏者に礼を言いたい気分だった。そこで奇妙な若者にもう少しでぶつかりそうになった。柔らかいひげにサンダルにローブという恰好の若者で、プラカードを掲げていた。まるで占いの機械にコインを入れたみたいに、その〈歓喜の兵士〉——ポアンカレはそうにちがいないと即座に思った——は拳を振り上げ、プラカードに書かれている引用の文句を〝正当な〟怒りを込めて唱えていた。

……太陽はかげり、月はその光を放つことをやめ、星は空から落ち、天体は揺り動かされるであろう。そのとき、人々は大いなる力と栄光をもって、人の子が雲に乗って来るのを見るであろう。そのとき、彼は御使《みつかい》たちをつかわして、地のはてから天のはてまで、四方からその選民を呼び集めるであろう。

——マルコによる福音書
第十三章第二十四節から第二十七節

「〈歓喜の兵士〉？」とポアンカレは尋ねた。

「いかにも」

ポアンカレは笑いをこらえた。バルセロナのソーシャルワーカーの件にも、ミラノのアイスクリーム屋のそばで子供たちが手足を切断された件にも、笑える要素など何ひとつなかったが。

「教えてくれ」とポアンカレは言った。「時間はあとどれくらい残されてる？」

「あなた自身を救う時間はまだ充分にある、兄弟！　しかし、まえぶれや兆《きざ》しはいたるところに現われている。移動中の軍隊。妻を殴る夫。胎児を中絶する母親。われわれの街角で子供を撃つ子供。ハリケーン、津波、エイズ。教えてくれ、兄弟。これほどまでにねじれた時代があっただろうか。終末はもうすぐそこまで来ている！」

男は少なくとも確信をもって話していた。男の背後では金属の桁《けた》から、何十年ものあいだにこびりついた汚れが剝《は》がれ落ちていた。地下鉄のプラットフォームからは機械のグリースと小便のにおいが漂っていた。駅に近づいてきた列車の車輪とレールがこすれる悲鳴が聞こえた。

「〈歓喜の兵士〉」とポアンカレは呼びかけた。「終末まではあと何日なんだね？　それとも何カ月？」

「自らの信念に眼を向けるのだ！　カレンダーではなく！」

「それはけっこうむずかしいことだよ」

「もちろん、むずかしいことだ！　なぜなら、ただひとつの問題が重要となるからだ。あなたは神が自分の心におわすことを知ってるか？」

「私は物事が正しくなるよう努めている。そういうことにまだ意味があるとすればにしろ」

「それは誰でもそうだろうが！」

　その点に関するかぎり、ポアンカレはきっぱりと反論できた。「いや、われわれの誰もというわけじゃない。われわれ全員というわけじゃない」

「そのとおりだ。神を崇《あが》めよ！　そうだ！　膝をつき、神の道を拒む者たちのために祈れ。誇りを手にせよ。今ここにあってあなたを待っている贖《あがな》いを胸に抱け。神は待っておられる！　堕落した者たちのために祈るのだ！　われわれに伍すのだ！」

　ローランは今のような彼らの仰々《ぎょうぎょう》しい大言壮語にも人間的なところがあると言った。ポアンカレにはとてもそうは思えなかった。ひざまずくかわりに彼は言った。「私にはもっと勉強する必要がありそうだ」

　そう言って、男に顔を近づけた。「あんたの名前は？」

「サイモン」

「サイモン、どうすればもっと学べるか教えてくれ。私も救われたいんだ。嘘じゃない」

　ポアンカレは紙切れに電話番号でも走り書きされるのだろうと思った。が、以外にも新約聖書におけるキリスト再臨の証拠について書かれた小冊子を渡された。その裏表紙にはフリーダイヤルの番号と、ニューヨークとロスアンジェルスの〈歓喜の兵士〉センターの住所とウェブサイトのURLが書かれていた。ローランに見せてやりたいような代物だった。

　ポアンカレは小冊子をポケットに入れると、回転腕木を抜けて地下鉄のプラットフォームに降りた。サックス奏者はそこにいた――ポアンカレと同年輩で、今もまだ現役で、身すぎ世すぎに曲を奏でていた。これがまた別の日なら、ポアンカレは男をランチに誘って、身の上話でも聞かせてもらおうと思ったところだ。そうするかわりに、開かれた楽器ケースの中に数ドル入れた。列車が駅にはいってきた。トンネルからの風に、ゴミが寄せ集められたところに捨てられていた朝刊の第一面が飛ばされ、宙を舞い、ポアンカレのまえを通り過ぎた。一瞬のことながら見出しが読めた――〝環太平洋地域に大地震！〟。列車が停車し、彼は乗り込んだ。振り向くと、兵士が笑みを浮かべ、祝福のつもりか、片手を突き上げていた。

14

案の定、ジェームズ・フェンスターの人生は几帳面《きちょうめん》きわまりないものだった。堅実で出費に偏りのない彼の小切手帳によって、その夜、そのことが裏づけられた。クレジットカードの記録を見るかぎり、彼は一枚のカードしか利用しておらず、月に一度か二度インターネットで買いものをするか、テレフォンショッピングか、会議に出席するときにレンタカーを借りるのに使う程度だった。収入は二年以上にわたってハーヴァード大学の給料が定期的に銀行に振り込まれているだけで、支出のほうはほぼ週に一度の食料品の購入、年に一度か二度の衣服の購入、月に一度の家賃の支払い、月曜日ごとに一週間分の生活費としてATMで百四十ドル引き出すという、いかにもアナクロな暮らしを送っていた。プラスチック・マネーを使うことはめったになく、借金もなく、収入の大半を貯金していた。税務署の納税記録を見るかぎり、また警察にはいかなる記録も残っていないことを見るかぎり――交通違反さえ犯していなかった――ジェームズ・フェンスターはまさにピーター・ロイが言ったとおりの人物だった。ひかえめで、もの静かで、意想外なところはまったくない一般市民だった。

午前二時頃には、ポアンカレも金銭に関する捜査はもうこの辺で打ち切ろうと思いはじめた。が、直近の支払い済み小切手を調べかけたところで、大きな変化が現われた。二年間、フェンスターは自宅のアパートメントを自分で掃除するか、記録には残っていない誰かに現金で支払い、頼むかしていたのだろう。もっとも、生活費が一日二十ドルしかないとすれば、どれほどつましい暮らしをしていたにしろ、その中から掃除婦への支払いを捻出するのはむずかしい気はしたが。それがアムステルダムに向かう一週間前にかぎると、三回も高額の小切手を切っていた――最初は千五百ドル、次は二千二十五ドル、最後は二千七百五十ドル。それらすべてが地元の清掃会社に払われていた。その小切手に関するメモはどこにも見つからなかった。数時間の睡眠のあと、ポアンカレはその清掃会社の連絡先を調べて問い合わせた。その結果、フェンスターは三日続けて自分のアパートメントを掃除するのにプロの掃除人を雇っていた。しかも最後の清掃は――会社のウェブサイトによれば――〝実験室および手術室レベルの清掃〟を頼んでいた。

「確かに奇妙な注文だったけど。でも、前例のないことじゃないんだよね」と〈マイクロ・スクラブ〉の経営者は言った。「仕事の依頼の大半は部屋の清潔度を保つためで、地元のバイオテクノロジーの会社や大学からのものだけど。生物医学やコンピューターチップに関わる仕事だね。でも、たまには個人からの依頼もあるんだよ」

「フェンスター博士の依頼はどんなものだったんです？」

経営者が書類を調べるあいだ、ポアンカレは携帯電話のメールをチェックした。クレールもエティエンヌも何も言ってきていなかった。「基本的なモップがけと消毒だね。それからお客さんの要望で、あらゆるものの表面を弱い漂白剤の溶液で拭いてもいるな。本から皿から台所用品から壁からドアノブから引き出しの取っ手から何から何まで」

ポアンカレは読書用眼鏡をはずして、ホテルの窓からチャールズ川の対岸を眺めた。ただひとり土手道を川に沿って走っているランナーがいた。「しかし、三日間に三度もクリーニングしてるわけですよね」とポアンカレは念のために小切手を見ながら言った。「そのことはご存知でした？」〈マイクロ・スクラブ〉の経営者はそこまでは知らなかった。が、部屋はそもそもきれいだったと清掃主任の報告があったことを教えてくれた。その報告書には〝塵ひとつなく〟と書かれているということだった。「そもそもそこまできれいな部屋をどうしてさらにクリーニングしようとしたんでしょうね？」とポアンカレは尋ねた。「こういう仕事はこれまで個人からも請け負ったことがあるということだったけれど」

「通常は医学的理由によるものだよ」と経営者は言った。「今年の初めにもレキシントンで同じような個人の自宅の徹底清掃をしたね。そこのご主人が免疫力を根こそぎにされてしまうような癌の治療を受けたあと、家に帰ってくるってことで。最初のひと月はどんな感染も避けなければならないんで、家族からそういう依頼があったんだね。同じような依頼はアレルギー・シーズンにも舞い込んでくる——そんな依頼の場合、うちが除去するのは細菌じゃなくて、花粉になるわけだけど。そんな依頼も引き受けてる。でも、うちのお得意先はバイオテクノロジーの会社か大学だね」

「フェンスター博士は依頼の理由を話しましたか？」

「当日、お客さんは家にいなかったみたいだね」と経営者は言った。「指示のメモがあって、ミスター・シウバに部屋に入れてもらったんだね。ミスター・シウバはそのあとドアに鍵をかけたそうだけど。あ、ミスター・シウバっていうのは管理人だよ。支払いは前払いでさきに小切手をもらってたみたいだ」

ポアンカレは椅子の背にもたれていくつかの可能性を考えてみた。州警察の報告書はすでに読んでいた。州警察はフェンスターの医療記録をすべて入手していた。だから、フェンスターが健康上なんらかの問題を抱えていたら、当然気づいていただろう。確かに今はアレルギー・シーズンではある。しかし、そういうことなら一度のクリーニングで事足りるだろう。それに、去年の春にはそういった支出はなかった。アパートメントからブタクサを除去するのに、フェンスターが三回もクリーニング・サービスを頼んだとはとても思えなかった。


その建物は三階建ての四角いレンガ造りで、一世紀前のヴィクトリア風の建物が建ち並ぶ近隣の景観を明らかに損ねていた。ポアンカレは片側三車線の道路に沿ってでこぼこしたレンガ敷きの歩道を歩いた。そのアパートメント・ビルの入口にはふたりの男が立っていた。ひとりは痩せた若い男で、機械工の制服といっても通りそうな地味なスーツを着ていた。もうひとりは灰色のもじゃもじゃの髪をヘアスプレーで固めた男で、ぼうぼうの眉毛をしていた。ポアンカレが見るかぎり、その年配の男のほうは、男にしてみれば幼稚園児同然のFBI捜査官を相手に官僚的な手続きを強いられ、とことん不幸せな思いを味わっているようだった。実際、その地元の刑事、エリック・ハーリーは、

FBI捜査官に差し出された書類を読んでサインをしながらも、大声でぶつくさ文句を言っていた。ポアンカレが近づくと、彼は言った。「あんたがインターポール？……おれのケツに突き刺さったもうひとつの刺《とげ》ってわけだ。なあ、ここの捜査はもう終わってるんだよ」

　ポアンカレはまずハーリーと、続いてジョンソンFBI捜査官とも握手を交わした。

「ポアンカレ捜査官、あなたのお噂はかねがね。こうしてご一緒できることを光栄に思います。ほんとうに」とジョンソンは言った。

「若いの、興奮しすぎてしょんべんをちびったりしないでくれな」とハーリーが言った。「部屋の封を解くから――」彼は時計を見た。「――終わったら電話してくれ。で、おれが戻るまでは現場を離れないでくれ。こっちはこっちでやらなきゃならないことがあってね。それから念のために言っておくが、事件のあと、ここの検証はうちの鑑識きっての精鋭班がやって、DNAをそっちに送った。そうしたら、アムステルダムでおたくらが見つけたものとぴたりと一致した――だから、あえて言わせてもらうよ。おれの仕事がきちんとしていたことをあんたらに確かめさせるのに、わざわざここを開けなきゃならないってのは、おれとしちゃあんまり気分のいいことじゃない。こういうことははっきりさせておいたほうがいいと思うんでね。そのほうがお互いよく理解し合えるからね」

　汗をかいているハーリーはバターミルクのにおいがした。「よくわかった」とポアンカレは答えた。

「あんたにわかろうがわかるまいが、ほんとのところ、どうでもいいけど。令状をもう一回見せてくれ」ジョンソン捜査官は書類を取り出した。ハーリーはアパートメント・ビルの玄関のドアをぐいと引いて開けると、ハーリー・サイズの男にしては身軽い動きで、二階まで階段をのぼった。廊下を歩きだしたところで、絨毯に掃除機をかけていた管理人をもう少しで突き飛ばしそうになった。かまわず廊下を歩き、ひとつのドアのまえで立ち止まった。そのドアには脇柱とドアとのあいだに四個所粘着ラベルが貼られ、そのラベルを破らないかぎり中にはいれないようになっていた。ハーリーは時間を確かめてから、ラベルに自分のイニシャルを書き込むと、ペンナイフでラベルを剝がした。そして、ドアの鍵を開けてキーをポケットに入れると言って、「せいぜいがんばるんだな。おれが戻るまでここを離れないように。これがおれの電話番号だ」そう言って、絨毯の上に名刺を放った。

廊下を歩いて立ち去るハーリーは、狭い道路をどうにか進むトラックの運転手のようだった。管理人は彼を通すのにアパートメントのドアに体を押しつけなければならなかった。ジョンソン捜査官が言った。「賭けてもいいですね。これまで彼を愛したことがあるのはふたり。彼の母親とフットボールの監督だけというほうに」

ポアンカレは笑って言った。「でも、彼の言ったことは正しいよ。彼らがここで見つけたものとアムステルダムの鑑識報告は完全に一致したんだから。ここの捜査に関するかぎり、彼らがこの事件の捜査はもう終わったと思うのは当然のことだ」ポアンカレはそう言って管理人を身振りで呼ぶと、掃除機を止めて近づいてきた管理人に自分たちの仕事を説明した。

「やっとおれにも話してもらえたか」と管理人は言った。

「フェンスター博士のことは――？」

「ああ、よく知ってたよ」

「〝よく〟というのはどれぐらい？」

「何回も一緒にレッドソックスの試合を見たことがある。彼がおれのところにピザとかテイクアウトの中華とかもってきてね。おれはここの地下に――ボイラー室の隣りの部屋に住んでるんだよ」

ホルヘ・シウバは七十五、いや、八十は過ぎている老人だった。紙のように薄い肌になで肩のいかにも華奢な体つきをしており、見知らぬ者のまえでは床に向かって話すのが好きなようだった。震えを隠すために手を体に押しつけていた。「警察はもうあきらめたんだと思ってたよ」

「いや、あきらめてはいません」とポアンカレは言った。

「そりゃよかった。だってね、ジミー・フェンスターはもっと大事にされていい人だったんだから。ここに住んでる人もそりゃ、おれにおはようぐらい言うよ。声をかけてきたりもしてくれるよ。おれのことを気づかってるみたいに。でも、ほんとに気づかってくれたのはジミーだけだった。一度おれが病気になったことがあるんだけどね。ジミーは一週間、日に二度パンとスープを持ってやってきてくれた。ほかにおれが病気だってことに誰が気づいた？　おれには家族はもういない。面倒を見てくれる子供もいない」シウバはそこで唾でも吐きそうな顔をした。「そんなジミーが爆弾に吹き飛ばされたなんて……」

〝やっとおれにも話してもらえたか〟。ポアンカレはシウバの最初のことばを思い出して言った。「彼とは親しかったんですね？」

「そうだね」

「どれぐらいの頻度で会ってたんです？」

「野球シーズンには週に少なくとも二回は会ってたね。シーズンじゃなくてもたぶん週に一回は会ってた。たまには外に出かけたりしてね。ベンチに坐ってね。ただおしゃべりをするんだよ。あれこれ見て。ジミーは木の枝とか雲とか見るのが好きだった。一ブロック歩いてアイスクリームを食べにいったりもしたな」

「雲、ですか？」

自分がなぜそんなことを尋ねたのかポアンカレ自身判然としないまま、気づくと訊いていた。

「白くてふわふわした雲だよ」とシウバは言った。

「こんな話をしてたな。初めて彼が飛行機に乗ったときの話だ。なんか数学の競技大会みたいなのがあって、夏に中西部の上を飛んだんだそうだ。まだ子供の頃で、八歳かそこらだったらしい。そのとき雲の影が地上にできてるのを見た。そのときのことを思い出して、こう言うのさ。それは島とか海岸線とかだって。おれは訊いたよ。その影を見て島とか海岸線を思い出したんだね？　って。そうしたら、彼はちがうって言った。おんなじものだって。雲も海岸線も。どういうことだったんだか、おれには今でもわからんが。それでも、一緒にいて愉しい相手だった。人には気の合う相手もいればそうでないのもいるもんだ」

「ヨーロッパに発つまえ、爆破事件のまえ、彼はプロの清掃業者を雇ってます。業者が来たときにはあなたが対応したんですね？」

「そう、まえもってジミーから指示されてたんだよ。業者は三日続けて三回来た」

「この部屋はそこまで掃除する必要があったんですか、ミスター・シウバ？」

「奇妙だよね。確かに」

「理由を訊きました？」

「いや。なんで訊かなきゃならない？」

「フェンスター博士は病気だったんでしょうか？　それで細菌を避けるのにそこまで部屋を清潔にしなきゃならなかったんでしょうか？」

「いやいや、病気なんかじゃなかったよ。あと二十ポンド肥《ふと》ってもよかったけど、でも、健康だったよ」

「定期的に掃除をしにくるような人は？」

「いなかった――掃除は自分でしてた。小さなアパートメントだからね。見りゃわかると思うけど」

「最後に清掃チームが来たときのことですが」ポアンカレは片手をアパートメントのドアに置いて言った。

「そのときのことを話してもらえませんか？」

シウバは頭を掻いて言った。「まあ、持ってきたのは普通の掃除機と洗剤、雑巾《ぞうきん》、それにおれにはなんなのかわからない機械がいくつか。四人のうち三人は手袋をして靴の上から紙のソックスみたいなものを履いてたね。彼らが何もかも拭くところはおれも見てたよ。おれの知り合いにもそういう仕事をしてるやつがひとりいてね。そいつはマサチューセッツ総合病院で働いてる」

「フェンスター博士に最後に会ったのは？」

「水曜。その日がレッドソックスとレイズの開幕シリーズの最後の試合だったんだよ。レッドソックスが勝った試合だったけど、ジミーはピザを持ってやってきた。旅行の支度を全部すませて、旅行鞄まで持ってやってきたんだ。西部に行って帰ってきたばかりだったんだけど。あのときは二週間ぐらい行ってたかな」

東京とシアトルで国際会議があり、フェンスターはグローバリゼーションとは関係のないテーマで講演をしたのち、アムステルダムに発つまえにボストンに八時間滞在していた。それはすでに調査済みだった。

「続けてください」

「ジミーは空港から直行してきたんだと思うね。おれとピザを食べるために。自分のアパートメントにも戻らなかったんじゃないかね。本人もピザ屋からまっすぐ来たって言ってたけど。とにかく野球が好きだったんだよ。五イニングぐらいのところでタクシーを呼んで、ここからまたローガン空港に向かったんだ。通りまで見送ったよ。そのときおれと友達になれてよかったなんて言ってた。片手を上げて微笑んで」

「で、握手したんですね」

「いや」シウバは右手を上げた。聖書に誓うときのように。「彼はこんなふうにしたんだ」

ジョンソンが鑑識キットを広げて言った。「ミスター・シウバ、清掃業者は靴の上にソックスを履いてたと言いましたね？」そう言って、青いオーヴァーシューズを掲げた。犯行現場で鑑識係が身につける標準的な装備だ。

「色はちがってたけど。でも、そういうやつだ」

「ものの表面を拭いたんでしたね？」

「そう、本もキッチンのグラスも。何もかも拭いてたね」

ポアンカレはブリーフケースから写真を取り出した。

「この女性がわかりますか？」

管理人はベルトにつけたハードケースを震える手で開けると、眼鏡を取り出した。「もちろん。マドレーン。ジミーのフィアンセだろ？　何回かここに泊まりにきたよ」

「あなたがそれを知ってるのは――？」

「そりゃここを出入りする人のことはだいたいみんな知ってるからだよ」シウバは体の重心を一方の足からもう一方の足に移して言った。「おれはここの人の犬を散歩させたりもすりゃ、届けものの受け取りのサインもしてる。作業員や来客を中に入れたりもね。ここで何が起きてるか、たいていのことはわかるよ」

「彼女を最後に見たのは？」

ポアンカレはシウバが眼鏡をはずしてケースにしまうまで待った。「しばらくまえになるね――何ヵ月かになるね。そのあとぱったり来なくなった。どうしてかなんて訊かないでほしいね。おれ自身訊いたことはないんだから」

フェンスターのアパートメントには本人の存在感がまだ色濃く残っていた。ポアンカレはドアを開け、まるでフェンスター本人に出迎えられでもしたかのような気分になった。機能的なアパートメントというよりギャラリーのような部屋だった。大人の眼の高さに――窓もキッチンのキャビネットも含めてあらゆる垂直な面に――写真が一列に掲げられていた。二枚ずつ、あるいは三枚以上まとめて。そのうちの何枚かは同じものを、あるいはとても似かよったものを、ポアンカレはアムステルダムで見ていた——葉の生い茂った木々、葉を落とした冬の木々、稲妻、それに山岳地帯の写真。どの写真も同じ寸法にトリミングしてあり、どれも殺風景な白い壁に、同じ黒いフレームにクリーム色の台紙という額に入れられていた。フェンスターはわずかばかりの家具を部屋の中央に集め、コレクションを鑑賞するスペースをつくっていた。そうすることで、見る者はいくらか距離を置いて、それぞれのコレクションをひとつのグループとして見られるようになっていた。それらの写真には思いがけない美しさがあった。それと奇異さが。

「月並みな天才でなかったことがなんとなくわかるような気がしますね」とジョンソンが言った。

ポアンカレは部屋全体を見まわした。

「アムステルダムで見つかったものと一致したものは言うまでもないですが、州警察は、指紋にしろ、DNAにしろ、そもそもどうやって採取したんでしょう？これぞ謎ですね」

ポアンカレはすばやく室内の棚卸しをした。木のテーブル、飾り気のない椅子、鉄のフレームのスプリングベッドに置かれたマットレス、ブックケースがひとつ、狭いキッチンにはフライパン、鍋、やかんがひとつずつ。ラジオもなければテレビもなかった。電話も。壁に十字架が掛かっているわけでもなければ、祭壇に仏像が鎮座ましているわけでもなかった。修道士の持ちもののような家具と写真を除けば、刑務所の監房ほどにも簡素な部屋だった。写真はほかにも大きな箱に収められており、フェンスターが時々展示物を替えていたことは容易に想像できた。

ポアンカレ自身部屋にはいるなりすぐに眼がいった六枚の写真にジョンソンが近づき、その一連の写真の最初の一枚に手を触れるのを見てポアンカレは言った。

「フランス万歳。それはフランスの国境線だ」

「次のは二十二あるフランスの地域圏の境界線だ。その次のは百ある県の境界線。続いて三百四十二ある郡の境界線」

「最後に最も小さな行政区、コミューンだ。三万五千ばかりある。あとはこの海岸線。形を見るかぎり、これはブルターニュとノルマンディとノル・パ・ド・カレーとピカルディのコミューンのものだね」

ジョンソンは鑑識キットから虫眼鏡を取り出すと、しばらくコミューンのまえで立ち止まった。そして、そのまえの何枚かの写真に虫眼鏡をあててからまたコ

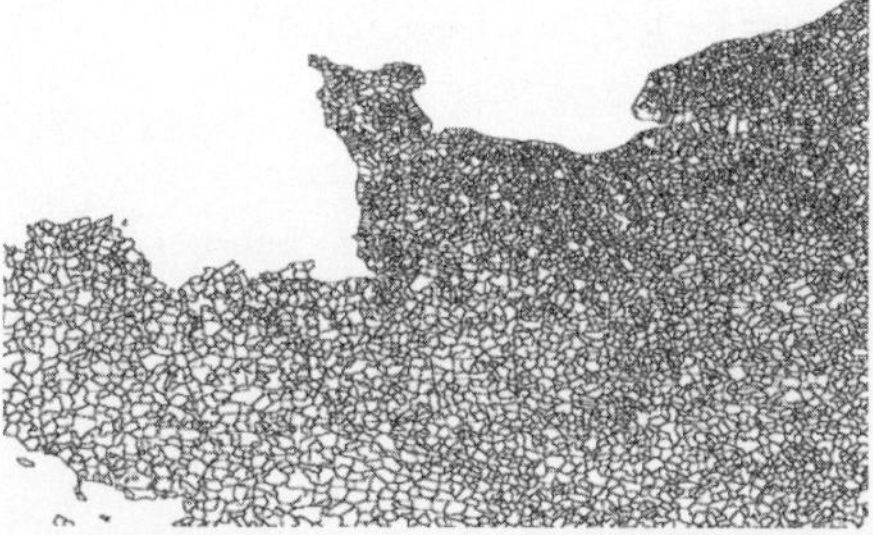

ミューンに戻って言った。「ひとつひとつがひとつまえの縮小版になってるんですね。で、繰り返しのユニットになっている。正確なものではなくても。これらには――」

「幾何学的な関連がある」

「ええ。この最後のを見てください。いくつかのコミューンを拡大したもののように見えます。徹底してますよね。大きいものから小さいものへ、さらに最小限のものへ」ジョンソンは六枚目の最後の写真を壁から取りはずしてキャプションを読んだ。

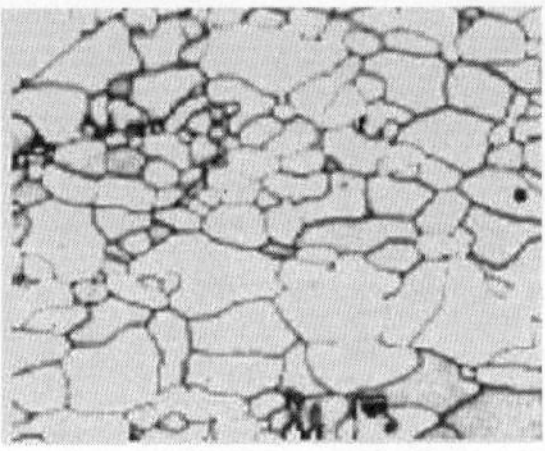

「クローズアップだろうか？」とポアンカレは言った。「コミューンより小さな行政区があるとは知らなかったけれど、幾何学的には同じものだね。それはまちがいない」ジョンソンはポアンカレにその額を手渡した。裏には次のように書かれていた。

アルミニウムとマグネシウムとマンガンの
合金の粒状物の表面

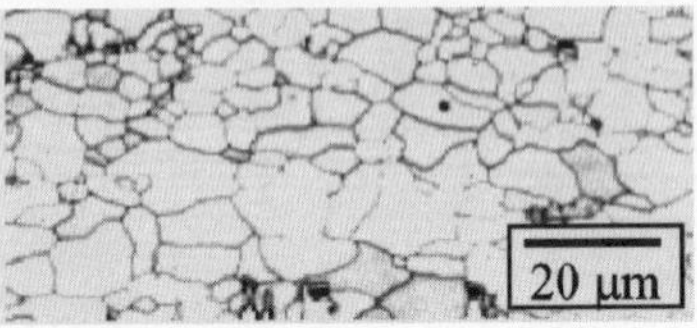

$$n = 1 + \log_2 N = 1 + 3.32 \log N$$

ポアンカレは椅子にどっかと腰をおろした。ジョンソンは潜在的な証拠を汚損するかもしれないと言いかけた。ポアンカレは手を振って、そのことばを退《しりぞ》けた。

「なんなんです、これは？」とジョンソンは言った。

「これはコミューンの拡大版でもなければ、フランスのどこかほかの地図でもない」

「だったら？」

ポアンカレは壁を見やり、また手元の写真に眼を戻して言った。「この写真の右隅にあるのは百万分の二十メートルの物差しだ。これは金属を高倍率で写した写真だ。そう、アルミニウムとマグネシウムとマンガンの合金の結晶の境界線を写したものだ。方程式はこの合金の性質を数理的に表わしてるんだろう」

ポアンカレの坐った椅子のうしろにまわり込んで、ジョンソンが言った。「どうして金属の結晶構造がコミューンやフランスの地域圏のように見えるんです？そういうことを言えば、国境のようにも？」

ポアンカレは家具が集められ、塩漬けの土地のようになっている部屋の中央を見て思った。いい質問だ。フェンスターはあるひとつのことを明らかにするのに心を二方向に曲げていた。まず、フランスのコミューンの境界線で、それより大きなフランスの地域圏のフラクタル図形と、さらにあろうことか、国境そのものまで再生してみせていた。十八世紀のパリの官僚が、見方によってはフランスの海岸線と山脈の国境線と同じ形になるように、三万五千のコミューンの線引きをしたとは考えにくいが。二番目。顕微鏡で拡大した合金の写真もまたフランスの地図と同じような幾何学模様を描いている。それらを比較するのに、同業者が相手なら数式を用いたことだろう。このギャラリーは数学者以外の人間と同じ議論をするためのものだろう。そして、それがグローバリゼーションについて彼がアムステルダムでおこなう予定だった講演の演目でもあったのだろう。

最後の写真の裏に書かれていたキャプションの上にふたつのことばが書かれていた――同じ・名前。それはどういう意味なのか。ポアンカレはその額を壁のフックに戻し、まえの写真の裏も見てみた。やはりキャプションの上に同じふたつのことばが書かれていた――同じ・名前。壁に掛けられたそれ以外の写真もすべて調べた。どの額の裏にも説明的なキャプションの上に同じふたつのことばが書いてあった。フェンスターはカリフラワーを川の三角州の衛星写真と組み合わせていた。山岳地帯の航空写真と稲妻と植物の根を組み合わせていた。なにより意表を突かれたのは、NASAのスペースシャトルから撮ったアイルランドの写真を親指の爪サイズの地衣植物と夏の農場で見られる積乱雲の影と組み合わせていたことだ。それぞれが別のものの別ヴァージョンになっていた。

「結局、どういうことなんです?」とジョンソンが尋ねた。

ポアンカレにも皆目見当がつかなかった。それだけはわかった。それともうひとつ。自分が泳いでいる水の流れはきわめて速く、きわめて深いことだけは。

15

「説明してください」とジョンソンは言った。「三日間続けて三組の清掃班が徹底的に掃除をしたアパートメントから、州警察はどうやってあんなに完璧な指紋を採取できたのか。鑑識報告を見るかぎり、彼らは乾燥した小便からフェンスターのDNAを見つけています。フェンスターは掃除の専門家を雇ったのに、その中のひとりが便器をきれいにするのを忘れた？」ジョンソンは鑑識キットからひとつの用具を取り出した。

「三十分ください。俄然このフェンスターという男に興味が湧いてきました」

ポアンカレはブックケースに手を伸ばし、ランダムに本を何冊か取り出した――まず『古代インドの叙事詩』、次に『アイネーイス』。最後の一冊は彼も知っていた。『ロランの歌』。ポアンカレはしゃがみ込んで四十冊ばかりの本の背に指を這わせた――詩集、歴史書、哲学書――数学の本は一冊もなかった。翻訳書も一冊もなかった。英語の本は初めから英語で書かれた本で、余白にフェンスターの手書きのメモが書かれたほかの本はすべて原書だった。サンスクリット語、ラテン語、フランス語、それにギリシア語。オーヴァーシューズをつけ、部屋の反対側のキッチンの椅子に坐って、電球に粉を振りかけていたジョンソンが訊いてきた。

「指紋を残さずに電球をはずしたこと、ありますか？」

なかった。ポアンカレはフェンスターの読書用の椅子に戻ると、ブックケースに置かれていた葉巻入れを調べた。それはどうやらタイムカプセルのようなものだった。フェンスターは箱の中をきれいに三つのセクションに分けて、そのひとつにひもで束ねた写真、もうひとつに乳歯のはいったプラスティックのケース、最後のひとつに色褪せたリボンのついたメダルが何枚か入れられていた。ポアンカレはまず写真から調べた。日付を見るかぎり、どれもフェンスターが八歳から十四歳のときに撮られたもののようで、多かれ少なかれ似たような横断幕の下で大人と握手をしている写真だった——年間最優秀幾何学者。高等微分積分学チャンピオン。アルバート・アインシュタイン新人学者賞。数えてみると七年間で全部で二十四枚あった。ポアンカレは年代順に写真を並べ、いかにも不器用そうな痩せ細った少年が成長するさまを目のあたりにした。少年はどの写真でも受賞に満足げな表情を見せていたが、同時に、浮かべているのは明らかに強いられた笑みで、ポーズもいかにもぎこちなかった。着ている服もサイズが合っていなかった。養父母が州から支給される養育費をくすね、彼には誰かのお下がりしか与えなかったのだろうか。また、七年間を通じて、カールしたブロンドの髪の下、若きフェンスターの顔は常に青白かった。少なくとも四回の受賞は夏の真っ盛りのことなのに。ポアンカレは一枚の写真を掲げて言った。「ジョンソン捜査官、こいつからも指紋を採取してくれないか？」

ジョンソンは椅子から離れ、今はフェンスターのノートパソコンをのぞいていた。「持ってきてください」

「誰がきみの思い出を保管してる？」とポアンカレはだしぬけに言った。

ジョンソンはただ彼を見た。

「きみの子供の頃の思い出——大学に行くのに家を出るまでの。きみ以外に誰がそれを保管してる？」

「そりゃ私の両親ですね。それに兄弟。みんな写真は持ってると思います——それも大半は思い出話付きの写真をね。ふたりの兄と私とで三人でボクシングをしたときの話とか。といっても、使ったのはグローブじゃなくてペンキの刷毛《はけ》でしたけど——玄関ポーチの鉄の手すりのペンキ塗りをしてたんです。で、刷毛を真っ赤な防錆塗料にたっぷり浸して、お互いジャブを出し合って、顔に一番ペンキを塗られたやつが負けってわけです。私でしたけど」ジョンソンは当時を思い出したのか、ひとりくすくすと笑った。「そこへおふくろがやってきて大声をあげました——でも、少なくとも、おふくろはそれを写真に撮っておこうと思うほどには柔軟な考えの持ち主だったんでしょう。そのときおふくろに言われましたよ。この写真はおまえたちが結婚したときに脅迫できるよう取っておくって」

「それで脅迫された？」

ジョンソンは親指を突き立てた。「ここが面白いところなんですが、当時、私は五歳か六歳だったと思うんですけど、ペンキを塗られた記憶がないんですよね。でも、そういう写真があって、おふくろも兄貴たちもその話をする以上、実際にそういうことがあったとは思うんですが……あれ、なんの話をしてたんでしたっけ？」

ポアンカレはジョンソンに写真を渡して言った。「フェンスターは四歳から十五歳になるまで五組の養父母に育てられてる。生まれたときの状況についてはまったくわからない。捨て子だったのかもしれない。プリンストン大学の奨学金によって救われるまで、あちこちの養家を文字どおりたらいまわしされた。その頃のことはこの葉巻入れの中にはいっているものからしかわからない。それ以外は何もない——ペンキの刷毛でボクシングをしたといった思い出話ができる相手もいない。自分が思い出の品を集めなければ誰も集めてくれないことが、フェンスターには幼い頃からわかっていた」

ポアンカレは葉巻入れを本棚に戻した。ジョンソンが彼を呼んだ。「ポアンカレ捜査官、見てもらいたいものがあります。フェンスターのノートパソコンです。

州警察がハードディスクを持っていってしまってるんで、パソコン本体はなんの役にも立ちませんが、警察が証拠タグを残してる以上、この本体も正当な証拠です。それにこんなものがついてました——モニターの隅に紙切れがテープでとめてあったんです。もしかしてあなたのご親戚ですか？」ジョンソンは透明のテープが貼られた細長い紙切れをピンセットではさんで、ポアンカレのまえに差し出した。おそらくフェンスター本人が書いたのだろう、紙切れには活字体で次の一文と名前が書かれていた。

数学とは異なるものに同じ名前を与える芸術のことである——ジュール・アンリ・ポアンカレ

「私の親父の親父の親父だ」とポアンカレは言った。彼が任務に就いていたアムステルダムで爆破事件が起き、ただひとりその犠牲となった数学者は、ポアンカレの曾祖父を崇拝していた——おれが事件を見つけたのではなく、事件がおれを見つけた。ポアンカレは改めてそう思った。「会ったことはないけど」

「へえ、ほんとうですか」

「ああ。ジュール・アンリも数学者で——どうやらフェンスターのヒーローだったようだ」

「なんか奇遇ですね」

ジョンソンにはそれ以上想像を働かせることはできなかった。

「私の商売のこつをちょっと披露すると」とジョンソンは言った。「もしかして指紋が残ってないかとテープの外側にも粉をかけてみました。ほかのすべての表面同様、残ってる可能性は低かったけど。でも、テープの内側を拭くことは掃除のプロにもできなかったはずです。紙切れをテープでとめるときにピンセットを使うか、手袋をするかしないかぎり、テープの内側にフェンスターの指紋が残ってる可能性は大いにあります」

「その結果はいつわかる？」

「数週間はかかると思いますけど」

ポアンカレは葉巻入れをまた本棚から取ると、フェンスターの思い出の品のひとつを取り出して言った。「DNAを採取することはこいつからもできるんじゃないかな」

「乳歯から？　干からびていても柔らかい組織が含まれてるでしょうからね。たとえ含まれてなくても……ええ、できると思います」

ポアンカレはジョンソンのその答を半分しか聞いていなかった。彼の心は宙に浮かぶことばを追いかけていた——異なる、名前、もの、同じ。これらのことばはいったい何を示唆しているのか。フェンスターはジュール・アンリが見たものを見ていた。しかし、ふたりとももう死んでしまった。訊くわけにはいかない。ハーリーを待つ役はジョンソンに任せて、アパートメントを出た。見るべきものは見た。見すぎた。あまりに小さなアパートメントだった。アパートメント・ビルのまえでは、ホルへ・シウバが鋤《すき》と釘抜きハンマーを手にして地面に膝をついて、ひび割れたコンクリート舗装の補修をしていた。「寒いときにコンクリートを流し込むと」と彼は言った。「コンクリートはうまく固まってくれない。摂氏零度以下のときに流し込むとね。そう、それで十年はもつかもしれない。だけど、施工者がいなくなってだいぶ経ってから、こういうことになるんだよ」管理人は指差して嘆いた。「そういうさきのことまで考える人はもういなくなってしまったのかねえ？」

ポアンカレはそのひび割れを一瞥してからその場を立ち去った。

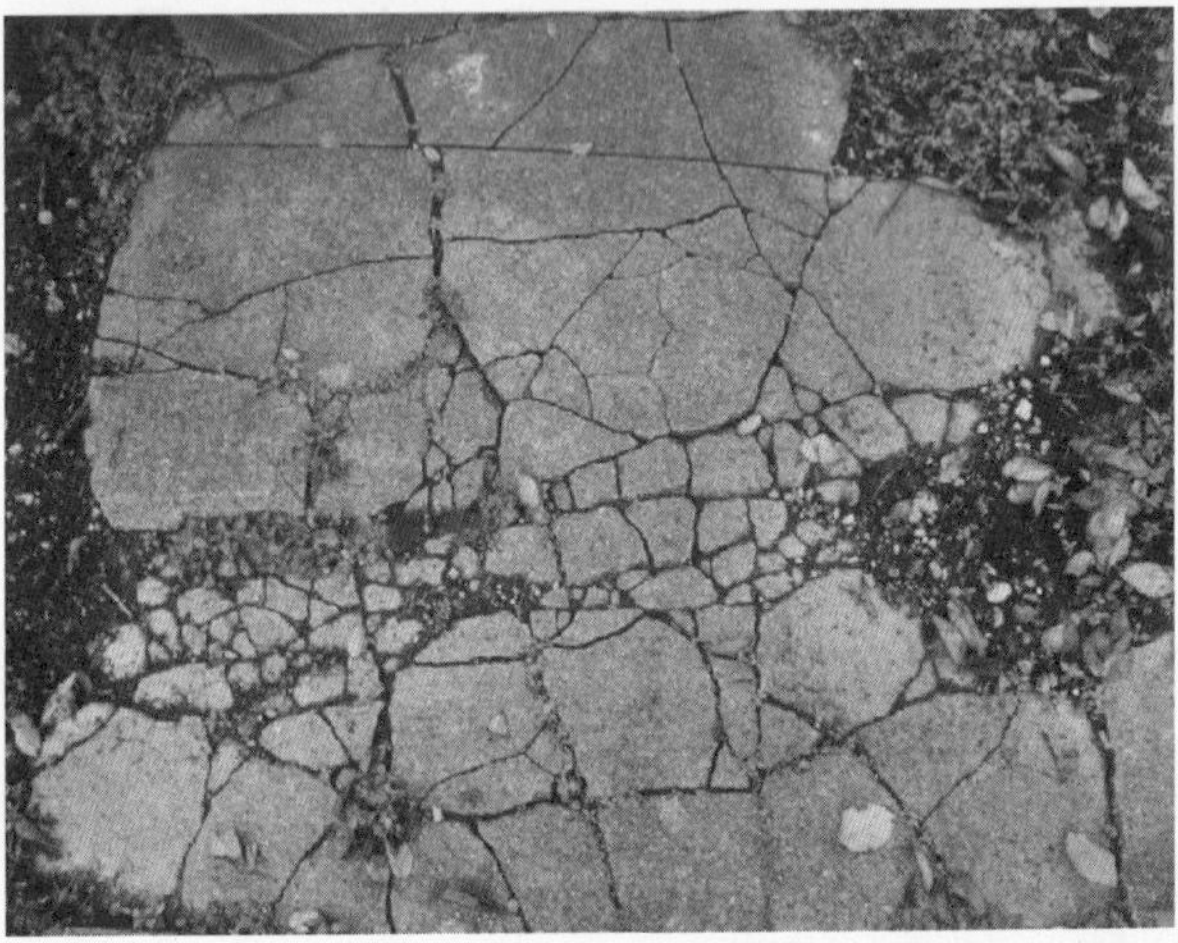

16

チャールズ・ベルは金融街の高い止まり木にとまって、ここ十年のあいだに急成長を遂げた投資会社を経営していた。この一年半ほどのうちに会社の資産は二百四十億ドルにも達し、金が金を産んで、ベルを投資の世界の若き獅子に仕立て上げていた。彼の投資ポートフォリオは市場の上昇局面においても下降局面においても主要な株価指数に勝っており、それが地方公債の安定に寄与していた。投資詐欺を企む悪党とはちがい、ベルは会社の帳簿を大きな会計会社に任せており、そのことが彼の成功が合法的なものであることを証明していた。成功の秘訣については社外の人間には誰にも説明できなくとも。いずれにしろ、高配当低リスクは誰にとっても抗いがたく、ベルはすぐに個人投資家も大学のポートフォリオ・マネージャーも年金機構も保険会社も引き寄せずにはおかない、金《きん》の山にまたがる人間になっていた。

同時に慈善家としてもよく知られていた。落ち着いたボストンに、いわばテキサスサイズの心を持って生まれた男と評され、いくつかの学校、病院、博物館の理事を務め、貧困者のための弁護費用を肩がわりする基金を設けたりもしていた。そして、そうした自分の気前のよさを愉しんでいた。そんな彼がフェンスターの後援者だった。ハーヴァード大学の寄付金担当の職員によれば、ベルの寄付はもっぱらフェンスターがスーパーコンピューターを使用する使用代金、彼の研究を手伝う大学院生への給付金、彼の講義数の軽減、調査のための休暇の取得を目的としておこなわれていた。言ってみれば、ふたりの関係はロレンツォ・メディチとミケランジェロの関係のようなものだった。が、問題は〝なぜ〟だ。通常そうした寄付や支援は個人ではなく、大学の研究そのものに向けられるものだ。

高速エレベーターが、政治とも深い関わりを持つ金持ちのための領土に向けて上昇しはじめるなり、ポアンカレは胃に強い重力がかかったのを感じた。すべるように上昇したエレベーターが停まり、どこかしら頼りない思いで、ポアンカレが足を踏み入れたのは、ボストン港をはるか下に見下ろす受付エリアだった。エレベーターを降りると、正面全体が床から天井までガラス張りになっていた。ベルはそんな高さにいた。雲の中に、ハヤブサとともに。

ポアンカレが高さに自分を慣れさせようとしていると、廊下の遠くから大声がした。「ポアンカレ捜査官、ですね！　慣れるのに少し時間がかかるかもしれないけれど、すばらしい眺めでしょ！」ベルその人だった。彼の投資会社の宣伝用パンフレットを見ておいたので、すぐに彼だとわかった。ポアンカレを迎えた彼の声にはまさに爆風並みの威力があった。廊下を歩きながら、アシスタントに指示を与えていた。アシスタントはその指示をメモすると、すぐに別の廊下に姿を消した。ベル自身は歩調を変えることもなくさらに廊下を歩き、特大の笑みを浮かべて受付エリアまでやってきた。

「お会いできて光栄です！」

「すばらしい」とポアンカレは会議室と港の眺めを身振りで示して言った。「こんな眺めを見ながらよく仕事ができますね。私なら何もできなくなる。あなたのご成功はかねがねお聞きしています、ミスター・ベル」

ベルは馬のいななきのような大きな笑い声をあげた。人に自分がどう思われようとまるで意に介していない者の笑い声だった。「ひとつ私の秘密をお教えしましょう」とベルは二十歩以内のところにいる者なら誰にも聞こえるような大声で言った。「私のところで働いて何もつくりださなければ、即、この眺めを失うことになる。ウォータータウンにある小さな支社の地下室勤務ということになる。それでも何もつくりださなければ、馘です！　これは全員にあてはめられるルールです――この私も含めて」

「なるほど、なんとも実際的なんですね」とポアンカレは言った。「でも、あなたの会社に関する記事を読むかぎり、この眺めを失う危機に瀕している人はひとりもいないようですね。あなたの会社がなさっていることは……歴史的なことだと書いてありました」

「ええ、まあ。運がよかったんです」そう言って、ベルは崖のまさに突端に位置するガラス張りの会議室にポアンカレを案内した。「サンドウィッチとコーヒーでもどうですか？　ペストリーとか？　それともミネラルウォーターがいいですか？」ベルは返事を待つこともなく、インターフォンの受話器を取った。「エレノア、ミネラルウォーターを頼む」

ふたりは両端に革張りの議長席を据えた、三十人分ぐらい席のあるローズウッドのテーブルの端について坐った。反対側の壁ぎわにテレビ会議用のスクリーンが掛かっていた。ベルはすべてアルマーニといういでたちで、爪にはマニキュアを施していた。

「お時間は十五分ほどいただけるんでしたね、ミスター・ベル」

「チャールズと呼んでください」

「チャールズ、時間に余裕がないので、すぐに本題にはいらせてください」

「どうぞ、ポアンカレ捜査官。もうご存知と思いますが、ジェームズ・フェンスターは私の大事な大事な友人でした。捜査には私としてもできうるかぎり協力したいと思っています」

「そもそもどうやって知り合われたんです？」

「彼の研究を通じてです」

「あなたは彼の研究費を援助なさっていた」

「ええ。彼の研究に役立つのに充分な額で私たちは合意しました。それはけっこうな額です――ところが、そのうちの六十パーセントはハーヴァード大学の懐にはいってしまうことがあとからわかったんです。間接費という名目で。間接費とはね。そんなのは窃盗の別名ですよ。それで私はさらに大きな額の小切手を切った。とんでもない話です。でも、そう、私は彼の研究を信じてたんです」

「それはあなた自身の利益につながるものだったから、ですか？」

「まあ、瑣末《さまつ》な利益ではあったけれど」

「具体的には？」

ベルは笑い声をあげた。「いい質問です。でも、それはコカ・コーラ社に秘密の製法を訊くようなものです」ベルは笑みをすぐには消さなかった。が、それは嘲《あざけ》りの笑みとも取れなくはなかった。

「だったら、チャールズ、さしさわりのないところで」

「わかりました。つまるところ、アルゴリズムです。フェンスターは非線形動的システムをモデル化しました。水の沸騰《ふっとう》や大気の流れといった自然のプロセスをね」

「株式市場も……自然のプロセスなんですか？」

一機の飛行機がローガン空港に着陸するのがベルの左肩越しに見えた。右肩越しには、タグボートがコンテナ船を荷降ろし桟橋まで曳航《えいこう》し、ヨットの三角帆が海風をはらんで傾いでいるのが見えた。支配者然としてベルは言った。「それがいったいどのようなものになりうるのか。それはわかりません。激しい雷雨の動向と株式市場にどんな関係があるのか。もちろん、ジェームズは市場をモデル化するためのきわめて興味深いアイディアを持っていました。われわれの会社はわれわれ固有のアルゴリズムを利用しています。いわゆる投資のための定量化されたアプローチ法です。証券アナリストの中には古代の占いとしか思えないようなやり方で株の選択を決めるアナリストもいますが、われわれは市場をモデル化するのです」ベルはそう言って、フレンチカフスを引っぱり、シャツの袖と上着の袖のバランスを調節した。

「実は私もあなたのファンドに投資してるんです。先週のことですが、二百ユーロほど。それが今日は二百二十三ユーロになっていた。一週間で十パーセント以上の値上がりです。しかも今の経済状況で！　このあともっと投資の額を増やそうと思っています」

「それは私たちにとってもあなたにとってもいいことです。私がこんなことを言うと、証券取引委員会に処罰されるかもしれませんが、うちの会社の場合、過去の実績が将来の成功を保証しているのは明らかなんですから。でも、私の今のことばをあなたがどこかで引用なさったりしたら、私は絶対に否定しますからね！」そう言って、彼はまた馬のいななきのような笑い声をあげた。その声に受付嬢が顔を起こしたのがガラスの壁越しに見えた。ベルはまた微笑の仮面に表情を落ち着かせると、一瞬のうちに真顔になって言った。

「われわれの仕事のしかたというのは――」そこへミネラルウォーターのボトルとグラスをふたつのせたトレーを持って、女がひとりはいってきた。「あとだ!」とベルが厳しい声で言った。

ドアが閉められた。

「実のところ、私はレーガン元大統領の考え方を踏襲してるんです。優秀な人材を雇い、彼らの好きに仕事をさせて自分は昼寝をしている。いや、真面目な話。ロナルド・レーガンはそういう考えの持ち主でした。仕事のできる人間を雇って仕事をすべて任せ、自分はそんな彼らの仕事の邪魔にならないようにする。そこが彼の賢かったところです。私はそういうやり方こそ真のリーダーシップだと思います。だから、ここにはきわめて優秀な人材がいて、私はそんな彼らに充分な成功報酬を払い、あとは努めて彼らの邪魔にならないようにする。そうしていれば、彼らは私が売ることのできる商品をつくり出してくれる。放っておいても売れるような商品をね」

「フェンスター博士もまたきわめて優秀なひとりだったのですか?」

「その答はイエスでもあり、ノーでもありますね。今の会社を始めるときのことですが、私は手を貸してもらえるかもしれない有能な数学者を探していました。アナリストが市場の動向を予測するのに数学が役に立つかもしれない。私にはそんな考えが最初からあったんです。で、その数学者がどんな研究をしていようと、とにかく彼らを誘い込むのに馬鹿げた報酬を提示したところ、声をかけた数学者の大半がやってきました。しかし、みんなそれぞれの学術的な立場からそう簡単には離れられない人たちばかりでした。まあ、みんなアイヴィ・リーグの人たちでしたからね。ただ、ジェームズ・フェンスターだけはちがいました。数学の心というものをあれほど純粋に体現している人を私はほかに知りません。彼には自分のしたい仕事がちゃんとわかっていた。だから、今の給料の七倍の額を提示しても、さらに大きな額のボーナスを提示しても、今の研究以外には興味がないということでした。私はそのとき言いました、〝もちろん、先生の研究には敬服していますが――〟とね。そうしたら、彼はこう言ったんです、〝だったら、ぼくの研究に投資してみませんか〟と。私は訊き返しました、〝どうして私が？〟。〝それは大切な研究だからです〟というのが彼の答でした。実際、そのとおりでした。で、私は彼のことばに従ったんです」ベルはそこで手を叩いた。「私は金持ちです、ポアンカレ捜査官。金持ちであることにはいささかの利点があります。確か作家のソーントン・ワイルダーだったと思いますが、金とは肥やしのようなものだと言っています。撒かなければなんの意味もないとね。だから、私は彼のほうに向けて目一杯撒いたわけです」

「その見返りは？」

「バラが育ちました」

「具体的には？」

「そうですね。私が金を出したのは彼の研究に対する純然たる敬意からです。そのことを信じてもらえるかどうかはわかりませんが。たとえ私がその質問に答えたがっていたとしても――正直なところ、あまり答えたいとは思っていませんが――あらゆる意味において、これはさきほど申し上げたような、コカ・コーラ社に製造法を訊くようなことなんでね。アメリカでは〝お門違い《ゴー・フィッシュ》〟などと言いますが」

ポアンカレには理解できなかった。

「気にしないでください」とベルは言った。「ただ、ジェームズは時折、アイディアを多少なりとも提供してくれました。ナプキンに走り書きして。それと彼の世代で最も優秀な頭脳のひとりを支援しているという満足感を私に与えてくれました。私が何を言おうと何をしようと、私が寄付した巨大な並列プロセッサーから彼を引き離すことはできなかったでしょう。ただ、残念ながら、見返りは無に等しかった」

「何かふたりに共通するようなものはなかったんですか？」

ベルの半笑いが広がった。「まったくといっていいほどなかったですね。それはもうあらゆる意味においてジェームズは投資信託の仕事になどまったく興味を持っていませんでした。それは私が――」そう言いかけ、彼は何か比較できるものを探してボストンのダウンタウンの上に広がる空を眺めやってから、その眼をローズウッドのテーブルに置かれたフルーツボウルに落ち着かせて続けた。「――菜食主義に興味などさらさらないのと同じくらい。なぜって私はステーキが好きなんだから。ジェームズには私の仕事にも私財を成すことにもまるで関心がなかった。自分の方程式以外にはどんなものにも。神の恩寵《おんちょう》の彼にくだらんことを」

「なんの見返りもないのに、あなたは――」

「具体的な見返りと言えば、〈サイエンス・センター〉とかいう巨大な建物の中でばか高いコーヒーを飲みながら、ほんの数回会話をしたことだけですね。そういうときにさっき言ったように、彼は自分の考えをナプキンとかレシートの裏とかに書いてくれたんです。彼にしてみれば、彼の研究への私の資金提供に対して、それぐらいのことはしなければと思ったんでしょう。言うなれば、私は彼に遊び場をつくってあげたようなものです……でも、もう彼はいない。いまだに信じられない思いです」ベルはそう言って、顔を曇らせた。

「犯人がどんな人間であれ、そいつはとことんいかれた豚野郎だ。ジェームズはあんなに温厚な男だったのに。あんな人物をどうして殺さなきゃならないんですか？」

ポアンカレはベルの仮面にひび割れのようなものができていないかひそかに観察した。見つからなかった。ベルの怒りに偽りはなさそうだった。同時にベルが安堵していることもはっきりと見て取れた。フェンスターが自分の考えを書いたナプキンをほかのファンドマネージャーには見せようとしなかったことに。

「つまるところ、どのような形であれ、あなたの成功にフェンスター博士が寄与したということはないんですね？」

「同じ質問を何度なさるんです、ポアンカレ捜査官？この業界に関わりを持つ数学者の誰であれ、その数学者がどこまで概念的になろうと、彼には敵《かな》わなかったでしょう。彼は一日じゅう三万五千フィート上空を飛んでました。一方、投資会社の仕事はあくまで地上でのことです」

一機が新たにローガン空港に着陸するのを見ながら、ポアンカレは軽口を叩いた。「地上といっても二十九階はかなり高い」

「これは全部」とベルは言った。「見せかけです。私はもともと不動産業界で育った人間なんですが、親父に一度言われたことがあります。おんぼろ車でお客さんを現地に連れていくことだけは絶対するなとね。キャディラックかベンツのほうがはるかにいいと。なぜなら、いかにも成功しているふうに見せれば、いかにも成功しているふうに見えるものだからです。人はたいてい成功している相手と商売をしたがるものです」

ベルは廊下のほうを手で示した。「うちの会社の成功に寄与しているのはうちの社員たちです。ジェームズではなくて。ジェームズを金銭的に支援していたのは、中世の修道士に寄進をして、自分のために祈ってもらい、天国での点数を稼ぐようなものでした。あなたも生前の彼を知っていたらよくわかったと思います。ほかになんて言えばいいかな、とにかく、彼はあれだけのコンピューターとあれだけの助手を与えられるのに値する男だったんです。私のような人間には決してなれないピュアな男だったということです」

ベルは椅子を回転させると、ポアンカレに背を向けて言った。「ポアンカレ捜査官、誰の仕業にしろ、私はこの非道をおこなった者を捕まえるお役に立ちたいと心から思っています。つらすぎます。彼がこんな死に方をするなんてつらすぎます。何か私にできることはありませんか？　捜査の費用が欠けているといったようなことは？」ベルはそこでまたポアンカレのほうに向き直った。

そのことばでポアンカレにもやっとチャールズ・ベルがどういう男か理解できた。通常、賄賂というのはさもしく卑しいものだ。それがベルの手にかかるとすばらしい眺めと金《きん》のカフスを思わせるものに変わる。

「お気持ちだけありがたく受け取っておきます」ポアンカレは言った。「インターポールの予算はけっこう潤沢でしてね」

「それでも、あなたが個人的に捜査につかえる資金があってもいいのでは？」

「それはなんとも寛大なお申し出ですね。だったらあなたにやっていただけることを申し上げます」

ベルは身を乗り出して耳を傾けた。

「あなたのお知り合いの下院議員に手紙を書いてください。きちんと期限を守ってインターポールへの拠出金を支払うよう政府に圧力をかけるための手紙です。インターポールには世界百八十八カ国の捜査機関が参加していますが、実のところ、その中で一番裕福なアメリカが、加盟国としての義務をあまり果たしていないのです」

ベルは腕時計を確かめた。約束の時間はあと二分残っていた。それでも、ポアンカレとしてはもう訊き込みを終えてもかまわなかった。訊くべきことはすでに訊いた。ふたりは握手と用心深い笑みを交わした。自然に落下しているようにも思えなくもないエレベーターで地上階に向かいながら、ポアンカレは思った。正確なところ、フェンスターはナプキンにどんなことを書いたのか。

ロビーに着くなり、携帯電話が馴染みのある呼び出し音を奏でた。ジーゼル・デ・フリースからのメールだった。

> パサディナにあるNASAの〈ジェット推進力研究所〉によれば、爆破犯は彼らのところか、フランス、ロシア、あるいは中国の同等機関で働いていた可能性大とのこと。爆破に使用されたロケット燃料はきわめて特殊なもので、その化合物も上記以外の場所でつくるには不安定すぎる由。要するに、宇宙計画に関連した化合物を合成できる学術研究所ですね。　デ・フリース

もっともな知らせだった。

ロビーは鏡と大理石だらけで、ポアンカレは方向感覚をなくし、はいってきたときとは異なる出入口から出てしまった。その通りの向かい側では、警察のバリケードに隔てられて、十人ほどの抗議者がプラカードを掲げ、ハンドマイクを持った男を先頭に列になり、シュプレヒコールをあげながら、整然とした輪を描いて歩きまわっていた。ハンドマイクを持った男の恰好は——なんと言えばいいのだろう——まさしくパプアニューギニアの原住民のそれだった。上半身裸で、草を編んだ腰蓑《こしみの》を巻き、裸足で歩道を歩いていた。赤銅色の肌に同心円と幾何学模様のタトゥーを入れ、真っ黒な髪をきつく編んで背中の真ん中あたりまで垂らしていた。ビジネススーツに身を固めた男女が行き交う一帯にあまりに不釣り合いなその姿に、一瞬、ポアンカレは映画の撮影現場に足を踏み入れたのかと思った。タトゥーを入れた男がハンドマイク越しに叫んでいた

――「国際通貨基金《IMF》は国際的なくそったれ《インターナショナル・マザー・ファッカー》。第一世界は微笑み、第三世界は泣いている」そのあとほかの抗議者との掛け合いが始まった――「グローバリゼーション！」続いて「世界を殺す！」「グローバリゼーション！」「世界を殺す！」

それが何度も何度も繰り返された。

そのそばで警備にあたっている警察官たちは見るからに退屈しきった顔をしていた。抗議者たちはその騒がしさにもかかわらず、まわりの関心をさほど集めてはいなかった。それでも、ポアンカレは興味を覚え、警備のひとりの婦人警察官に近づいて尋ねた。「彼らはどれくらいの頻度でこうしたデモをやってるんだね？」

「彼らというのはこのグループのこと？」

婦人警官の制服の襟にチョコレートのしみがついていた。

「エリコの城壁を崩そうと月に一度かそこらはラッパを鳴らしてるわね。それで主だった商業都市の中心地にピケが張られることになるわけよ。ニューヨークじゃ毎日。ロンドンでも香港でも。なんであれ、何かを求めてとどまることを知らない先住民。それが彼らの自称だけど、なんでもいいわ、そんなこと。わたしの知ったことじゃない」

ポアンカレはハンドマイクを持った男を見やって言った。

「〈先住民解放戦線《ILF》〉？」

「そう、それよ」と婦人警官はあくび交じりに言った。「彼らはそこらじゅうにいる。でも、わたしに言わせれば、そんなに彼らの頭がいいのなら、どうして五百年前に自分たちの棍棒でわたしたちをやっつけなかったの？　わたしたちはズルなんかしないできっちり彼らを打ち負かしたわけよ。それが今になってなんで泣きごとを言われなきゃならないのよ？　彼らにしても泣きごとなんか言ってないで、気持ちをしっかり持ってちゃんとすればいいんじゃないの？　ほかのわたしたちとおんなじように競争すればいいのよ。泣きごとを言ったって誰も何もくれやしない。それだけは確かなんだから」

ポアンカレはそこまで聞いてその場を立ち去った。胸のポケットがうなり、なじみのあるチャイムが鳴った。液晶画面が光っていた――フランスからの電話だった。クレールではない。インターポールからだ。ポアンカレは携帯電話を耳に押しつけ、空いている手をもう一方の耳に押しあてて雑踏の騒音をさえぎった。

「アンリ」

「ボンジュール、モンフォルト局長」

間《ま》ができた。

「アンリ。やつらが行動を起こした。すぐに戻ってきてくれ」

第二部

死の門があなたに開かれたことはあっただろうか。
あなたは暗黒の門を見たことがあるだろうか。

――ヨブ記第三十八章第十七節

17

隣人のラヴァルの孫娘、エヴァが咳払いをしてから、コーヒーとポーチトエッグとジャムを塗ったゆうべのバゲットをのせたトレーを持って、部屋にはいってきた。そして、それをでこぼこした木のテーブルに置いた。ポアンカレは読んでいた本から顔を起こした。

「お祖父さんにお礼を言っておいてくれ。鶏の世話を引き受けてくれたこと。でも、結局はきみが世話をするわけだからね。そのことは申しわけなく思ってる」

「なんでもありません、ムッシュー」

「昼にも来てくれるのかな?」

エヴァはエプロンで手を拭いた。クレールがポアンカレ以外に自分の体に触れるのを許しているのはエヴァと彼女の母親だけだった。ほかの付添い人に対しては体をまるめ、うめき声をあげた——エヴァに対しても最初はそうだった。まだ十四歳にもならない彼女がやさしくクレールの手を取り、その手を自分の頬に持っていき、しばらく押しあてると、ようやくうめき声が治まったのだった。子供にはそうした芸当が容易にできる。エヴァです、マダム、思い出して——あなたに絵を習ってるエヴァです! ポアンカレ夫妻のために毎日朝食と昼食を用意してくれているのが彼女だった。学校は今休みなので、ポアンカレがエティエンヌと彼の家族を見舞いにパリまで出かけるときには泊まってもくれていた。

ポアンカレは読んでいた本を脇に置くと、クレールの膝の上にナプキンを広げた。「コーヒーが来たよ」そう言って、カップを自分の唇に押しあてて熱さを確かめた。「ラヴァルが言うには今年は豊作だそうだ。一番最初の豊作の年を覚えてるかい、クレール――ブドウは山ほど採れたけれど、飲めるようなワインがつくれるかどうか私たちにはまるでわからなかった。でも、そう、まだシャトー・ポアンカレの当たり年というのはないね。それでもわれわれは飲むけど。もちろん飲むけど……クレール?」

彼女は答えなかった。これが六週間続いていた。彼女が口を利かず、眼も開けないのは身体的な問題ではなく、あくまで精神的な問題だと医者は言っていた。しかし、襲撃があって以来――正確には襲撃があって三時間後、子供と孫たちの身に起きたことを彼女が知って以来――ポアンカレの知っているクレールはもうどこにもいなくなってしまった。彼らのリヨンのアパートメントは鑑識班が徹底的に調べた。そして、そのあと検死官事務所のスタッフがふたつの死体を運び出した。クレールを襲った犯人と犯人に殺されたインターポールの捜査官の死体だ。クレールはパリにいるエティエンヌと孫たちの安否を確かめるために狂ったように電話をかけた。そして、最後に悪い知らせが伝えられると、叫び、髪を掻きむしり、倒れたのだった。医者はすぐに鎮静薬を注射した。が、ポアンカレがようやく病院に駆けつけたときにはもうすでにこの状態になっていた。それまでのクレールではもうなくなっていた。

事件後、ある程度は回復していた。が、そこまでだった。入浴させられることや食事を与えられることは拒まなくなった。彼がベッドに寝かしつけるときには、腕を上げてパジャマの袖に手を通しもした。大きな音には反応するようにもなった。が、自ら声を発することはなかった。眠っているあいだにさえ。「重篤な昏迷症状の場合」と専門医のひとりは言った。「さきのことはまったくわかりません。トラウマが大きければ、拒否反応が何年も続くことがあります。以前こんな患者がいました――」ポアンカレとしてはほかの患者の話など聞きたくもなかった。初めのうち、彼は極力医者を遠ざけ、自己流の治療法を施そうとした。毎朝彼女を抱きしめ、耳元で全員生きていると囁きつづけた。

かろうじて、とは言わなかった。バノヴィッチから殺しを請け負った一味の襲撃は予想されたとおり同時だった。クレールが、エティエンヌが、ルシールが、そして孫たちがみな同時に襲われた。なのに、それがすぐには見抜けなかった。パリで最悪の事態が発生しようとしているのに、みなリヨンの殺し屋の獰猛《どうもう》さに眼を奪われてしまったからだ。警備にあたっていた捜査官は定時に――念のため時刻は日々変えられていた――インターポールのリヨン本部に連絡することになっていた。が、その日、リヨンの警備にあたっていたリュック捜査官から定時の連絡がないことがわかるや、本部は周辺警備に就いていた捜査官をふたりポアンカレのアパートメントに急行させた。そのふたりの捜査官はアパートメントのすぐ外でリュックが死んでいるのを発見した。クレールは全裸で手足をベッドの枠に縛りつけられ、口に粘着テープを貼られていた。男がひとり鏡台のまえに立っており、鏡台の上には外科手術用具が広げられていた。ふたりの捜査官は男がズボンを脱いだところで背後から男を撃った。射出口から鮮血が飛び散り、クレールの顔と胸に降り注いだ。

警報はもちろんただちにパリでも鳴り響いた。リヨンの殺し屋が行動を少しばかり早まったおかげで、エティエンヌと彼の周辺警護にあたっていた捜査官にはパリの殺し屋を見つけ、取り押さえることができた――しかし、それは殺し屋が釘とボールベアリングを詰め込み、巧妙に隠した爆弾を爆破させたあとのことだった。その結果、ポアンカレの家族抹殺というシナリオは崩れたものの、全員が重度の傷害を負った。ジョルジュは右脚の膝から下を失った。もしその場で捜査官がベルトで止血していなければ、命も失っていただろう。エミールは鼓膜を破られ、吹き飛ばされ、木に激しくぶつかり、椎骨を二個所損傷していた。エティエンヌはその爆発とは別の爆発で腰骨を砕かれ、肺をつぶされていた。ルシールは背中と腕に三度の熱傷を負っていた。クロエは体の七十パーセントを火傷し、人工呼吸器の助けがなければ息もできない昏睡状態にあった。

つまるところ、バノヴィッチが雇った殺し屋たちはインターポールの警護網をかいくぐったのだ。「彼らは数分以内に同時に襲撃しようとしていた」とアルベール・モンフォルト局長は言った。「ひとりの殺し屋の襲撃でほかの警備がより厳重にならないように」ポアンカレはボストンからの機上で一夜を明かし、次から次と湧き起こる不安に駆られてパリに着くと、超高《T》速列車《GV》でリヨンにたどり着き、インターポールの本部でモンフォルトと会ったのだが、彼に最悪の知らせを伝えた局長は文字どおり顔色をなくしていた。「クレールは生きている。怪我もしてない。が、厳しい状態にある。実際、最悪のことも起こりかねない状況だった」

「そのことはクレールにもわかっていたんでしょうか？」

「そう、おそらくリュックがやられた物音を聞きつけて、様子を見にいったんだろう。殺し屋は彼女を寝室に引きずっていったようだが、そいつの顔と首には引っ掻き傷ができていた。腕にも噛まれた痕《あと》が残っていた。身元はもうわかっている。パオロが言ったことがあたっていた。元東ドイツの秘密警察《シュタージ》の人間で、全員二週間前にイタリアのパスポートでフランスに入国していた。おそらくきみの家族を見張って機会をうかがっていたんだろう」沈着冷静で知られるモンフォルトの右手がかすかに震えていた。

クレールはリヨンの病院に、エティエンヌと彼の家族はパリの別々の病院に入院しており、ポアンカレは睡眠時間を一日三時間に削って、ふたつの都市を何度も往復した。彼がそばにいることがクレールにもエティエンヌたちにもわからなくても、彼らのベッドの脇に坐ることを自分に強いた。クレールの担当医のひとりはそんな彼に、見舞いの間隔をもう少し空けないと彼のほうが倒れてしまうと忠告した。彼は耳を貸さなかった。沈黙の中、ただベッドのそばで見守るだけのために体を酷使し、躁的なエネルギーだけがダメージを軽減できる特効薬ででもあるかのように、疲労は脇に追いやった。容体が落ち着くと、ジョルジュとエミールをエティエンヌと同じ病院の個室に移す手続きをした。そうすることでみんなが互いに励まし合い、症状の回復が少しでも早まることを祈った。

二週間後、ジョルジュの意識が戻った。片脚を失くしたことはもちろん本人には知らされなかった。ひどい熱傷を負ったルシールはまだモルヒネの譫妄《せんもう》の海を泳いでいた。エミールは奇妙な昏睡状態にあり、痛覚反応を示す日もあれば、まったく反応のない日もあった。クロエは……。クロエが全身に熱傷を負ったのは、弟たちのために昆虫博物館をつくろうとして、バッタを捕まえるのに最悪のタイミングを選んでしまったせいだった。ボディガードのそばを離れたそのとき、なにげなく置かれていたバックパックに脚が触れ、そのバックパックが彼女の命をほぼ奪ったのだ。片腕を根元から失い、釘とボールベアリングを雨あられと浴び、右半身に三度の熱傷を負ったのだ。その息はあまりに浅くあまりに不規則だった。熱傷治療ユニットの廊下で医師たちは声をひそめ、楽観主義からはほど遠い口調で見通しを語った。人工呼吸器なしには生きられないだろう、と。

隔離病室にいるクロエを見舞うことは、まるで自分が手術をするかのように手を洗い、感染防護衣を着ることを意味し、クロエのベッドサイドで泣くと、ゴーグルの内側が涙で曇った。曇ったゴーグルを拭くことは部屋をいったん出て、また洗浄することを意味し、あまつさえ、かぎられた面会時間を浪費することを意味した。だから、ポアンカレはじっと坐りつづけることを自分に強いて、クロエではなく、壁に掛かっているカレンダーや、木に似せてつくったキャビネットの木目模様を見て過ごした。涙のきっかけにならないものならなんでもよかった。クロエのブロンドの髪は、爆破をまともに食らったときにすっかり焼けて、剝き出しになった頭皮に火ぶくれができていた。眉も睫毛も焼けてなくなっていた。顔の右半分は何かの外殻のような皮膚になって膿《う》んでいた。腹部と脚の皮膚を守るための器具が置かれ、シーツがテントのように盛り上がっていた。

ポアンカレは家族でピクニックに出かけたときのことを思い出しては、クロエに聞こえていることを期待し、そのことに彼女が慰められることを願って、時々話して聞かせた――覚えてるかな、クロエ、去年の夏に海に行って、おまえたちが砂の城コンテストに応募したときのことだ。ギザ高原をつくったね。そういった大きな計画に挑むのが好きなのがおまえたちだ。でも、ジョルジュとエミールは途中でどこかへ行ってしまった――いつものように！――そのあとはおまえと私のふたりでやらなきゃならなかった。それでも二等賞をもらった。そのときになって、ジョルジュとエミールは自分たちにも二等賞の商品をもらう権利があると言ってきた。クロエ、おまえはそれに反対しなかった。そんなおまえが私にはとても誇らしかった。おまえのお父さんはもっとずっと誇らしかったんだろう。おまえがつくったスフィンクスの話をそのあと何日もして、おまえと一緒に建築の仕事ができるようになるのもすぐだなんて言っていた。愉しい日はこれからもきっとある、クロエ。それは私が約束する。

クレールに昼食を食べさせおえたところで、砂利を轧らせ、車が母屋のまえに停まった音がした。ポアンカレはクレールを窓辺の椅子まで連れていき、そこで本を読み聞かせるか、彼女の助けを得てクロスワードをやろうと思っていた。こんなふうにクレールに尋ねるのだ。「季節のものに関連していて〝d〟から始まる九文字のことばは?」もちろん、答は返ってこない。それでもいつもそういうことを一時間は続けていた。また、クレールは歴史小説が好きだったので、学生時代に読んだ『レ・ミゼラブル』を引っぱり出して、三十分間隔で読み聞かせてもいた。ときにはラジオをつけて、何か表情に変化は見られないかと探したりもした。記憶の影が額をよぎらないだろうかと期待して。できることはなんでもした。が、彼女からはまだどんな反応も得られていなかった。

ラヴァルが例の年季の入ったトラックでやってきたのだろう。ポアンカレはそう思った。ラヴァル老から、季節労働者に関するニュースと、秋の豊作を期待することばを聞くことになるのだろうと。しかし、車のドアを開け閉めしたときに錆びた金属があげる抗議の声が聞こえなかった。ポアンカレは様子を見に部屋を出た。スーツケースをさげたパオロ・ルドヴィッチが玄関の戸口の脇柱をノックしようとしていた。ふたりはいっとき敷居をはさんで向かい合った。自分が世捨て人のようになっていることを知るには、ポアンカレはただルドヴィッチの表情さえ見ればよかった。

「アンリ……こんなところにいたんですね」

ポアンカレはルドヴィッチを家の中に招き入れずにテラスに出ると、先に立ってブドウ畑を歩いた。そして、こういうときに互いに何もしゃべらないでいられる仲であることに感謝し、さらにルドヴィッチの来訪に慰められている自分に驚いた。事件から六週間が過ぎ、その間、希望が持てるような報告は医者からいっさいもたらされず、ポアンカレはあらゆる慰めがこの世から消えてしまった気分でいた。彼自身、家族が苦しんでいるあいだは、どんな慰めであれ、自分は受けるに値しないと思っていた。

夕方になると、ポアンカレとルドヴィッチはクレールとともにオークの古木の下のテラスの椅子に坐り、ブドウ畑と谷を眺めた。食卓にのっているポークはラヴァルがさばいた豚をポアンカレがグリルしたもので、サラダはエヴァが野菜畑から採ってきたものだった。ルドヴィッチは自分のグラスの中身を見てから、ポアンカレがテーブルに置いたラベルの貼られていないボトルを見やって言った。「ちゃんと飲めますよ。かろうじてにしろ。なんなら今日は何も言わないでおきます。電話でまえもって知らせなかったのは、どうせノーって言われるのがわかってたからです」

「泊まっていってくれ」とポアンカレは言った。「エヴァがベッドの用意をしてくれる」

ルドヴィッチは一週間滞在した。早起きをして、これまではポアンカレが進んでやっていた仕事を肩がわりして過ごした。ある朝には屋根にものぼり、タールを入れたバケツを持って穴を探した。前夜降った雨で母屋の床は水浸しになってしまったのに、ポアンカレはバケツをあちこちに置いただけで、それ以上のことはしようとしなかったからだ。こんな朝もあった。トラックの荷台から薪《まき》が放り出される音でポアンカレは眼が覚めた。ルドヴィッチがラヴァルと話し合い、谷の下の業者と契約したのだった。そんなふうにして毎日、日々の雑事がひとつひとつリストから消えた。ポアンカレ自身はもうつくることさえ怠っていたリストから。屋根がどんな状態になっていようと、十二月に暖炉に火がなかろうと、ポアンカレにはもはや自らの未来に自らの姿を投影できなくなっていた。実際、彼に未来はなかった。彼にとって人生は今や枯れ果てた瞬間の果てしない連続でしかなかった。ルドヴィッチは日々の雑事を代行することでそんな彼に応じてくれたのだった。石塀の修理、納屋の割れた窓ガラスの交換、土台の修理。新たな仕事を思いつくたび、ルドヴィッチはポアンカレに手を差し出した。が、ポアンカレはその手を一度もつかもうとしなかった。

ひとつ、ルドヴィッチがポアンカレの許可、それにラヴァルの許可を求めたことがあった。彼が持ってきた頑丈なケースには狙撃ライフルがはいっており、狙撃は彼がイタリアの軍隊に服役していたときにマスターした特技で、彼としては鈍らせたくない技能だった。が、千メートルも先の標的を狙う射撃訓練はどこでもできることではない。「ミラノじゃ無理でしょ？」と彼は言った。「的をはずしたら、どこかの老婦人が散歩させてるペキニーズを殺してしまうかもしれない」ポアンカレは銃声がクレールを驚かせたりしないかぎりという条件をつけて認めた。ラヴァルは反抗的なティーンエイジャーのように頑《かたく》なで、すぐにイエスとは言わなかった。それでも、毎日練習に出るルドヴィッチに同行することで不承不承同意し、夕方にはポアンカレに逐一報告した。が、最初のうちこの無口な老人はルドヴィッチの力量を信じていなかった。双眼鏡を使ってもよくは見えない標的に命中させられるなど、彼にとってはありえないことで、初日にはルドヴィッチのあとについて歩きながら、弾丸《たま》の落ちる比率や風向きや風力まで補正してくれる最新の照準鏡についてあれやこれや質問した。ルドヴィッチはスイス製の照準鏡をふたつ持ってきていた。ひとつは平地用、もうひとつは傾斜地用だ。ラヴァルの時代にはただの十字線だったものが今では、射程まで計算してくれるきわめて精巧な機械に進化していた。ボルトアクションのライフル自体はドイツ製で、ふたつに折ってブリーフケースに入れられるようになっていた。「見事なもんだよ、アンリ」その日の夕方、ラヴァルは言った。「おれのライフルじゃ、千メートルも離れたら山にもあたらん。それがあいつはおれの親指ほどの標的を百メートル間隔でいろんな高さに並べて、そのひとつひとつのど真ん中を撃ち抜いたんだ！　あれなら訓練しても問題ないね」

一週間はすぐに過ぎた。ある日の午後、ポアンカレの地所とラヴァルの地所を区切る石塀に沿って歩きながら、ルドヴィッチはポアンカレに、来たときと同じようにさりげなく出発を告げた。「明日にはリヨンに戻らないと」

ふたりはそのあとしばらく押し黙り、ブドウ園の南まで歩いた。そのあたりも手入れはちゃんとできていた。無気力なポアンカレにかわってラヴァルがやってくれているのだろう、とルドヴィッチは思った。ブドウの蔓《つる》を結びながら、ポアンカレから顔をそらして彼は言った。「仲介人を見つけました。このおれが。モンフォルト局長からもう聞いてると思うけど」

「ああ」とポアンカレは言った。

「ドレスデンで」

ドレスデン？　ポアンカレにはなんの意味もなさない音の羅列だった。

「局長はバノヴィッチが完璧に隔離されたことも言ってました？　バノヴィッチは今はオランダの代表団としか接見できません。国際裁判所が認めた相手としかコンタクトできなくなってます。本人は自分の弁護は自分でやると言い張っていますが、弁護士も任命されました。要するに、彼は完璧にまわりから遮断されたということです、アンリ。公判はもうすぐ始まります。来週、罪状が読み上げられる予定です」

ポアンカレは蔓を支柱にくくりつけた。

「アンリ、ちゃんと聞いてます？　バノヴィッチが雇ったやつらは全員死にました」ポアンカレはまた歩きはじめた。ルドヴィッチは追いついて言った。「エヴァはクレールの世話をよくやってくれてますね。いい子だ」

ポアンカレは黙ってただうなずいた。

「アンリ、おれのほうを見てください」

ポアンカレは立ち止まった。

「おれはできるだけのことをしました。ほとんど寝ないで」

ポアンカレはナイフを取り出すと、爪に詰まった泥を取った。

「仲介人は情報どおりのところに住んでました。ドレスデンにね。肥った中年男で、アパートメントに女房と成人した息子と住んでました。家族で市場に屋台を出して野菜を売ってました。通りですれちがっても誰も気にとめないようなやつでした。ただ、元東ドイツの秘密警察《シュタージ》の人間だった。だから、ベルリンの壁が崩されて以来、自分みたいな人間にとってはつらい時期が続いてるなんてことをほざきやがった。〝個人的な感情なんかこれっぽっちもなかった〟なんてね。そんなふざけたことを言いつづけてた。だから、おれも言ってやったんです、それはこっちもおんなじだって。そいつをアパートメント・ビルの屋上から突き落とすまえに。つまり、おれは今あなたに何が言いたいのかっていうと、やつらは死んだってことです。全員」

ポアンカレはブドウを一房切り取ると、腕をいっぱいに伸ばして眺めた。ちゃんと成長していた。「パオロ」と彼は言った。「あれから七週間が経った。エティエンヌは腰に金属板を二枚入れて、今でも肺から水を抜いている。それでも、毎日ベッドから出され、歩行器をつけて歩かせられてる。エティエンヌが苦痛に耐えきれなくなるまで。叫び声をあげはじめるまで……私を罵《のの》りはじめるまで。そんなときには鎮静薬を打たれる。ルシールは皮膚移植手術を五度受けた。彼女にしてみれば、そんな苦痛も子供たちのことを案じる気持ちに比べたらなんでもないことだろう。もう慰めようがない。互いに感染するリスクがあるんで、彼女はいまだにクロエを見舞うことさえできない。ジョルジュは義足の調整中だが、火ぶくれの痛みのせいで毎日泣いている。それとエミールとクロエが恋しくて。

エミールは奇妙な昏睡状態に陥っている。まったく無反応かと思うと、何かに急に反応したりして、そのあとまた意識を失うという状態だ」ポアンカレは母屋のほうを眺めた。「暗殺者は全員死んだという知らせはもっとずっと早くに聞きたかった。こんなことになるまえに。きみはよくやってくれた。きみが悪いんじゃない。もちろんだ。私が悪いのさ。家族を守るのは私の仕事なのに私はそれをやらなかった。私はもう何年もまえにインターポールを辞めるべきだったんだよ。クレールに辞めるように言われたときに。なのに私は辞めなかった」

ルドヴィッチは顔を紅潮させて言った。「あなたがやるべきだったのはウィーンでバノヴィッチを殺すことでした。あの男が殺されて当然なのはあなた自身誰よりよくわかってたんだから。ハーグの国際裁判所はまちがいなく今から半年後にやつに有罪判決をくだすでしょう。でも、それでどうなるんです？　法の支配というあなたの聖なる掟《おきて》は、こんなにつらい思いをしてまで守らなきゃならないものなんですか？　たまには——一度でもいい——ありのままの世界を認めたらどうです！　神を呪って生きたらどうなんです、アンリ。怒りを抑え込むのではなく。戻ってきてください」

「局長に言われて来たのか？」

「ちがいます！　休暇を取って来たんです。休暇の意味があったかどうかはわからないけれど」

「インターポールでの私の仕事はもう終わったんだ」

「終わってない！」

ポアンカレは疲れていた。戦争犯罪を裁くことの意味——バノヴィッチ一味と彼らを裁く裁判官を隔てているものは裁判そのもの、良心と法そのものであること——をまだ信じていたとしても、そのことについて話すエネルギーも意志ももう底をついていた。ルドヴィッチはポアンカレとはまた異なる掟に準じて生きている男だ。だから、なんと説明しようとわかってはくれないだろう。「パオロ」とポアンカレは言った。「リヨンに戻る道に何か奇跡でも落ちていたら、それを拾って私に送ってくれ」

ルドヴィッチはポアンカレの腕をつかんで怒鳴った。「あんたは頭でっかちでお人好しすぎるクソ野郎だ!」パオロは泣いているのだろうか? ポアンカレにはどうでもよかった。大地そのものが泣いているのだから。「あなたはチャンスがあってもあの男を殺したりはしないと言うんですか? 今になってさえ。あいつが今ここに立ってたら、おれはまちがいなく殺してやる!」

「パオロ、そんなことは考えるな」

「できないことじゃない。今からでも。やつは来週後半に公判に連れ出される。護送車から出されて裁判所にはいるときに、千五百メートルの距離から頭を狙えば——裁判所のことはよくわかってる。そのまわりのことも。これなら誰にもわからない」

「もうたくさんだ」とポアンカレは言った。

「戻ってきてください、アンリ。クレールのことはあの少女に任せて。あなたはここで死にかけてる」

ポアンカレはジャケットのポケットに両手を深く突っ込んだ。それは彼のお気に入りのジャケットだった。が、肩のあたりも胸のあたりもぶかぶかになってしまっていた。彼は谷を眺め、何に惹かれて自分とクレールはこの地を選んだのか懸命に思い出そうとした。そのときと同じ空が広がっていた。そのときと同じアカシアとイトスギが生えていた。そのときと同じ肥やしの強いにおいがしていた。ブドウの木が整然と並び、世界に通じる細い一本の道が延びていた。が、今はもう愛するものは世界に何もない。「パオロ、きみが今言ったことはまちがってるよ」とポアンカレは丘の上の母屋のテラスを見上げながら言った。テラスにはクレールがただひとりぽつねんと坐っていた。ソドムから逃れるときにうしろを振り返り、塩の柱になってしまったロトの妻のように。「私はここで死にかけてなどいない。私はもう死んだのさ」

18

しかし、それは必ずしもほんとうのこととは言えなかった。長い夜を無感覚に過ごせるのが死とすれば、ポアンカレの苦悩はまだ終わってはいなかった。彼はルドヴィッチがリヨンに帰っていった日の翌日からまた日課を再開した。パリまで出かけ、眠っているエティエンヌと彼の家族を見舞った。それはエティエンヌの望みに反することだったが。日中は隔離病室のクロエのベッドの脇で過ごした。二十四時間看護の個室にかかる費用は途方もなかったが、そんなことは心の隅にも浮かばなかった。リヨンのアパートメントはもう売り払っていたが、それぐらいの金はひと月で消え、今は貯金を切り崩していた。果てしない出費だった。

同時にいささかも気にならない出費だった。

　長い廊下のつきあたりにある両開きのドアが開き、遅番の看護師、マリアン・ベレンジャーがやってきて、いくつかのカルテを点検し、〝生霊〟の眼の中をのぞき込んで言った。「変化はありませんね。息子さんは歩行器を使ってこれまでより数歩多く歩けるようになりました。ただ、そのあとモルヒネを投与しなければならなくて、このままだと依存症になることが懸念されます。それも肉体的な苦痛によるものだけではなく。明日、担当医が集まって別の薬の処方を考えることになってます。ジョルジュは——」彼女はカルテを確認した。「——義足をつける部位が少し化膿してしまっているようです。あと、ずっとエミールとクロエに会いたがっているので、児童心理学者に来てもらうことにしました。義理の娘さんですが、熱傷からの感染症の心配はほぼなくなりました。でも、ケンプ先生は抗生物質の投与は今後も続けるお考えで、カルテには新しい抗鬱剤を処方することも書かれています。皮膚移植手術はあと一回ですね。たぶんそれが最後になるはずです。今週末に予定されています……腕のここのところの手術だと思います。熱傷が顔じゃなくてほんとうによかったですね」ベレンジャーはそう言ったあと慌ててつけ加えた。「すみません、無神経なことを言っちゃって、ムッシュー・ポアンカレ」

　ポアンカレは自分を抑えつけるように椅子にじっと坐りつづけ、咳払いをしてから言った。「孫娘はここで最高の治療を受けています」

　どうして体面をつくろう？　クロエは子供の遊び場で嘲りの対象になるだろう。隠しきれない傷痕を隠すためのファンデーションをつける若い女になって、一生、鏡を避けて過ごすようになるだろう。醜さに眼をつぶり、ダンスに誘ってくれる男がこの世のどこにいる？　と生涯思いつづけることだろう。しかし、マリアン・ベレンジャーを責めることはポアンカレにはできなかった。結局のところ、彼女は彼の命の恩人なのだから。病院に駆けつけた日のことだ。意識がようやく戻りかけたエティエンヌは自分の父親の顔を見るなり怒鳴りつけた──出ていけ！　よくもぼくの家族をめちゃめちゃにしてくれたな！　そのときベレンジャーがポアンカレの手を取って言ってくれたのだ。「こういうことはよくあることです、ムッシュー。モルヒネがあんなことを言わせてるんです。本人が言ってるんじゃありません」

ポアンカレは怒声という形を借りた息子の深い悲しみに打ちのめされ、深い井戸に放り込まれたような気分になった。自らがそんなふうに落下していく感覚の中、どこからともなく手が現われ、その手に体を捕まれたかと思うと、力強い彼女の声が聞こえたのだ。「息子さんには自分が言っていることがわかっていないんです。心をなくしてはいけません、ムッシュー。絶対に！」

彼女のことばがそのまま信じられたわけではなかった。が、その日、彼女に腕を捕まれて脇の通路に導かれ、いくらか苦痛が和らいだのは事実だった。そこからエティエンヌの様子は見えなかったが、叫び声は聞こえた。ポアンカレはまたどこまでも落ちていく感覚を覚えた。が、ベレンジャーはそんな彼を放さなかった。洗濯物を入れるかごとストレッチャーのあいだにはさみ込まれるようにして置かれていた椅子に彼を坐らせると、カップに水を注いで戻ってきた。そして、震えるポアンカレの手にカップを持たせると、しゃがみ込み、彼の眼をのぞき込んで言ったのだ。「新聞を読みました、ムッシュー。あなたは立派に自分の仕事をなさったんです。自分の仕事を！　それでも、世界は途方もなく恐ろしい場所になることがある。そういうことです」

その日、病院から帰ると、ポアンカレはベレンジャーの提案に従うことにした。翌日からはエティエンヌもほかのみんなも眠っている夜間に見舞おうと思った。それはエティエンヌがいくらかは理性的に会ってくれるようになるまで続いた。まさに苦難の六週間だった。夜明けまえに起き出して、車で三十分ほど離れた最寄りの駅に行き、いくつも列車を乗り換え、オーステリッツ駅に着く頃にはたいてい真夜中近くになっていた。そこからタクシーで病院に向かい、離れた病棟まで長い廊下を歩き、息子と孫とのベッドの脇で五時間ほどただ坐って過ごすのだ。そして、曙光とともに市《まち》の反対側にある別の病院に向かい、日中はクロエのベッドサイドで彼女を見守る。それが家族を見舞う日の彼の行動パターンだった。

「エミールは？」と彼は尋ねた。

ベレンジャーは別のカルテを見て言った。「肺に感染症が発症したので、点滴で抗生剤のセフロキシムを投与しています。どうぞはいってください。椅子をドアのそばに置いておきました。改めて言う必要はないと思いますが、もし誰かが起きたら――」

ポアンカレはこれまでに銃で撃たれたこともあった。手ひどく殴打され、死んだものとして放置されたこともあった。また、クレールとともに子供を埋葬したことがあった。エティエンヌの姉だ。生まれて数週間と経っていなかった。三度の流産に、クレールとともに苦しんだ末にやっと授かった子供だった。父親と一緒にローヌ・アルプに一日がかりの登山に出かけ、ほかに誰もいない山道を何キロも歩いたところで、枝が折れるようにあっけなく父親に死なれるという経験もしていた。心臓発作だった。そのときには父親の遺体をひとりで担いで下山したのだ。それから何年も経って、子供の骨の散乱する谷ではただひたすら祈りもした。認知症が進み、自分のひとり息子さえわからなくなった母親と向かい合って、テーブルにつきもした。しかし、それらのどの苦痛も今のこの苦痛には及ばない――栄養補給のためのチューブがエミールの胃に差し込まれているのを見なければならない苦痛には。切断された脚の上にシーツをテントのように掛けて眠っているジョルジュを見なければならない苦痛には。何か複雑なブランコのようなものに片腕を持ち上げられ、横向きに寝ているルシールを見なければならない苦痛には。どんな苦痛もエティエンヌの愛を失うことに比べたら、ものの数にはいらない。

息子のざらついた息づかいに胸を突かれ、ポアンカレは思わず椅子の肘掛けをつかんだ。子供の声が聞こえた――「パパ、見て！　柱の上にこうやって重りを置くと――」まだ子供の頃のエティエンヌが二本の柱の外縁にブロックを重ねているところが甦《よみがえ》った。飛控壁をつくることができた興奮そのままに、エティエンヌは彼に言ったのだ。「こうやって重りを置くと、アーチができて柱も倒れないんだ。そのアーチの上にもっとブロックを置くこともできるんだよ、パパ！」

その年のクレールの誕生日、エティエンヌはリヨンのサン・ジャン大聖堂のレプリカをジンジャーブレッドでつくった。ひと月かそれ以上、彼の部屋は立入禁止になり、出来上がると、完成披露を盛り上げるために、エティエンヌはアパートメントのすべての明かりを消して、大聖堂の中にろうそくをともした。その効果は絶大だった。だからといって、ポアンカレ夫妻はその夜、大聖堂の堂々たる正面玄関やガーゴイルを食べるのをためらわなかったが。ポアンカレはそのとき思ったものだ――こんなにすばらしい子供を授かるのに値するどれほどのことを自分たちはしたのか。

血圧や心拍数を計測する計器のLED表示板の光だけが部屋の明かりだった。午前四時、エティエンヌが体をもぞもぞとうごめかせた。ポアンカレはそれを見て、部屋を出ていこうとした。が、薄明かりの中、エティエンヌに見つかってしまった。うめき声がした。

「出ていってくれ」

ポアンカレは手を広げ、上体をまえに傾げた。

エティエンヌはそんな彼をじっと見すえて言った。

「父さんがボタンを押したわけじゃない。それでも、爆弾が爆発したことには変わらない。父さんのせいで――父さんの仕事のせいで。出ていって。ぼくたちはもうおしまいだ」エティエンヌはもの静かに話していた。モルヒネが語らせているのではなかった。

ポアンカレは立ち上がった。何も言わなかった。ただ黙って部屋を出た。それほど彼は息子を愛していた。


同じ日の朝遅く、ポアンカレがクロエの病室――熱傷治療ユニットの無菌エリア――にはいる準備をしていると、看護師がやってきて、親権をきちんと主張できるまでに回復した子供の父親がポアンカレの入室優先権を取り消したと彼に告げた。

「そんなことはありえない！」とポアンカレは抗議した。

看護師は一枚の紙切れを示した。

「そんなことには従えない！」

「ムッシュー、あなたのお考えがどうであれ、なんの意味もありません。これがその書類です」

「でも、きみは私を知ってるじゃないか。私はもう何週間も来ている。きみは言ったね、ほかには誰も病室にはいっていないと。私はただ椅子に坐って孫に話しかけてるだけだ――そのことにどんな不都合がある？」

看護師はプロとしての抑制された同情を示しながらも言った。「残念ですが」しかし、それはうわべだけのことばだった。ポアンカレはそう思い、思ったことをそのまま口にした。看護師は言った。「規則は規則ですから」ポアンカレはインターポールの信任状を取り出し、規則を覆《くつがえ》そうとした。看護師は言った。

「申しわけありませんが、ここではどんな犯罪も起こっていません」

「婦長を呼んできてくれ」とポアンカレは嚙みつくよ

うに言った。

看護師がその場を離れてくれたことで、とりあえず突破口ができた。ファックス用紙に印刷された署名はまちがいなくエティエンヌのもので、その書面を見るかぎり、エティエンヌにはポアンカレがクロエの病室に入室するのを禁ずる権限があるようだった。ポアンカレは急いで手を洗い、手袋をはめ、感染防護服を着て、ゴーグルをつけ、さらにマスクと帽子を調《ととの》えた。これで少なくとも五分は孫娘と一緒にいられる。ここにはいるには誰もみな手を洗い、感染防護服を身につけなければならないのだから。しかし、誰かが来たら、おとなしく出るしかない。

ドアのそばに佇《たたず》み、孫娘の胸が人工呼吸器の機械音とともに上下するのを眺めた。それからベッドのそばまで行くと、カーテンを引いてふたりだけの世界をつくった。シーツは白く、天井から吊るされているカーテンも白く、彼が身につけた感染防護服とマスクもいつものブルーではなく、初めて白だった。ポアンカレはそれが雲のように思えた。自分とクロエは地上の世界の煩《わずら》わしさから遠く離れ、雲の中にいるかのように思えた。部屋の外が騒がしくなった。残された時間はもういくらもなかった。

「クロエ」と彼は話しかけた。「お祖父ちゃんだよ」声がつまった。

感染のおそれがあるので、孫娘の体のどの部分にも触れるわけにはいかなかった。ポアンカレは寝ているクロエの上に両手を差し伸べ、心の中でクロエを抱いた。まだ生まれてまもないクロエを育児室の隅で抱いたときのことが思い出された。あのときにはクレールもエティエンヌもルシールもポアンカレを指差して笑い、そして泣いたのだった。なぜなら、初孫を初めて抱いたポアンカレには、感情の昂りを抑えることができず、彼らに顔を向けることさえできなかったからだ。だから、あの日はずっと彼らに背を向け、クロエとふたりだけの世界をつくったのだ。今もまた熱傷治療ユニット2C号室で文字どおりふたりきりになった。彼はクロエの体の上に差し出した両手を左右に揺すった。どこか静かでおだやかな場所から湧き出したかのようにメロディが聞こえてきた。そのメロディに合わせて、ポアンカレは低くやさしく歌い、空中でそっと両手を揺らしつづけた。カーテンが開けられた。警備員もすぐには彼を引き戻せなかった。いっときが過ぎ、ポアンカレは誰に言うともなくつぶやいた。「この子にもわかったはずだ」警備員に腕を引かれながら、彼は自分に言い聞かせた。「きっとこの子にも聞こえたはずだ」

ポアンカレは病院のまえのベンチに腰をおろし、無理にも自分に現実を直視させた。もうエティエンヌもルシールも孫たちも見舞うことはできない。彼らが眠っているときにさえ。六月下旬の太陽が広場にいる人々を罰していた。熱気が舗道から立ち昇り、波のようにうねっていた。ポアンカレが坐っているベンチからは病院の二階の窓が見えた。クロエの隔離病室は奥の廊下に面しているので、外から見ることはできなかったが。それでも、ポアンカレにはそのユニットの配置も様子もありありと思い浮かべることができた。クロエのベッドがどこにあるかもほぼわかった。必要とあらば、この広場で寝ずの番をして、自らの姿をクロエのベッドのそばに写し出すことさえできそうな気がした。エティエンヌもそればかりは止められないだろう。

もう五十時間近く眠っていなかった。パリに向けてフォンロックを発ったのが昨日の朝まだきで、その前夜は神経が妙に昂って一睡もすることができず、列車を乗り継ぐあいだうたた寝をすることもできず、挙句、エティエンヌと孫たちの寝ずの番をしたのだった。広場の熱気の中、ポアンカレはうとうととした。フォンロックに帰る時間までまだ数時間あった。眼を閉じた。その五分後、あるいは二十分後だったのだろうか、警報にいきなり眼が覚めた。見ると、病院の正面玄関から慌てふためいた人々が次々に出てきていた。火事かと思い、上を見上げて凍りついた。病院の二階の窓から煙が出ていた。クロエの病室のある二階から。ポアンカレは正面玄関をめざして走った。が、警備員に止められた。

「インターポールだ」と彼はバッジをこれ見よがしに見せつけた。「私の仕事は中にいる人たちを外に出すことだ!」と警備員は怒鳴った。

ポアンカレはしかたなくうしろにさがった。そのそばをフル装備した消防士が駆けていった。ポアンカレは病院のまえを走り、建物の角を曲がり、病院の非常口を見つけた。従業員と見舞い客でごった返していた。全員彼とは逆方向に向かっていた。そんな中、悪態をつかれながら、人波に逆らって進んだ。誰かが言っていた。「どこかの馬鹿がゴミ入れに火をつけたそうだ。ふざけて。くだらないことをするもんだ。これが深刻なものなら、患者も避難させられてるはずだよ。もう消火器だけで消えてるんじゃないかな」

そのことばを合図にでもしたかのように、警報が鳴りやみ、避難者の流れも逆になりはじめ、ポアンカレはその流れに乗って二階にあがった。そして、開かれたままの非常ドアをこっそりと抜けた。煙のにおいがしたが、広場に面した窓が開けられ、白い煙がそこから外に流れ出ていた。廊下の真ん中に黒焦げになったゴミ入れが置かれ、そのまわりに警備員が数人立っていた。緊張したところはまったくうかがえなかった。それを見て、ポアンカレはほっとした。壁に焼け焦げた跡が残っている以外、延焼は見られなかった。悪ふざけか、誰かの不注意か。引き返そうとしたところで、ユーティリティ・ルームから出てきた看護師が彼の脇を慌てて走り過ぎていった。無菌ケースに入れたチューブを抱えていた。クロエの生命を維持させるための人工呼吸器のチューブと同じものに見えた。看護師のあとを追って、ポアンカレも走った。今度はバッジを見せると、通してもらえた。彼に入室不可の通告を伝えた看護師が呆然とした様子でストレッチャーに腰かけていた。廊下の角を曲がると、クロエの病室のドアが広く開けられ、白衣を着た医師や看護師が少なくとも六人、クロエのベッドを見下ろして立っていた。「どうしたんだ！」とポアンカレは病室にはいるなり叫んだ。

クロエの胸に聴診器をあてていた女医が振り返り、怒りもあらわに怒鳴り返してきた。「はいらないでください！」

クロエの人工呼吸器のチューブが切られ、電源コードも機械から引きちぎられていた。ベッドの反対側にいた医師が青いビニールの袋につながったチューブをクロエに挿入しようとしていた。「はいった」というその医師の声に看護師がビニールの袋をぎゅっと握り、またその手を放すという作業を繰り返しはじめた。クロエの胸がまた上下しはじめた。が、そこで聴診器をあてていた女医がいきなり聴診器を離して言った。「心停止！」そして、クロエの胸の上で両手を組むと、胸骨のあたりを強く押さえつけては離し、押さえつけては離ししはじめた。

彼らは三十分クロエの蘇生を試みた。「電気ショック！」

警備員を呼んだ女医が外来者待合所までやってきた。そして、そこの椅子に、両手で頭を抱え、うなだれて坐っていたポアンカレを見つけると言った。

「残念です」

ポアンカレは眼を開けた。閉じてまた開けた。何も変わっていなかった。「何があったのか。わたしたちにもわからないんです」と女医は続けて言った。「何者かが熱傷治療ユニットに放火し、その騒ぎの中でお孫さんの人工呼吸器のチューブが……切られたようなんです……わたしたちが対処したときにはそれからすでに八分が過ぎていました」女医の声が涙声になった。「警察が捜査しています。心からお悔やみ申し上げます、ムッシュ――――」彼女はポアンカレの名札を見た。「――ポアンカレ」

クロエの病室は今や犯行現場となり、ポアンカレに入室は許されなかった。ひとりにしてくれるよう彼は女医に言った。女医は立ち去った。熱気にかげろうのように揺らめく広場を窓越しに眺め、ポアンカレはクロエのことを思った――ペンキの剝げた納屋のドアのところまでクロエに引っぱられていったときのことが思い出された。見て、お祖父ちゃん！ 彼は見た。ひび割れたペンキではなくクロエを見た。彼女の眼にキスをして、彼女の魂を自分の人生から解き放った。そして、自らを現実に引き戻すと、エティエンヌたちが入院している病院とインターポールに電話をし、病院の警備を強化するように言った。それから病院を出た。ここ数週間で初めて、はっきりと目的を持った人間の足取りで。クロエの死はあとから悼《いた》めばいい。今しなければならないのは別のことだ。バノヴィッチの息のかかった者が少なくともまだひとり残っている。なんとしてもそいつを見つけるのだ。さきにハーグでの〝仕事〟を終わらせたら。

19

ポアンカレは人生の混沌を新しいジャケットや腕時計のように外にはまとわなかった。だから、花屋が屋台を出しているハーグの通りで彼とすれちがっても、人はただ単にこの人は疲れきっているのだろうと思ったことだろう——あるいは、おそらく病気なのだろうと。しかし、衰弱したように見える彼の外見の奥まで見透かすことができたら、彼本人が自らを見ているように見ることができたら、眼を開けられるほどクレールが元気だったら、彼を見るなり、やめて！　と叫んだことだろう。そこにいるのは剝き出しの神経と叫び声だけに姿を変えたひとりの男だった。彼は心に地獄を抱えてハーグに来ていた。計画はすでに入念に練ってあった。

もっとも、それは一週間食べることも眠ることもできなかった人間が入念になれたとしての話だが。ポアンカレにとって眼を閉じることはクロエが瞼《まぶた》に浮かぶことを意味した。だから眠れなかった。食べものは生きていくのに不可欠のものだ。が、彼にとって欠くべからざるものが——クロエだけでなく、人生とは公正なもので、人間は捨てたものではないという信念まで——消え去った今、食べる意味などどこにもなかった。不整脈には今も悩まされつづけており、胸に鉤爪《かぎづめ》を立てる獣を黙らせようと、ひっきりなしに薬を飲んでいた。ひげを剃ろうとすると手が震えた。誤って顔を傷つけ、血が流れると、いやがうえにも怒りが込み上げた。バノヴィッチには代償を払わせなければならない。バノヴィッチの妻にも子供にも。ポアンカレは彼ら全員を殺し、神を呪って自分も死ぬつもりだった。銃の手入れをして油を注《さ》した。同じことを三度も繰り返し、ホテルを出た。あとはみじめな人生の最終章を自分の手で書き上げるだけだった。

「楽な仕事でした、ムッシュー・ドゥポール」と男は言って、ポアンカレにフォルダーを手渡した。「お尋ねの件はすべてこの中のディスクにはいっています——日々の暮らしのパターンと写真のフォルダー、そのふたつをまとめたスプレッドシート。スプレッドシートのどのセルを開いても、一日の時間帯でマダム・バノヴィッチと彼女の子供がいる可能性が最も高い場所がわかるようになっています。関連する写真、住所、電話番号も添えてあります。すべてここにそろっています」そう言って、男はフォルダーを軽く叩いた。

「この女性は驚くほど規則正しい暮らしをしてますね。日曜は必ず教会に行って、そのあと路面電車で刑務所に行って、面会が終わったら海辺の公園に子供を連れていっています。平日は毎日子供の学校の送り迎えです。誇張じゃなくて、学校の校舎に着くまで、片時も子供の手を放しません。子供を学校まで連れていくと、店員として働いている文具店にまっすぐに向かいます。買いものをするのは火曜日と決まっていて、息子と娘を学校に迎えにいったあと一緒に出かけます。だいたいどういうものを買うかということもスプレッドシートに記載しておきました——パスタ、豆、ジャガイモ、それに粉ミルク。肉屋ではスープ用に骨や脂《あぶら》かすをよく買います。あまり生活にゆとりがないんでしょう。でも、役所にあたって調べたんですが、生活保護を受ける申請はしていません。住んでいるのはトイレが共用の一部屋だけのアパートメントです。そういうこともすべてファイルに書いてあります」

「おたくたちは彼らのアパートメントに押し入ったりもしたんだね」とポアンカレはどんな感情も交えずに言った。

男は鼻を鳴らした。「錠前を修理していたらドアが勝手に開いたとでも言いましょうか」

ポアンカレは偽名を使い、パリの現金払いのインターネット・カフェで偽のメール・アカウントを取得し、照会先を知らせることなく、ネットを通じてオランダの私立探偵の中からドミニクス・グルートを雇ったのだった。〈グルート調査サービス〉のホームページには次のような謳《うた》い文句が躍っていた――〝綿密な浮気調査！〟〝オランダでの失踪人、必ず見つけます！〟。グルート自身はあまり探偵らしくない男だった。群衆の中に簡単にまぎれ込めるような男ではなかった。ポアンカレより背が頭ひとつ分高く、脚が長く、ふさふさした白髪頭で、風が少しでも吹けば、見かけどおり鳥のようにどこかに飛んでいきそうなほど痩せていた。が、それほど痩せた人間なのに、赤ら顔に、屋外労働者のような荒れた肌のごつい手をしており、奇妙な逞しさを備えていた。一度見たら忘れられず、二度見たら疑念を抱かせる。そんなところがありながら、探偵としてはなかなか優秀なのだろう。バノヴィッチの家族に関する報告書は、きちんとした調査なしには書けないものだった。バノヴィッチの妻は自分が尾《つ》けられていたなど思ってもいないことだろう。

グルートは皮を剝いたヒマワリの種のパッケージを開けると、ひと握りばかり口に放り込み、もうひと握りつかむと、広場のハトに与えた。ハトたちが一斉に群がり、鳴き声をあげながら種をついばみはじめた。ふたりのまわりがにわかににぎやかになった。「楽な仕事でした」とグルートは繰り返した。「ゆうべメールで尋ねてこられた件ですが、今日は特別な木曜ということになります。ムッシュー・バノヴィッチが今日の午後、法廷に立つわけですからね。彼の妻は、今日は子供を学校に連れていきませんでした。おそらく子供と一緒に法廷に来て傍聴するつもりなんでしょう。これまで調べたことから考えると、たぶん歩いてくるでしょう。子供にはちょっと酷《こく》ですが。国際刑事裁判所まではかなりありますからね。彼らが住んでいる地区は公共交通機関の便があまりよくありませんが、彼らのような経済状態にある者にはタクシーなど論外でしょう。そう、だから彼らはほぼ十二キロ歩いてくるはずです――悪いけれど、何も得るものはないだろうに。起訴内容の読み上げには、弁護側の弁論も含めて一時間もかからないでしょう。裁判が始まるのは来月ですが、マダム・バノヴィッチが毎日子供を連れてくることはないでしょう」グルートはまたひと握りヒマワリの種を食べた。彼の足元には何羽ものハトが集まっていた。彼は続けて言った。「こういう仕事はとても珍しかったです。私が通常引き受ける調査とはまるで異なる仕事でした。もちろん、それが問題だなんて言ってるんじゃありませんよ、ムッシュー・ドゥポール、あなたがあの貧しい母子に何か反感を抱いておられるのではないかぎり。もしかしてあなたは何か慈善活動をなさってるんじゃないですか？」

ポアンカレは封筒をグルートに手渡して言った。

「中身を数える必要はないと思うが」

グルートは封筒を開けると、札を数えはじめて言った。「私が通常引き受ける仕事では――」

「あんたが通常引き受ける仕事では」とポアンカレは言った。「依頼人がどういう理由であんたを雇ったのかなど訊いたりしないもんだ」ポアンカレはブリーフケースを取り上げると、フォルダーとディスクを中にしまった。「でも、あんたの好奇心を満たしてあげると――そう、私は慈善活動家だ」

スティポ・バノヴィッチを逮捕した捜査官ということで、ポアンカレは入廷だけでなく、武器を携行したまま傍聴席に坐ることを許された。裁判所にはまえもって連絡を取って傍聴する旨を伝えてあったので、まえから二番目の列の席がひとつ用意されていた。その席は晴れ着を着た巻き毛の髪の子供を両脇に坐らせた女性のまうしろだった。それを見て、ポアンカレは苦笑した。わざと遅れていったのは、裁判官席の三人の裁判官に注意を向けているにちがいないバノヴィッチと彼の妻に気づかれないようにするためだったのだが。彼の左手にあるテーブルには首席検察官補が、ラベルのついた百ほどのファイルを必要に応じてどれでもいつでも取り出せるように調え、緊張した面持ちで坐っていた。バノヴィッチは黄色いメモ用箋と鉛筆を一本テーブルに置いて、ただひとり被告人席に坐っていた。指定弁護団の同席を条件に、裁判所が被告人当人による弁護を認めたためだった。指定弁護団は万一バノヴィッチの陳述が正当な評決を担保できなくなった場合に備え、脇にひかえていた。

ポアンカレの脳裏にボスニアのあの峡谷の光景が甦った――あの光景のためだけにでもバノヴィッチを撃ち殺すべきだった。逮捕するのではなく。救いを求めている家族の血に駆られ、ポアンカレは傍聴席の柵を飛び越え、バノヴィッチの頭に銃を突きつけることを考えた。どうして何カ月もまえにあの男を殺さなかったのか。ポアンカレは動かなかった。今はまだ。正義と復讐が求めるものが今はまだぶつかり合っている。正義はバノヴィッチの死を求め、復讐は、死ぬまえにバノヴィッチが自分の妻と子供の死を目撃することを求めているからだ。ポアンカレは復讐を望んでいた。だから、今はまだ首席検察官に注意を向けることを自分に強いた。その首席検察官による罪状の読み上げもそろそろ終わろうとしていた。

……つまるところ、被告人は以下の罪状により本法廷に立っている。イスラム教徒の成年男子と少年七十三名の殺害、バニャルカの南に位置する森の中の峡谷までこれら犠牲者を移動する際におこなった拷問および非人道的処遇、この移動および殺人に先立つ器物損壊、家族の面前での成人女性、六歳の女児を含む未成年女子の強姦、村の民家を狙った意図的な砲撃。以上の罪状に関し、国際刑事裁判所ローマ規程第八条に基づき、〈拡大セルビアのための志士団〉として知られる準軍事組織の名実たがわぬ指導者、スティポ・ヤーヴォル・バノヴィッチを訴追し、禁固七十三年の服役刑を求刑する。

検察官は論告を終えると席に戻った。バノヴィッチはポアンカレが最後に会ったときと少しも変わっていなかった。メタルフレームの眼鏡をかけ、格子縞のシャツを着ていた。陳述のために立ち上がっても、元司書は妻にも子供にもいっさい注意を向けなかった。検察官から判事、廷吏、それに警備員へと順にゆっくりと眼をやり、廷内を見まわした。司令官、スティポ・バノヴィッチ。自らの法以外どんな法にも侮蔑《ぶべつ》を隠さない態度で、どこまでも落ち着き払っており、その声は力強く明瞭だった。

当法廷はいわゆる大量虐殺にしろ、人道に反する罪にしろ、戦争犯罪にしろ、そうした犯罪を裁くためではなく、ローマ規程締約国の政治的利益のために開かれている。したがって、当方としては当法廷の正当性そのものを認めるわけにはいかない。当法廷の検察はこれまで天安門事件で中国を弾劾したこともなければ、グアンタナモ湾収容キャンプ事件でアメリカ合衆国を告発したこともなかった。しかるに、汚辱にまみれた世界を洗浄するために神によって選ばれた私のような自由の闘士を滅ぼそうとしている！　国連はユーゴスラヴィアが内部崩壊した際にはただ傍観しておきながら、今になってそのうしろめたさを拭うために、旧ユーゴスラヴィアの利に適う当法廷をでっち上げた。そのような空疎な見せかけには唾棄《だき》せざるをえない。虚空から紡ぎ出された容疑には唾棄せざるをえない。当法廷が開廷するまえからすでにくだされているような評決には唾棄せざるをえない！

バノヴィッチは自らの短い陳述が廷内に響き渡り、やがて部屋の四隅に消えていくまで立っていた。ポアンカレはそれとなく前屈みになってジャケットの下に手を伸ばした——あの男の名を叫び、あの男が振り向くのを待って、すばやく三発ぶち込む。そして、にやりと笑う。にやりと笑うところをはっきりとあの男に見せる。それが彼の計画だった。入廷と同時に仕上げた計画だった。これが通常のときなら、ポアンカレにとって足の拇指球に重心をのせて立つというのは、考えることではなく行動することを意味した。が、いつくずおれてもおかしくない衰弱した体を抱えた今、彼はバランスを崩し、まえの椅子の背に膝をぶつけてしまった。バノヴィッチの子供が振り返り、まず彼を見てからその視線をジャケットの下の手に向けた。カールした豊かな赤毛。えくぼ。大きな茶色の眼。六歳にはもうなっているだろうか。長いこと歩いたせいで頬がまだ紅潮していた。そんな少女が彼に微笑みかけた。ポアンカレは自問した。おれが宣告した運命がこの子に理解できるだろうか。

この少女もまた誰かのクロエなのだ——清冽《せいれつ》な理性の鞭に打たれたかのようにポアンカレは理解した。純粋で美しい子供なのだ。うめき声を洩らしながら、彼はまえに倒れた。銃が手から離れた。バノヴィッチの妻の背中に倒れかかる恰好になり、振り返った彼女が叫んだ。「あなた！」バノヴィッチの妻は彼女の悲劇の書き手に向かって叫んだ——彼女の家で彼女にはわからない言語で夫の罪状を読み上げ、夫を連行していった相手に向かって叫んだ。「あなた！」

その声に二百人ほどの人間が体をびくっと震わせた。

警備員が突進してきてポアンカレとバノヴィッチのあいだに死角をつくるまで数秒あった。ポアンカレはうずくまり、バノヴィッチを見た。バノヴィッチは彼を見るなり、捕食動物を思わせる敏捷《びんしょう》さで反応した。が、飛び上がったところを警備員にタックルされた。憎悪と悲嘆にまみれた被告人の叫び声が廷内にこだました。あまりの悲痛さに地球もその回転を一瞬止めたかのような叫び声だった。そして、それはポアンカレにはいやというほどよくわかる叫びだった――クレールに触れ、そこに肉体のかわりに石を見つけたときに、ブドウ畑の彼方から聞こえてきた遠吠えだった。エティエンヌに「出ていけ！」と面罵《めんば》されたときに彼の心を絞めつけた叫びだった。クロエの死に接して、彼自身の胸から発せられたうめき声だった。

ポアンカレは思った――ほんとうに自分はなんの罪もないひとりの女とその子供を殺そうとつけ狙っていたのだろうか？　なんのために？　クロエを生き返らせるために？　自分の家族を再生させるために？　悲しみに悲しみを重ねれば、悲しみ以外のものが生まれるとでも思ったのか？　人が居住する地から遠く離れた、もう二度と戻れない荒れ地で、一瞬、ポアンカレの叫び声とバノヴィッチの叫び声がからまり合った。そう、今、引き金を引けばからまり合い、永遠にほどけなくなるだろう。ポアンカレはセーラー服を着たバノヴィッチの息子を見た。女の子のほうは糊を効かせてアイロンをかけたエプロンドレスを着ていた。バノヴィッチの妻――父親のいない貧しい家で必死になって子供たちを育てようとしているひとりの女――は彼女のただひとつの装飾品であるブローチをつけていた。

ブローチ――金《きん》と色つきガラスの装飾のあるカメのブローチだった。ポアンカレは別のカメを思い出した……サッカー場のそばの森から駆けてくる幼友達のルシアンの姿が脳裏に浮かんだ。「見て！」と彼は叫んでいた。ポアンカレとほかの友達はルシアンのまわりに集まり、口々に言った。なんなんだ、早く見せろ！　珍しくもないハコガメだった。奇跡のようなダイアモンド模様の黄色とオレンジの甲羅《こうら》の下に、鱗状《うろこ》の頭と四肢を引っ込めていた。「見てろ！」とルシアンは言ってカメを高々と掲げると、岩に思いきり叩きつけた。子供たちが息を止めて見守る中、ダイアモンド模様が砕けた。それでもカメはまだ生きていた。体液を洩らしながらうごめいていた。少年たちがもっとよく見ようと近づいたところでルシアンが叫んだ。「ピンク色だ！」

ポアンカレの手がまた銃から離れた。こんなふうには殺せない――バノヴィッチすら。男の世界で生きたいと思うなら。ポアンカレはがっくりと膝をついた。被告人の妻がそんな彼に拳の制裁を加えた。バノヴィッチは廷内から連れ出されながらも警備員を蹴り、叫んでいた。「イリーナ！　カシミール！　ノラ！　愛してる！」バノヴィッチの妻と子供たちはほかの警備員に保護された。身分証明書を首からさげたポアンカレはその場にただひとり残された。終わった、と彼は思った。すべて終わった、と。この計画のために掻き集めたなけなしの気力も体力も使い果たし、眼のまえの椅子の背に額をあずけた。家族をなくしながら、復讐もできなかった。この一連の出来事の中、彼の銃は一度もホルスターから抜かれなかった。

足音がして、誰かの手が肩に置かれたのを感じた。

「アンリ」

眼を開けると、高価そうなイタリア製のローファーが見えた。

「何があったんです？」

「放っておいてくれ」

「クロエのことを聞くなり、パリに急行しました。でも、あなたはいなかった。エティエンヌの病棟にも。フォンロックのほうにも電話して、もしかしてと思ってここに来てみたんです。あの男は死んで当然の男です。でも、アンリ、あなたのお孫さんを殺したのは彼の手下じゃなかったんです！　おれを見てください」

ポアンカレは顔を起こさなかった。ルドヴィッチに写真を突き出されてもまだ起こさなかった。「病院の監視システムがすべてをとらえてました。医者になりすました女がここに写ってます。このユニットにはいって、ゴミ入れに燃焼促進液を注ぎ込んで、マッチをすったあと、クロエの部屋のほうに向かって廊下を歩いているところも写ってます。まだ、誰と特定はできてませんが、バノヴィッチの手下でないのは明らかです。中米人なんですよ――中米人が東ドイツの元秘密警察の人間であるわけがない。アンリ、おれを見てください！」

　ポアンカレはゆっくりと頭をもたげた。眼のまえに手があった。その手は写真を持っていた。「なんなんだ？」ポアンカレはおもむろに眼をルドヴィッチに向けた。

「なんてこった！　アンリ、医者に診《み》てもらわなきゃ！」

「監視システム？　写真？」

「ここを出ましょう――今すぐ」ルドヴィッチはポアンカレを立たせようと、腋《わき》の下に手を入れた。その手にショルダー・ホルスターが感じられた。引き起こすようにしてポアンカレを立たせると、ルドヴィッチは言った。「銃を持ってきたんですか――ここに？　法廷で、みんなが見てるまえで、あの男を撃つつもりだったんですか？　どうしたんです、アンリ、そんなことをして自分を救うことができるとでも思ったんですか？」

　ポアンカレはルドヴィッチの手から写真をひったくった。老眼鏡を持ってきていなかったことが腹立たしかった。像がぼやけて見えた。腕を目一杯伸ばすと、見慣れた廊下に白衣を着た人間が立っているのがわかった。女だ。眼をすがめるようにすると、どこか見覚えのある女性のように思えた。中背で、ハニーナッツのような色の肌、太く編んだ黒い髪。ポアンカレはジャケットの袖で眼をこすると、女の首に眼を凝らした。ポートワイン色の痣があった。フェンスターの教え子、ダナ・チャンビだった。

20

「クレール……ハニー、聞こえるかい？」

沈黙。

「クレール、しばらくそっちには行けない。仕事だ。でも、長くはかからない」彼は電話線越しに妻の息づかいが聞こえたような気がした。今はそれだけで充分としなければならない。

「よし。じゃあ、また電話する。毎日電話するよ」


妻にそれだけ伝えると、ポアンカレは地下の霊廟《れいびょう》から また姿を現わしたかのように孫を殺した犯人探しに取りかかった。十週間、新聞も読まなければ、テレビを見てもいなかった。時折、心を静めてくれる音楽はやっていないかとむなしくラジオをつけるだけだった。パリとフォンロックを行き来していても、彼の人生の崩壊とは無縁にまわりつづける世界のことなど、彼はまったく無視していた。だから、あらゆるメディアが八月十五日をキリストが自らの信仰を取り戻す日としてとらえているというのは、彼にとって驚き以外の何物でもなかった。信じがたいことながら、〈歓喜の兵士〉の再臨の予言はそれほどに世間の耳目《じもく》を集めていた。終末思想をどうとらえるにしろ、八月十五日を暦の上のただの一日と考えるのはもはや誰にも不可能になっていた。その結果、不可解にも〈歓喜の兵士〉は、世界に〝新たな日〟をもたらすために遣わされた現代のイザヤとなっていた。彼らのスローガン――〝神はすぐそこに！〟――を聞かずには誰も一日たりと過ごせなくなっていた。彼らは二十四時間、ホサナ（神を賛美することば）を叫んでいた。ハイウェイに掲げられた広告板の上でも、都市の街角でも。八月十五日をより声高に、より頻繁に繰り返せば、待ち望んだ救済がもたらされるとでも言うかのように。

ポアンカレがまた現実世界に舞い戻ったときには、〈歓喜の兵士〉はすでに一定のテレビの放映時間と新聞の紙面を保証するニュースの目玉になっており、その報道ぶりは決められた日――八月十五日――の午前十一時三十八分に向けて、加熱する一方だった。東京、ニューヨーク、ロンドン、アムステルダムといった都市では、公共の場での〈歓喜の兵士〉の集会が企画されており、すでにそれが秒読み段階にはいっていた。ポアンカレが現実逃避をしていたあいだに、〈歓喜の兵士〉はまさにウィルス化していた――マスメディアのニュース、メール、口コミによって増殖し、まさに世界的な流行病になっていた。ポアンカレとしてはただ眼を見張り、考えることしかできなかった。が、いずれにしろ、ローランが担当している殺人事件の捜査が強化されたのにはもっともな理由があった。バルセロナでソーシャルワーカーが殺された事件だ。後頭部に銃弾を受け、衣服に聖書の一節を書いたものがピンでとめられていたのだが、そのメッセージは明白だった。善い行ないをしている者はもはや歓迎されないのだ。なぜなら、彼らの美徳は苦難を――すなわちキリストの再臨を――遅らせるものだからだ。このこじつけの理屈だけではまだ不充分とでもいうかのように、〈歓喜の兵士〉を急き立てようと、ミラノでの事件を真似たキリスト狂信者が、キリストのために自らを爆破する事件がさらに増えていた。贖いは大いなる苦難の中に訪れるものであり、混乱が増えれば増えるほど神の贖いが早まるからだ。少なくとも、狂信者はそう考えているようだった。

ポアンカレはそこまで考えると、幻影に出くわしたかのように強く眼をしばたたいた。二カ月前には純然たる事実だったことが――同じ国内紛争が、同じ地球温暖化が、同じ飢饉《ききん》と病気が――今では終末を迎える前兆と考えられている。そして、何百万という人間が〈歓喜の兵士〉を身近に感じている。ほかの何百万人が身近に感じているというただそれだけの理由で。キリストの再来という問題に寛大な何百万人は、今でも自らの魂のありようについて関心を持つべきなのかどうか考えている。それ以外のたいていの人間は、白いローブをまとった人間を通りで見かけたら警戒するようになっている。もしかして爆弾を抱えているのではないか、と。この狂気を捜査しているローランならもっと知っているはずだ。彼に訊けばさらに有力な情報が得られるだろう。

ルドヴィッチが病院の監視ビデオをモンフォルトのもとに届けて以降、インターポールはクロエの病棟にいた白衣姿の女の身元の特定を急いでいたが、ポアンカレは映像解析技師が忙しく仕事をするのを傍目に見ながらも、自分からは何も情報を提供しなかった。チャンビを見つけるのは自分だけの個人的な問題だと決めていた。身に降りかかったすべてのことのために、彼はフェンスター殺しの犯人を追いかけることにも、過塩素酸アンモニウムの出所を突き止めることにも興味を失っていた。しかし、フェンスター事件の捜査に戻れば、それはチャンビ捜索のもってこいのカムフラージュになる。どこにいるとも知れないチャンビを見つけるのには、どうしてもインターポールの力が必要だ。ある朝、彼がモンフォルト局長に電話で、フェンスター事件の捜査に復帰させてほしいと訴え出たのはそのためだった。「フォンロックで腐りかけてます。また仕事をしないと」その嘘が効いたのかどうかはともかく、彼の上司は話し合うために彼をリヨンに呼び寄せた。

「率直に言うよ」とモンフォルトは言った。「きみが健康を取り戻すまで、あと数週間はきみにはどこにも行ってほしくない。なあ、鏡を見るんだ。ひどい顔をしてるぞ」

「あなたのほうはお元気そうでなによりです」とポアンカレは皮肉を言った。

「そうでもない。実を言うと、引退勧告を受けた……インターポールに四十年もいりゃもう充分だろうというわけだ。きみの場合はそれが三十年ということになるんじゃないか、アンリ。なあ、フェンスター事件はもう手放したらどうだ？ きみを必要としてるのはフェンスターじゃなくて、きみの家族だ」

ポアンカレにしてみればそれは的はずれな指摘だった。「実際のところ、私の家族は私を必要としていません。一瞬たりとね」

「それはにわかには信じがたいが」

「どうぞお好きに。今日の午後には発とうと思ってるんですが」そう言って、彼はモンフォルトに旅程表を提出した。

「そこまで言うなら、きみの邪魔をしようとは思わないが——きみの捜査が迅速に進まなければ、次の局長は私とはまた異なる考えを持つかもしれない。今のインターポールには、古顔にはできるだけドアから出ていってもらおうとする空気がある。悪いことは言わない。自分の意志で辞められるうちに辞めることだ」

ポアンカレは何も言わなかった。

「わかったよ、アンリ……当座はきみの意志を尊重しよう。いずれにしろ、アメリカへはロケット燃料を調べにいくんだね？」

「ほかに何がありますか？　インターポールにとってこの事件はそもそもその点が最も重要なところです」

「だったらNASAか——〈ジェット推進力研究所〉から始めるといい。きみがこの数週間フォンロックにいたあいだに、〈ジェット推進力研究所〉からの回答書と、デ・フリース警部補からきみ宛てに出された報告書に眼を通したんだ。もっとも、この事件の捜査はもうデ・フリース警部補の手を離れていて、誰か別の人間が担当していることだろうが」モンフォルトは机の上の書類の山からファイルをひとつ取り上げた。

「きみは化学の知識のある容疑者を探していた。過塩素酸アンモニウムに添加するのに使われていたHMXと呼ばれる結晶の研究に精通し、ロケット推進の研究に従事していた化学者を。その基準にあてはまる人間は世界に数千人はいる——少なく見ても。しかし、容疑者はもっと狭められる。爆薬をあれほど正確な場所に仕掛けられるのは、地雷や機雷の敷設に関する知識がなければできないことだからだ。考えてもみたまえ。爆破現場の写真を見れば一目瞭然だ。あの一室だけがあのアムステルダムのホテルからきれいに切り取られていた。そんな芸当をやってのけるにはかなりの技量が要るだろう。これで対象を数千人から数百人に狭めることができる。この新たな対象者の中から四月中旬にそれぞれの仕事場——NASAにしろ、欧州宇宙機関にしろ、ロシアにしろ、中国にしろ——を離れてた者を絞り込み、その中から、EU諸国を旅していた者をさらに絞り込めば、その条件にあてはまる人間は八人しかいなかったようだ。その名前はすべてこのファイルにある。その何人かは〈ジェット推進力研究所〉の人間で、実を言うと、記録を見るかぎりひとりかなり怪しいのがいた。しかし、その男はアムステルダムの爆破事件の三週間前に死んでいた」

ポアンカレはファイルを受け取り、退出しかけた。が、モンフォルトの話はまだ終わっていなかった。

「レーニアの捜索はまったく進展がない」

「わかりました」とポアンカレは言った。

モンフォルトはインターポールの敷地のへりに植えられた木々を駐車場越しに眺めながら、続けて言った。

「アンリ、インターポールを去ること自体については、ことさら不満はないよ。しかし、このまま去るわけにはいかない。上層部はバノヴィッチの手下がどうやってフランスに入国し、きみの家族を襲ったのか——さらにクロエまで襲ったのか、その説明を求めてきた。私はその求めに応じられなかった。まるで説明がつかないからだ。バノヴィッチの手下はみな死んだ。クロエの件については、ルドヴィッチはバノヴィッチとは関係がないのではないかと考えているようだが」

モンフォルトは絞首刑になることをすでに甘受した男のような顔をしていた。手の震えがひどくなっていた。「上層部に対して、私としては現在われわれの組織の欠陥を調査中で、いずれ報告するとしか答えられなかった。しかし、上層部が求めているのはそんな報告じゃない。そう言われても、私には彼らを責められない」

ふたりは互いに向かい合った。

「アンリ、私はきみの期待に応えられなかった」

ふたりはかつて親友だった。

戸口までやってきて、モンフォルトは言った。「四十年のキャリアの中で最悪の失態だ……私には赦しを乞うことさえできない。クロエについては……」

　ポアンカレは何も言わなかった。

「いや、それよりこの熱傷治療ユニットの女だが――」

「われわれは今、私の孫の死について話してたんじゃありません」

「――この女はどんなデータベースにも出てこない。菓子屋でキャンディを万引きするようなことでもやってくれていたら、何かわかるはずなんだが。熱傷の治療をしている幼ない子供を襲うとはいったいそいつはどんな人間……」

　ポアンカレはドアを開けた。

「幸運を祈る。〈ジェット推進力研究所〉でなんらかの手がかりが得られることを祈ってる。さもないと、また振り出しに戻ることになる」

「私自身、大いに期待しています」とポアンカレは言った。「必ず突破口を見つけます」


　ポアンカレはまたアメリカに行くまえにリヨンで――売り払ったアパートメントの近くの〈カフェ・デュ・ソレイユ〉で――最後の食事をとった。その一帯を歩くと、どうしてもクレールのことが思い出された。まだ若かった頃、クレールはただ丸石の上を走り、狭い場所での雑踏を感じるためだけに土曜日の朝、彼を連れ出し、彼に言ったものだ、眼を閉じて、と。そして、彼が眼を閉じるのを待って彼の手を引くのだ。クレールがそばにいると、ポアンカレは五感が花開くような気がした。パン屋のまえではバゲットとクロワッサンのにおいを嗅ぎ、果物屋や魚屋のまえでは彼らの売り口上を聞いた。ここにいると、自分が人間だって感じられる、と彼女は言った。人として人とつながっているって。実際、彼にもそう感じられた。彼女と一緒にいれば。

「アンリ！」

カフェの店主、サミュエル・アッカールが厨房から出てきて、ポアンカレを温かく抱きしめた。ポアンカレの置かれている状況はアッカールもよく知っていた。ふたりは古い友達だった。だから、ただポアンカレの眼を見て手を握り、〝アンリ〟と言えば、ポアンカレの不幸に関することばはもう要らなかった。

「どう思う?」とアッカールは言った。「ああいうものからわれわれは逃れられるのかね?」彼はポアンカレの肩越しに路地の向かい側を指差していた。ポアンカレは振り向いた。建物の壁に大きな文字で〝39〟と書かれていた。「世界の終わりまでのカウントダウンだ。猫も杓子《しゃくし》もこの話ばかりしてる。正直、こっちはもううんざりだが。キリストが再臨しようとしまいと、早く終わりにしてほしいよ。こっちにゃ商売ってものがあるんだからね」

ポアンカレはまたテーブルのほうに向き直ると言った。「再臨はあんたの商売にとってはいいことだと思うがね、サミュエル。世界が終わるとなれば、誰が金なんか惜しむ? みんなあんたの料理とワインにつかってくれるよ」

アッカールはカップの中に唾を吐いて言った。「実際のところ、売り上げは落ちてる」

「だったら、あと三十九日の辛抱だ」

「いや、もう限界だ。あれを消しても――あの数字だ――すぐまた誰かが書きやがるのさ。性質《たち》の悪い雑草みたいに生えてくる。こっちは忘れたいのに!」

ポアンカレはアッカールの口調が変わったのにすぐには気づかなかった。誰かと話すこと自体、彼には苦痛になっていた。しかし、アッカールは古くからの友人だった。それで塗り絵に番号順に色を塗るように話していただけだった。真面目な声音でポアンカレは言った。「それはあんたのメニューに問題があるんだよ。キリストじゃなくて。私は少なくともこの十年あんたに言いつづけてきた。鶏の赤ワイン煮《コッコーヴァン》にはもっといいコニャックを使わなきゃって。それに生野菜の付け合わせももっと景気よく盛らなきゃって」

アッカールはむっつりとマッチに火をつけ、マッチ棒が燃え尽きるまで燃えさせてから、もう一本すって煙草に火をつけた。「神の兵士だかなんだか知らないが、そいつらにアランを取られちまった話はもうしたかな？」

ポアンカレはグラスを置いた。

「ふた月まえに仕事を辞めちまったんだ。で、先月、あのローブをまとって現われた。再臨の日にちが公表された今じゃもう話もできない。正気の沙汰じゃないよ。あいつがキリストのために爆弾を体に巻きつけるようないかれ頭にならない保証はどこにもない。あいつはこれまでずっと人を助けることに献身してきた。その挙句がこれなのか？　坊さんになるのなら、それはそれでかまわない。だけど、このトチ狂った終末思想だけは勘弁してほしい……いかがわしいよ。安っぽすぎるよ」

ポアンカレは愕然としてアッカールのことばを聞いていた。アッカールの息子のアランとエティエンヌは、互いに相手の家を自分の家のように思って育った仲だった。家族ぐるみのつきあいで、食事もともにすれば、休暇もともに過ごし、アランとエティエンヌは大の仲良しだった。ポアンカレが最後にアランに会ったのは二年前のパリで、そのときにはアランはシルクのスーツを着た弁護士だった。昼食のテーブル越しにポアンカレのことを〝おじさん〟と呼んでいたのに。「あいつがロスアンジェルスに行ったのは」とアッカールは言った。「あいつが言うには、ロスアンジェルスこそどこより救いを必要としている市《まち》だからということだった。現代のソドムとゴモラだと言っていた。それ以来、セシルとふたりでずっと気を揉んできた。いつかあいつがロデオ・ドライヴに爆弾を仕掛けて、〝イエスは生きている！〟なんぞと叫んでボタンを押すんじゃないかって。そんな新聞記事を読まされることになるんじゃないかってな。二度連れ戻しに行った。そのたびに、毎日の新聞の見出しを見て何も思わないのかと言われたよ。〝世界の終わりを知らせる予兆がこんなにあるのに、父さんはこれ以上何を必要としてるの？〟ってな。〝世界は崩壊しようとしてる。ちゃんと新聞を読みなよ！〟って」

さすがにそのときにはもうポアンカレにとっても、〈歓喜の兵士〉は子供に有害な漫画本より意味のあるものになっていた。ケンブリッジの地下鉄で出くわした若者。ロープとともに信念もどきをまとい、預言者を自任していたあの若者は、自らの神学にいささかの疑念も抱いていなかった。一方、再臨を早めるために恐怖をほしいままばら撒こうとしている爆弾魔と暗殺者がいる。アッカールの話を聞くまで、ポアンカレは前者についてはジョークとして退《しりぞ》け、後者についてはそのありのままの姿——単純明快なテロリスト——としてしか見ていなかった。しかし、アランは？　アランが聖書をさえずるだけのオウム男であるわけがない。ましてや、なんの罪もない人々を無差別に殺すような殺人者であるわけがない。エティエンヌが建築を見つけたように、アランは魂が求めた天職として法律を見つけた、思慮深く心やさしい若者だ。

「どうしてそんなことに？」ポアンカレは尋ねないわけにいかなかった。

アッカールの顔が灰色がかった苦悶の標本のようになった。腫《は》れた眼からさらに光がなくなった。ポアンカレも彼と一緒に窓の外を眺めた。ふたりで〝39〟と書かれた数字と無言の会話を交わした。

「あんたも知ってのとおり、あいつは感じやすい子供だった」ややあって、アッカールが話しはじめた。「夕食のときに私とセシルが言い合いをして声を荒らげると、泣きだすような子供だった。あいつが七歳のときだ。私たちは新聞を取るのをやめた。新聞を見てあいつがふさぎ込んだことがあったからだ。どうしたんだって訊いたよ。そうしたら、あいつはクル病を患ったソマリアの子供の写真を指差した……たいていの人間はそういうことをあまり考えすぎないようにするものだ。どこかの時点で。アランにはそれができなかった。今もできないでいるんだろう」

アッカールが吸っている煙草の煙がふたりの頭上にいっときとどまった。悪い天気のように。ポアンカレは椅子の上で坐り直した。が、坐り心地の悪さは変わらなかった。「内戦、殺人、暴動」とアッカールは続けた。「あいつには他人の苦悩がどうしても見過ごせなかった。それで世界を正そうと法律を選んだのさ——傍目には気高いことだよ。だけど、六年か七年ほど経つと、あいつはまたふさぎの虫に取り憑かれた。で、ふた月まえ、結論づけたんだ。われわれ人類は苦難のときを迎えている、自分はキリストが世界を正せるよう眼のまえの腐敗から逃れなければならない、と。あいつは言ったよ、〝すべての苦悩はしるしなんだよ〟ってな。〝なぜって、もしそうじゃなかったら、人生なんてなんの意味もなくなる〟とね。それが最後だった。そんなことばを聞いて、私はぞっとした。だけど、あいつはそう言ったきりロスアンジェルスへ行っちまった。私もセシルもどうしていいのか今もわからないでいる。私たちは息子を失ってしまった。おまけに終末思想の狂気のせいで商売はあがったりだ。いや、最悪なのは、アランがキリストのための爆弾テロリストにならない保証はどこにもないということだ。どうしていいかわからない」

アッカールはそう言うと、煙越しにポアンカレを見た。眼が濡れていた。ポアンカレ自身、悲嘆の淵にあった。それでも、アッカールの悲嘆には心を動かされないわけにはいかなかった。「今日の午前中に仕事でアメリカに飛ぶ」と彼は言った。「ロスアンジェルスは目的地のひとつだ。アランを捕まえてこっちに送り返すよ。なんとしても説き伏せる」

「説き伏せる……説き伏せてまた同じ新聞の見出しが見られるようにする？　世界が腐りかけてるのは事実だ、アンリ。こんな現実を受け容れて、人間、どうやって生きていける？」アッカールは首を振った。「アンリ、あんた自身、今が大変なときなのはわかってる。私にはなんの権利もないことも……それでも、もう耐えられない」彼は住所を走り書きした。「あいつを見つけてくれ。もし少しでもあいつのことを危険だと思ったら、すぐに拘束してくれ。あいつがひどいことを起こすまえに」

21

「ミスター・ポンキー・レイ！　上がってきて！」

ポアンカレは温かな気持ちとともにピーター・ロイの母親のことを思い出した。もっとも、思い出したのはマサチューセッツ・アヴェニューに面したインターフォン越しにまたしばらく押し問答を繰り返したあとでのことだったが。ブザーが鳴り、ドアのロックが解かれた。中にはいると、彼女は笑みを浮かべ、オフィスのドアのところで待っていた。最初の訪問の際、心惹かれた一筋縄ではいきそうもない彼女の偏屈さは今日も健在だった。が、今回は薄暗い廊下で彼女のほうから手のひらを下にして手を差し出してきた——待っていた。ポアンカレは軽く一礼してその手の甲にキスをした。「はじめまして《アンシャンテ》」と彼女は言った。「レイチェルの夫がお待ちかねだよ」

「レイチェルの夫？」

「ピーター、わたしの義理の息子」

ロイが彼女のうしろに姿を現わした。「また依頼人を脅してるのかい、お義母さん？」

グラディスはオフィスに戻りながらロイの肩を叩いて言った。「あんたはわたしの孫の父親で、わたしに給料も払ってくれてる——だから厳しいことを言おうとは思わないけど、でも、ミスター・ポンキー・レイならあなたに行儀作法というものをひとつふたつ教えてくれるかもしれないね。毎朝キスをすることからだって一日は始められるんだから。たとえばここにね」そう言って彼女は自分の頬に指をあてた。

ロイは咳払いをして言った。「アメリカへようこそ、アンリ」

ポアンカレはピーター・ロイの魅力についても忘れていた。ロイはポアンカレが子供の頃に本で読んだ田舎の弁護士を思わせた。サスペンダーに蝶ネクタイ。メタルフレームの奥の黒い眼からは断じて曲げられることのない強い信念がうかがえた。そんな信念を持ちながら、東海岸の都市のタトゥー屋の上に看板を掲げていた。

「あなたがいらっしゃることを教えると、義母はマフィンを焼きました」と彼は言った。

「駄目じゃないの！　これはサプライズだったんだから！」グラディスがケシの実入りのマフィンを持って戻ってきた。ポアンカレはクレールとブドウ園を買ったときに、フェリス・ラヴァルがやってきた朝のことを思い出した。そのときポアンカレは母屋の傷み具合に圧倒され、慌てて買いものをした買い手の後悔を味わいながら、買ったときには気づかなかった母屋の土台にできている穴に手を突っ込んでいた。フェリスはバスケットにクロワッサンと、コーヒーを入れた魔法瓶と、紙コップを三つ持ってやってくると、そんな彼を見て、こともなげに言ってのけたのだった。野ネズミが問題になるのは年に十カ月ほどのあいだのことだけだから、と。

「わざわざ遠いところから来てくだすったんだから」とロイの義母は言った。「アメリカ式のもてなしを味わってもらおうと思ったんだよ。あなたの奥さんはマフィンを焼く？」

「今はちょっと」

コーヒーを取りにいったのだろう、グラディスはまた姿を消した。このまえと同じ応接室に向かいながら、ポアンカレは言った。「よくわかっておられると思うけれど、あなたはとても幸運な人だ」

「ああいう義母がいて？　依頼人の半分が義母にチョコレートか花を持ってきます。あとの半分はあんな義母に我慢できる神経がわからないなんて思ってるんじゃないですかね……今回はどんなご用件でしょう？　急かすようで申しわけありません。ただ、このところなんだか忙しくて。ダウンタウンで法律事務所の代表弁護士のひとりをしていた頃には、一時間五百ドルを依頼人に請求していました。その基準で月ごとの自分の割り当てを稼ぐために十分単位で計算してました。今は新しい依頼人にも払える額に抑えています――一時間四十ドルにね。流行ってるマッサージ療法士の半額にもなりません――だから、電気代もちゃんと払えるようにするには、やっぱり十分ごとに報酬を計算しなくちゃならない。ダウンタウン時代は自分の時間なんて全然持てなかったけど、それはここでも変わりません。そんな私を見て、妻がよく言います。結局、ひとつの刑務所のお仕着せを別の刑務所のお仕着せに着替えただけのことになっちゃったわねって」

「私は依頼料を払う客じゃないけれど」とポアンカレは言った。「それとも、そうなのかな？」

ロイはにやりと笑った。「坐ってください、アンリ。

最新情報が要るんでしょ？　でも、マドレーン・レーニアからはあれ以来なんの音沙汰もありません。フェンスターの遺産の件は片づきました——法的なことはすべて。ただひとつの案件を除いて。彼のハードディスクをめぐる諍《いさか》いはむしろヒートアップしてます。エリック・ハーリーという州警察の担当捜査官からも二週間前に訊かれました。フェンスター博士は自分のノートパソコンに関して遺言書に何か書いてなかったかって。誰にも意見は求められてないけど、私の推測を言えば、フェンスター博士はケンブリッジの学校教育向上のために、〈数学リーグ〉のための基金をつくったわけだけれど、何が収められているにしろ、彼のパソコンまで〈数学リーグ〉のものになってはならないということなんでしょう。実際のところ、ハードディスクに何がはいっているのかは誰も知らないのに。でも、その値打ちは、それはもう大変なものなんでしょうよ」

「ハーリーには私のほうから電話してみます」とポアンカレは言った。「一度会ったことがあるから」

「そうしたほうがいいと思います。それから、州もようやくフェンスター博士のアパートメントを家主に返しました。また貸せるように家主がせっついたんでしょう。捜査のためにあのアパートメントはどれぐらい封鎖されてましたっけ？　四カ月？　家主としてはずっと遊ばせておくわけにはいきませんからね」

「ええ。フェンスターのほかの所持品は？」

「慈善団体に寄付されたんじゃないですかね。それは家主が管理人に任せたようです」

ポアンカレはひとりの人物の三枚の写真を取り出して、テーブルに並べた。ハニーナッツ色の肌。真っ黒な髪。丸い顔。一枚の写真は数カ月前のハーヴァード大学の数学科のホームページに載っていたものだった。二枚目はマサチューセッツ州の車両登録局が送ってきたもので、最後の一枚はエクアドル発行のパスポートの写真だった。ロイはそれぞれの写真をとくと見てから言った。

「スカーフが好きな人ですね。私にわかるのはそれだけです」

「ダナ・チャンビ」とポアンカレは言った。

「フェンスターの教え子の？　彼女とは爆破事件のあと何度か電話で話をしました。おもに〈数学リーグ〉についてです。フェンスター博士の遺産の大半が〈数学リーグ〉に寄付されるわけですからね。会ったことはありませんが、電話で話したかぎりでは聡明で、感じのいい人でした。まさか彼女が犯人だなどと言っておられるわけじゃないですよね？」

「捜査上、彼女は重要参考人です」

ロイは両手を組み合わせた。「私としてはちょっと信じがたいですね――今言ったとおり、彼女とは電話で話しただけだけれど。とても協力的で、とても良心的な人物という印象を受けました。でも、ほんとうに彼女は犯人かもしれないんですか？」

「あくまで重要参考人ということです」

ロイはうなずいて言った。「そういうことなら、彼女はどうすれば見つかるか、お教えしましょう。と言っても、場所じゃありませんが。それでもお役に立てるかもしれないんで。彼女は〈数学リーグ〉のウェブサイトの〝常勤のエキスパート〟なんです。そのサイトにログインすると、学習用の問題やパズルや迷路なんかが見られるんですが、メッセージ・スレッドも用意されていて、彼女はそれを常時モニターしてるんです。で、ボランティアで個人授業をやってるんです。フェンスターの遺志をなんらかの形で継ぎたくて、と本人は言ってました。彼女自身がサイトを立ち上げ、夏のあいだの運営はすべて自分でやるということでした。ほかの教授があとを引き受けてくれるまでは。その宣伝にフェンスターの基金をつかいました――といっても、わずかな額ですが。それ以外のことはすべてミズ・チャンビがボランティアでやってるんです。あらゆる基準に照らしてすばらしいサイトです。教室でやってる数学の授業のカリキュラムすべてが受けられるようになっていましてね。彼女は立ち上げる際に何人もの数学教師に相談したんでしょう。それで、そのサイトをカリキュラムに組み込む支援も得られたみたいです。実際、もうすでにそのサイトを利用している夏の特別コースもあるはずです。というわけで、ウェブ上なら彼女を見つけることができます。実際にはどこでサイト運営の作業をしているのかはわからなくても」

「そのサイトの管理人は？　彼女はサーヴァー・スペースをどこから借りてるんです？」

ロイは二番目のファイルを開いて言った。「経費はすべてフェンスター博士が設立した〈数学リーグ〉の基金から支払われています。登録料もサイト維持費も……」彼は何ページかファイルをめくった。「そう、これです」そう言って、サイト・サービスの申込者として基金の名前が書かれた請求書を示した。「サイトを立ち上げるときにかかった費用については義母が小切手を書きました。一年間は無料なんで、大した額じゃありません。当座は私が基金の保管者です。で、ミズ・チャンビの指示に従って、ドメイン名とサーヴァー・スペースを買ったわけです。取引きをした会社はフィラデルフィアの会社ですけど、実際のサーヴァーはどこにいてもいいわけですからね。ミズ・チャンビにしたところが世界一周旅行をしながら、ユーザーに不便をさせずにサイト運営ができる。だから、こういうことから彼女が実際にどこにいるのか突き止めるのはむずかしいでしょうが。フィラデルフィアの会社に召喚状を送りつけても、彼らは私のところを指差すだけでしょう。彼らにとって唯一実在するのはわれわれだけなんだから」

「しかし、彼女にしてもサーヴァーにログインするには自分のIPアドレスが要るのでは？」

「いいえ。ただユーザーネームとパスワードを打ち込めばいいだけです。世界じゅうどこにいても、どのコンピューターを使っても、自分のメールを確かめられるのと同じことです。あなたは彼女を見つけたくても彼女のほうは見つけられたくない場合、彼女としては同じコンピューターを二度使わなければいいだけのことです。アンリ、私はもちろん捜査の専門家じゃありません。でも、電話で話したかぎり、私にはミズ・チャンピは裏表のない人好きのする女性に思えました。それに、彼女がフェンスター博士の遺志を真剣に継ごうとしていることに疑いの余地はありません。ご自分で確かめてみてください」ロイはウェブアドレスを紙に走り書きした。

ポアンカレは立ち上がり、そのURLをポケットに入れた。

「今年の秋以降、〈数学リーグ〉はケンブリッジのどの学校でも無料の個人授業が受けられるシステムのスポンサーになります――生身の家庭教師が教える個人授業です。フェンスター博士がきっとやりたがっていたことということで……そう言えば、彼の出生証明書は手にはいりましたか？」

四月の最初にロイに会った翌日にはもう、ポアンカレはインターポールの法務担当者に裁判所命令を取るよう指示していた。が、案の定、手続きがすべて完了するには三カ月近くを要していた。それでも、その調査結果は、ポアンカレが捜査を離れているあいだにモンフォルトが集めた資料の中にちゃんとはいっていた。

「それが奇妙でしてね」と彼は言った。「オハイオ州の養子斡旋《あっせん》事務所がフェンスターの長きにわたる養子縁組記録を探し出してくれたんですが、彼の出生記録だけは見つけられなかった。どこかにまぎれ込んで紛失してしまったようだというのが彼らの返答でした。だから、最初の養父母の名前に変わるまえの記録は何ひとつ見つからなかったんです。つまり、彼が生まれたことを証明するものは今のところ何もないということです」

ロイは笑みを浮かべて言った。「官僚機構……私は毎日そいつとやり合ってます」そう言って立ち上がり、手を差し出した。「最後にひとつ。お願いがあるんですが」

「もちろん、なんなりと」

「どうか帰るときに義母にキスすることだけはやめてくださいね」

ホルヘ・シウバに最初に会ったときには自信のなさの表われ――眼を合わせようとしないのも、震える手を自分の体に押しつけているのも――と思われたものが、今は逆にヒロイズムの表われのようにポアンカレには思えた。八十をとうに越しながら、シウバは毎朝起きて、このおぞましいレンガ造りの建物をまるでウィンザー城のように維持管理しているのだ。藁を敷いたホウセンカの花壇にしろ、ペンキが塗られた手すりにしろ、刈り込まれた芝生にしろ、とがったレンガ細工にしろ。このまえ来たときにはなぜか気づかなかった。ポアンカレが着いたとき、シウバはちょうど玄関と通りをつなぐ小径を掃いていた。

「すぐ終わるから」ポアンカレが来たのを見て、彼は言った。

刈り取った芝がきれいな小山になっていた。彼はそれを芝生のほうに押しやるのではなく、ゴミ袋に詰めると、箒にゆったりともたれ、キャンディの包み紙や手を伸ばしながら言った。「ここらの子供は」そう言って、包み紙を手の中でまるめた。「半分はハーヴァード大学に、半分はマサチューセッツ工科大学に行ってるのに、自分たちの近所をきれいにするなんてことは端《はな》から考えちゃいないんだからね。いったい学校じゃ何を教えてるんだか」

ポアンカレは名刺を差し出し、改めて自己紹介しようとした。すると、シウバは言った。「おれの記憶はまだそこまで悪くなってないよ、ミスター・ポアンカレ。ジミーを殺した犯人はもうつかまったのかね？」

「いや、まだです」とポアンカレは言った。

「何を待ってるんだね？」

「こういうことには時間がかかるもんでね、ミスター・シウバ」

「こっちは時間がもうそんなに残されてないんでね。いい知らせを早く聞かせてもらいたいもんだ」シウバは包み紙をゴミ袋に入れた。「ジミーのアパートメントには先週から新しい人がはいってる」

「それは聞いてます」とポアンカレは言った。「州警察はフェンスターの所持品をあまり押収しなかったようですね？」

シウバはうなずいて言った。「全部処分してくれって言われたよ。売るなり、寄付するなり、燃やすなり。どうでもいいみたいだった。そんな感じだったね。で、慈善団体の〈グッドウィル〉を呼んで家具は持っていってもらった。服は――どれもちゃんとしたものだったけれど、捨てるしかなかった。誰かほかの人間が彼の服を着てるって考えただけでなんだか嫌になったんだよ。本は取ってある。おれにはどれも読めないけど。英語で書かれたものがほんの数冊で、ポルトガル語の本は一冊もなかったからね。たぶん大学が欲しがるんじゃないかな」

「彼の写真は？」

「それも取ってある。そのうちの二枚は持っていたいんであげられないけど、あとはあんたの好きにしてくれていいよ。おれの望みは博物館行きだったけどね。見せるよ」

シウバが住んでいるのはフェンスターがいかにも気に入りそうなアパートメントだった。ポアンカレはまえもって知らせることなく訪ねたのだが、まるでモデルルーム並みに整理整頓され、簡素で、よけいな装飾のない清潔なアパートメントだった。懐中時計を取り出して、シウバが言った。「レッドソックスのデーゲームがちょうど始まったところだ。ラジオをつけさせてくれ。おれとジミーがどんなふうに互いにスコア記録係をやってたか見せるよ」

ポアンカレはハーリーに電話し、翌朝ケンブリッジ警察で彼と会う約束をすでに取りつけていた。〝常勤のエキスパート〟であるダナ・チャンビの捜索はウェブネット上でいつ進展してもおかしくない状態になっていた。ポアンカレはスーツの上着を脱ぐと、キッチン・テーブルのふたつの椅子のひとつの背もたれに掛けて言った。「よくピザを食べながら野球中継を聞いたって言ってましたね？　今日は私におごらせてください」

シウバは電話で注文すると、ラジオをつけて言った。「ジミーはテレビを見なかった。ラジオを聞いてると、子供だった頃を思い出すってよく言ってた。四つか、もしかしたら五つの養父母の家をたらいまわしにされたけれど、どこも寝る時間にはうるさかったそうだ。で、いつもシーツの下にラジオを隠してイヤフォンで聞いてたそうだ。だから彼が来たときはいつもラジオをつけた。おれもラジオで少しもかまわなかった」彼はまた懐中時計を確かめた。「ピザが来るまで二十分はかかる。奥へ来てくれ」

ポアンカレはシウバについて小さな寝室にはいった。パウダーブルーの壁のひとつには十字架だけが掛けられ、その反対側の壁にはもともとフェンスターのアパートメントにあった三部作の写真が飾られていた。アラスカのツンドラの地衣植物、単細胞の海洋生物を一万倍の大きさに拡大したもの、それに人間の肺の細胞。額縁の裏に書かれたキャプションがなければ、どれがどれだか区別がつかないような写真だった。

壁の奥から大きな金属音が聞こえ、ボイラーに火がはいり、スチームの水が熱せられはじめた低い音が続いた。「これだよ」とシウバが言って、ふたつの箱を指差した。「本と写真だ。遠慮なく見てくれ」

そう言って隣りの部屋に戻り、ピザ屋の出前が来るのを待った。ポアンカレはルーヴル美術館を駆け足でまわることを不承不承強いられた旅行者の気分で、フェンスターの遺品を見た。人によっては何日もかかるところ、彼には数分しか与えられていなかった。隣りの部屋からは野球の実況中継が聞こえていた。一塁と三塁に走者がいて、ノーアウト。デイヴィッド・オルティスがバッターボックスでリラックスでき、自らのスウィングを取り戻せたら何ができるか。アナウンサーが息せききってしゃべっていた。ポアンカレはフェンスター画廊の散策を続けた。〝川床の浸食のパターン〟と記された写真があり、それは驚くほど一九三四年までの百年間の綿花先物契約高のグラフと似ていた。例のフランスの写真もあり、人間の眼の血管の写真と並べられた木の大枝の写真もあった。写真の裏側に書かれたどのキャプションの上にも、比較できるようメモがつけられ、たとえば浸食パターンと先物のグラフには感嘆符つきで〝相違点〟と書かれていた。ポアンカレはフェンスターが書いたものを記録するためにすべての写真をもう一度見直した。

ピザ屋の出前が来て、シウバが応対に出て、また居間に戻ってきた。そこで、カウチに二枚の写真が立て掛けられているのに気づいた。「それだよ!」とシウバは言った。「よくわかったね。それがさっきおれが持っていたいって言った二枚の写真だ……」

ふたりはレッドソックスがヤンキースの息の根を止める実況を聞きながら、ピザを食べた。「いつもジミーとおれはこんなふうにやってたんだ」とシウバが言った。「まずはスコアブックだ。一方のチームの選手をこのページにリストアップして、もう一方のチームの選手はこっちにリストアップする――打順に合わせて」シウバはそう言って、野球のスコアのつけ方を説明した。ポアンカレがなにより驚いたのは記録のつけ方の複雑さと次々に蓄積されるデータの多さだった。

「おれはそうやって全部記録した」とシウバは言った。「ジミーはイニングが終わるごとにそれまでのすべてのプレーについてよく話したもんだ。おれが書いたものを見もしないで。最初の数イニングだけならそれもさほどむずかしいことじゃない――誰がヒットを打って、誰がアウトになって、誰がフライを捕ったか、だいたい覚えていられるもんだ。だけど、彼は試合が後半になってもきちんと覚えてた。九回が終わっても試合を全部覚えてた、一回からのヒット一本一本。そのたんびにこっちは合ってるかどうかスコアブックを確かめたもんさ。だけど、一番びっくりしたのは彼がラジオで聞いた試合を全部覚えてたことだな。で、ふたりで聞いた試合についてよく彼をテストした。その中には一年、いや二年前の試合もあった。そんな試合までジミーはきっちり覚えてたんだ！　あんたらフランス人には野球はわからないかもしれないけど、そういうことって誰にでもできるものじゃないってことぐらいはわかるだろ？」

「ええ、そうですね」とポアンカレは言った。

「ああ、そうとも。ジミーはコンピューターを持ってくることもあった。でもって、野球の記録が載ってるサイトを開いておいて、バッターが打席に立つと、そいつの打率から出塁率から塁打率までそらで言ってみせるのさ。そのあとおれがコンピューターで調べると、これがいつもどんぴしゃりなんだよ！　どの試合でも相手チームのそういう記録まで覚えてた。こんなふうに言うんだ、〝誰々はツーアウトでスコアリング・ポジションに走者がいる場合の打率は二割七分〟なんてね。なんでそんなことができるんだって訊いたら、そんなことは自分でもわからないって顔をしたよ。ただそれが自然なんだってな顔だ。子供の頃からそうだったそうだ。でも、ひとつの家庭から別の家庭にたらいまわしにされても、その特技のおかげで友達ができたって言ってた。だって野球が嫌いなやつなんていないからね」

野球中継はこのあともまだまだ続きそうだったが、ポアンカレはマッシュルームとソーセージのピザを二切れ平らげると、シウバに礼を言って、写真と一緒に上着を手に取った。戸口まで見送り、シウバが写真を指差して言った。「写真を見ると、ジミーを思い出す。これでジミーのことを思い出す人がひとり増えた。でも、おれたちが死んじまったら、もう誰もいないんじゃないかな。生きる値打ちがほんとにある人っているものなのにな。絶対に死んじゃいけない人っているものなのにな」

22

〉こんにちは、アントワーヌです。

〉わたしがあなたの今日の家庭教師よ。

〉あなたの名前は？

〉ただ先生《チューター》って呼んでくれればいいわ、いい？　あなたはケンブリッジ・リンジ＆ラテン高校の生徒さんね？

〉そうです。一年生で夏季集中講座にかよってます。

〉すばらしい。で、ご用件は？

〉文章問題です。〝四年後、ジョンはマットの二倍の年齢になります。二年前、マットはジョンの四分の一の年齢でした。ふたりの兄弟の現在の年齢は？〟というのが問題なんだけれど、マットを一歳にして順に歳を加えていけば、答がわかりますよね？　それでマットは五歳、ジョンは十四歳ってわかったんだけれど、この問題のポイントはそういうことじゃないって先生に言われました。

〉そうね。力ずくじゃなくて頭を使うのよ。あなたのかわりに数学に仕事をさせるの。

ポアンカレは事前にその問題を解いていた。が、高校一年生らしく振る舞い――チャンビの指示に従い――十分という時間をわざとかけて以下の数式を書いた。

〉2マット＝10　マット＝5　マットは五歳。

〉それでジョンはいくつになる？　等式のマットの年齢を使ってみて。

〉ジョン＝4マット－6　ジョン＝4（5）－6ジョン＝14　ジョンは十四歳。

〉すばらしいわ、アントワーヌ！

〉ありがとうございます。質問はもうひとつあるんだけど。

〉何？

〉数学って全部、紙の上か頭の中にあるものですよね。もしジョンとマットが実在する人たちだったら？　数学というのは現実のものにどんなふうに関わってるんですか？

〉それはまさしく数学者の質問ね！　そういう疑問を持つのはとてもいいことよ。でも、その問題に答えるには今はもう遅すぎるわね。悪いんだけど、もう眠くてしょうがないの。明日か明後日、また別の文章問題を書いてきて。授業が終わるのは何時？

〉だいたい三時には図書室のコンピューターのところに行けます。

〉いいわ。だったら明後日の三時。その時間必ずネット上で会えるようにするから。

ポアンカレは腕時計を見た。

〉まだ七時ですよ。もう眠いんですか？

〉今日は一日あれこれ忙しかったのよ。

〉わかりました。ありがとうございました。でも、ケンブリッジにいるんじゃないんですね？

〉おやすみ。

それは一方通行の挨拶だった。マサチューセッツ州ケンブリッジでは太陽がまだ沈んでもいなかった。ポアンカレは〈数学リーグ〉のウェブサイトからログアウトすると、リヨンの同僚——最近インターポールのウェブ犯罪捜査の責任者になったヒューバート・レヴェンジャー——にメールを送った。レヴェンジャーにはすでに協力を要請してあった。〈数学リーグ〉に侵入して、ポアンカレがチャットをした相手のIPアドレスを突き止めるように——アドレスを隠すのにチャンピが何か細工をしていなければ。「彼女のIPアドレスがわかれば」とレヴェンジャーは電話で言っていた。「彼女が利用しているインターネットのサーヴァーが特定できる。それで少なくとも国がわかる。さらにサーヴァーによっては、所在地を五十マイルの範囲内まで狭められる。おそらくそれ以上」

ポアンカレは返信を待った。が、返ってきた答は期待はずれのものだった。「あんたがチャットをした相手は、認証を受けたユーザーとしてサーヴァーにログインするのに、自分のコンピューターと〈数学リーグ〉のサイトとのあいだにプロキシ・サーヴァーを使ってる。だからどこにいてもおかしくない。次にチャットするときにはまた別な情報が要る。今日はもう疲れたよ、アンリ。ではまた」

レヴェンジャーはポアンカレのためにフランス時間で午前一時まで起きてくれていた。チャンピも眠いと言っていたところを見ると、アメリカ大陸にはいないことが想像された。ボストンで七時ということはブラジリアでもブエノスアイレスでもまだ八時だ。彼女のことばをそのまま受け取れば、どこにいるにしろ、そこはかなり〝遅い〟時間帯だった。ボストンより十三時間も遅い香港ということは考えられない。極東は除外できる。ヨーロッパにちがいない。あるいはアフリカか。午前零時ならリスボン、午前一時ならヨハネスブルクあたりが考えられた。

ポアンカレはインターポールのシステムにログインして、チャンビに対して青手配書——国際情報照会手配書——がすでに出されていることを確認した。インターポールには、アメリカに発つまえに私情を抑え、クロエの熱傷治療ユニットにいた女がチャンビであることをすでに伝えてあった。自らの人生のあらゆるものにモンフォルトに触れられ、毒された思いでいたのだが、それでも国境を越えて逃亡者を追跡、逮捕するのはインターポールがなにより得意とするところだ。民間人を警護し、その身の安全を保障することは得意と言えなくても。チャンビは起訴されたわけではなく、本人の意志に逆らって身柄を拘束することはできないので、ポアンカレとしても青手配書にするしかなかった。すなわち、留置できなくても本人の居場所、活動に関する情報が得られる手配書に。それとは対照的にレーニアに出された赤手配書は逮捕もできる手配書だが、彼女の行方も今なお杳《よう》として知れなかった。手配書の成果はまだ何もあがっていなかった。結局のところ、ふたりのどちらかが、あるいはふたりともがどこかで過ちを犯し、それを手がかりに追跡できるようになるのを待つしかなかった。モンフォルトから渡されたファイルはかなり詳細なものだったが、ポアンカレはその中のチャンビのプロフィールを更新し、可能性のある居場所を書き加えた。そのあと、夕食を食べにハーヴァード・スクウェアに出るまえに、ジーゼル・デ・フリースにメールを送った。

ダナ・チャンビ。エクアドル国籍。アムステルダムのホテルの宿泊名簿にこの名前はあるだろうか。

送信ボタンを押した。デ・フリースならまちがいなく一時間以内に返事してくれるだろう。

「あんた、最悪の嵐に遭いそこなったね」とエリック・ハーリーはケンブリッジ警察署の戸口に立ち、空を見上げながら言った。「アメリカン・コーヒーでもいいかい？　ちょっと歩いたところだ。歩こう」

ハーリーはポアンカレの返事を待たなかった。ポアンカレはハーリーについて、〈ビジー・ビー〉という店まで歩いた。ハーリーはカウンターの中にいた女に挨拶をすると、港湾労働者のような体軀《たいく》をブースにすべり込ませて言った。「フェンスターの件だが、だんだん面白くなってきた。アニ、コーヒーとコーンマフィンだ。マフィンは焼いてくれ。おれの友達にも同じものを」

「アメリカ人はマフィンが好きだね」とポアンカレは言った。

「なあ、ポアンカレの旦那、あんたがこっちに来たのはふた月もまえのことだ。あのＦＢＩのやつ……なんていったっけ、あの若造……そう、ジョンソンだ。あのあとあんたとは連絡が取れなくなったみたいで、おれのところに連絡してきた。あんたの姿がレーダーから消えちまったなんて言ってたけど。アムステルダムに発つまえにフェンスターが自分のアパートメントを三回も掃除してたなんてな。おれはちっとも知らなかったよ」

「あそこの管理人とは話したのか？」

「いや」ハーリーはおぞましいペーズリー柄のネクタイの結び目を調節しながら言った。首まわりの肉が黄ばんだ襟の上に垂れていた。「あそこがそんなによく掃除されてたのに、最後の掃除人が何もかも拭き去ってたのに、どうしてわれらが鑑識班にはあそこから指紋とかDNAとか見つけることができたのか。われらが鑑識班の報告書じゃ、あんたがアムステルダムの死体から採ったものと一致する指紋がいくつも見つかったとなってる。DNAまで一致した——便器に付着していた小便と、ブラシに残ってた、破損していない毛包つきの髪から採取したものとな。だから、こりゃありえないってことだよ。あのアパートメントが掃除されてたなんてことは」

「それがジョンソンの報告書かな?」とポアンカレは言った。

ハーリーはテーブル越しにポアンカレのほうに封筒を放った。「あんた用のコピーだ。ジョンソンは思ったより有能なやつだった。コンピューターのキーボード、グラス類、額縁、本の表紙から両手の指紋全部を採取してた。それらもまたおれたちが採った指紋と一致した。まあ、そこまでは驚くことじゃない。だけど、ジョンソンは電球からも採ってた。その全部が完璧に一致した。ところが、ポアンカレの旦那、こんなものが出てきたんだよ」ハーリーは報告書の自分用のコピーを広げた。「おれたちが見落としてた別の指紋だ。やつはフェンスターのコンピューターに貼られてたセロテープの粘着面からも採取したのさ。それはフェンスターの本の内側に残ってた指紋と一致した。光沢紙のページがあって、そこからきれいなやつが採れたんだ。要するに、あのアパートメントからは二組の完璧な指紋が出てきたわけだ。教えてくれ、ポアンカレ捜査官殿、本棚にのってる本のページまで拭いたりする掃除屋なんて、あんた、聞いたことあるか?」

「いや」

「そうだよな。電話で確かめたよ。仕事を請け負った清掃会社に。本の表紙は拭いたけど、ページまでは拭いてないって返事だった。そんなこと、誰がする?」

「葉巻の箱にはいってた乳歯だが」とポアンカレは言った。「ジョンソンにはそれも調べるように頼んであったんだが」

ハーリーはコーヒーとマフィンのためのスペースをテーブルの上に空けながら言った。「乳歯から採取できたDNAもまた小便と髪の毛のサンプルと一致した——それはつまり、あんたのアムステルダムの被害者《ガイシャ》のものとも一致したということだ。そういうことから何が結論として言えるか」ハーリーは言った。「フェンスターは本を手に取りはしていたが、一ページも読んでなかったのか。それとも、誰か別のやつが読んでいても、そいつは本の表紙には手を触れなかったのか。でもって、そいつが本の余白に五カ国語で同じ筆跡で書き込みをして、その同じやつがフェンスターのコンピューターにメモを粘着テープで貼りつけた？　あんたはアムステルダムの死体を実際に見てるんだよな？」

ポアンカレは砂糖を入れて、どうにかコーヒーを飲めるものにしてから言った。「ああ、見たよ。死体といっても体の寄せ集めみたいなものだったが」

「その死体がフェンスターのものにまちがいがないとすりゃ、どう考えても変だよ。加えてこれだ」ハーリーは二番目の封筒をいくつか取り出し、そのひとつをポアンカレに渡した。「フェンスターのコンピューターのハードディスクの所有権をめぐって、ミドルセックス郡最高裁判所に数週間前に提出された不服申立書だ。ディスク自体は証拠物件として今は警察が保管してるんだが、ハーヴァード大学とチャールズ・ベルという男が争ってるのさ。ともに一時間六百ドルは取るダウンタウンの弁護士を雇って」

「そのハードディスクには何がはいってるんだね？」

「そりゃ誰だって知りたいよな。うちとしても内部の優秀な連中を使って調べてるところだ。だけど、もう何カ月も経つのにまだ開くことができないんだよ。どうやらフェンスターは普通の人間にはとても見破れないようなパスワードを考えたようだ。ただ、ここまではわかったが――そのパスワードが六十七の文字で成り立ってるというところまではな。だけど、六十七文字もの組み合わせから成ることばなんてものは辞書には載ってない。つまるところ、お手上げということだ。実際、こっち側としてはこの事件はもう終わってる。おれたちはおれたちの仕事をした。こっちが調べたことがあんたが調べたこととの正当性を裏づけた。おれたちはこの殺人事件を捜査してる当事者じゃない。それはつまり、おれはこれ以上のデータ分析をするために給料をもらってるわけじゃないってことだ。州の予算はかぎられてるてな。おれたちには未処理の仕事が八カ月分も溜まってる。それは科研も変わらない。繰り返すが、公的にはおれたちの仕事はもう終わったってことだ。だけど、おれ個人について言えば、この事件はまるで終わっちゃいない――あんたにとっちゃなおさらだろうな。FBIの報告書でこの件は一気に複雑怪奇なものになった。そこへもってハードディスク訴訟だ」

「このあとあんたはこの事件をどうするつもりなんだね？」とポアンカレは尋ねた。

「それは状況次第だ」

ポアンカレはコーヒーを一口飲んだ。

ハーリーは鼻の頭の毛穴まで数えられそうなほどポアンカレに顔を近づけてきた。近すぎた。「この州の犯罪捜査には問題がある。それは誰もが知ってる。おれたちはよくものを失くすんだよ。現に今もマサチューセッツ州サドベリーの科研の証拠保管室の棚になきゃならないものがここにある」そう言って、ハーリーはカジュアルな上着のサイドポケットから、封をしたクッション封筒を取り出した。書類がはいっていたほかの封筒より小さかったが、重さがいくらかありそうに見えた。「事件が面白くなってきたのに、こっちとしちゃ、この事件をすでに終わったものとしなきゃならんってのは残念なかぎりだが……まあ、おれは見なくてもいいものを見たってことなんだろう」ハーリーは続けた。「今のおれの仕事は常に予算との戦いだ。今はもう、さっさとケツを上げてこのくそったれを捕まえてこいなんてボスが怒鳴ってりゃすんだ時代じゃない。おれは来年の二月に勤続三十年になる。その日が来たら即、警察を辞めるつもりだが、いずれにしろ、歳をとりゃ人間、忘れっぽくもなる。実際、コーヒーを飲みに出たら、店に忘れものをして帰ってくるなんてことがしょっちゅうある――鍵とか携帯電話とかな。だから、おっぽり出されるまえに、いくらかは自分に威厳のあるうちに、辞めようと思ってる。連絡はしてくれ。それは頼むぜ……それからここの勘定は払ってくれ。好きなだけいていいから」

そう言うと、ハーリーはブース席を立ち、うしろを振り返ることもなく〈ビジー・ビー〉を出ていった。

ポアンカレも立ち上がった。ハーリーが坐っていた席にクッション封筒が置かれていた。ポアンカレはまた坐った。ハーリーとはどんな男なのか。どんな刑事なのか。ポアンカレにはわからなかった。十週間前、ポアンカレに対して侮蔑的な態度を取ったこと以外、ハーリーについてわかっていることは何ひとつなかった。好意を示すふりをして、ハーリーは隠しマイクを身につけ、ポアンカレをはめようとしていたのなら、それでポアンカレのキャリアは終わる。永遠に汚れたままになるだろう。しかし、今のポアンカレにとってそんなことはもうどうでもよかった。封筒を取り上げると、片手で重さを計ってからブリーフケースにしまった。

コーヒーショップを出ると、汚れた証拠を隠匿《いんとく》したポアンカレを笑うルドヴィッチの笑い声が聞こえてきそうな気がした。だから、携帯電話が鳴ったときには、半ば本気でルドヴィッチの上機嫌な声が聞こえてくるのではないかと思った――ずいぶんと長くかかったけれど、現実の世界へようこそ、アンリ！　携帯電話のディスプレー画面が常に優秀なデ・フリースからメールが届いたことを告げていた。

チャンビは〈アンバサード・ホテル〉から二ブロックほど離れたペンションに事件の一週間前から当日まで滞在。　デ・フリース

チャンビはアムステルダムとパリにいた。フェンスターを殺す動機もクロエを殺す動機もとてもありそうにないのに。しかし、彼女は犯行現場にいて、現にふたりは死んだのだ。ポアンカレが、ポアンカレだけが唯一そのふたつを結びつける接点だった。チャンビを見つけたら、殺すつもりだった。そのことを改めて思うと、動悸が起きた。彼はまた薬を飲んだ。

23

ステート・ストリートにあるオフィス・タワーの二十九階からの眺めに変わりはなかった。チャールズ・ベルのオフィスがあるその階でエレベーターを降りたポアンカレの気分にも。数カ月前と同じ一過性のめまいを覚えた。前回と同じ会議室に受付嬢に案内された。ベルに対して、いつまでもあとを引く悪印象を覚えた場所に。室温は二十度に保たれていたが、ポアンカレは汗をかいており、受付嬢に水を頼んだ。気分がすぐれなかった。

「ポアンカレ捜査官！　もう何カ月になるでしょうか――またお会いできて光栄です」

会議室からのボストン港の眺めと同じく、会議室に

大股ではいってきた男にも変わりはなかった。その笑みは大陸ほどにも広かったが、一ミリの深さもなかった。チャールズ・ベルほどには洗練されていないヴァージョンなら、ポアンカレはニューヨークからマラケシュまであらゆる市場で見てきた。彼らにとって笑みとは物なのだ。一スクウェアあたりの絨毯の結び飾りが宣伝文句より少なかったとしても、それがなんだ？というわけだ。上得意にはこのあとウィンクと特別割引きが待っているのだろう。

「ミスター・ベル」とポアンカレは言った。「急なお願いだったのにお時間を割いてくださってありがとうございます」

「どうかチャールズで。お忘れなく。ヨーロッパの方というのはどうしてみなさんこうも礼儀正しいんでしょう？　捜査に進展があったんですね」

「なんとかがんばってはいるんですが……チャールズ。今のところ言えるのはそれだけです。ただ、今回またこっちに来て、いくつかお尋ねしたいことが出てきましてね。よろしいですか？」そう言って、彼はチャンビとレーニアの写真を取り出し、相手の仮面にひび割れが生じはしないかと見守った。

「ダナ！　なんとも才能豊かな女性です。うちの会社にはいってほしかったんですがね——学位を取るまでは奨学金を出すとも申し出たりもしたんですが。金ならハーヴァードの教授になるまでいくらかかっても出すつもりだったけれど、そういうことはもうほかの人間にやってもらっているというのが彼女の返事でした。それに学位を取ったらすぐにエクアドルに戻るとも言ってました。ジェームズ・フェンスターと彼の利他主義者たちの最たるひとりです。どんな形であれ、彼女がこの事件に関わってるなどとても考えられません」

「もうひとりのほうは？」

「知らない女性です」

「ミズ・チャンビに最後に会ったのは？」

「もう少なくとも二ヵ月は経ってますね。ジェームズがあんなことになって、私のほうから連絡を取ったんです。彼女の返事はやはりノーでした——いつもながらの屈託のない口調でそう言われました。そのあと転居先も知らせずにボストンからいなくなったんです。実はかれこれ一年ぐらいになりますか、彼女には顧問料を払ってたんです。うちへ来て、うちの社員と話をしてもらうのに月に数百ドル払ってたんです」

「なんのために——」

「彼女を引き止めるためです。ほかに何がありますか？もっとも、そんな私の思惑どおりにはいかなかったわけですが」

「彼女はあなたの部下とどんな話をしていたのです？」

「そう、そのことはやってよかったと思っています。数学的なモデル化の新しい波を知る上でね。ひとつの分野で今何が最先端か。そのことを知るのに大学院生の話を聞くことほど有効なものはありません。彼女のほうは彼女で、われわれの仕事のやり方が学べた。でも、さっきも言ったとおり、彼女は食いついてこなかった。いずれにしろ、彼女の消息については、エクアドル大使館から始めて五、六個所にあたりました。でも、見つからなかった。もしそちらのほうで彼女の居場所がわかるようなことがあれば、教えていただけないでしょうか？」

ポアンカレは椅子の上で坐り直し、シャツの一番上のボタンをはずした。彼のブリーフケースには、フェンスターのハードディスクを入れたハーリーの封筒がはいっていた。もしそのことを知れば、ベルは歯で引き裂いてでも封筒を開けるだろう。「フェンスター博士のコンピューターのことですが、その所有権をめぐってあなたと大学のあいだでは意見が対立しているそうですね」

「いわゆる見解の相違というやつです。ええ、そのとおりです」

「聞いた話では、むしろ戦争のようになっていると か」

ポアンカレはネクタイをゆるめた。

「強欲な教師というのはどうも好きになれませんな。あのコンピューターは私がジェームズに買ったものなんですよ。ハーヴァードに所有権などあるわけがない。〈科学センター〉の地下のどこかにあるスーパーコンピューターにリンクしているコンピューターを何台か買う費用として、私はハーヴァードに八百万ドルも寄付してるんですがね。それじゃ不充分だったんでしょうか？　でも、いいですか、実際にはそれらのコンピューターには五百万ドルしかかかっておらず、残りの三百万ドルは経費としてハーヴァードがポケットに入れてるんです。詐欺以外の何物でもないですよ。このことはジェームズも知っていました。私も知ってた。だから、彼に雑費として別にいくらか寄付したんです。彼はその金で自分のノートパソコンを買った――これは本人から直接聞いたことです。私は自分のものを取り戻したいだけです。なのに、あいつら強欲教師どもは鼻づらを一発殴られなければわからないんです」

「それで訴訟を起こしたんですね」

「金のある者がアメリカで戦うときの常套《じょうとう》手段としてね。そのために弁護士にはもう二万ドルも払ってるけど、その十倍だって出すつもりです。だって業腹じゃないですか。あの大学は欲しいものはなんでも手に入れようとするんだから。今度ばかりはそうは問屋が卸さない」ベルは頰を紅潮させていた。見るかぎり、聞くかぎり、主義主張に突き動かされている者のような印象を人に与えないでもなかった。

ポアンカレはもちろんそのひとことたりと信用していなかったが。「実は先日フェンスター博士の弁護士、ピーター・ロイと話したんですが、彼によればフェンスター博士は遺品のすべてをケンブリッジの〈数学リーグ〉に遺贈したそうです。遺言書にはっきりそう書かれているそうです。となると、フェンスター博士が自分のノートパソコンだけを特別あなたに遺したのでないかぎり、〈数学リーグ〉が誰よりその所有権を主張できることになりませんか？　しかし、訴状を読むかぎり、今のところ〈数学リーグ〉は訴訟に登場してきていませんね」

「そういうご趣味がおありなんですね——訴状を読むという？」

ポアンカレは気分がすぐれず、皮肉を受け流すことばを言う気にもなれなかった。

「いや、いや、ポアンカレ捜査官、その点はご心配なく」とベルは続けて言った。「〈数学リーグ〉とはもう話がついてるんです。ハーヴァードとの訴訟に万一敗訴するようなことになったら、私は〈数学リーグ〉がハードディスクの所有権を求める主張を全面的に支援しようと思っています。彼らはきっと勝つでしょう。そのための費用はすでに彼らに払ってあるんで、ハードディスクを取り戻せたら、彼らは私にそれをくれるでしょう。あるいは、しばらく貸してくれるでしょう。要するに私と〈数学リーグ〉とはウィンウィンの関係だということです。ハーヴァードはそれでせいぜい吠えづらをかきゃいいんです。〈数学リーグ〉のほうはこの先二百年、金の問題は心配しなくてよくなります。私としてもジェームズの遺志に沿った活動は支援したいんでね」

「すばらしい」とポアンカレは言った。「あなたが気前のいい方だとはまえから聞いていましたが、今、あなたは気前がいいだけじゃなくて、賢い方だということがわかりました」

ベルはガラスに映る自分を見ながらカフスを直した。「立派なことです」とポアンカレは続けた。「そんなふうに〈数学リーグ〉を支援なさるというのは。ただ、あなたのその気前のよさとフェンスター博士のハードディスクの中身がまるで無関係とはやはり考えにくい。彼のハードディスクにはいったい何がはいっていると思っておられるんです？」

　ベルはローガン空港に〈エアリンガス〉の飛行機が着陸するのを眺めながら言った。「この話はもうそろそろ終わらせましょう。われわれの仕事とフェンスターとの関係については以前お話ししました。私と彼が時折交わしていたおしゃべりについてもね。うちの会社が市場のモデル化によって成し遂げてきたことに比べたら、湿気《しけ》たビスケットを齧《かじ》り、コーヒーを飲みながらジェームズと交わした話など愚にもつかないことです。彼のハードディスクは欲しいから欲しいんです。ハーヴァードが私を怒らせたから欲しいんです。彼らはジェームズのメインフレームを持ってます。それも私が買ったものだけれど、いずれにしろ、そこにすべてが収められている。なのに、彼らは二百五十億ドルもの基金に上乗せするおまけみたいなものとして四百ドルのハードディスクを欲しがってる——まあ、彼らの基金などすぐに石ころみたいに水に沈んでしまうでしょうが。だってうちのファンドにさえ投資してないんですから。信じられないことに！　さっきも言いましたが、私はそんなあいつらに吠えづらをかかせてやりたいんです。そのためどれだけ金がかかろうと！　正直なところ、もっと別なことを尋ねにきていただきたかったですね。こんな話は疲れるだけです。あなたのお国のことばでは〝消耗〟ってなんていうんでしたっけ？」ベルはポアンカレのほうを振り返った。「ポアンカレ捜査官？」

　ポアンカレにもその質問は聞こえた。が、答えることはできなかった。胸をつかんで立ち上がりかけ、横ざまにテーブルの上に倒れた。

第三部

だれが大雨のために水路を切り開き、
稲光のために道を開くのか？

――ヨブ記第三十八章第二十五節

24

ポアンカレは足の指に認識票をつけられることも、瞼の上に死出の路銀の硬貨をのせられることもなく目覚めた。モニターのランプが点滅しているのが見え、ラバーソールの靴が床をこすって廊下を歩く音が聞こえた。まだ生きている証しがほかにも欲しければ、その役目は銃で殴られたような痛みが全身にあることが果たしてくれていた。とりあえず生きてはいた。が、健康からはほど遠かった。シーツの下からチューブが延び、きちんと確かめる気にはなれない袋につながっていた。点滴の針が両腕と両手の甲に刺さっていた。指には血中酸素濃度を計るセンサーが取り付けられていた。胸の上のリード線からワイヤが何本か延びていた。上腕に巻かれている加圧帯が十分ごとにふくらみ、うつらうつらするたびに起こされた。病院としか考えられない場所にしっかりと囚《とら》われていた。

「だいぶ無理をなさったようですね」医者がカーテンの脇をまわり、姿を現わして言った。カルテを見て、モニターをチェックしてから医者はさらに続けた。「まずやらなければならないのは治療法を変えることです。抗不整脈薬を静脈注射すると、あなたの心臓は適切な反応を示しました。このあとは錠剤で同じ治療を続けようと思います。あなたの心臓は今は正常な洞調律を刻んでいます、ミスター……」医者はカルテを見た。「……ポアンカレ。それはとてもいいことです」

医者の上着には〝心臓クリニック部長、マックスウェル・ベック〟という文字が刺繡《ししゅう》されていた。ポアンカレはボストンの大学付属病院のERに担ぎ込まれ、その後、鎮静薬を投与されて眠っているあいだに心臓治療ユニットに移され、今はその病棟のベッドに横たわっているのだった。フェンスの支柱につながれた犬のように。息子と孫たちが生まれたとき以外、病院の記憶というものがいっさいない彼は、今すぐにもチューブを引きちぎって逃げ出したい衝動を精一杯抑えていた。

「脈が正常なら」と彼は言った。「退院できるんですね」

ベックはポアンカレの胸に聴診器をあて、さらに手首と足首の脈を診てから言った。「脈が正常なのはいい兆候です、ミスター・ポアンカレ。でも、どれほどひどい脱水症状だったかわかりますか？ 心房細動が過剰になるほどひどかったんです。確かに快方には向かっています。でも、正直なところ、ひと月のあいだは食べて寝る以外のことは何もしないことをお勧めします。ほんとうに。危険な状態を脱したわけじゃないんですから」

時計の針はポアンカレの快癒を待ってはくれない。

「なんとかします」と彼は言った。

「いいですか、あなたはそんなことが言える状態ではない」

「退院させてください――今日の四時までに。九時発のケベック行きの便に乗らなきゃならないんです。そのまえにまずホテルに戻って荷物を取ってこなきゃならない」そう言って、彼はベッドの上で体を動かした。シーツの下のチューブが引っぱられた。「気分も悪くありません」

「何と比べて？ 死ぬことと比べて？」

「チューブをはずしてください。そうしてもらわないと何も始まらない」

ポアンカレはその意志表示として、いくらか開かれたままになっているカーテンの隙間から病室の戸口を見た。看護師が車輪付きベッドを押しているのが見えた。ベッドにはきちんと服を着たままの男が横たわっていた。

ていて、そのあと女が姿を現わした。まるで霊柩車のあとを追うかのように。

「退院してもらうとしても」とベックは言った。「それは心筋酵素の検査結果を見てからです。その結果に問題がなければ、四時でもかまいません。私の仕事はあなたの心臓の鼓動をとりあえず正常にすることですから。そのあとあなたが自分の墓の穴を掘ろうと何をしようとあなたの自由です。それは人がしょっちゅうやってることで、私たちにできるのはそういう人の心房細動を調えることだけです」医者はさらに続けた。「いずれにしろ、あなたの引き金はなんだったんでしょう？　人によってはそれがカフェインという人もいる。あるいは、暑い日の冷たい飲みものとか、夜遅く食べるボリュームのある食事とかという人も。ときに深酒という人も。あなたにもそういう引き金がありますか？　あればそれだけは避けてください」

「これと特定できるものはありません」とポアンカレは言いながら、自分の人生すべてが引き金だと思った。おれの墓はもうすでに誰かが掘ってくれている。「私の場合、発作はなんのまえぶれもなくやってくるんです。で、来たときと同じように急にまた去っていく。だからできるだけ無視するようにしてるんですが」

「それは簡単なことじゃないと思いますけど」

ポアンカレは黙ってうなずいた。

「今度の発作はどんなふうに起きたんです？——何があったのか話してください」

その質問がチャールズ・ベルのオフィスを訪ねたことをポアンカレに思い出させた。加えて大変な失態を演じてしまった可能性のあることも。病室をざっと見まわし、彼はクロゼットのドアを開けてくれるよう医者に頼んだ。スーツと靴しかなかった。「私のブリーフケースはこのベッドの下ですか？」

ベックはのぞいてみた。「何もありませんが」

「収容者の所持品記録はＥＲに残っていますよね？」

「あなたの貴重品は病院の金庫に保管してあります。ご心配には及びません」医者はまたポアンカレのカルテを見た。「ＥＲはすぐにインターポールのリヨン本部に連絡したようですね。あなたの財布にはいっていたものからはそこしか連絡先がわからなかったようです。患者さんが心臓発作で収容されたときにはすぐに近親者を探すことになってるんですが。ここに書かれているメモによれば、インターポールの通話録音装置にメッセージを残したようです」

　ポアンカレは反射的に体を起こそうとした。モンフォルトが退任することを決めた以上、新しい局長がポアンカレの居所を突き止めて、健康問題を理由に召喚命令を出すまえに病院を出る必要があった。窓敷居にもたれ、患者をとくと観察しながら、ベック医師が言った。「決められたとおり新しい薬を飲んで、絶対に脱水状態にならないようにしてください。一日にグラス八杯は飲んでください」

「ワインも含めて？」

「いいえ。しかし、ワインを飲まれるのなら、赤ワインにしてください。よく眠れますか？」

「いや、そうは言えませんね」

　ポアンカレは壁時計を見て言った。「コンピューターを使わせてもらえませんか？　三時にネット上でどうしても会わなきゃならない相手がいるんです」

　ベックは腕組みをして言った。「あなたは危険な状態を脱したわけじゃないんですよ。さきほど申し上げたと思いますが」

　体に何本ものチューブを取り付けられている状態で、対等の争いになるはずもなかった。着ているものは患者用の薄っぺらなガウンだけで、体は饐《す》えた汗のにおいを放っていた。ポアンカレは冷静に状況を判断して言った。「説明させてください。私が追いかけているのは人工呼吸器のチューブを切断して、六歳の子供を殺した人間です。この人物は一世代にひとりという才能の持ち主の殺害、もしくは殺害の幇助《ほうじょ》にも関与しているる可能性があるんです。テロリストなら誰もが使いたくなるような特殊な爆薬を使って。そんな犯人を捕まえるために、私はなんとしても三時にはコンピューターのまえに坐り、四時にはここを出る必要があるんです。そんな要求ができる立場にいないことはよくわかっています、ドクター・ベック。でも、どうしても退院させてもらいたい」

「退院してあなた自身が倒れてしまったらどうなるんです？」と医者は尋ねた。

もっともな質問だった。確かにそれでは元も子もない。インターポールは事件を迷宮入りにし、ほかの捜査に忙しいアメリカの警察もフェンスターのことなどすぐに忘れ去ることだろう。ポアンカレとしては自分を閉じ込めている相手に向かって嘘をつくしかなかった。「私が倒れたら、また別の人間が捜査にあたるでしょう」

ベック医師はベッドに近づいて言った。「あなたの上司に電話をして、あなたを呼び戻すよう進言するつもりはありません。子供を殺すような殺人者を捕まえるにはどんなことをしなければならないのか、私にはなんの知識もないんですから。それでも、あなたは休息を取るべきです。体力が回復すれば、あなたの心臓そのものの治療ができるんですから」彼は紙を取り出し、心臓の図を簡単に描くと、さらに線を引いて、カテーテルだと言った。そのカテーテルを大腿部の動脈から心臓まで伸ばし、高周波で不整脈の引き金となる細胞を破壊するのだと説明した。「近頃のテクニックは技量というより科学そのものなんです」

「それで正常な鼓動が取り戻せるんですか？」

「正常ということばの定義にもよりますが、答はイエスです」ベック医師はポアンカレのカルテをめくり、心房細動と診断された患者のカルテには看護スタッフが必ずはさみ込むパンフレットを見つけて言った。

「普通は退院のときにお見せするんですが、あなたの疑問に今答えると――」ベック医師はグラフがいくつか載せられたページを開いた。

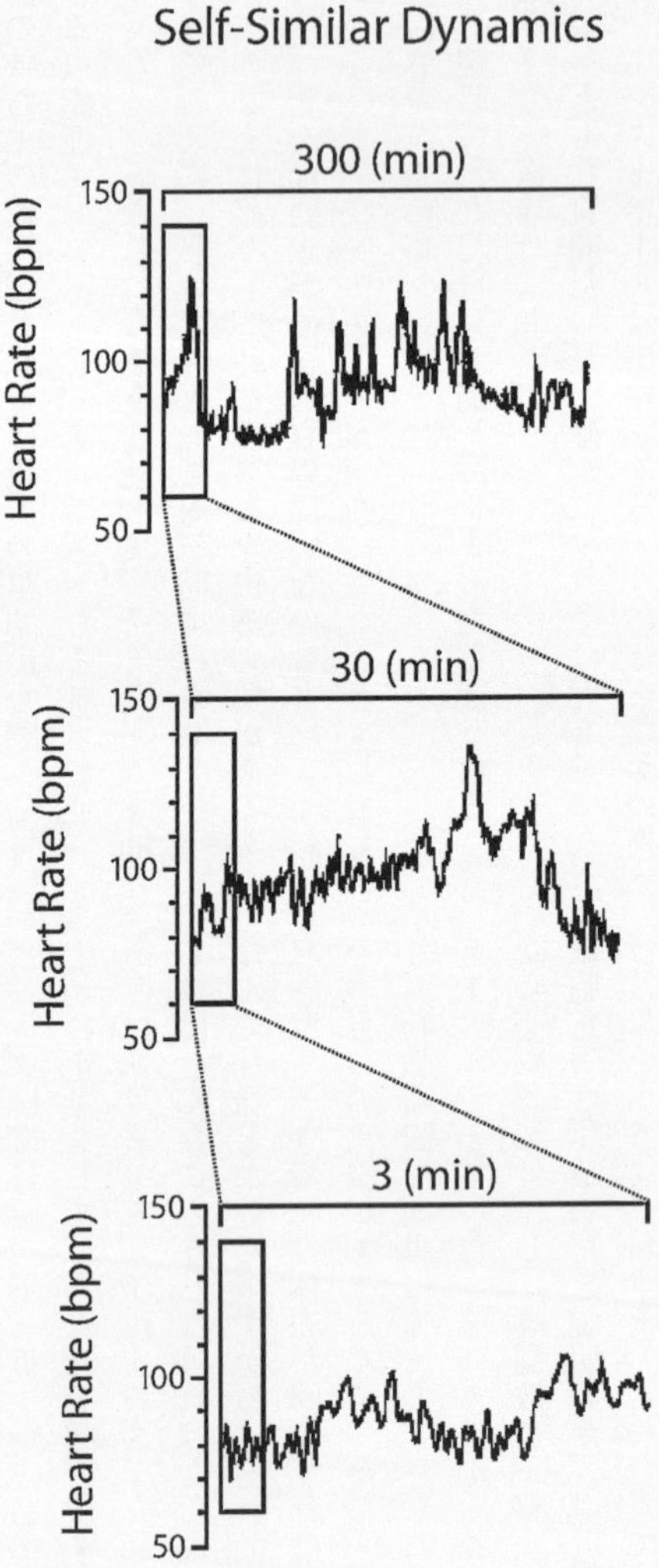

「もしかしたら〝正常〟ということばから、健康な人間の心臓はメトロノームのように正確な鼓動を打っているものと思っておられるかもしれませんが、実際にはそうではありません。このグラフは健康な心臓の三分、三十分、三百分の心電図です。心拍数が上下しているのがわかると思います。このようにそもそも不安定なものなのです。しかし、それは健康なパラメーターの範囲内でのことです。正常な心臓はどの間隔で計っても、たとえば一分間に換算すれば七十回にあたる割合で鼓動を二度打つこともあれば、次の四度は九十回、さらに八十回、あるいは八十五回の割合で打つことがあるということです。つまり、正常なリズムそのものに予見できない変化があるのです。なぜなら、どんな動的システムにおいても――人間の心臓の鼓動はまさに動的システムです――その動作の詳細はきわめて複雑で、その原理すらわからないものだからです」

「それはつまり……？」

「それはつまり、正常でなくなる可能性は正常なシステムの中に常に存在するということです」

それらのグラフを見て、ポアンカレはあることに気づいた。「計る時間はちがっていてもどのグラフも似たような形を示していますね」

「そのとおり。ひとつのグラフを見ればほかのグラフを見たのと同じことになる。部分が全体を内包しているようなところがあります」

フラクタル。ポアンカレはそのことばを思い出し、長い滑走路をすべって落ちていくような感覚を覚えながら、そのことばをあえて口にした。

「そのとおりです、ポアンカレ捜査官。意外に思われるかもしれませんが、このところ私たち心臓外科医は数学者と話し合う機会が増えました。実際、私はこのグラフを見るたびに決まってその日の株式市況を思い出します。あるいはアルプス山脈を。これはあなたの心症状を心房細動と診断する根拠になった十五分間の心電図です」ベック医師はそう言ってポアンカレのカルテから一枚を取り出した。「心拍数が五十から百二十のあいだで上がったり下がったりしています。まさにカオスに支配されているとしか言いようがない」

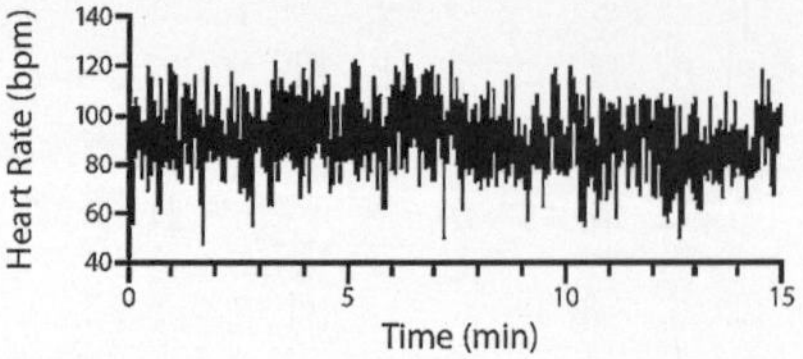

「法則性はどこにも認められません。それが心房細動というものです。洞調律におけるあなたのこの十五分間のグラフをプリントしてみましょう」ベック医師はコンソールのキーボードを叩いた。プリントアウトが出てきた。

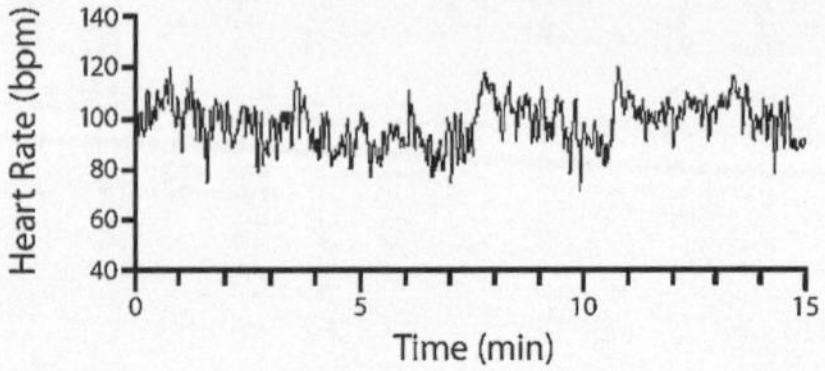

「これがあなたのノーマルな鼓動です。変化していても法則性があります。メトロノームとは言えなくても、一定の範囲内で鼓動しています。そのことがことさらよくわかるのは鼓動と鼓動のあいだの間隔です。心房細動ではカオスが鼓動を支配しますが、このグラフを見るかぎり、あなたの鼓動は正常な規則的な洞調律に刻んでいます。ゆっくりとした鼓動のあと三秒待って次に四回速い鼓動になり、次のゆっくりとした鼓動まで二秒あってから、百二十まで上がっています。それが続いています。われわれは電気生理的検査ではその感覚をポアンカレ・プロットという数理ツールを使って計ります」ベック医師はそこで顔を起こした。「もしかしてご親戚ですか？　珍しい名前ですよね」

「私の曾祖父です」とポアンカレは言った。「墓の下から糸を引いてるみたいですね」

「確かに奇遇ですね」

ポアンカレとしても奇遇であってほしかった。今度の事件は最初から事件そのものに自分を見つけられたような気がしてならなかった。

「要するに、ポアンカレ捜査官、こういうことです。われわれは九割方あなたの心臓を恒常的に安定した状態に戻すことができます。あなたの心臓に悪さをして心房細動を起こさせている細胞を破壊することでね。気まぐれな細胞がなくなれば、カオスを惹き起こす因子もなくなります。私としてはとにもかくにも手術をお勧めします」

ベック医師は時計を見た。「私の忠告はあなたが追っている犯人を捕まえるためのものでもあります。数カ月ゆっくりと休んで手術を受けてください。私のこの忠告に従うつもりがあれば、フランスにもボルドーに優秀な心臓外科医がいます。もちろん、またボストンに戻ってこられてもいい。いずれにしろ、それまでは新しい処方に従って生活してください」ベック医師は点滴の袋を点検すると、袋に引かれた線を指で弾《はじ》いた。「四時に退院できるように書類は調えます。それから水分の補給は絶対に怠らないでください。あなたが過労死するようなことがあったら、私としても寝覚めが悪い。ふたりにとって何もいいことはないんですから」

25

シャワーを浴びているあいだに、点滴と尿道カテーテルを取りはずしてくれた看護師が彼の所持品を持ってきてくれた。が、狭いバスルームから出たポアンカレを待っていたのはビニール袋に入れられ、ベッドに置かれた悪い知らせだった。その中に財布、腕時計、結婚指輪、衛星電話、ホテルの鍵ははいっていた。が、ブリーフケースはどこにもなかった。彼が病院に担ぎ込まれたときに対応したERの看護師も、彼を心臓治療ユニットに運んだ看護師も覚えていなかった。ポアンカレとしてはチャールズ・ベルの会社と救急業務の請け負い業者に問い合わせのメッセージを残す以外、手はなかった。午後三時、着替えも終え、退院の準備も整うと、彼は〈数学リーグ〉のサイトにログインした。チャットでチャンビをオンライン上にとどめる方法は、ウェブ犯罪捜査の責任者、ヒューバート・レヴェンジャーから教えられていた。レヴェンジャーの追跡ソフトで彼女の居場所を突き止めるのに要する時間は十五分。


＞こんにちは、先生。

＞アントワーヌ、あなたなのね？　あの文章問題はもうわかったんじゃない？

＞今日はまた別の問題です。普通列車が午前七時に駅を出て、時速八十マイルで進みます。そのあと急行列車が午前八時に出て、時速百マイルで進みます。急行列車は何時にどこで普通列車に追いつくか、という問題です。

＞古典的な問題ね。あなたはそれをどうやって解こうとしたの？

＞一時間ごとに線を引いて解きました。でも、この問題は代数の問題です。

＞そのとおり。xとyを使うのよ。指じゃなくて頭を使うの。方程式はいくつ要るかしら？

＞ひとつでいいと思うけど……今日も眠たいですか？

＞何を言ってるの？　まだ夕食の時間でしょうが。


ポアンカレは時間を確かめた。午後三時十二分。彼女は彼がいるところより東にいる。彼はコンピューター画面のもうひとつのウィンドウを見た。夕食の時間を九時とすれば、ソフィアやエルサレムがある経度上ということになる。が、彼女の言った夕食の時間とはもっと早い時間のことではないだろうか。つまり、彼女は西経十度から東経十五度の範囲内でコンピューターのまえに坐っているのではないか。それでも相当な範囲だが、地球全体というわけではない。彼は時計を見ながら、彼女と一緒に文章問題を解きはじめた。時間稼ぎにところどころすぐには理解できないふりをした。十分後、解答に行き着いた。

〉100t=80t+80　20t　=80t=4

普通列車は（t+1）時間走るということは時速八十マイルで五時間走れば四百マイル。普通列車が七時に出発して五時間経つと正午ちょうど。急行列車は時速百マイルで四時間走るわけだから走行距離は四百マイル。急行列車は八時に出発するわけだから、八時に四時間足してちょうど正午。

〉よくできたわ、アントワーヌ！　あなたにとってこういう文章問題で一番むずかしいところはどこかしら？

〉むずかしいところなんてないです。先生に手伝ってもらったら！　大学に行っても数学を勉強したいんです。数学ではどんなことにも答があるところが好きです——すべてが解決するところがね。そういうことってぼくの人生ではほかにはあんまりないから。

〉大学へ行くというのは、アントワーヌ、どんなときにあっても常にいい考えよ。

〉ぼくは先生について勉強したいな。ヨーロッパで！

〉わたしがヨーロッパにいるなんて誰に聞いたの？

〉先生がさっき夕食時だって言ったからです。ボストンより四時間か五時間先かなって思って。でしょ？今年の春、地理で時差を習ったんです。地球上のどこもみな細い南北の帯で区切られてることをね。だから今夕食を食べてるということは、ボストンはアメリカの東海岸時間で三時十五分だから、それに四時間か五時間足してイコール、ヨーロッパだって思ったんです！

〉あるいは、スカンディナヴィアかアフリカか。でも、すばらしい推理よ。あなた、いくつだったっけ？

〉十五歳。

〉三十五歳でもおかしくないわ！　わたしとはいつで

も一緒に勉強できる。ネットでなら。今は学校では教えてないのよ。でも、すぐれた数学の先生はどこにでもいる。進路を考えなければならなくなったら、またメールしてちょうだい。これからそれこそ夕食なのよ！　チャオ！

ポアンカレはまた時計を見た。あと三分必要だった。

〉でも、先生、このあいだの問題についてまだ話し合ってないでしょ？

〉このあいだの問題？

〉数学と現実のものとの問題です。紙に書いたxやyが現実の列車とどう結びつくのか。

誰かがやってきた。カーテンの脇をまわってポアンカレの病室にはいってきた。聴診器はつけていなかった。身分を証明するバッジから病院付きの牧師であることがわかった。ポアンカレはいい加減に挨拶をし、その挨拶の真意が相手に伝わり、そのまま引き返してくれることを祈った。

「ミスター・ポアンカレ？　リタ・コリンズです。この病院の――」

「わざわざ来てくれてありがとう、ミス・コリンズ。ただ、今ちょっと取り込み中でね」

「このユニットの患者さん全員にご挨拶してるんです。退院されるとか。気分はよくなりましたか？」

「どうもご親切に……でも、悪いけれど、今は――」

「いいんです。ただ、ご機嫌を伺いにきただけですから。それとちょっとお渡ししたいものもあるんで。心臓治療ユニットに来られる患者さんはよく疑問を覚えられます。こういうときに落ち込んだり、自分は人生でいったい何をしてるんだろうと思ったりするのは、ごく自然なことです。もしかしたら患《わずら》っているのは体だけかもしれないと思ってらっしゃるかもしれないけれど、それ以上にこの病気のために心に深い傷を負われる患者さんもいます」そう言って、彼女はベッド脇のテーブルの上にチラシを置いた。「よかったらそこに書いてある番号に電話してみてください」そう言って、カーテンの脇を抜けてまた出ていった。

〉思い出したわ！　数学では方程式を使う。現実の世界にある何かを指したり表わしたりするのにね。だから数学のxやyはことばのようなものなのよ。でも、象徴化するシステムはちがっている。現実の世界の物事の動きに関して疑問を覚えた場合、すぐれた方程式があれば——つまり数学を使えば——あまり手間をかけずに答を得ることができる。たとえば、今日の列車の問題にしても、列車の切符を買うことにしか解決する方法がなかったら、急行が来るのを待って、それに乗って（それも並行した線路を同じ方向に走る急行列車があればの話よ）時計を見てなくちゃならない！　それって大変な手間よ。問題が列車ならそれもできなくはないけど。でも、たいていの問題は列車の切符を買うようにはいかない。

〉たとえば、それはどんな問題ですか？

〉たとえば、機体を燃やすことなく、あるいはまた宇宙に飛び出したりしないように大気圏に再突入させるためのロケットの角度とか。数学を使えば、そういうことをまえもって知ることができる。人の命を危険にさらすことなく。もう行かなくちゃ、アントワーヌ。チャオ！

ポアンカレはすぐにリヨンに電話した。ヨーロッパの衛星回線はきわめて鮮明で、レヴェンジャーのオフィスのラジオでアナウンサーが夕方のニュースを読み上げている声まで聞き取れた。

「ヒューバート、追跡できたか？」

「できた。ただ、アンリ、ちょっと問題がある。彼女はこのチャットのサイトにログインするのに、ふたつのプロキシ・サーヴァーを使ってる。彼女としても見つかりたくないから用心してるんだろう。で、ふたつめのサーヴァー――〈数学リーグ〉につながってるほうだ――のログファイルには侵入できた。ベルギーのサーヴァーだった――おそらくブリュッセルかアントワープか。ひとつめのサーヴァーもイタリアまでは追跡できた。でも、ログファイルには侵入できなかった。言うまでもないけど、そのサーヴァーに彼女が南アメリカやアジアからログインしている可能性も充分にある」

「南アメリカもアジアも夕食時じゃない」

「なんだ、それは?」

「いや、なんでもない。次のチャットの予約はできなかった。またこっちから連絡する」

「彼女にあんた宛てのメールを書かせることはできないかな、アンリ。メールはある特定の場所からでなければ送信できない。そういう特定ならできるから」

「召喚状がなくても?」

間《ま》ができた。「よく聞こえなかったんだけど。もう切ろうか?」

「ただ言ってみただけだ、ヒューバート」

「だと思ったよ。狩りを愉しんでくれ」

ポアンカレは携帯電話を切ると、ルドヴィッチにメールを送った。

チャンピはイタリアにいる可能性大。リヨンに連絡を取って、イタリア、オーストリア、スイス、それにフランスの青手配書の通達を徹底してくれ。これからケベックに向かう。では、明日の朝食はケベックのホテルで八時に。

ポアンカレは伸びをして眼を閉じた。三時半。最後の血液検査の結果を待つ以外、何もすることがなかった。自らの健康そのものにはほとんど関心をなくしていたが、自分の心臓発作がどれほど深刻なものなのかについては知りたかった。それがわかれば、このあとどれだけ無理が利くか判断できる。今しばらく時間が欲しかった。チャンビを見つけられないまま倒れるようなことにだけはなりたくなかった。外に出て歩くかわりに病室で待った。ブリーフケースがなくなったままでは捜査ファイルに眼を通すこともできなかった。壁の上のほうに取り付けられたテレビにリモコンを向け、ニュース専門チャンネルになるまでチャンネルを換えた。そして、そのチャンネルのニュースをBGMにして、病院付きの牧師が置いていったチラシを見た。一枚の光沢紙をひとつ折りにしたチラシで、四面すべてに印刷されていた。「今こそ黙示録のとき!」というタイトルから内容はだいたい想像できた。話はどれも報いの日が近づいていることを訴えるもので、八話のうちの巻頭篇を読んでみた。

また私は、もうひとりの御使いが中天を飛ぶのを見た。彼は、地上に住む人々、すなわち、あらゆる国民、部族、国語、民族に宣《の》べ伝えるために、永遠の福音を携えていた。彼は大声で言った。「神を恐れ、神をあがめよ。神のさばきの時が来たからである。天と地と海と水の源を創造した方を拝め」また、第二の、別の御使いが続いてやって来て、言った。「大バビロンは倒れた。倒れた。激しい御怒りを引き起こすその不品行のぶどう酒を、すべての国々の民に飲ませた者」

熱傷治療ユニット? ポアンカレはそのことばにはっとして、テレビのニュースに注意を向けた。ニュースキャスターのご多分に洩れず、ブロンドの髪をボブカットにしたキャスターがその日のヘッドラインを読み上げていた。

バグダッドのこの爆破事件では百二十八人が死亡。その大半が校外授業で地元の市場に来ていた子供たちでした。警察はこの爆破事件に対する報復攻撃に警戒を強めています。カリブ海はハリケーンの季節を迎えています。カテゴリー4のハリケーン〝エルザ〟はすでにドミニカ共和国の一万人の人々の住宅を破壊し、二十万世帯を停電にし、進路をフロリダに向けて進行中です。それ以外の地域でも――

看護師が彼のサインが必要な書類を持って病室にはいってきた。ポアンカレはテレビを消した。「これで退院です」と看護師は言った。「心臓発作の検査結果は陰性でした。これがベック先生の指示です」看護師はポアンカレの肩に手を触れた。「とにかく休んでくださいね、ミスター・ポアンカレ。タクシーは中央玄関のまえに何台か停まっていますから。お大事に」

看護師が出ていくと、ポアンカレは身を屈めて靴のひもを結び、吐き気と戦った。また別の人間がカーテンの脇から現われた。

「いやいやいや、驚きましたよ！」

チャールズ・ベルだった。覚えていたくないあの笑みを浮かべ、右手に持ったアヤメの花束を差し出してきた。そして、左手にはブリーフケース。その欲望の対象を斧のひと振り分ほど離して持っていた。病院であれどこであれ、誰より会いたくない相手に礼を言うまえに、ポアンカレはブリーフケースの鍵を確認した。どこにもいじられた痕跡はなかった。さらに安心できたのは、ブリーフケースの左右に取り付けられている回転式のコンビネーション錠も、前日の朝ポアンカレがセットしたままになっていたことだ。毎朝歯を磨くのと同じように、コンビネーション錠の数字の組み合わせを毎週変えるのが彼の習慣だった。この四分の一世紀で初めてその単純な予防策が功を奏したようだった。もちろん、確かめるまではわからない。ベルは賢くて大胆な男だ。それでも、フェンスターのハードディスクはとりあえず無事のようだった。「チャールズ」とポアンカレは立ち上がり、花を受け取って言った。「これで命ひとつ、あなたに借りができました」

26

ベルは看護師がポアンカレに言ったことを外で聞いていたようだった。ホテルまで送らせてほしいと強く主張した。ポアンカレはその申し出を一度は受け入れた。が、ベルが話を前日の話題に持っていこうとしているのに気づくと、これ以上ベルと一緒にいる気がしなくなった。「ポアンカレ捜査官、あなたの懸念はもうすっかり払拭されたと思っていますが、それでも私は何事もいい加減に終わらせることができない性質《たち》でしてね」

ちょうど駐車場係が地下の駐車場から車を持ってきたところで、ベルはチップのための十ドル札を取り出した。ポアンカレはベルに面と向かって言った。「なんの意味もなくてもフェンスター博士のハードディスクのためなら、何十万ドルもの訴訟費用を払うつもりだとおっしゃいましたね？　ハーヴァード大学も同じことをするだろうとも言われた。しかし、あなたにしろ、ハーヴァードにしろ、それがただ面子《めんつ》のためだというのは、私としてはそのまま額面どおりには受け取りにくいことです」

「私が弁護士に払うのは会社の金で、自分の金じゃないですからね」

「それだとよけい信じられなくなる」とポアンカレは言った。

駐車場係が助手席側のドアを開けた。が、ポアンカレはすぐに閉めて言った。「ミスター・ベル、あなたのお話を聞いていると、ますます頭が混乱してきます。これから少し寝ます。そのあと数日ボストンを離れますが、必ずまた連絡します。もしお仕事でどこかにいらっしゃるようなら、どうすれば連絡がつくか秘書の方にでも言っておいてください」そう言うと、ポアンカレはあんぐりと口を開けているベルをあとに残し、うしろを一度も振り返ることなく、タクシー待ちの列ができているほうに向かった。少し泳がせてやれ。そう思った。数分後、ブリーフケースを開けて中を見ると、ハーリーの封筒は手つかずのままそこにあった。ベルという男はまったく信用できない男でもないということか。

ポアンカレは飛行機の便を翌朝に延期して、フェンスターのハードディスクと自分のコンピューターをつなぐケーブルを買いに電気店に寄った。ホテルに戻るとシャワーを浴び、食事はルームサービスですまし、データ・アナリストのチームがもっと強力なコンピューターを使って、数カ月費やしても解けなかった難題に何時間も取り組んだ。自分には利点があると信じて。アナリストたちは研究所でランダムに数字と文字を組み合わせていただけだ。チャンピに言わせれば、〝力ずく〟で。一方、ポアンカレはフェンスターのアパートメントを見ていた。さらに弁護士のロイと管理人のシウバと話をしたことで、フェンスターという男に少しは近づけた。フェンスターのハードディスクにアクセスするのが途方もなく遠い道のりに変わりはなかったが、それでも素人なりに試してみることにした。

まず、フェンスターの自宅の住所を打ち込んでみた。省略形を使い、スペースも空けて六十七の文字と数字をつくってみた。何も起こらなかった。何十もの組み合わせで彼を引き取った養父母の名前も打ち込んでみた。彼が教えていた講座名やその講座番号、さらにフェンスターの名前とマドレーン・レーニアの名前の組み合わせも試してみた。何も起こらなかった。それだけでもうくたびれ果て、コンピューターを閉じると、ハードディスクは枕の下に挿し入れた。高校生の頃のこと、試験の前夜、書かれているとおりの実験結果が得られなかった理科の教科書を思い出した。あのときも枕の下に置いたことを。誰にわかる？　少し眠れば、ハードディスクに関する情報が眠っている脳味噌の中に勝手にはいってくるかもしれない……

暗がりの中、ポアンカレはクレールのことを思った。わざわざ電話をして、自分は病気だなどと告げることにはなんの意味もなかった。かわりに、彼は彼女がそばにいてくれるだけで世界が満ち足りていた頃のことを思い出した。レバノンでの任務を終えて帰る途中、テレックスを送ったことがあった――エール・フランス。明日午前十時発。二一一三便。搭乗券は購入済み。ワイン色の海での五日分の服。アンリ。それ以上は何も書かなかった。それだけで充分だった。どれほど急な告知であっても、クレールならそれにしっかりと対応し、アテネの空港に降り立つだろう。彼にはそれがわかっていた。実際、彼女は日よけ帽をかぶり、折りたたみ式のイーゼルと水着、あとは身のまわりのものを少しばかり携えてやってきた。アテネの外港、ピレウスからのフェリーではふたりとも荒れた海に吐いた。上陸してシャワーを浴びると、クレールは彼に水泳パンツを手渡して、バルコニーからタクシーを呼び止めた。そして運転手に、「ペリボラス」と告げた。ポアンカレには〝ペリボラス〟（ギリシアのサントリーニ島にあるビーチ）とは誰のことなのかもなんのことなのかもさっぱりわからなかった。三十分後、ふたりは黒い火山のビーチに寝そべっていた。クレールは彼のそばで体をまるめ、彼は流れる雲を眺めていた。自分もその雲と同じように宙に浮かんでいるのがはっきりとわかった。

その夜、ふたりはチェックのテーブルクロスをはさんで向かい合って坐った。そのカフェだけでなく、町そのものが海に呑み込まれたカルデラの上の崖にあった。三日間、ふたりはワインをしこたま飲み、まどろみ、海に向けて開けられた窓のそばのベッドで体をからませ合った。そのときにはもう、ふたりともそういうことは長くは続かないことを知る歳になっていた。生というものはいつかは妨げられるものだ。死によって。そのときが来れば、自分たちの時間も過ぎ去っていく。それでも、そのときはまだ過ぎ去ってはいなかった。あの頃はまだ。

ケベック・シティは北アメリカで唯一の城郭都市だ。タクシーでその城郭の門のひとつに近づくと、ポアンカレはボストンからの短いフライトが実は東に向かっており、中世のフランスに来てしまったような錯覚を覚えた。

「どちらまで？」《ウー・ヴレ・ヴー・アレ》と運転手が言った。

「シャトー・フロンテナック（ケベック・シティのランドマークにもなっている伝統ある高級ホテル）」

〈シャトー・フロンテナック〉は彼のホテルから数ブロックのところにあり、彼は一度見て、少し歩こうと思ったのだ。その朝は晴れ渡った気持ちのいい朝で、薬も効いているらしく、久しぶりに活力が戻ってきたような感覚があった。

「それは無理です《セ・アンポシーブル》、ムッシュー」

そのわけはポアンカレにもすぐにわかった。最初に見た表示板には〝G‐8の犯罪者はケベックから出ていけ！〟と書かれていた。だから、木々や近くの建物に掲げられている〝32〟という数字は、サミットと関係があるものと最初は思った。が、そのあと〈歓喜の兵士〉を思い出した。彼の膝の上の新聞の日付は七月十四日。ということは、イエス・キリストが世界を救う日まであとひと月ということになる。イエスもまた交通渋滞に巻き込まれたりしなければ。「フロンテナックは交通規制がされてるのかい？」と彼は尋ねた。

運転手は黙ってうなずいた。その警備の厳重さはすぐにわかった。カナダの憲兵隊が自動火器を持って通りを警邏《けいら》していた。ホテルに近づくと、軍隊の司令所まで設置されていた。さらにG‐8各国の警備関係者も自国の首脳を守るために来ているはずだった。旧市街そのものが監禁状態に置かれており、インターポールの信用をもってしてもホテルのまわりをぶらつくのはむずかしそうだった。

〈先住民解放戦線〉《ILF》のサミット会議のほうはその逆だった。キトもその仲間もできるかぎり人々とマスメディアの関心を惹きたがっていた。そのためここ三年間、〈先住民解放戦線〉《ILF》はG‐8に対抗する会議を同じ場所で同時に開催し、世界貿易を支配する経済大国の指導者たちに向けられるマスメディアの反射光に浴していた。彼らのスポークスマンは力による世界規模の犯罪性を訴え、彼らのサミット会議では、持続可能な農業から固有言語の保護までさまざまな議題が論じられていた。

午前八時半。〈ホテル・サンタンヌ〉にチェックインをすませて朝食室に行くと、パオロ・ルドヴィッチはもうテーブルについていた。チーズと燻製《くんせい》肉とペストリーを山盛りにした皿をまえにして、《ル・ソレイユ・デュ・ケベック》を読んでおり、ポアンカレが席に着くと言った。「これはつまりあなたはもう寝ることを完全にあきらめたということですね。あなたは医学界の驚異そのものだ」

「また会えて嬉しいよ」ポアンカレは新聞を示して言った。「何か面白いことが出てるかい？」

「毎度おなじみの騒動ですね。新植民地主義を推進しているということで、〈先住民解放戦線《ILF》〉が昨夜G-8を非難する声明を出したみたいです。で、彼らもそこそこ注目を浴びてるようですね」ルドヴィッチはとことん熟成された山羊のチーズをパンの皮につけた。「それ以外は毎度おなじみの戦争に災害。ボストンはどうでした？」

「行ってよかった」

ルドヴィッチは眉を吊り上げて言った。「冒険をしたって聞いてるけど。坐っててください。おれが何か取ってきますから」

「私は病人じゃないんだから。自分で取ってくるよ」

「坐っててください！」

そう言って、ルドヴィッチはビュッフェの列に並びにいった。ポアンカレはナプキンを広げてその日やるべきことを考えた。その日、〈シャトー・フロンテナック〉のまえの公園で開かれる〈先住民解放戦線《ILF》〉の集会では、キトが演説することになっていた。ポアンカレはそのあと本人に会ってチャンビのことを訊くつもりだった。

「全部ふたつずつ取ってきました」ルドヴィッチは彼自身の皿と同じくらい大盛りの皿を持って戻ってきた。「しっかり食べてください。おれがこれから伝えるニュースを聞いていても卒倒したりしないように。それとこれは忘れないでくださいね。伝令を殺すというのはマナー違反だってことは」

ポアンカレはいかにも気が進まなさそうにスプーン

でポーチトエッグをつついた。

「あの、知りたくないんですか？」

ポアンカレはスプーンを置いた。「だいたい想像はつくよ」

「あなたは昇任したんです、アンリ。おめでとうございます。あなたは現場を離れて、あなただけのためにつくられた新しい管理職ポストに就くことになったんです。過塩素酸アンモニウムの事件からは解放されたんです」

「私が最後に見たときにはこの事件のファイルには〝フェンスター〟と書かれていたが」

「今さら何を言うんです、アンリ。いつからインターポールは個人の死に関心を持つようになったんです？それがたとえフェンスターのような履歴を持つ人物だとしても。インターポールはそういう事件の捜査をするためにあるわけじゃない。われわれの関心は最初から最後まで高性能のロケット燃料です。そんなもののつくり方が市場に出まわったりするのを防ぐことです。少なくとも、おれが受けた命令はそれです。ついでながら、おれがあなたの後任です」

「人ひとりがあのホテルの一室で死んでるんだぞ」

「それはそのとおりだけれど――そっちのほうはアメリカがもっと真面目に捜査をしてくれないかぎり、たぶん解決しないでしょう。でも、彼らが何をしようと、われわれは爆弾の出所を突き止めなきゃならない。それがあなたには意外なことですか？」

「いや、意外じゃないよ」とポアンカレは言った。「何も。ああ、きみの言うとおりだ」

ポアンカレはようやく朝食に手をつけた。ルドヴィッチはついにアルベール・モンフォルトの首に斧が振りおろされたこと、新しい局長――アメリカのアルコール・煙草・火器局から来た男――が五十歳以上の現場の捜査官には効率的かつ迅速に現場から身を引かせようとしていることを伝えた。その結果、ポアンカレには新設ポストが用意されたのだった。「現場捜査官を教育する上級指導官みたいなポストです」とルドヴィッチは言った。「あなたは超戦士になるんです。今朝、新局長からメールで、あなたの心臓の状態はどうなのか訊くように言われました。ボストンの病院から本部に通知が行ったんです。新局長はあなたと連絡が取れないんで、怒りまくっています。携帯電話の電源はやはり入れておいたほうがいいんじゃないですか?」

「ちゃんと入れてるよ」

「ということは、局長の電話に出なかったんですか?」

「こっちが忙しくしてるときにかぎってかかってくるもんでね」とポアンカレは言った。「それから、ついでに言っておくと、私の心臓にはなんの問題もないよ」

「でも、病院に担ぎ込まれた。おれのことばで言い換えますね。要するに、フェリックス・ロビンソン新局長には危険を冒すつもりはないということです。あなたのご家族に何があったのか。そのことはもちろんロビンソンも知っています。あと、あなたがハーグの裁判所でバノヴィッチの妻に殴られたことを知って、そもそもどうしてあなたがそんなところにいたのかと訝《いぶか》っています。一応あなたのプロ意識の表われだって言っておきましたけど。それが正義に対するポアンカレという人の姿勢だとかなんとか。そう言っておけば、あなたが銃を持って傍聴席にいたことの説明がつくみたいにね。ついでながら、そのことは局長は知りません。もしかしたら、おれはあなたがバノヴィッチを殺すつもりだったと言うべきだったのかもしれないけど。いずれにしろ、そんな挙句の心臓発作じゃないですか。あなたは身も心もばらばらになりかけてる。あなたはあなた自身やわれわれの組織を貶《おとし》めるまえに身を引くべきだ。あ、おれが言ってるんじゃないですよ。今のは局長のことばです」

「心臓発作なんか起こしてないよ」

「それが痔であっても局長にとってはどうでもいいことなんです。あと一週間であなたの任期は切れます。二十三日までにリヨンに戻って身分証と銃を返すこと、あなたにはそう伝えるように言われてきました。局長はあなたをあなたの家族のもとに帰したがってるんです。フォンロックに盗聴防止電話を設置することも考えているようです。フォンロックにいながら、あなたがおれみたいな向こう見ずな連中に冷静な指示を出せるようにね。これっておれも悪くないと思います――まずいワインを飲みながら、あなたがおれたちに現場捜査の知恵を授けるっていうのも」

ポアンカレとしても新局長を称賛しないわけにはいかなかった。昇進によって任期を終了させるというのはいかにも賢明な策だ。「要するにこれが私の最後の任務ということか」


「最後の任務の段階的消滅と言ったほうがいいんじゃないかな。三ヵ月かけても解決できなかったことは一週間じゃ解決できませんよ。アンリ、きっとこれでよかったんです。さすがにあなたも身を引く潮時なんですよ、たぶん」

「きみ自身ほんとうにそう思うのか？」

「いや、おれはよくわかりません」

「チャンビを捕まえたら私も辞めるよ」

「二十三日というのはもう決められた期日です。あなたは二十三日にリヨンでおれと会って、すべてをおれの手に委ねなきゃならないんです」

ポアンカレはナイフとフォークを置いて言った。

「パオロ、彼女はアムステルダムにいたんだ。しかも爆破があったその日にアムステルダムを離れてる。ジーゼルが調べてくれた。フェンスターの件でボストンで質問したときには何も話してくれなかったのに。しかもそのあとチャンビは忽然《こつぜん》と姿を消した」

ルドヴィッチはフォークに巻きつけたハムを口に押し込みながら言った。「あなたが今言ったことはすべてじゃない。あなたはクロエのためにチャンビを見つけたがってるんです。フェンスターとロケット燃料のためじゃなく。その点では新局長もモンフォルトと意見が一致しています、少なくとも。彼もチャンビの捜索を捜査の最優先事項にはしました。でも、これはまったく別の事件です。チャンビはインターポールが見つけます。もう手を放してください。はっきり言いますが、あなたはきわめて冷静な判断ができる状態にいるとは言えないんだから」

「ふたつの事件には関連がある」

「どんな？」

「それはまだわからないが」

「語るに落ちましたね」

「それが捜査というものだろうが、パオロ。捜査は疑問から始まるものだ。答ではなく」

「今回の件もそれで捜査の進展が望めるんですか？そうおっしゃるならあえて言いますが――」

「チャンビは明らかにこの件に関与している。クロエを襲った人間がどうしてフェンスターの助手なんだ？どう考えてもこの私がふたつの事件をリンクさせてるんだよ。私はフェンスター事件の最初からの担当者だ。何者かがそんな私を捜査からはずそうとしたのさ。私が何かに近づきすぎたために。それがなんなのかはわからないが」

「あなたのその勘に基づいて、おれはこの女の影を探して世界を飛びまわらなきゃならない。そういうことなんですか？　この件が正式におれの担当になったら、おれは〈ジェット推進力研究所〉から始めて、あの爆弾の化学的特性を調べ、そのあと古美術商のマドレーン・レーニアの衣服からどうして過塩素酸アンモニウムが検出されたのか調べます。誰かを探さなければならないとしたら、まず彼女を探すべきでしょうが」

「それはもうやってるよ」とポアンカレは言った。「〈ジェット推進力研究所〉には明後日行くことにしてる。それから、今夜のうちにミネアポリスに発つ。ローレーニアの生まれ故郷だ。何かわかったらファイルに入れておくよ」

「フランスに帰ってください、アンリ。この一週間は休んでください。たまにはゆっくりくつろいでくださ い」

「心配には及ばない」

「まったく……ああ、わかりましたよ。だったらお好きに。こっちも好きにさせてもらいます。このあとおれはフォート・ベニングに行くんです」

「ジョージア州の？　何をするんだ？」

「国際狙撃競技会があるんです。フォート・ベニングの陸軍基地で。思っただけでわくわくする」

「なんとね。捜査を引き継いだら頭を使うようにな。銃じゃなく」

ウェイターがふたりのグラスに水を注いだ。「なんなんです？　おれは一週間の休暇を取ってるんです。でもって、名誉なことにおれは非軍人としてただひとりイタリア代表チームに選ばれたんです。アンリ、おれはサッカーはからっきしでした。でも、狙撃なら？　おれならイタリア・チームを世界一の狙撃チームにすることができるんです」

「実際にはどんなことをするんだ？」

「チーム対抗の実弾演習、夜間射撃、反狙撃手作戦、それ以外にどんな項目があるのかは誰にもわからない──三百メートル先から桃のけばを撃つとか？　アメリカの軍隊も含めて、三十ほどの射撃の名人チームが競い合って、優勝したチームには一年間勝利を自慢する権利が与えられます。最も高い得点を叩き出した者には蛇革のカウボーイブーツ。おれはイタリア・チームを優勝させて、個人的にはそのブーツをもらおうと思ってます」

「なんとすばらしい」とポアンカレは言った。

ルドヴィッチはブレッドスティックを折って言った。「いいじゃないですか。あなたはまずいワインをつくり、おれはこれ――」彼は引き金を引く右手の人差し指を一本立てた。「神に与えられた才能です」

「皮肉を言ったんじゃない。本気で言ったんだ」とポアンカレは言った。「競技会で優勝してこい。きみは私が知ってる中で一番の狙撃手だ。この事件を私のあとに引き受けてくれるのがきみでよかったよ」ポアンカレはフォークをウォーターグラスの上に置いた。ふたりはフォークが最初ぐらついてから最後にはバランスを保つさまを眺めた。「きみが今日来てくれたことにも感謝している。電話ができる相手はきみしかいなかった」

ルドヴィッチはナプキンで口元を拭いた。

「大丈夫だ、パオロ」

「ここであなたを死なせるつもりはおれにはありませんから、アンリ。フランスに帰ってください」

「誰も死んだりはしないよ。今はまだ」

「だったら、早いところ朝食をすませてください。〈先住民解放戦線《ILF》〉のサミット会議は、〈フロンテナック〉の近くで全体集会を開いて幕を閉じるけれど、その集会には世界じゅうから千二百人もの代表団が参加してる。なんのためなのか、金のため？　それはわからないけれど。でも、彼らがここにいるのは事実です。でもって、のべつ幕なしG-8に抗議してる。キトには昨日国会議事堂の近くで開かれた小さな集会で会って、あなたに頼まれたとおり伝言を伝えました。あなたとまた会うのが愉しみだって言ってました」

「彼がそんなことを？」

「会って直接あなたに悔やみのことばを言いたいそうです」ルドヴィッチはテーブルを叩いてウェイターの注意を惹いた。そして、あらゆる方向に眼を向けながらも、ポアンカレのほうだけは見ようとせず、コーヒーを一口飲むと最後に言った。「でも、ほんとのところ、どうするおつもりですか？　二十三日以降のことだけど。どうするんです？」

「それはそのときの状況によるよ」

「そのときの状況？」

「今週中にダナ・チャンビを見つけられているかどうかに」

27

集会場にはレンタルのプロパンガス調理台や移動式の公衆トイレが設えられ、音響装置と照明のためのガソリン発電機も用意されて、そのケーブルが注意深く敷かれ、保護されていた。救急テントもあり、〈シャトー・フロンテナック〉を背景に、大勢の集会参加者越しに演壇がうまく写せるよう、一段高くなった報道陣向けの壇もあった。なかなかの兵站力だった。太鼓奏者も定位置について、ケベックではシャンプラン（ケベックを建設したフランスの探検家）の時代からついぞ聞かれることのなかったリズムを刻んでいた。

代表団が入り乱れ、お祭り気分と緊張感が同居していた。暴動鎮圧用装備で完全武装した警官が会場の奥のへりに置かれたバリケードのそばで待機していた。肩から自動火器をさげた軍の正規兵が、警官と〈シャトー・フロンテナック〉のあいだを歩いて小さな公園を警邏《けいら》していた。上空ではヘリコプターがホヴァリングしていた。群衆のまわりでは、かさばったジャケットを着てサングラスをかけた男たちが、ジャケットの襟に向けてなにやら話していた。世界のマスメディアが見守る中、カナダ当局は自分たちがソヴィエト時代の暗殺団みたいに見えないよう、集会の自由は認めたものの、その自由も演説にかぎったことで、行動までは認めていなかった。〈先《I》住民解《L》放戦線《F》〉側からバリケードを越えて〈シャトー・フロンテナック〉に近づくことは誰にもできないようになっていた。

とりあえずキトを除くと。ポアンカレは〈先《I》住民解《L》放《F》戦線〉の指導者——かつては慎み深い牧夫だったエコノミスト——が城の胸壁のような移動式の演壇に上がるのを見守った。マイクに近づくと、キトは心得顔でカメラのほうを見た。ポアンカレにはよくわかった。キトは抗議しながらも西洋のテクノロジーを巧みに利用している。地球上のヴァーチャルな国民を結集させるのにインターネットを活用している。キトは簡潔に話した。全世界に向けて。

私の名はエデュアルド・キト。スペインが侵略してくる以前にさかのぼる頃から牧夫だった曾祖父の曾孫であり、祖父の孫であり、父の息子だ。そもそも私の民は農夫だった。スペイン人の斧や槍に殺されずとも、麻疹に感染して死んでいった者たちだ。私の父たち母たちは山に逃げた。が、兵士たちはわれわれを追った。われわれは苦難に喘《あえ》いで死んだ。今や数百となったわれわれはかつて何十万といた地に今も住んでいる。私は苦労して若者たちに昔のやり方を教えているが、涙なしにはできない。なぜなら、私自身昔のやり方をほんの少ししか知らないからだ。私の名はエデュアルド・キト。

彼は大きな土器の中に手を入れると、小石のように見えるものを取り出した。そして、みんなによく見えるようにとても小さなひとつの石を掲げ、体の向きを変えると、バリケード越しに警官隊めがけて投げつけた。それは警察学校を出てまだ一年と経っていないように見えるひとりの警官の盾にぶつかり、乾いた音をたてた。キトはまた正面を向くと、ひとりの老婆を壇上に上げた。老婆は革の脛《すね》当てをつけ、白い毛皮の縁取りのある革のジャケットを着ていた。その縁取りの白い毛皮が川からの上昇気流に揺れていた。「母よ」とキトは言った。「話してくれ」老婆は話しだした。

老婆に続いて男女が次々に壇上に上がって話した。ラップランドのトナカイの牧夫、カラハリ砂漠のブッシュマン、ラコタ・スー族のネーティヴ・アメリカン、アマゾンのカイアポ族のシャーマン。指示のないままゆっくりと、間に合わせのステージに立つ順番を待つ何百人もの男女の長い列ができた。そのひとりひとりが破壊された世界の物語を語り、小石を聴衆に掲げて見せてから、警官隊めがけて投げつけた。多くが涙を流しており、時折、甲高い泣き声が聞こえた。太鼓奏者はその間ずっと自分たちのリズムを刻みつづけた。

携帯電話が鳴った。リヨンからだった。ポアンカレは無視した。また鳴った。電源を切った。三時を過ぎると、盾に小石をぶつけられつづけている警官たちの苛立ちが募ってきているのが明らかに見て取れた。騎馬警官も馬が興奮するのをなだめなければならなくなっていた。キトはカナダの警察をうまく操るだけでなく、おびき寄せようとしていた。キトたちの〝勤行〟は世界に向けて報じられていた。その様子は、通りをへだてた安全な〈シャトー・フロンテナック〉にいる大統領や首相たちにも、衛星を経由して伝わっていた。

それはまちがいなかった。

夕暮れが近づいてきた。集会の主催者は食事ができる場所も設らえていたが、旧市街の壁の中からも外からも地元の露天商が集まってきていた。景気づけに口々に〝抗議集会、万歳！〟と叫び、サンドウィッチを売っていた。見物人もどんどんふくらみ、警官隊を野次りはじめた。ポアンカレにしてもこれほど長い集会の現場に立ち合うのは初めてだった。が、キトは慣れていた。料理人らしい集会参加者がスープとコーヒーを配り、年配者のためには椅子が用意されていた。表示板を持った係の人間が整然とした列をつくらせていた。次々に演壇に上がり、マイクのまえに立つ人々の中のひとりにポアンカレは注意を向けた。チョコレート色の幅広の顔をした背の低い男だった。その身振りに眼を惹かれたのだ。その男は話しはじめるまえに両腕を掲げて聴衆に呼びかけた。「兄弟姉妹たちよ！」

おれは侵略者たちがオーストラリアと呼ぶ土地の西の砂漠から来たピチャンチャチャラ族の男だ。おれが六歳のとき、占領政府の職員がやってきて、おれも含めておれと同世代の者全員を盗んだ。自分たちの伝道所の施設で育てるために。おれたちを文明化するために。やつらにおれたちを仕えさせるために。八歳のとき、おれはそこを逃げ出した。やつらはおれを捕まえると、殴った。おれはその二年後にも逃げ出した。十二歳のときにも逃げた。ウィスキーを飲んで放浪するためだ。今度は捕まらなかった。古いやり方は失われてしまい、新しいやり方は空《むな》しい。おれの両親は子供がどうなるのか見届けることもなく死んだ。おれは侵略者たちがオーストラリアと呼ぶ土地の西の砂漠から来たピチャンチャチャラ族の男だ。

男はマイクから離れると、ペンナイフを取り出して広げ、もう一方の手を高々と掲げてから、その手のひらにナイフの刃をすべらせた。そして、血があふれた手のひらで小石を握った。やめろ、とポアンカレは心の中で叫んだ。おまえはすでに勝っている。だからそんなことはやめろ。男は体の向きを変えると、小石を投げた。ペンナイフは力なく演壇に落とされた。小石はバリケードを越え、乾いた音を立てて警官の盾にあたり、赤い痕を残した。奇妙な一瞬ののち、誰もが呆気に取られたような静寂が流れた。ポアンカレは地震によって地割れができたような感覚を足元に覚えつつ、見守った。その日ずっと保たれていた平衡が失われた。警笛が吹かれ、公園は一気にカオスと化した。

集会参加者が一斉にバリケードに押し寄せ、まわりにあるものを手あたり次第に警官隊に投げつけはじめた。警官隊は催涙ガスとゴム弾でそれに応戦した。血だらけになった頭を抱え、叫びながら男も女も倒れた。プロパンの調理台が倒され、燃料の炎があがった。警官に石をぶつけていた群衆が劣勢になり、右側にどっと逃げてきた人の波に揉まれ、ポアンカレはルドヴィッチとはぐれてしまった。警官隊がバリケードを越え、警棒を振りまわしてやってくるのが見えた。左側と背後では露天商が慌てて屋台をたたんでおり、ポアンカレは三方からはさまれる恰好になった。警棒はまず太鼓奏者たちに振りおろされた。太鼓奏者はその打擲《ちょうちゃく》を受け、まるで戦場の旗手のようにその場に倒れた。缶から催涙ガスが噴き出していた。集会参加者の中には膝をついて両腕を掲げ、祈っている者もいたが、多くはシャツで顔をくるみ、丸石を投げていた。それらすべてを何台ものカメラがとらえていた。

ひとりの警官がポアンカレのすぐ左にいた男に見舞った警棒をポアンカレに向けて振り上げた。ポアンカレはとっさに身を屈め、腕で頭をかばった。衝撃音がした——が、それは高圧電流が流れた音だった。見ると、その警官が倒れていた。喘ぎ、体を痙攣《けいれん》させていた。そのときポアンカレの頭の中で銅鑼《どら》が鳴り、脚から力が抜けた。が、意識を失うまえに逞しい二本の腕が腋の下に挿し込まれた。ポアンカレはその場から運び去られた。

何時間意識を失っていたのか。気がつくと、ポアンカレはソファにコーヒーテーブル、それにホームバーもある明るい部屋にいた。「パオロ？」眼をしばたたき、額に手をやった。ずきずきしていた。「いったいどうして――」ルドヴィッチはどこにもいなかった。立とうとした彼の肩に誰かの手が置かれた。

「ひどい一撃を食らいましたね」聞き覚えのある声だった。「われわれの仲間がそばにいてよかった。でも、これであなたにもバリケードのこちら側にいるというのはどんなことか、よくわかったでしょう！」

「キト？」

「常にあなたのおそばに、ポアンカレ捜査官」キトは道化た調子でそう言いながら、ポアンカレの視野の中に現われた。男がもうひとりいた。彼より若く、彼よりさらに逞しい体格をしていた。が、顔つきはキトにとてもよく似た男だった。「私のアシスタントのファンです。あなたにお礼を言いたがっています。あなたの……あなた方のことばではなんていうのかな――あなたの家系に」

ポアンカレは体を起こした。暴動からは遠く離れた静かなホテルの一室にいた。絨毯の上を歩き、ポアンカレの眼のまえを行ったり来たりしながらキトが言った。「信じてもらえないかもしれないが、ポアンカレ捜査官、私自身はあんなことになるのを望んでいなかった。われわれはあの時点で世界の同情を集めていたんだから。私にはそれがはっきりと感じられたんだから」

それにはポアンカレも同意して言った。「よくできた舞台でしたね。暴動は別にして――一分一秒がよく練られた集会だった。しかし、アボリジニを壇上に上げたのは聴衆を扇動するためだったんでしょう？」

「聞き捨てならないことを言いますね」

「自分で自分の手を切った男。あれはあなたの指示によるものだったんじゃないんですか？」

キトは歩くのをやめた。「私に何が言えます？　私は人々が住まう彫刻の庭園を造る人間です。私は芸術家なんです。今日のような群衆の行動は私の作品なんです。今日のようなイベントは人々の情熱を沸き立たせる。それはあなたも今日ご覧になったと思う。彼があんな真似をしたのは私の望むところではなかった。しかし、彼がどんな悪いことをしたと言うんです？　彼が投げたのもほかの人間が投げたのとなんの変わりもない小石じゃないですか。彼の血それ自体にはなんの問題もない。そのことは言明しておきたい。問題はこの五百年のあいだに流されたのがわれわれの血だということです。あなた方の血ではなく」

「一応言わせてもらえば、あなた方の訴え自体には共感を覚えました。個人的に」

「もう遅すぎるんです」とキトは言って、また歩きはじめた。「アムステルダムで申し上げたでしょう、われわれは誰かほかの人間が助けにきてくれるのをもうこれ以上は待てないと」

「そういう考えだと、結局のところ、また鎮圧されることになりませんか？」

「今さらそんなことが気になりますか？」

ポアンカレは自分の頭に包帯が巻かれているのに気づいて言った。「何があったんです？」

「何があったのか。カナダの警官があなたの頭に警棒を振りおろしたのです。部下の方から聞いていたんで、あなたがいることはわかっていました。だいたいあなたに気づかないほうがむずかしい。そんなに青白い顔をしていて、スーツを着ておられるんだから！」キトは笑った。「あのときはこっちも警護の者に急き立てられていたんですが、戻ってあなたを車までお連れするようにファンに言ったのです――でも、ちょっと遅すぎました。あなたはすでに安全なところから離れておられた。

いずれにしろ、勝手をしましたが、あなたの頭の傷は私のかかりつけの医者が縫いました。戦傷はこれが初めてではないと思いますが！」ポアンカレは額に指を這わせた。包帯越しに傷を縫った跡の盛り上がりが指に感じられた。ポアンカレの心を読んでキトが言った。「思い出の傷と思ってください。鏡を見るたびに私を思い出す傷だと。でも、ご心配なく。われわれ先住民も黴菌説《ばいきん》は信じていますから。私のかかりつけの医者もちゃんと殺菌された針と抗生物質を使ってますから。医者はこれを置いていきました――」キトはポケットを探って錠剤のはいった壜を取り出した。「数日分の抗菌薬《バクトリム》だと思います。変な菌があなたの体内にはいったりしないよう、念のためにね」

「あなたのかかりつけの医師？」

「そんな驚いた顔をしないでください。〈シャトー・フロンテナック〉にいる世界の有力者たちにも必ずひとりひとり付き添っているでしょうが。歳を取って、妻に言われたんです。私も医者をひとり付き添わせたほうがいいとね。アンデスの貧しい牧夫ということで何を思っておられたかわからないけれど、もしかして嚙み煙草でつくった湿布薬とか？　ははっ！」

「私の部下は？」

「あの若い方もほかの者と一緒に逮捕されました。しかし、大半は起訴はされず、すぐに釈放されました――テレビを見ていた女性判事の命令で。その女性判事は集会に感動して涙を流したと語っていました。いずれにしろ、ミスター・ルドヴィッチももうホテルに戻っていることでしょう。彼のほうもあなたのことを心配しているはずです」

ポアンカレは立ち上がろうとした。「彼は心配したほうがいいんですか？」

「妙なことをおっしゃいますね。ここでの話が終われば、ファンにホテルまで送らせます。私は初めて会ったときからあなたが好きになりました。お互いの頑固《テナ》さ《ス》のせいでしょうか――一度食らいついたら離さないところ。あなたは自分の身にあんなことがあったのにここにいる。まだ捜査を続けておられる。ご家族がこうむられたご不幸を知ったときには心底驚きました。あなたのお孫さんが亡くなられたことを知ったときにはことさら。あんなことをするなんていったいどういう人間なんです？　アムステルダムでお会いしたときにあなたが言っておられた男、その男の仕業なんですか？」

ポアンカレはキトをじっと見つめた。

「悪い知らせというのはすぐに広がるものです、残念ながら」

「私がここにいるのは仕事のためです、教授、プライヴェートなことのためではなく」

「もちろんわかっています。私はフェンスターの件に関して知っていることはすべて話しました。ところが、あなたにはまだ私に訊きたいことがあるんですね？　はるばる来られて、得られたものが額を縫った七針だけというのではいかにも申しわけない」キトはアシスタントにうなずいてみせた。ファンは隣りの部屋にさがってドアを閉めた。「何をお答えすればいいんでしょう？」

ポアンカレは立ち上がることを自分に強いて、よろめきながらもテーブルのところまで歩いた。そして、テーブルの上にダナ・チャンビの写真を並べた。

キトはすぐさまその中の一枚に手を伸ばして言った。

「ダナ！」

「知ってるんですね？」

「もちろんです。彼女がハーヴァードで学ぶための学費は〈先住民解放戦線《ILF》〉が援助してたんですから。彼女自身にはボストンまでの渡航費すら出せなかったでしょう。授業料など言うに及ばず。大学院への入学は認められていましたが、大学としても授業料免除まではできなかったので、彼女はわれわれの奨学金制度に応募したんです。われわれはそんな彼女の応募書類を見て――実際に見たのはそのための委員会ですが――彼女を援助することを即決しました。並みはずれて優秀な女性です。ただ、最近はなんだか気分屋になってしまって――」

　ポアンカレは椅子に腰をおろして言った。「彼女はジェームズ・フェンスターのもとで研究をしていました」

「もちろん。彼女はまずジェームズを見つけて、そのあと私を見つけたんです。協力関係が終わっても、私とジェームズとのあいだには悪感情はありませんでしたからね」

「つまりあなたはこう言っておられるわけです。ダナ・チャンビは世界じゅうの数学者の中から、師と仰ぐ相手としてジェームズ・フェンスターを見つけ、そのフェンスターはたまたまあなたと共同研究をしたことがあったと。フェンスター博士はあなたとチャンビの関係を知ってたんでしょうか？」

「そのことは訊いたことがなかったな。訊くべきだったんですか？」

「つまりすべては偶然だったというわけですね？」

「まったくのね」

「彼女が気分屋になってしまったというのは、教授？」

「彼女には定期的にレポートを提出してもらっていました。研究の進捗《しんちょく》状況をわれわれに知らせるレポートです。それが春学期が終わったこの五月にはありませんでした。六月が過ぎてもなんの音沙汰もなかったので、こちらから彼女に連絡を取りました。それでも提出してこなかった。今は心配しながら様子を見ている状態です。ご存知かもしれないけれど、ハーヴァードも辞めてしまったんです」

「ええ、知ってます」

「彼女はわれわれの仲間です、ポアンカレ捜査官。だから、私としても研究が続けられるよう新しいポストを探してやりたい。われわれ先住民の暮らしをよくするには、ダナ・チャンビのような人間が何人でもいてほしい。彼女は疾病予防の研究をしてたのだけれど、私はこれまでずっと説得を続けてきました。〈先住民《I》解放《L》戦線《F》〉で指導的な役割を果たしてほしいとね。私だって永遠に生きるわけじゃないんだから」

ポアンカレは首にひどい凝りを覚えた。一杯やりたかった。ここではないどこかで。

「いずれにしろ」とキトは続けて言った。「お会いになったのなら、あなたもダナには強く印象づけられたはずです。誰だってそうです。彼女がフェンスター殺害に関与しているなどありえない。でも、あなたはまた別な考えをお持ちなんですね？」

「まだ何もわかっていません」とポアンカレは言った。それはほんとうだった。とはいえ、彼女がパリとアムステルダムにいたのは事実だった。一方、ロイとベルとキトのことば、さらに短いやりとりにしろ、彼自身がチャンビから受けた印象に誤りがないとすれば、彼女は人殺しなどからはほど遠い人間だった。「爆破事件の前後のことですが、アムステルダムで彼女に会われましたか？」とポアンカレは尋ねた。「彼女もアムステルダムにいたんです。事件の数日前から」

キトはポアンカレのそのことばに心底驚いたような顔をした。「ありえない。世界貿易機関に抗議する、われわれのアムステルダムでの活動は彼女も知っていたはずです。だから、もしあのときアムステルダムにいたとしたら、彼女のほうから私に連絡してきたでしょう。私はアムステルダムで逃げも隠れもしていなかったんだから。彼女があのときあそこにいたというのはにわかには信じられない話です」

「ホテルの宿泊名簿に載っていて、本人の筆跡と見られるサインも残ってるんです。だから信じるしかないでしょうね」

「フェンスターの手伝いをしていた？」

「あるいはその逆か」

「フェンスターに危害を加えなきゃならないどんな理由が彼女にあるというんです？」

「だったら誰が爆弾を仕掛けたのか」

キトは窓辺まで歩くと、カーテンを持ち上げて言った。「そのことはもう話し合ったでしょうが。さらにつけ加えなければならないことはありません。事件当時アムステルダムにいたからといって、私が犯人ということにはならない。それはダナも同じです。彼女にあんな真似ができるわけがない」

ポアンカレは全身をキトに向けて言った。「チャンビはアムステルダムにいました。そのあと私はケンブリッジで彼女に会いました。それが今は姿をくらまし、明らかに私から逃れようとしている。私だけでなくあなたからも。あるいは誰からも」

キトは部屋を横切ると、手を差し出して言った。

「協定を組みましょう。私とあなたで。ダナを見つけたらすぐにあなたに連絡します。そのかわり、あなたのほうも彼女を見つけたら、同じようにしてほしい。それではまたいずれ……気をつけて」

「まだ訊きたいことが――」とポアンカレは言った。

「私はそうは思いません、ポアンカレ捜査官。少し休まれたほうがいい。疲れきった顔をなさってますよ。それはもうひどく疲れた顔をね」

28

「市内のホテル全部に問い合わせたんですよ！」午前二時、ポアンカレがホテルのロビーにはいるなり、ルドヴィッチが苛立たしげに言った。「救急クリニックにも電話したし、死体安置所にまで問い合わせた。まったく！　でも、アンリ、死体よりさほどいい顔色とは言えませんね」

　ポアンカレは覚えていることを説明した。が、ほぼ二時間ばかり、どうしても説明できない部分があった。警棒を持った警官は彼よりさきに倒れていた。おそらくテーザー銃（長い電線の先に取り付けた矢を発射し、標的に電気ショックを与える武器）でやられたのだろう。ということは、ポアンカレは警官に警棒で殴られたのではない。誰か別の人間に殴られたのだ――たぶんキトの配下の人間に。しかし、今はそのときの様子を再現してみせるときではなかった。どちらにしろ、ずきずきと痛む頭は推理には向いていない。かなりの打撃だったのだろう、今でも頭がふらつき、吐き気があった。「キトの言うことは信じられない」と彼は言った。「チャンビについても知っていることを正直に話しているとは思えない」

　ルドヴィッチはあきれたように眼をぐるっとまわして言った。「今ここでそんな話を蒸し返さないでください」彼自身、頬に醜い青痣ができており、おまけに足を引きずって歩いていた。

「パオロ、私には一週間の猶予がある。だからしばらくこっちに残るよ。リヨンで会おう」そう言って、ポアンカレはエレベーターのほうに向かいかけた。

「いいでしょう。わかりましたよ。でも、ふたりとも仕事の話はもうこれくらいにして、痛み止めを飲むことにしませんか？　実を言うと、警官をひとりノックアウトしちまったんです。そいつ、おれがバッジを鼻先に突きつけても屁とも思わなかったんです。で、こっちがバリケードを越えたらトチ狂いやがって。いったいここじゃ警官にどんな教育をしてるんですかね？」ルドヴィッチはそう言って、アルコーヴを指差した。「グラスをふたつとボトルを一本、注文しておきました。いずれあなたも帰ってくるだろうと思って。いいじゃないですか。これまであなたが見た暴動の経験談を聞かせてください。おれのほうは警察の残忍行為でカナダ当局を訴えようと思ってるんで、その話をしますから」

その夜、ポアンカレは眠らなかった。午前四時までルドヴィッチと飲み、そのあと彼を狙撃競技会に送り出すと、壁を支えにふらふらと部屋に戻り、傷を確かめてから――キトのかかりつけの医者はきれいに傷を縫い合わせてくれていた――ベッドの上にフェンスターの捜査ファイルを開き、レーニアとチャンビの写真をその脇に並べた。そのあとフェンスターのアパートメントから持ってきた写真を何枚か見た。そのどれかからもどんな物語も紡ぎ出せなかったが、ただ、それらにはなんらかの関連が漠然と感じられた。そうした動物的な勘のようなものは、写真を見るたびに強まっていた。一枚の植物の葉の写真を改めてじっくりと見た――ここ何カ月も、事件を離れてフォンロックにいたときでさえ、心から離れたことのない写真だ。フェンスターが集めたイメージには、とことんありふれたものの中に奇異さがほの見える心の旅に人を誘《いざな》う力があった。ただの葉っぱなのに。

その写真を見て、今は言いようのない居心地の悪さを覚えた。なぜならその葉っぱの写真が最近見た地図——通りや近隣の様子や建物を上空から写した地図——に酷似していたからだ。どの市《まち》を訪れるときも、訪れる市《まち》の地図をインターネットから取り出すのが彼の習慣だった。距離感と方向感覚が持てるように衛星写真を見るのだ。彼はケベックの地図を取り出すと、四半分に折りたたんでベッドの上に——葉っぱの写真の横に——広げて見た。

これはメタファーではない。市《まち》は葉っぱのようではない。しかし、本質的なところでは葉っぱそのものではないか。生物学より深く、生物学に先立つ本質が双方を有機的に構造化している。ポアンカレは共通する

構造を吟味した——エネルギーの調達、不要物の廃棄、コミュニケーション。中央線に戻ることのできない細胞はひとつも存在しない。細胞はどれも鋭い境界線に達するまで連続している。そして、生命維持に不可欠の活動が細胞内でより大きな有機的機能を果たしている。市《まち》も、葉っぱも。ほかには何がある？　確かにポアンカレにも見えた。フェンスターが見たものは確かにここにある。それでも、フェンスターが飛んだところまではついていけなかった。人が手で触れられるもの——葉っぱにしろ、アスファルトのひび割れにしろ——から世界経済やフランスの行政区画といった形而上的なものへの飛躍にはついていけなかった。彼はペンで紙に〝信任状〟〝貿易協定〟〝関税率〟と書いてみた。それらがあたかも生産の中心とつながる輸送ルートを成長させる有機体の構成物でもあるかのように。フェンスターが見たものが見えないわけではなかった。しかし、受け容れることはできなかった。

陽が昇ったときには、長い夜のあいだにジェームズ・フェンスターとともに道程の半分は歩いたような気がした。が、最後までは行き着けそうになかった。今はまだ。取り出したものをしまい、ホテルの部屋のカーテンを閉め、夕方まで眠った——ミネアポリス行きの便に乗るために五時に起きて夕食をとった。シャワーを浴び、きちんと着替えをした。それで少なくとも内面はリフレッシュできた。外面はさして変わらなかったが。鏡は嘘をつかない。キトもルドヴィッチも嘘をつかなかったように。それでも、心臓はちゃんと動いていた。食べものを口にすることはできた。睡眠を取ることも。

ポアンカレは飛行機の窓から広大な緑のシーツを背景にオーロラのうねりを眺めた。オーロラはこれまでにも何度か見ていた。一度は児童ポルノ犯罪者をノルウェーの北部まで追いかけたときのことだ。その性犯罪者は一年に数ヵ月太陽が失われる村のホテルのフロント係で、未成年者——その中には一歳の赤ん坊まで含まれていた——を虐待した忌わしさの極致のようなフォト・ギャラリーを開設し、利益を目的としてインターネットで世界に配信していたのだ。これまた現代のテクノロジーの進歩のひとつということだろう。その犯罪者は三人の子供の父親でもあった。極北のその村でただ一台のパトカーのほうに男が連行され、捜査官がいくつかのコンピューターとファイリング・キャビネットをヴァンに運び込むあいだ、ポアンカレは門の支柱にもたれて待った。そのとき、飛行機の窓の外に今見ているのと同じ空を見たのだ。誰かが彼の肩を叩いて、「あれは恐竜が戦ってるんだよ——その戦いがオーロラになるんだよ」とでも言っていたら、「もちろん」と答えていたかもしれない。書物からの知識などなんの説明にもならなかった。彼は太陽から流れ出る粒子が大気圏の彼方で爆発するさまをただひたすら眺めた。同時に、男の妻がかつては夫と呼んでいた見知らぬ男が捜査官に引き連れられていくのを呆然として見送るさまも、同じ驚きをもって眺めた。理解できないという意味においてはどちらも同じ光景だった。

飛行機の窓の外にそんなオーロラを眺めながら彼は思った——五十七年も生きてきながら、フェンスターが見て、あの日クロエもまたフォンロックで見たものの美しさに気づけないとは。対称性の上に重なる対称性が、次の心臓の鼓動ほどにも近いところにありながら、自分の眼には見えないとは。彼の心電図にも稲妻や木々や成長する都市と共通するパターンが見られた。こうしたことはいつ何をもって終わるのか。ポアンカレはあえてその問いを自分に課そうとは思わなかった。なぜなら、問いかけても答は得られないからだ。問いかけは次なる問いを意味するからだ。問いかけたくない問いを次々に生じさせるだけのことだからだ。それでも、これだけははっきりしていた。フェンスターには世界がオーロラのように輝いていたことだけは。世界の上でも世界の下でも。そして、その輝きの中にこそフェンスター殺害事件を解く鍵があることだけは。

ポアンカレは窓から顔をそらした。

ロバート・ストリートに面して建っているミネソタ保健省の建物は、石と一部に鋼鉄の骸骨、それに背の高いガラスパネルを用いた、どこかしら昆虫を思わせる外見の細長い低層建築だった。ポアンカレの応援をしたその部署の責任者はほとんど前置きなしに、保管箱がうずたかく積まれた部屋に彼を案内した。ポアンカレは思った――煙草一本の火の不始末で一万五千人が書類上存在しなくなる。そんなポアンカレの心のうちを読んだかのように、その女性責任者が言った。

「ここにあるのはただの健康白書と内部のメモだけです。出生記録はデジタル化されていて、わたしたちのコンピューター本体にも州外のコンピューターにもバックアップがあります。来てください。あなたが探しておられるものはきっとここにあります」

ポアンカレは靴箱いっぱいの出生記録を調べたことのある世代の捜査官だった。「そんなに時間はかからないと思います、ミセス・レノルズ」

「よかった」と彼女は言った。「あまり時間がないもので」

ふたりはほかの場所から孤立した窓のない部屋にはいった。そこは以前は掃除用具が収納されていた部屋だった。ひとつの壁沿いに汚物処理用のシンクがあり、今は廃棄された書類がそこに山積みされていた。パンフレット、きれいに積まれた箱、棚の列。ドアに彼女のネームプレートが貼られているのがなんとも奇妙だったが、どうやら倉庫の中の倉庫が彼女のオフィスのようだった。

ふたりは机について坐った。ポアンカレは要請して取り寄せたマドレーン・レーニアの出生証明書のコピーを取り出して言った。「一九八〇年十一月八日。ミネソタ州ヘネピン郡メディカル・センター。このコピーのオリジナルか、デジタル・コピーを見せてもらえませんか？」

レノルズはポアンカレのコピーを見てから言った。「二点申し上げます。まずオリジナルの証明書はアイアン・レンジ（ミネソタ州北東部のこと）のどこかの金庫に保管されているはずです。ですから、わたしたちがここでお見せできるのはデジタル・コピーだけです。あと一点、あなたは本物であることがきちんと証明されたコピーをお持ちです——ここに検印があるでしょ？　これはこのコピーが正式なものである証拠です。ただ、そのコピーにすべての情報が盛り込まれているとはかぎりません。ちょっとお待ちください」彼女はレーニアの名前をデータベースに打ち込んだ。そして、モニター画面が変わると、首から鎖で吊るした眼鏡をかけた。「両親——まちがいありません。出生地も一致しています。同じファイルですね。やはりそのコピーが正式のものであることはまちがいありません」彼女はそう言って顔を起こすと、モニターをポアンカレのほうに向けた。ポアンカレは手にしたコピーと画面上に現われた情報を照合して言った。「もとの記録についているこの印はなんなんですか？　コピーにはないけれど」

レノルズは画面を自分のほうに戻した。「さきほど申し上げたように、正式なコピーであっても、すべての情報が載っていない可能性があります。市民権と生年月日を証明するのに直接関係のない情報は割愛されます。この印はマドレーン・レーニアが双子だったことを示しています」彼女はリンクサイトをクリックした。画面がまた切り替わった。「弟がいますね。名前はマーカス——体重は三ポンド七オンス。八分後に生まれています」彼女はマドレーン・レーニアの記録を確かめた。「この弟さんはずいぶん小さいですね。マドレーンのほうは六ポンド三オンスです」

ポアンカレは椅子の背にもたれ、レノルズからささやかな距離を取った。「こういう記録を調べるというのは案外面倒なんですね」

「ポアンカレ捜査官、これこそ証明と未証明のちがいというものです。わたしの話をちゃんと聞いておられなかったようですね。自分が双子であることを他人に知られようと知られまいと、そんなことなど気にならない人もいます。それはその人の勝手です。でも、人はたいてい自分のプライヴァシーを守ろうとするものです。わたしたちはそう考えます。だから、ここから送る出生証明書には、どんなものにもただ名前だけしか記載されていないのです」

レノルズはポアンカレに小学生の頃、一年間あれこれ難題を彼に押しつけてきた教師を思い出させた。彼の眼をじっと見すえて、レノルズは言った。「おわかりいただけましたでしょうか？」

「わかりました」そう言って、ポアンカレはマドレーン・レーニアと彼女の弟に関するすべての情報が記載されたオリジナルのコピーを求めてから、ふたりの出生地を指差して尋ねた。「この所番地はどのあたりなんでしょう？　ここから近いですか？」

レノルズは画面に戻って言った。「フランスかららしたんでしたね？」

「そうです」

「だったら近所も同然です。車で四十分ほどのところです」

ポアンカレは大家族が生み出した連続殺人鬼を追いつめたことが何度かある。そういった裁判では、被告人の兄弟や両親がみな両手を揉みしぼるようにして証言したものだ――こんなことになるとは！　バノヴィッチにも何人か兄弟がいた。フランス版の切り裂きジャック、ジョゼフ・ヴァシェには十五人もの兄弟姉妹がいた。それでもポアンカレは、インターポールの捜査リストに載るほど心に傷を負った者の大半は、孤独で淋しい幼少年時代を過ごした者たちだと思っていた。

レーニアには弟がいた。そのことが今度の事件になんらかの影響を及ぼすとも思えなかった。三十年もまえに彼女が子供の頃に住んでいた家から何か有益な手がかりが得られると思ったわけでもなかった。それでも、ポアンカレは教えられた住所を書いたメモを運転手に渡すと、座席の背にもたれてマドレーン・レーニアに関する情報を見直した。ほぼミセス・レノルズに言われたとおり、四十四分後、いくつか連なる湖の湖畔沿いの小径――サイクリングロードといってもいいほどの狭い道――が這う一帯に近づいた。よく手入れされた庭、ピクチャーウィンドウの向こうにはカーテンとシャンデリア、化粧漆喰とレンガといった上品な家々が建ち並んでいた。運転手はそんな中でも大きめの家の一軒のまえに車を停めた。ポアンカレは屋根付きの私道を、大きな支柱に支えられたポーチまで歩いた。そして、ドアをノックし、湖越しに見えるミネアポリスのタワー群をいっとき眺めやった。

応対に出てきた男は、訪問者と話をするだけでいちいち顔を起こさなければならないほど背中の曲がった老人だった。「どちらさまですか？」声はやけに野太く、ポアンカレはその落差にいささか驚かされた。男はポアンカレが示したバッジを、それが何か特別な記念品ででもあるかのようにまじまじと見た。その眼をバッジからポアンカレに戻し、さらにもう一度バッジに戻すと言った。「私は現役の頃には連邦裁判所の判事をしていたんですが、昔の事件のことでしょうか？昔の事件が私に意趣返しをしようと舞い戻ってきたのかな？」

廊下の奥から声がした。「どなたなの、ネイト？」

「ちょっと待ってくれ、ダーリン……どういう御用向きでしょう？」

「ミスター・レーニア？」

男は戸惑ったような顔をした。「いいえ。私はネーサン・ジョーゲンソンです」

ポアンカレは二枚の出生証明書を示し、そこに書かれている住所と名前を指差して言った。「私は住所をまちがえたのでしょうか、ムッシュー？」

男は出生証明書をとくと見ると、ややあってまた首をカメのように伸ばして言った。「もう長いこと、このふたりの名前を見ることもふたりのことを考えることもありませんでした。どうぞおはいりください。家内にも同席させましょう」

ポアンカレはジョーゲンソンについて廊下を歩いた。居間が見え、オーディオルームが見え、階段が見え、ダイニングルームが見え、キッチンも見えた。そして、最後に家の裏手にあるその家で一番小さそうに思える部屋にはいった。窓がひとつあり、ハーブ園が見下ろせた。小型ストーヴのそばでミセス・ジョーゲンソンが車椅子に坐っていた。夫に来訪者を紹介されると、ニードルポイントのレースを脇に置いてにっこりと微笑んだ。ポアンカレはレースを入れた額が壁に飾られているのに気づいて言った。「これは全部あなたが編まれたものですか？ ここまで精巧なものはベルギーのブリュージュでも見たことがありません。いったいどうすればこれほどまでの根気強さが持てるんです？」

ミセス・ジョーゲンソンは声をあげて笑うと、膝を叩いて言った。「こうやっていればいいんです。坐っていること。それがわたしの特技ですから。体のほかの部分はぼろぼろになっても、手と眼だけはまだ使いものになるんです、編みものができるくらいには。どういうご用件でしょう？」

「ポアンカレ捜査官はレーニア一家の子供たちのことを訊きにこられたんだよ、アンナ」

そう言って、ジョーゲンソンは妻のそばに坐った。

ポアンカレは来意を説明した。ネーサンとアンナのジョーゲンソン夫妻を見ていると、複雑な思いが湧いた。自分にはクレールとともに老いる機会が与えられるのだろうか。自分は車椅子の彼女を見ることになるほど長生きすることを望んでいるのだろうか――

「ほんとうに悲しい話です」とミセス・ジョーゲンソンは言った。「わたしたちは子供たちに実際に会ったことはありませんが。子供は三人いました」

「三人？　マドレーンは二卵性双生児だったんじゃないんですか？」

「そうです。お兄さんがいたんです。あの事故があったとき、彼女は二歳で、お兄さんは四歳だったと思います。わたしたちはその事故の一年後にこの家を買ったんです……聞いたところでは、レーニアご夫妻はまだ若くて、ともに専門職に就いておられたということです。確か、ご主人のほうは弁護士で、奥さんのほうは大学の教壇に立っておられたんだったと思います。彼女は大学の教壇に立っておられたんだったと思います。それで金曜にはいつもベビーシッターが来ていたんです。そんな金曜のことでした。ご夫妻でお芝居を見にいかれて、その帰り道、酔っぱらいが一時停止の標識を無視したのです。おふたりとも即死でした。おふたりに親戚はいませんでした。意外なことに、遺言書もありませんでした。そのわけがわたしにはどうにもわかりません。ただ、これも聞いた話ですが、レーニアご夫妻は東部で何か事業に失敗して、こちらにやってこられたようでした。双子のお子さんはこちらで生まれたんだと思います。お兄さんのほうはマサチューセッツだったかしら。いえ、コネティカットだわ。そう、そこよ。あのご家族はニュー・ヘーヴンからいらしたんだから。ニュー・ヘーヴンでは奥さんはイエール大学で教えておられたそうです」

「しかし、事業に失敗して」とポアンカレは言った。「これだけの家がどうして買えたんでしょう？」

「奥さんはとても優秀な化学者だったみたいです。彼女をこちらに呼ぶために大学がこの家を用意したくらいなんですから。ローンも大学が払ってたんです。レーニアご夫妻の持ち家じゃなかった。ご夫妻は東部での事業を全部清算して、ここで人生をやり直そうとなさってたんです」

「夫妻は自分たちの生命保険も現金に換えておられた」と夫が言った。「借金を返すのに。立派なことです。それで破産は免れたものの、それが不幸を招いた。悲しいことだが。三人の子供はまったくの無一文であとに遺されることになってしまった」

「しかも誰も引き取り手がいなかったんです！」と妻が言った。「取り決めがされるまではご近所の家にいたのだけれど。三人の子供をどうしたらいいものかと、いろいろと話し合われたみたいです。でも、結局のところ、遺産も何もない三人の孤児を進んで引き取ろうという人は誰ひとり現われませんでした。それで州の養子制度に頼ることになったんです。三人とも別々の家に引き取られていったというところまでは聞いていますが、その後のことは知りません」

アンナ・ジョーゲンソンの白髪は夫より薄かった。格子縞のウールの毛布が彼女の脚を隠していた。「ネイト」と彼女は言った。「このことはわたしたちがこの家に来るまえにはもう決まっていたことだけれど、今でも思うわ。わたしたちが引き取るべきだったって。わたしたちは州の外から引っ越してきたんです」と彼女はポアンカレに言った。「そのときには事故のことは知らなかったんですが、今でも思います。タイミングが少しでもずれていたらどうなっていただろうって。わたしたちが引き取っていれば、彼らも離れ離れにならずにすんだし、この家にもこの界隈にも住みつづけられたのにって」彼女はハンカチを鼻にあてた。「わたしたちにはすでに五人の子供がいましたが、あと三人増えるぐらい……今思い出しても悲しいことです。胸が痛みます」

29

翌朝、起きるとすぐポアンカレはロンドンのピカデリー広場——シャフツベリーの噴水の近く——での自爆テロ事件を知った。朝のテレビのニュースはその事件で持ち切りだった。破壊された店舗、自らに火をつける直前に〝イエスこそ主なり！〟と叫んだ男の様子を涙ながらに証言する目撃者の映像が繰り返し流されていた。男が火をつけるなり、閃光とともにばらばらになった人体やサンドレスやタンクトップが入り乱れた。被害者は死者だけで十二人——その中には三人の子供を連れた妊婦も含まれていた。

イギリス本土では初めての自爆テロだった。アメリカでは、すでにニューヨークのロックフェラー・センターとサンフランシスコのフィッシャーマンズ・ウォーフで起きており、同じ被害にあっているEU加盟国はイギリスのほかに六カ国あった。これまでのテロ犯はみな、ゆったりとした白いローブの下にボールベアリングと釘と爆破物を仕込んだベストを着込んでいた。厳重さを増す警備下では、白いローブはそれだけでもう〈歓喜の兵士〉の署名のようなものだ。ロンドンのテロ犯はヤシの木とパイナップルの絵柄のアロハシャツの下にベストを着込むことで、爆破物の探知を免れていた。また、今回のテロ犯は事前に《ロンドン・タイムズ》にビデオを送りつけており、その中で〝試練〟についておだやかな声音で語っていた。教養を感じさせるブリティッシュ・イングリッシュで。このことは注目に値することだった。まず最初に犯行を疑われたのはアメリカの福音主義者だったからだ。「災厄がわれらに降りかかっている」とテロ犯はローブをまとい、ビデオカメラのまえで宣していた。「私はそのことへの対処を余儀なくされた。私の殉教が再臨を早め、みなに福音をもたらすことを心から祈る」テロ犯は死ぬことで自分が天国に召されることをいささかも疑っておらず、その自らの信念を高らかに訴えていた。そして、自分とともに命を落とす者たちを主の右手へと護送する特権が自分に与えられたことを神に感謝していた。一見どこにでもいそうな男だった。ポアンカレにはその明らかな事実を思うことしかできなかった。実際、そのテロ犯は休日には公園へ家族を散歩に連れていきそうな、どこにでもいそうな〝隣人〟だった。この男に自分を爆破することができるのなら、誰にでもできそうだった。

当然予測されたことながら、ローマ・カソリック、ギリシア正教、英国教会、主だったプロテスタントの反応はすばやかった。それらのスポークスマンはみな、キリストの名においていっさいの暴力を断固たる口調で糾弾《きゅうだん》していた。しかし、彼らの怒りはそれまでのキリスト・フリークたちの爆破事件になんの影響も与えておらず、彼らのことばに耳を傾ける者などもはや誰もいなかった。また、好ましからざる脅威から怪物をつくり出すことの愚を訴える知識人のことばに慰められる者も。統計学的には、〈歓喜の兵士〉の爆弾で命を落とす確率は、大気圏に突入してきた小惑星にあたって死ぬ確率に等しいということだったが。いずれにしろ、新たな子取り鬼《ブギーマン》の出現だった。よりよい善のためには破壊も進んでおこなう白人男性のキリスト教徒。カブールのイスラム原理主義者の爆弾犯にはいとこがいたわけだ――ピカデリー広場で自らに点火する仲間が。この事件を生き延びた十代の少年が事件の模様を次のように語っていた――「命がけじゃないとさ、靴下を買いに店にも行けないなんてさ。こんなことしていったいどんな意味があんの？」

ミネソタ州セント・ポール市のダウンタウンにある、

エルマー・L・アンダーセン福祉サービス・ビルのロビーにあった案内図で、ポアンカレはミネソタ州の養子斡旋事務所の場所を調べた。事務所はすぐに見つかった。が、そこにいた事務員にきわめて丁重なことばづかいで次のように言われた。〝とっとと失せろ〟と。

「裁判所命令がないかぎり、個人情報をお見せするわけにはいきません」事務員は慇懃《いんぎん》に自分の陣地を守った。ポアンカレがレーニアのファイルを見なければならない理由をどれほど仔細に説明しようと、どれほど策を弄そうと。事務員は最後に、そこまで言われるのなら、州警察に行って、そこであなたの資格証明をもらい、それから情報開示命令が出せる行政法審判官のところへ行くといいと言った。「いいですか、ミスター・ポアンカレ、あなたのお仕事がどんなものか、私にはわかりません。しかし、私は機密資料を誤って扱ったために起きた悲劇というものをこれまでいやというほど見てきてるんです。養子自身の知らないところで勝手に情報が明かされたケースです――たとえば、生みの親のこととか、本人の知らない経済状態のこととか。あなたにはあなたの理由があるんでしょう。それはわかります。でも、私たちには私たちの理由があるんです。それでもご覧になりたいのなら、判事の開示命令書を持ってきてください」

そのあとは正午まで州警察とのやりとりに費やされた。セント・ポールの午前の時間帯、リヨンのインターポールはまだ開いていて、彼の身元は迅速に証明された。レーニアの赤手配書をダウンロードできた州警察は協力的ではあった。とはいえ、書類に記入するだけでも数時間かかる仕事を省いてまではくれなかった。最後に、担当した警察官が最寄りの裁判所までポアンカレを案内し、めあての判事を見つけると、さきに走ってポアンカレの来意を判事に説明してくれた。が、ポアンカレにはひとことも発する暇もなく教えられたのは、ポアンカレの用向きがどんなものであれ、判事というのはそれよりもっと重要な存在だということだった。公判の休憩時間にその女判事は腕時計を見ながら言った。「あなたの要請はわかりました、ポアンカレ捜査官。しかし、あなたが探しておられるのはマドレーン・レーニアなんですよね？　なのに、裁判所命令を取ってまで、マーカス・レーニアとシオドア・レーニアに関する情報が必要だと言われる理由は？　お話しする時間は一分三十秒あります」

「マドレーン・レーニアはそのどちらかの兄弟に助けを求める可能性があるからです、判事」

判事は両眉を吊り上げて言った。「しかし、彼らの養子斡旋記録によれば、彼らが一緒にいたのは二十六年前のことなんでしょう？　今も言いましたが、そんな相手に関する情報がそこまで必要というのはなぜなんです？……あと一分です」

「ふたりが彼女の現在の所在地を知っているかもしれないからです」

「それは彼女のほうがさきにふたりの居場所を見つけないことにはありえないことに思えますが。なんであれ、不確かなことに許可はできません。却下です。マドレーン・レーニアに関する資料の開示だけは許可しますが、あとのふたりについては署名できません」そう言って、女判事は判事室にはいり、ポアンカレの鼻先でドアを閉めた。彼には礼を言う暇もなかった。

ポアンカレはその足ですぐに養子斡旋事務所に戻った。午前中彼の対応をした事務員が、すでにマイクロフィッシュ・リーダーにレーニアのファイルを呼び出してくれていた。「州警察から連絡があったんです。用意しておきました。これです」そう言って、事務員はポアンカレのために椅子を引っぱってきた。ポアンカレの眼に最初に飛び込んできたのは二歳四カ月のマドレーン・レーニアの写真だった。まっすぐなブロンドの髪、卵形の顔、えくぼのある顎、そしてあの同じグレーの眼――それから四半世紀後、あまりにか弱そうに見え、拘束するのがためらわれたあの女性と同じ眼をしていた。ポアンカレはメモを取りながら資料を子細に読んで、事務員にその資料のコピーを頼むと、尋ねた。「彼女はもしかしたらこれまでに兄弟と連絡を取ろうとしたことがあったかもしれない。もしそういうことがあったら、そのことを知る方法は何かありませんか？　自分が養子だとわかり、兄弟がいることもわかったら、誰でも兄弟を見つけようとするんじゃないですか？　ここにはそういう記録もあるんじゃないですか？」

「ええ、あります」事務員はそう答えてから、裁判所命令を確かめて言った。「でも、あなたはその記録にアクセスすることはできません」彼は肩をすくめた。

「もどかしいのはわかります。でも、あなたがマーカス・レーニアか、シオドア・レーニアだったとします。現在の名前がなんであれ。で、現在二十八歳と――」

彼はファイルを見た。「――三十歳だったとする。そういう人物がいきなりインターポールの捜査官の訪問を受け、知りもしない姉妹について訊かれるわけです。あなたご自身はそういうことになんの問題も感じませんか？」

「私は殺人事件を捜査してるんですよ」とポアンカレは言った。

「彼女の兄弟には平穏な人生を送る権利があります。でも、こんなことを議論していたら、日が暮れてしまいますね。とにもかくにも判事はノーと言ったのです」そう言いながらも、事務員は机の背後に置かれた電話帳に手を伸ばすと、レーニアの養子縁組記録に載っている名前を見つけた。そして、その名前を丸で囲むと、電話帳を逆さにしてポアンカレに見せて言った。

「住所は変わっていません。養父母はまだここに住んでいます。少なくとも、この電話帳が印刷された一年前にはね。ご幸運を」

その家はセント・ポール市の西のはずれ、錆《さび》ついたフェンスに囲まれた地所の隅に建っていた。側面に穴が空き、落ち葉が溜まったアルミニウム製のプールがあり、それが庭と言ってもいいスペース――広くコンクリート舗装された部分――の大半を占めていた。敷地の奥のへりには雑草のはびこる砂場にブランコの骨組みが逆さにして置かれていた。ドアをノックしてもなんの応答もなかった。もう誰も住んでおらず、廃屋《はいおく》になっているのだろう。どうやら幸運には恵まれなかったようだと思いながらも、ポアンカレは念のために裏にまわって裏口のドアも叩いてみた。やはりなんの応答もなかった。最後にもう一度玄関のドアをノックし、立ち去ろうとしたとき、思いがけず廊下に明かりがともった。男が出てきて、手を眼の上にかざした。汚れた袖なしの下着のシャツを着ており、それ以外何も身につけていなかった。ポアンカレは自己紹介をした。

「なんなんだ？」

「ミスター・リチャード・スコット？」

「今月はもう税金も電気代も水道代もガス代も払ったぞ」

ポアンカレはすばやく敷居に足をのせた。そのため、男が乱暴に閉めかけたドアが撥ね返って男の顔にまともにあたった。

「いてててて！」

「マドレーン・レーニア」

「なんだと？」

「マドレーン・レーニアを探してるんです。あるいは、マドレーン・スコットを」

「なんであいつを知ってるんだ？　おまえは誰なんだ？」男は薄汚れた髪に指を通すと、午後の陽射しに激しく眼をしばたたいた。

「ミスター・スコット」とポアンカレは言った。「ズボンを穿《は》いてください。少し話がしたい」

「マドレーンから何か便りがあったのか？」

「服を着てください、ミスター・スコット」

　スコットは実際の年齢、六十三歳より老けて見えた。足元をよろつかせながら、使い古され、肘掛けの両方から詰めものがはみ出た、彼の顔色と同じような褪《さ》めた色のウィングチェアに腰をおろした。家そのものがゴミのにおいを放っていた。

「これでいいときもあったんだ」とスコットは言った。「何を話したいんだ？」

　話は二十五年前にさかのぼった。当時、スコットは市《まち》にある〈ゼネラル・ミルズ（米国の食品メーカー）〉の工場の整備工として働いており、トゥイン・シティーズ（ミネアポリス市とセント・ポール市のこと）のほかの誰もと同じことをしていた。小学校教師の妻、アーマとともに、レーニア夫妻の不幸な子供たちのニュースを追っていた。「あのニュースからは誰も逃れられなかったろうよ」とスコットは当時を思い出して言った。「どの新聞もお涙ちょうだいの記事を何日も書きつづけたからな。で、アーマが最後にまいっちまった。おれたちは当時三十代で、子供がいなかった。欲しかったんだけどな。それでその一年前に養子をもらうことに決めていて、いい子がいたらもらおうと思ってたんだ。そんなところへあんな事故が起きて、アーマはあの子たちのことが頭から離れなくなった。あの子たちの写真はあんたも見てるかもしれないけど。それでとにかく福祉課に連絡を取ったんだよ。その後しばらくは返事がなかったけど、ある日、すべての手続きを迅速に進める必要があるなんて、いきなり言われたんだ。だけど、子供のうちひとりだけってことだった。三人全員じゃなくて。

　おれたちは三人とも欲しかった。だから三人全員養子にしたいって届け出てたんだ。実際の話、何年も金を貯めてこの家を買ったのは、子供を何人も持つためだったんだから。まあ、あの頃のこの家を見てもらいたかったたな。全部新品で、ペンキもピカピカしてた。おれが自分で建てたんだ。だからなんとかできたはずだ。そりゃ金持ちとは言えなかったけどな、公立学校にやって、州立大学ぐらいなら行かせてやれたんで、福祉課に頼み込んだんだ。だけど、担当のケースマネージャー――蝶ネクタイをつけて、名前のあとになんかの資格の頭文字がいくつかついてるやつだった――はうんとは言ってくれなかった。一緒にしないのが最善の道なんですとかなんとか言いやがった。最善の道？　兄弟姉妹をばらばらにするのが？　おまけに三人のうちふたりは双子なのに。そいつの名前のあとの頭文字を見るかぎり、そいつはいろんな勉強はしたんだろうがな。常識ってものがまるでなかった。あの子供たちがひとつの犬小屋の中の子犬だったらよかったんだがな。少なくとも、あの子たちが子犬だったら、みんなまとめて連れて帰れたんだからな」

スコットはポアンカレを狭くて細長いキッチンに案内すると、ポアンカレにコーヒーを勧めた。洗っていない皿と半分食べかけの冷凍食品がシンクの中とカウンターの上にあふれていた。ゴキブリもいた。ポアンカレは空気を吸うだけでも危険を冒しているような気がした。が、スコットはまだ話しつづけていた。ポアンカレはその申し出に礼を言った。

「それで三人のうちひとりを選ばせられたんだ。おれは内心怒りまくってたんだけどな。でも、そこでケースワーカーに怒鳴っちまっちゃな。その場で即、こいつは養父不適格ってことになっちまう。アーマがそんなおれの手を取って言った。彼らは専門家で、何が最善なのかわかってるんだからってな。で、娘を欲しがったんだ。まえから娘を欲しがってたんだよ。おれは子供たちを別々にするのは自然に反するって言った。だから、そういうことにはおれは関わりたくないってな。たとえお互い覚えてなくても、子供たちにとっていいことじゃないってな。だけど、アーマは娘が欲しいって繰り返した。これが自分たちにとって一番いいチャンスだってな。なんかまるで車でも買うみたいに――今買わないと、もう買えなくなるみたいに」

スコットはそう言って部屋から出ていった。隣りの部屋からグラスがぶつかり合う音が聞こえてきた。家の様子を見るかぎり、妻のアーマが亡くなって数年は経っており、スコット自身がそのあとを追うのもそう遠いことではないように思えた。使ったままの皿が置かれている場所以外、あらゆる水平面に埃まみれの雑誌が山積みされていた。壊れた台所用品と、鴨猟とキャビネット造りに関する本が箱に詰められ、すべての壁ぎわを占めていた。

「酒、飲むかい？」とスコットが戸口から言った。

ポアンカレは遠慮した。

「結局、あんたの用はなんなんだ？」

「あなたの娘さんを探してるんです」

「おれたちもそりゃもうあの子を見つけたかったよ！」

スコットはまた隣りの部屋に戻り、インスタント・コーヒーを壜からスプーンですくうと、ポアンカレのカップに足そうかと言った。ポアンカレはそれも辞退した。開けられたままのドアの向こうから、小便をする音が聞こえてきた。

「マドレーンに出ていかれちまって、それでアーマは寿命を縮めちまったんだよ」とスコットはバスルームの中から言った。「九年経ってたけどな。それでも同じことだ」トイレの水を流した音は聞こえてこなかった。スコットはポアンカレがついているテーブルに戻ってくると続けた。「あの子はむずかしい子だった。まったくな。あの子を喜ばせるのにおれたちはどれほどのことをしたか。裏庭には遊び場もつくってやった。おれが自分でつくったんだ。仕事柄、アーマは子供のことはよく知ってたからな、よくおれに言ったよ、

〝あの子に時間をあげて、リッチー、きっとなついてくれるから〟ってな。十六年じゃまだ足りなかったのかい？　おれのほうは州があの子たちにしたことがどうしても頭から離れなかった。あの子はあの子でそのことで苦しんでた……

　だけど、われらがマドレーンは頭がよかった！　学校のために生まれてきたみたいな子供だったんだ――おれなんかとは似ても似つかないやつだった。それはあの子にとっていいことだっておれは思った。何年も貯めてきた金をおれたちは何につかおうと思ってたか。おれたちはできるかぎり最上のものをあの子に与えた。おれたちの名前も与えた。だけど、あの子は決して幸せじゃなかった。あの子の幸せはここにはなかった。そのことにアーマはひどく悩むようになった。

　ある朝、あの子が高校三年のときだ。たまたまあの子とおれとふたりで朝食を食べてたときのことだ。あの子は十八でな、東部の大学にはいることが決まってた――全部奨学金で行けたんだ。だけど、州の外の大学にしか願書を出してなくて、それでおれは思ったんだ、あの子にしてももう自分の過去をすべて知ってもいい年頃だってな。アーマはそれには反対だったが。全部話したら、もうおれたちのもとに永遠に戻ってこなくなるって言ってな……結局のところ、そう、女房のほうが正しかったわけだ。あの子はこのテーブルの反対側にじっと坐って、おれの話を聞いてた。自分が養子だってことはまえから知ってた。ほんとうの両親は事故で死んだってこともまえに話してあった。ただ、新聞であれこれ書かれたことについては教えたくなかったんだ。それでも、おれはその朝、兄さんと弟がいることを本人に伝えたんだ。そしたら、その翌日にはもう家を出ていっちまった。その日の朝にはおれとアーマにいってきますのキスをしてくれたよ。いつもの朝みたいにな。で、おれたちは仕事に、あの子は学校に行った。でも、あの子は行くふりだけしてまた家に戻ると、身のまわりのものをいくつか持って出ていっちまった。それでおしまい。その日の朝以降、これまで一度も会ってない。あの子は進学が決まってた大学にも行かなかった。おれたちがあの子のことで最後に聞いたのは、それからちょうど一年後のことだ。あの子が姓をまたレーニアに戻したっていう知らせだった。州から知らせてきたんだよ。アーマが死にはじめたのはそのときからだ」

「それ以来、彼女からはなんの便りもないんですね、ミスター・スコット？」

「この十年、何もなかった。それがつい二週間前のことだ。いきなりあの子から手紙が届いたんだ。まるで家を出たのはつい昨日のことみたいな書き方だった。自分の住所は書いてなかった。切手はヨーロッパのものだった、と思う。自分があんなふうにこの家を出たのは出なければならなかったからで、おれたちを傷つけて申しわけなかったって書いてた。アーマのことは知ってた。それは遠くからでもおれたちのことを気にかけていたからってことだ。今でもおれたちを愛してるとも書いてた。それでも、自分の兄弟のことを何も知らずに子供時代を過ごさなければならなかったこと、それはひどすぎるって言ってた。子供の頃には、自分の大切な人のことを半分しか覚えてないことで、ずいぶん悩んだなんてことも書いてあったな。ふたりの男の子と遊んでるんだけどな、どうしても男の子の顔が見られない夢をよく見たそうだ。三人をばらばらにしたのはおれたちの考えじゃなかったことはちゃんとわかってくれてた。それでもな、この家にはもう戻れないってことだった」

スコットは食器戸棚を開けると、封筒を取り出した。マドレーン・レーニアは手袋をはめると、手紙を読んだ。ポアンカレはレーニアの筆跡のように思えた。ここで断定はできなくとも確かめようと思い、ファイルを開いて〈ホテル・ラーヴェンシュプライン〉の宿帳に残された彼女の筆跡のコピーを取り出した。

「あの子は何か面倒なことになってるのかい?」とスコットが訊いてきた。

「その可能性はあります。実は三カ月ほどまえアムステルダムで彼女に会っているのですが、どうしても彼女を見つけたい。この手紙の写真を撮ってもかまいませんか? この封筒をお借りできるとなおさらありがたい。いろいろとテストができるんで」

「かまわないけど……ひとつ条件がある」

「なんです?」

リチャード・スコットは顔を窓のほうに向けて言った。「あの子を見つけたら、顔を見せるだけでいいから、ここに来るよう頼んでほしい」

スコットがそのことばを発するなり、ポアンカレにはそれでなくとも狭苦しく不潔な台所が一段と狭くなったように思えた。スコットはみじめきわまりない真実を口にしていた。もしクレールもエティエンヌもルシールも孫たちもポアンカレのもとに戻ってこなかったら、いつか彼自身の台所もこんなふうになる。気づくと、スコットが彼を見つめていた。片手に苦いコーヒー、もう一方の手に安物のウィスキーを持って、未来の鏡からポアンカレを見つめていた。ポアンカレには何も言えなかった。ここまで人生に痛めつけられた人間のまえに坐り、何かことばを口にするなどとてもできなかった。

「どんな面倒なんだ、刑事さん? あの子に何があったんだ?」

「ある人物が殺されました。爆弾で吹き飛ばされて」

スコットはまずウィスキーのグラス、次にコーヒーカップを脇に置いて言った。「そんなことにあの子が関わってるとでも?」

ポアンカレは黙ってうなずいた。

「ありえない」とスコットは言った。「おれは娘に縁を切られた親だよ。それでもあの子の心はわかってる。

あの子は心のやさしい子だった。いや、あの子はやさしい子だ。一度こんなことがあった。冬のことだ。コートなしで学校から帰ってきたんだ。ミネソタの冬はとことん寒い。何があったのか、アーマが尋ねたら、あの子はこんなことを言った。バス停にセーターしか着てない子が立ってたんで、その子に自分のコートをやったんだってな。ああ。そんな子が人を殺したりなんかするわけがない」

「でも、事実がそうでないことを示したら?」

「だったら、おれは事実を調べ直すよ。なんべんでもなんべんでも」

セント・ルイス上空にさしかかったあたりで、ポアンカレは眠ろうとした。窓側のシートで体をまるめて、できるだけ坐り心地のいい姿勢を取ろうとしてみたものの無駄だった。まえの座席の女性は早々と背もたれを倒していた。右隣りに坐っている若い男は膝の上に本――『いかに歓喜から利益を得るか』――を開いたまま口を開け、軽くいびきをかきながら眠っていた。体じゅうに矢を射られた聖セバスチャンと競えるほど体に穴をあけていた――両耳に鋼鉄製の小さな剣、片方の小鼻に安全ピン、眉と下唇に輪っかをいくつか。破れたTシャツとジーンズの下にあとどれほど穴をあけているか想像もつかなかった。聖人になるのに若者にこのあと必要なのは、善なる理由と早世だけだ。すでに誰かがもう彼のために礼拝堂を建てているかもしれない。

飛行機はミシシッピ川に沿ってまず南に針路を取ってから、鋭角に右に曲がり、ロスアンジェルスをめざした。数列前の席の女性が中央の座席を離れ、トイレに向かった。その女性には搭乗するときに気づいていた――本がのぞいているショルダーバッグを肩に掛け、髪をきちんとうしろに結ったその風情はいかにも自信にあふれていた。ポアンカレはその女性を見て、大人になることが叶えられなかったクロエを思い——彼女に買ってやれなかった真珠を、パリのカフェで夜ふけに分かち合えなかったボトルを思い——改めて孫の死を悼《いた》んだ。新たに学んだことにしろ、若い男のことにしろ、初めて就いた仕事のことにしろ、クロエは彼に夢中で話しただろう。彼が聞いているのは彼女のことばというより、彼女の声の音楽だとも知らず。ほんとうにあの子は死んでしまったのだろうか？　この飛行機がロスアンジェルス空港に着陸したら、あの子が出迎えてくれているということはないだろうか。決して癒されることのない傷が痛んだ。祈るということができたら、聖書を信じていたら、ポアンカレははるか昔にダビデ王が受け容れたものを受け容れる力を神に求めていたかもしれない。待つ力だ。クロエはもう戻ってこない以上、自分はクロエのもとに行ける日まで待たなければならない。それまでどれほど時間がかかろうと。

30

低木の茂った数エーカーの土地に広がる〈ジェット推進力研究所〉は、ポアンカレに古い工業団地を思わせた。一見しただけでは、宇宙科学者が太陽風の分析をしたり、遠い恒星のまわりをまわっている地球に似た惑星を探したりしている場所とはおよそ思えないところだった。そんな十棟ほどの建物の中に宇宙船組み立て工場と飛行管制センターがあった。一九三〇年代、カリフォルニア工科大学の教授が初期ロケットの飛行テストにこの地を利用した頃には、まさに人里離れた場所だった。それが今はパサディナの市《まち》の発展とともに、まわりには家々が建ち並び、フリーウェイもすぐそばを通っていた。ポアンカレは、塵ひとつが予算八千万ドルの宇宙計画を台無しにしてしまうような部屋のある施設のすぐそばにハンバーガー店のあることが、どこかしら奇異に思えた。

構内は大きな木があちこちに生えていたり、サン・ガブリエル山脈から迷いおりてきたシカの群れがいたりと、のどかなところだった。アルフォンス・メイヤー博士と面会する約束はまえもって取りつけてあった。メイヤー博士はNASAがこの十年間に打ち上げたすべての無人宇宙船の推進力システムの開発に携わっている人物だった。その宇宙船の中には、火星探査機や地球から二億六千八百万マイル離れた彗星の中心部に衝突体《インパクター》を撃ち込んだ探査機〝ディープ・インパクト〟も含まれた。ポアンカレは来訪者受付施設から警備員に付き添われ、番号が振られた建物の迷路をたどり、なんの変哲もない中層の建物まで案内された。そこの階段をあがると、階上《うえ》はだだっ広い研究エリアになっていた。

メイヤーは両開きのドアのすぐ向こうにいた。カオスを絵に描いたような机にハイトップのスニーカーを履いた足をのせていた。ブルーのジーンズ、顎ひげ、白髪交じりの茶色の髪をいい加減なポニーテールに結んでいた。漫画のいじめっ子がいじめられっ子の襟首をつかむように電話の受話器を握って、怒鳴っていた。

「あともうひとつだ、このまぬけ——金曜までに新しいセラミックのサンプルを持ってこなかったら、おまえのケツをセラミックのかわりに使うからな！」それでも、その電話はビールと〝キャニオン・ランニング〟という何かをその週の後半に約束し合うことで終わった。警備員の慇懃《いんぎん》なノックに振り向くと、まずポアンカレを見て、次に腕時計を見てメイヤーは言った。「長生きはするもんだ。ほんもののインターポールの捜査官に会えるなんて！　立場上まず言わせていただければ、ポアンカレ捜査官、ロケット燃料が殺人事件に使われたなどと聞くのはこれが初めてです」

そう言って立ち上がると、力強くポアンカレの手を握ってから冷蔵庫を開けた。その中にはソフトドリンクが入れられており、六種類ほどのダイエットコークからひとつ選ぶようにポアンカレに言った。机の上にはアイスクリームの半パイント容器が置かれていた。

「もしかしてジュール・アンリのご親戚？」

「いくらかは。ええ」とポアンカレは答えた。

「ほんとうですか！　彼が最後に取り組んでいた問題はなんだかご存知ですか？　宇宙の安定性——紙と鉛筆と類い稀《まれ》なる頭脳だけを使ってそういう研究をしていたんですからね——いずれにしろ、これは嬉しいニュースだ」メイヤーは屈託のない笑い声をあげた。「でも、われわれが夕食を食べているあいだに宇宙の謎が明らかになるわけではない。あなたのお仕事もそれを証明することだ。でしょ？」

化学と機械工学の博士号とパイロットの資格も持ち、メソジストの聖歌隊で賛美歌も歌う人物とはどんな人物なのか。ポアンカレはまるで想像がつかなかったのだが、少なくとも、メイヤーというのはいい飲み友達にはなりそうな男だった。いくつか置かれたテーブルの上には、モーターの部品、長ったらしい化学名が書かれた容器、遠心機、攪拌器《かくはんき》が所せましと並んでいた。また、部屋の天井には大きなフード付きの換気装置が三個所に取り付けられていた。コンピューターは八台、冷蔵庫は四台あり、そのひとつには〝放射線注意〟と書かれていた。広い研究エリアの奥ではひとりの技術者が〝危険——このエリアに立ち入るまえに静電気除去のこと〟という表示板の下でなにやら作業をしていた。

科学者の中には高価なおもちゃと孤独以外には人生になんの望みも持たない者がいる。ポアンカレもそのことは事実として知っていた。メイヤーはそのひとりに見えた。彼の研究所は、歳を取った少年たちがいつドカンといくかもしれないものをつくっている青春の天国だった。メイヤーは研究エリアを案内しながら、推進力の発展について短い講義がしたくてならないようだった。加熱装置や実験装置のそばを歩きながら、ポアンカレに反動推進エンジンの模型や太陽電池やレーザー光線を見せた。赤外線灯の下で植物が水栽培されているエリアがあり、そこではエネルギーを増強させる研究をしているということだった。二十分後、ポアンカレはメイヤーの机のそばに立ち、映画のポスターほどの大きさの写真を見ていた。

「いい写真でしょ？　こういうのが私の好みでしてね」とメイヤーは言った。

　ポアンカレはその写真の見方を少し変えて言った。

「ここがNASAの施設ということは、私が何を眼にしようと、それは地球から遠く離れたものである可能性が高いことを意味している。でも、その一方で、実はこれは顕微鏡で見た膵臓《すいぞう》の写真だと言われても別に驚かない」

　メイヤーは笑って言った。「実のところ、それはあなたの膵臓よりはるかに遠いところにあるものの写真です」

「遠いというとどれくらい？」

「だいたい八十億光年ぐらいですかね。宇宙の中でも特に密度の濃い星団のコンピューター・シミュレーション写真です。実際の星団のX線写真ですね。しかし、面白いのはそんなに大きな星団も、本質的には小さなものとさして変わらないことです。遠くの星団も近くの星団も変わりません。赤方偏移さえすれば。要するに、星団というのはロシア人形みたいなものだということです。より小さなものを選んでも、より大きなものを選んでも、その大きさを変えれば、ちがいはわからなくなるということです。それはチャンドラX線観測衛星が写したものです。あの観測衛星の反動推進エンジンの開発にも携わっていたんで……でも、あなたは宇宙における大きさの問題を論じに見えたわけじゃない。言ってください、捜査官、誰が死んだんです？」

ポアンカレは今メイヤーに教わったことをまず確かめた。「星団も相似形ということですか？」

「そうです――大きさと距離はちがってもね。でも、星団もとはどういう意味です？」

「いや、大したことじゃありません」とポアンカレは言った。「亡くなったのはジェームズ・フェンスターという数学者です。もしかしたら個人的に知っておられたか、少なくとも名前はご存知かもしれませんが」

「数理モデルの？」

「そうです。本人が知っていた何かのために殺されたんです――その何かについてはまだ何もわかっていませんが。そのことでお話を伺いにきたのです。あなたの報告書を読ませてもらいました。その報告書にあなたはロケット燃料の添加剤に関してきわめて詳細に書いてくださった。こちらへはもっと早く来るべきだったんですが……フランスのほうでいろいろとありまして」

メイヤーは居心地悪そうに体をもぞもぞとさせて言った。

「数学者が殺されるなんてね。もう誰も安全とは言えないご時世ということなんでしょうか。オランダの化学者たちはほぼ的確に推進薬を特定していました。それでも、あなたは賢明にも燃焼後のサンプルを送ってこられた。爆破事件に使われたのは、過塩素酸アンモニウムのいとこみたいな物質です。それもより強力で、より不安定な物質ですね。正確に言うと、ダブル・ベース過塩素酸アンモニウム・シ《H》クロテトラメチレン・《M》テトラニトラミン・アルミニウム《X》。この爆破犯はニトログリセリンとこのHMXの結晶を混ぜたのです。でも、このことはあなたにとっていい知らせです。というのも、これがあなたのお祖母《ばあ》さんの時代からのロケット燃料だったら、あなたは運に見放されたということになっていたでしょう。あらゆる宇宙計画、あらゆる軍の兵器計画、あらゆる民間のロケット・マニア、世界じゅうの花火工場がコンポジット推進薬を使っていますからね。あなたの捜査はありえないほど大きな干し草の山から一本の針を探すような作業になっていたでしょう。でも、このアムステルダムの推進薬にはふたつの明らかな署名があります。それが有力な手がかりになるはずです」

「博士、ちょっと質問をしてもかまいませんか？」

メイヤーは椅子に坐ったまま机を蹴るようにしてさがり、両手を頭のうしろで組んだ。「時間は好きなだけ取ってください。メーターはちゃんとまわってますから」

「はい？」

「翻訳無用のアメリカ英語の言いまわしです。すみません。続けてください」

ポアンカレは手帳を開いて言った。「まずひとつ、ニトログリセリンが扱いに慎重を期さなければならないものであることは私も知っていますが、HMXはどうなんです？」

「同じです。厳重に管理された状態でしかつくれません。われわれでさえ取り扱うのが簡単ではない物質です。それに高価でもあります」

「だったら、どうしてそんなものを使うんです？」

「HMXは通常のコンポジット推進薬をより高度なエネルギー合成物に変えるからです。秒速九千メートルの衝撃伝搬で。軍では高性能爆薬と成形炸薬の成分としてTNT火薬と一緒に使われています。次に、HMXの問題点は圧力指数が0・49で、ほぼ一秒に一センチ動かしただけでも発火してしまうんです。だから、およそ爆破犯に好まれやすい爆薬とは言えません。私がおこなったテストでは、TNTと混ぜた場合には圧力指数が1を超えてしまいます。ダブル・ベース・コンポジット推進薬はHMXの衝撃伝搬をかなり遅らせますが、それでも強力な炎を発するきわめて高温のガスが発生します」

「ということは？」

「このアムステルダムの爆破犯はきわめて優秀な化学者であると同時に、同じくらい優秀なロケット・マニアでもあるということです」

　ポアンカレはメイヤーについてまた研究エリアにはいり、過塩素酸アンモニウムというラベルが貼られた壜のまえで立ち止まった。メイヤーは壜の蓋を開けると、白い顆粒状の中身をすくってポアンカレの手のひらにのせた。「ご覧のとおり、過塩素酸アンモニウムは食塩よりも白い。酸化剤で、燃焼を助けます。これに粉末状のアルミニウムを加え、末端水酸基ポリブタジエン《HTPB》で結合させ、一時間かそこら放置すると、それで固形のロケット燃料ができあがります——触った感触は自転車のタイヤのゴムみたいなものです。このHTPBの結合剤は安定剤としても働き、燃焼割合を抑制し、同時にコンポジット推進薬の燃料にもなります。NASAはシャトルを一機打ち上げるのにだいたい二百五十万ポンドのコンポジット推進薬を使っています」

　ポアンカレは手のひらにのせられた過塩素酸アンモニウムを指で払ってもとの壜に戻すと、数粒を指のあいだにはさんで転がしながら言った。「爆破犯はこれを買ったんでしょうか——ヨーロッパのどこかで？」

「まあ、そうとしか考えられませんね——あるいは自分でつくったか。報告書にも書いたとおり、犯人はここか、あるいはフランス、ロシア、もしかしたら中国の同等の施設で働いているか、働いたことがある人物です。そういった施設のきちんと管理されたラボ以外どこであれ、この化合物は合成する時点から不安定すぎます。これがつくれる学術的な研究所はほぼすべて宇宙計画に参加している研究所です」

「ということは、あなたならこの爆弾をつくれたということですか？」とポアンカレは言った。

「そうですね」

「今年の四月の前半の二週間、あなたはどこにおられました？」

メイヤーは戸惑ったような顔をしてから、すぐにポアンカレの笑みに気づいた。「さっきの仕返しをされましたね。フランスの方はユーモアのセンスをお持ちだ」

「でも、確認はさせてもらいます。それが仕事なもんで」

メイヤーは棚から鉛筆と紙を取った。「こっちで化合物の中にHMXを見つけたときから、インターポールからどなたかが見えることはわかっていました。私の妻の両親がマス釣りができるアイダホの渓流のそばに別荘を持ってましてね。その町の店やガソリンスタンドに、日付のはいった私のクレジットカードの伝票があるはずです——私のアリバイの証明はそうむずかしくないと思います。私の出っぱった腹ぐらいしっかりしてるはずです」

「あなたを疑ってはいませんが、博士」

「それでも絶対調べるべきですよ、ポアンカレ捜査官」

「ほう？」

「なぜってこの犯人は私にとてもよく似ているからです。まあ、ポニーテールとハイトップのスニーカーを除いたら。でも、あなたが追っておられる爆破犯はおそらく私みたいなやつだと思いますよ」

「その点についてもう少し聞かせてください」とポアンカレは言った。「爆破犯はどうしてこんな面倒なことをしたのでしょう？　出来合いのプラスチック爆弾でもTNTでも同じように完璧にフェンスター博士を吹き飛ばすことができたのに、どうしてわざわざニトログリセリンとHMXの結晶なんかを使ったんでしょう？　そういうことを言えば、一発の銃弾でも同じことができたのに」

　メイヤーは自分の机に戻って言った。「遺体ですが、もうカリカリに焼けていたんじゃないですか？」

「とても見分けがつかないほどにね。そのとおりです」

「犯人は犠牲者の身元がわからないようにしたかった。とりあえず視覚的には」

　それはポアンカレも当初から考えていたことだった。が、そういうことを考えるより、この研究所でメイヤー以外に、最上質のＨＭＸを生成でき、研究所からそれをこっそり持ち出し、ヨーロッパで強力なコンポジット推進薬と混ぜることができた者は誰か、それを突き止めるのが先決だ。もはやそれ以外考えられなかった。ホテルの一室をまっぷたつにできるほどの分量――八ポンドから十ポンド――の複合燃料が空港のセキュリティ・システムを通過できるわけがない。しかし、塩入れぐらいのものなら造作なく通過できるだろう。

　メイヤーはためらうことなく情報を提供してくれた。

「ＨＭＸの合成自体はこのラボにいる者なら誰でもできます。しかし、私の休暇中、私の部下は四人全員ここにいました。そのことに関しても立証は容易です」メイヤーは小型の冷蔵庫を開けて次の一缶を探した。

「それでも、正直なところ、悩ましいことに変わりはない。犯人は捕まってほしいけれど、できれば飛んでくる弾丸《たま》は避けたいですからね」メイヤーはタブを引いて缶を開け、長々と飲んだ。「この情報提供に関してはどれほどあなたにお礼をされてもされたりないんじゃないかな」

　ポアンカレは手帳を確認してから言った。「ランドル・ヤングは？　ここで働いている百人以上の研究者の履歴を見たんですが、この人物がどうしても眼にとまりました」

　メイヤーは机の角に腰かけて言った。「そうおっしゃるだろうと思ってました」

「ほう？」
「彼は〈コロラド・スクール・オヴ・マインズ〉の卒業生で、きわめて優秀な化学者で、しかもロケット・マニアだからです。いいですか、ポアンカレ捜査官、犯人にはHMXとニトログリセリンを車のトランクに入れて動きまわったりすることはできなかった。そんなことをすれば、すぐに爆発してしまいますからね。ということは、犯人がどういう人物であれ、その人物は爆破の直前に現場か、あるいは現場のすぐ近くで結晶をつくって合成したわけです。爆破を一点に集中させるために犯人はなんらかの反射装置を使ったというオランダの分析官の判断は正しいです。そこがポイントです。私の知るかぎり、履歴から考えて、そういうことができそうな人物はランドル・ヤングしかいません。だから、正直なところ、最初に知らせを受けたときには私もすぐに彼のことを思いました。しかし、第一点、彼は三月に死んでるんです。第二点、彼ほどの心のやさしい男はいなかった。人を殺すなど夢にさえ思えない人物でした。だから、私の個人的な意見を言わせてもらえば、ポアンカレ捜査官、捜査としてはどこか別なところをあたったほうがいいように思います」

ポアンカレはメイヤーの研究棟を出ると、人事部長のヴァレリー・スタインホルツのオフィスまで案内してもらった。これは〈ジェット推進力研究所〉の警備システムに深く関わる問題だった。だから、ミネソタで苛々《いらいら》させられたプライヴァシーの問題はここでは軽視された。スタインホルツもためらうことなく六人の研究員の名前と住所を明かしてくれた。まずメイヤー、それに彼の四人の部下、最後は万にひとつ、墓の下から死人が手を伸ばしたとすればランドル・ヤング。この六人だが、結局のところ、メイヤーの四人の部下というこことになる。ヤングは興味深い人物だが、ありそうにない。時間的にありえない。

メイヤーも彼の四人の部下も四月にアメリカを離れていないことが証明されれば、ポアンカレはすぐにほかの国の宇宙計画関連施設に問い合わせるつもりだった。それ自体簡単なことではない。が、六人の四月のアリバイを立証するには半日かかると言われた。それまではただ待つしかなかった。

31

その時間を利用してサミュエルの息子のアランを見つけようと思い、ポアンカレはリヨンでサミュエルから渡された住所を運転手に渡した。三十分とかからなかった。が、握った鎖の環が手の中で悪いほうへすべり落ちるような道ゆきになった。豊かさから貧しさへ。まわりの景色は、ヤシの木と水の撒かれた芝生といったパサディナの心地よい丘陵から、ロスアンジェルス中心部の砂まじりのアスファルトへと大きく変わった。フリーウェイからさほど離れていない道端で、数人の男が紙袋に包んだボトルから何かを飲んでいた。歩道のところどころにガラスの破片が散らばり、側溝にはゴミが溜まっていた。七月の太陽が通りを焦がし、熱気が波のようにうねっていた。見捨てられた遊歩道の店先を利用した〈オール・ソウルズ・ピープルズ・ミニストリー〉に近づくと、支柱からぶら下がった看板——すでに店をたたんだ〈マクドナルド〉の看板——が陽炎《かげろう》のようにゆらめいて見えた。ポアンカレはまるで空漠とした砂漠を旅しているような気分になった。大きな窓のまえに立った。地質学者なら、ところどころジグザグ模様を描きながら、板ガラスを二分しているひび割れを見て、サンアンドレアス断層のミニチュアと呼んだかもしれない。実際、ポアンカレも見たことのあるカリフォルニアの地図に描かれた線によく似ていた。それはまた足元の歩道の隙間から顔をのぞかせている雑草の連なりが描く線にもよく似ていた。ポアンカレは今やそうした相似形にすぐに眼がいくようになっていた。ドアを開けて中にはいるなり、ローブをまとった八人ほどの男女——歳は二十歳《はたち》から七十歳ぐらいまで幅のある男女——がコンピューターや点滅している電話やクレジットカードの検証機を置いて一列に並べたテーブルについて、仕事をしている姿が眼に飛び込んできた。それら兵士は全員オペレーター用のヘッドフォンをつけて、忙しげに寄付を記録していた。雰囲気は明るく陽気だった。が、一世紀と二十一世紀が隣接しているような奇妙なところがあった。「神のご加護を！」オペレーターのひとりがそう言って電話を切った。

奥の壁には巨大な文字で〝27〟という数字が掲げられていた。また、別の壁には大きなロスアンジェルスの地図が掛けられ、旗に数字を書いたピンが地図の百個所以上に刺されていた。ポアンカレはそのひとつがアラン・アッカールを示していることを願った。ローブを除けば、その〈オール・ソウルズ〉の指令センターは再選を狙う政治家の選対本部であってもおかしくなかった。

白髪をポニーテールに結った、黄色い歯をした女が彼を迎え、まえに出てきて微笑んだ。ポアンカレは写真を見せて言った。「アラン・アッカール。三十代のフランス人です。ご存知ですか？」

女は歩道脇に停まっているリンカーン・タウン・カーをポアンカレの肩越しに見て言った。「イエスさまにお子さんを差し出された親御さんですか？　それともＦＢＩの方？　爆破物の捜索ということでわたしたちは隔週ＦＢＩの家宅捜索を受けています。でも、これまでのところ、わたしたちは彼らになんの成果ももたらしてあげられてない。彼らには悪いけれど」

「アランを知ってるんですか？」

「あなたはミスター・アッカール？」

「アッカール家とは家族ぐるみのつきあいをしている者です」

「そういうことなら、アランと一緒にイエスさまのための活動に参加なさったら？　アランは頭がおかしくなってしまったなんて決めつけずに」

「そのために来たんです」とポアンカレは言った。

女の顔の表情が和らいだ。「彼と一緒に活動なさりにいらしたの？　失礼ですが、アルコール・煙草・火器局の方かと思いました」

「ちがいます。彼の居場所が知りたいだけです」

「奥の壁の〝27〟の数字が見えますか？　明日にはあれが〝26〟に、明後日には〝25〟に書き換えられます。そのときはもう差し迫っています。アラン同様、あなたのこともわたしのことも気づかっておられる神は、あなたの帰依《きえ》を望んでおられます」

「それは私も聞いて知っています」

「でも、確信するまでには至らない？」

そうだ、とポアンカレは正直に答えた。

「よろしい」と女は言った。「正直であるのはいいことです。それでも、いっときでも信じてみることです。人はイエスさまを信じ、なおかつ正気でもいられるということをね。世界には二十億のキリスト教徒がいます。そんなわたしたちみんなが狂気の徒だと思いますか？　強い信念を持つことに問題があると思いますか？　もしかしたら、アランはあなたの好みで言えば、激しすぎたのかもしれませんが」

「居所を教えてください。お願いします」

「今すぐお教えします。でも、まずはわたしの話を聞いてもらわないと。もし彼の救出に来たのなら、そんなことはやめて、自分の救出を考えることです。たとえば、真の問題を抱えているのは誰かと自分に問いかけるのです」

「問題は私が深く敬愛する夫婦が息子を失ったことです」

「わかりました」と女は言った。「でも、アランのご両親にしろ、あなたにしろ、あなた方はプライドとロジックに邪魔されているのです。神のもとに帰る道を自分で閉ざしてしまっているのです。アランは失われてなどいません。あなたも一歩踏み出すことです。それはあなたが歩く道の中で最も長い道となるでしょう。それでいてそれは最も短い道なのです。アランはその道をすでに歩きはじめました。黄金の道を」

「オズの魔法の国のドロシーみたいに？」

女は彼の腕を軽く叩いて言った。「いいえ、そういうものではありません。あなたには何か信じるものがあるのですか？　それとも、わたしたちを冷やかすのがあなたの目的なのですか？」

アランが帰ってくるのを待っている時間はなかった。ここで議論になったら、女はもう何も教えてくれないかもしれない。ポアンカレは誠意を込めて答えた。

「私にも信じるものはあります。この世はすっかり崩壊してしまった。私もそう思っています。私たちはみんな苦しんでいる。そのこともわかっている。なぜなのかはわからなくても。でも、私自身も世界もともに修理されなければならない頃だと思っています。そう信じています」女は彼がさらに続けるのを待っていた。

が、ポアンカレには言うべきことばはもうなかった。

「それはつまり、方程式の答が神というところはちがっていても、方程式そのものは同じということですね」

「かもしれない。アランはどこにいるのです？」

女は折りたたみ式のテーブルの反対側に移った。そして、ポアンカレがペンと紙を取り出すまえにひとつの端末機のまえに坐ると、住所を走り書きして言った。

「これをあなたの運転手に見せなさい。彼は今日は預言者一一二号です。北西区画の第八地点にいます」女はポアンカレを地図のところまで連れていくと、一本のピンを抜いた。「ここです。治安のよくない一帯です。でも、わたしたちはイエスさまがわれわれの中でも底辺にいる者たちのところに来られることを知っています。だから、わたしたちもわれわれの中の底辺の者たちのところに行くのです。アランには、バスは七時に迎えにいくこと、シスター・ルシンダは彼のことをとても誇りに思っていること、このふたつを伝えてください。神の御霊があの若者を動かしているのです。それはとてもとても美しいことです」

「どうして募金をしてるんです？」とポアンカレは電話がずらりと並んだほうを示して言った。「八月十五日以降は何も要らなくなるのでは？」

「そのとおりです。でも、そこに行くまでの経費というものがあります。衣食住の」

「八月十六日には何が起こるんです？」

「どういう意味です？」

「もしキリストが現われなければ？」

シスター・ルシンダは笑みを浮かべた。怒ったそぶりも見せなかった。ボストンの地下鉄にいた若者のように、感情をあらわにすることもなかった。彼女はカルトの教祖、チャールズ・マンソンとはほど遠い眼をしていた。キリストの再臨を早めるために自ら爆死するようなタイプにも見えなかった。共感できなくとも、彼女の信仰はポアンカレにも本物に思えた。そればかりか、彼女の中にはこの活動の魂のようなものさえうかがえた。それがなんなのかまでは把握できなくても。彼女たちの活動がこの困難な時代を生き、救世主の再来を心から待ち望んでいる現実の人々の活動であることは理解できた。彼女にとって八月十五日は人類の歴史における〝とてもとても美しい〟ターニングポイントなのだろう。「疑っておられるのなら」と彼女は言った。「どうか、もう少し時間をください。地球がどのような姿になるか、あと二十七日後にはどんな姿になっているか、説明させてください」彼女はそう言って眼を閉じた。信仰を同じくする者たちと肩を並べている自分の姿を思い描いているのだろう。嵐雲をうしろに、明るい太陽をまえにして、仲間と丘を越えている自分の姿が彼女には見えるのだろう。暗誦しはじめると、彼女はどこまでもおだやかな顔つきになった。

彼らは家を建てて住み、ぶどう畑を作って、その実を食べる。

彼らが建てて他人が住むことはなく、彼らが植えて他人が食べることはない。わたしの民の寿命は、木の寿命に等しく、わたしの選んだ者は、自分の手で作った物を存分に用いることができるからだ。

彼らはむだに労することもなく、子を産んで、突然その子が死ぬこともない。彼らは主に祝福された者のすえであり、その子孫たちは彼らとともにいるからだ。

彼らが呼ばないうちに、わたしは答え、彼らがまだ語っているうちに、わたしは聞く。

彼女は眼を開けて言った。「イザヤ書の第六十五章第二十一節から第二十四節です。アラン・アッカールのお友達の方、これ以上の贅沢がどこにあるでしょう？　それほどに恵まれた世界を拒絶する人がどこにいるでしょう？　あなたは拒みますか？」そう言って、彼女はポアンカレの手を取った。彼女の中のやさしさが一気に厳しさと力強さに変わった。「あと三十秒だけお時間をください。そうしたらもう解放してさしあげます。わたしたちはもう二度と会うことはないでしょう。いいですか？」

彼女からはすでに情報を得ていた。だからといって、彼に三十秒の時間の余裕がないわけではなかった。ポアンカレの手をなおも両手でつかみながら、ルシンダは言った。「あなたの苦しみはなんなんです？　わたしたちは誰もみな苦しみを背負っています。あなたの苦しみはなんなんです？　白日《はくじつ》のもとではまともに見られないほどあなたを深く傷つけているものはなんなんです？　その苦しみを感じることです――最悪の苦しみを。あなたがあなたの罪によってあなた自身にもたらしたその最悪の苦しみを。感じるのです！　そして解き放つのです。あなたにはできます。なぜなら、あなたの罪はイエスさまが引き受けてくださったのだから。そのお肩に担われてわたしたちのためにお亡くなりになったのだから。そのことが信じられれば、イエスさまをあなたの救世主として受け容れることができれば、あなたはあなたの苦しみを解き放つことができるでしょう。今にも。そして永遠に。怒りを赦しに変えるのです。われらが主があなたをお赦しになったように。純粋で静謐《せいひつ》なる贖いを思い描くのです！」ルシンダは彼の手を放し、指を鳴らした。

そのことばがポアンカレを取り巻く淀んだ空気を澄ませることはなかった。キリスト教徒の決まり文句には、中途半端な効き目しかなかった。表情のまったくないクレールの顔が眼に浮かんだ。亡くなったクロエのことが思われた。脚の切断、皮膚移植、砕けた骨。檻の中から吠えていた男――どこまでもおまえを苦しめてやる！　赦すことなどポアンカレにはできなかった。怒りを手放すなどとてもできなかった。彼は眼をしばたたき、ルシンダに背を向けた。彼女に涙を見せる必要はなかった。

その日、預言者一一二号は魂を救う地に将来の発展が見込まれる一帯を選んではいなかった。運転手は絨毯の倉庫と質屋と二軒の木賃宿に囲まれ、砂利が敷かれた駐車場に車を乗り入れた。千ドルのスーツとフェラーリのロスアンジェルスからは遠く離れた場所だった。空き缶を集め、酒屋の裏手にあるリサイクル・センターに持っていくことで日々の糧《かて》を得ている人々の列があり、その列の先に白いローブをまとったアラン・アッカールが立っていた。この炎天下で帽子もかぶっていなかった。ポアンカレは少なくともアランを熱中症からは救出しようと思った。ほかには何もできなくとも。

「アンリおじさん？」アランは嬉しそうな顔でポアンカレを迎えた。「こんなところで会えるなんて！　どうしてここに？」

ふたりの抱擁は儀礼を超えていた。ポアンカレは、手を放してしまうとふたりのうちのどちらかがどこか遠くに永遠にいなくなってしまうかのように、力一杯アランを抱きしめ、ゆっくりとアランの髪に指をすべらせた。アランのにおい――清潔で健康なにおいだった――を胸に吸い込み、巻き毛の眉にキスをして安堵した。抱擁のあとは腕を伸ばしてとくとアランを見た。その眼は澄んで、アンリおじさんに会えた喜びに満ちていた。「仕事で来たんだ」と彼は言った。「きみのことは親父さんから聞いてたもんでね。そのローブ姿をこの眼で見ておこうと思ったわけだ」

アランは笑みを浮かべて言った。「親父にぼくを連れて帰れって言われたんでしょ？」

ポアンカレはフランス語で答えた。「いや。きみはもう立派な大人だ、アラン。きみの両親にしたってそんなきみに命令することはできない。きみの親父さんもおふくろさんもただきみが元気でやってるかどうか知りたがってるだけだ。それと、きみを愛してるってことと、家のドアはいつでも開いてるってことを伝えたがってるだけだよ」二十人ほどの人間が彼らを見ていた。その中には、ショッピングカートに空き壜や空き缶と一緒に自分の家財のいっさいをのせている者もいた。袋をいくつか吊るした棒を肩に渡し、東洋の竹細工の帽子をかぶった背の低い女性がいた。ベビーカーを何台かつないだ大型の三輪自転車に乗っている者もいた。空き壜や空き缶を入れた袋はどれも目一杯ふくらんでおり、ロスアンジェルスのこの一帯にこれほどの空き壜や空き缶が捨てられていることがポアンカレには信じられなかった。

「元気そうだね」

「狂《マッドマン》った男にしては？」と言ってアランは笑った。「親父にはそう呼ばれてるけど」

ポアンカレはプラカードのようなものを探して言った。「ここで何をしてるんだね？」

「話だね。話をしたい人がいれば。おじさんは何を？ごめんなさい……でも、なんだかとても疲れた顔をしてる。最後に会ったときからすると、なんだかすごく老け込んだみたいにも見える。ご家族のみなさんは？元気にしてる？　エティエンヌは？」

当然の権利としてポアンカレに情愛を求めることができる者がまだいるとすれば、このアランにほかならなかった。アランにはちゃんとした答を聞く権利がある。ポアンカレはそう思った。いずれ話そう、ここではないところで。「少し話をしよう」と彼は言った。「少しばかりこの太陽から逃れようじゃないか」

「それはできないよ、おじさん。ぼくはここで仕事をしてるんだから」

「人々の魂を救う仕事を？」

「この人たちはみんな苦しみを背負っている」とアランは言った。「救済の日がもうすぐやってくることを知る必要のある人たちだ」アランは大きなゴミの缶の側面に書かれた〝27〟という数字を示した。「この人たちはみんな自分たちの心にキリストを受け容れる必要のある人たちだ。誰もがもう受け容れなくなってしまって久しいけれど。ぼくの両親は洗礼を受けている。エティエンヌもクレールおばさんもね。でも、おじさんは……ぼくはクレールおばさんが言ったことを今でも覚えてる――」

「それはきみには関係のないことだ、アラン」

「関係ならおおありだよ！　ほかの誰もと同様、おじさんも心の平和が得られて当然の人なんだから」

ポアンカレはそうは思わなかった。その場に来るなり、彼は白いものが交じるひげを生やしたひとりの男に気づいていた。ポアンカレと同年輩の男で、彼らのそばで空き壜と空き缶を山ほど積んだショッピングカートを押しており、なめし革のようなその皮膚が戸外生活の長さを物語っていた。そもそも落ち着きのなかったその男がブロークンながら理解できるフランス語で、苛立ちもあらわにいきなり怒鳴った。「シル・ヴ・ファッキン・プレ！　おまえなんかはお呼びじゃないんだよ！」そのあとは英語で続けた。「そんなくそローブをまとって不運な者たちのために祈りにきたなんて言ってるが、誰にわかる？　おまえが自殺のベストを着てないなんて。それでもっておれたちみんなを道連れにしようとしてないなんて。そのローブの下に何をつけてる？　見せろ。さもないと警察を呼ぶぞ！」男は携帯電話を掲げてみせた。

アランはうしろにさがると言った。「私はそんなことをする人間じゃありません。彼らは神のことばを曲解しているのです。彼らは私たちと同じようなローブをまとっていますが、私たちとはいっさい関わりのない連中です。彼らは狂っている。私がしているのはただ話すことだけです――もしあなたに話をするつもりがあるなら。話すことでも救いは得られるんです」

「救い？　こっちはそれを生まれてこの方ずっと待ってた。だけど、神だろうと誰だろうと、指一本動かしちゃくれなかった。だからもう待つのはやめたよ。カリフォルニア州はおれたちのことなんかなんも考えちゃいない。ロスアンジェルスもだ。政府なんざにゃクソほどの値打ちもない。教会がやってることは、稚児《ちご》さんが好きな司祭さまがつくった借金を返すための金集めだけだ。気にかけてるなんてのはみんな口先だけのことだ。聖書の文句を唱えてたら、それでどんなクソも遠ざけておけるとでも思ってるのかよ、おまえは、ええ？」男は両腕を広げて手のひらを見せた。「そう思ってるなら、おまえは頭がいかれてるのさ。頭がいかれるってのはどういうことか。おれにはよおくわかる」

「待ってください」とアランは言った。「もう少しだけ我慢してください。キリストをあなたの心に――」

「うるせえんだよ！　妙なベストなんか着てないって言うならさっさと見せろ。見せないと、おまえの痩せこけたケツをフランスまで蹴飛ばすぞ！」ポアンカレは反射的にふたりのあいだにはいろうとした。が、アランはそれを制すると、意外にも素直に男のことばに従った。人々の列にもポアンカレにも背を向けて、ローブをまくってみせた。

「よかろう」と男は言った。「そういうことなら、あとはもうおれの縄張りからとっとと出てってくれ」

アランはなおも食い下がった。「世界があなたを失望させていることは私もよく知っています。でも、いい知らせがあります。あなたの人生が変わる日が来るのです。二十七日後には――」

灰色のひげを生やした男はそのことばを聞くと、袋を持った男女が一度にひとりずつその向こうに姿を消しているドアの上に掲げられた看板を指差した。その看板には〝なんでも買い取ります〟という文字と矢が描かれていた。「おれにとっていい知らせとはな、ただひとつ、今ここでおれの皿の上に食べものがのっかることだ」そう言って、男は目一杯ふくらんだゴミ袋を叩いた。ガラスの壜がぶつかり合う音がした。「教えてやろう。おまえはこのあたりの人間じゃなさそうなんでな。おまえに道理ってものを教えてやろう。救済がどうのこうのと言ってたな？　だったらそいつを教えてやろう、アメリカン・スタイルで」

暑さにもかかわらず、ひげの男は長ズボンにオーヴァーコート、それに安全靴という恰好だった。ゴミ袋に手を突っ込むと、コカ・コーラの空き缶をひとつ取り出し、乱暴にアランのほうに突き出した。「さあ、取っておけ！　ここまで来て。さあ、若いの！　おまえも白いローブを着たおまえの兄弟もこちとらのくそ神経にくそ触るんだよ！」

アランは男の怒りにどう対処していいのか途方に暮れているように見えた。ポアンカレはふたりのあいだにはいると言った。「私がもらおう」

ひげの男は値踏みするようにポアンカレを見ると、コカ・コーラの空き缶をまたゴミ袋に戻した。「まったく。あんた、おれよりくたびれきった顔をしてるぜ。だけど、あんたみたいな上等のスーツを着たやつにはもっといいものをやろう」男はそう言って、ポアンカレの手に別の缶を置いた。バドワイザーの空き缶だった。「ビールの王さまだ。ロスアンジェルスへようこそってなもんだ！」

ポアンカレはおとなしく缶を受け取ると、事を荒立てないようすぐにうしろにさがった。男はポアンカレにはもう関心をなくしたようで、妙なステップを踏んで踊りだした。イヤフォンから何か音楽が聞こえているのだろう。列に並んでいたひとりの女も踊りだした。

音楽などどこからも聞こえていないのに。ほかの者たちは自分のカートに頭を休め、列が動くのに合わせて少しずつまえに進んでいた。

「次！」開かれたままのドアの向こうから男の声がした。建物の中にはいった者たちは、缶の袋、プラスチックの袋、ガラスの袋に仕分けして計量器にのせていた。そして、ゴム手袋をはめて分厚いエプロンをした男が機械から出てくるレシートを引きちぎり、数字を読み上げ、それぞれの袋をベルトコンベヤーにのせるのを待っていた。建物の裏にはゴミの圧搾機が設置され、トレーラートラック用のコンテナが並んでいた。エプロンをした男はポアンカレがビールの空き缶をひとつ計量器にのせると、まじまじとポアンカレの顔を見て言った。

「なんの真似だ、こりゃ？」

ポアンカレが何か言うまえにひげの男が答えた。

「マーヴィン、こちらの紳士は実地社会見学をなさってるのさ。計ってやれよ」

「とっとと連れ出せ、こんな野郎」

「ちゃんと法律で決められてんだろうが、マーヴィン。このお方も何か買い取ってもらおうと思ってやってこられたんだ。ちゃんと計って記録してやれよ。それがくそ何オンスだろうと。何か持ってきたんだから」

「空き缶一個じゃないか、ジミー」マーヴィンは缶を手に取ると、振り向きもせず、うしろに放って機械のところまで歩いた。十ポンド単位の仕事では空き缶一個の重さはゼロに等しかった。エプロンの男はレシートを引きちぎると、ポアンカレのほうに掲げて言った。

「な？　わかるか。あんたは何ももらえない」

「そりゃ機械の問題だ、マーヴィン」とジミーが言った。「さっさとしてくれよ。こちとらはもう腹ペコなんだから」

「おまえらふたりともここからつまみ出されたいのか、ええ？」マーヴィンはぶつくさ文句を言いながらも、レシートにサインをして数字を記録した。「またどうしてもここに来なきゃならなくなったらしょうがないが、もう二度と来ないでくれ。ここにいる連中にとっちゃここは生きてくためになくちゃならない場所なんだ。空き缶ひとつだけ持ってここに来るってのは、おれの時間を無駄にして、ここにいる連中に対しちゃ中指を突き立ててるようなもんだ。わかったら、さっさと行ってくれ」

建物を奥に進むと、出口のそばに――年季の入った真鍮《しんちゅう》のキャッシュレジスターの向こうに――花柄のムームーを着た肥った女が立っていた。ポアンカレのレシートを見ると、女は笑って言った。「五セント?」

ポアンカレは黙ってうなずいた。

「わかったわ」女はレジスターの中に手を入れると、そこから取り出した五セント硬貨をポアンカレに渡して言った。「いっぺんにつかっちゃうんじゃないよ、あんた」

ポアンカレのあとからひげの男も出てきた。札を数枚ポケットに突っ込みながら男は言った。「いつもおんなじだ。三十ドル。あんた、これだけの額になる空き缶と空き壜を集めるのにどれくらいかかるかわかるか? いい日で五時間だ。今日は朝の四時から始めたんだ」

ポアンカレは五セント硬貨を差し出して言った。

「さあ。これはあんたのだ」

男は硬貨を受け取ると、それを見てから驚いたような顔をして、嘲るように唇をゆがめた。「インディアン・ヘッド(アメリカ・インディアンの頭部が描かれている硬貨)じゃないか! こんなものこの四十年見てないよ! ほら――インディアンの横顔が片面にあって、もう一方にはバッファローが描かれてるだろ? これは本物のバッファロー五セント硬貨だ! あんた、ついてるぜ。それとこれは忠告だ。どんなもんでも手放すまえによく考えることだ。たとえそれがくそ五セント玉でもな」ひげの男はコインをポアンカレに返した。ポアンカレはポケットに手を入れて二十ドル札を取り出した。「そんなもの、要らないよ」と男は言った。「その金は、なんかまちがったほうへ行っちまったあんたの若い友達のためにでもつかってやれ。いや、金はそのまま持ってて、あんたの友達には道理ってものを言って聞かせてやるといいかもな」

ポアンカレは二十ドル札をもう一枚取り出した。

「そこまでされちゃな、もうノーとは言えないよ」

「よかった」とポアンカレは言った。「明日の朝はゆっくり寝てくれ」

ポアンカレが表通りに戻ったときには、アランの姿はもうどこにもなかった。ポアンカレは車を停めたところまで歩いた。運転手は彼を待っているあいだ仮眠を取っており、アランがどっちへ立ち去ったのかもわからなかった。ポアンカレはホテルに戻ると、サミュエル・アッカールに電話をして、アランは元気そうにしていたと伝えた——カルト集団のローブは着ていたけれども、理性を失ってはいなかった。自らを含めて誰の脅威にもなっていなかった。それだけは伝えたものの、人間にはつくりえない王国を再建するためにキリストが再臨することを心から信じていたという事実までは言えなかった。ほんとうにそうであればいいのだが、とは思ったが。八月十六日の朝はアランにとってどんなに苦い目覚めとなるのだろう？　そのことだけが心に引っかかった。

夕食後、ポアンカレはフェンスターのハードディスクを開くことに再挑戦した。ケンブリッジでは六十七の文字からなるパスワードの組み合わせを計算していた——xのy乗だから95の67乗。すなわち九十五を六十七回掛け合わせた数だ。計算機には数学で用いる表記法でその数が現われた。

3・217225885613069554944
94015174 8e+132

驚くべき数の組み合わせだった。ポアンカレは訓話でも書き写すみたいにその数字を実際に書いてみた。そんなふうにあてずっぽうに文字の組み合わせを打ち込んでも、ゼロの山を見ただけでそんなことはすぐにやめたくなるだろう。自分で自分を馬鹿と呼びたくなるだけだろう。

3217225885613069554944
9401501748000000000000
0000000000000000000000
0000000000000000000000
0000000000000000000000
0000000000000000000000
0

ハーリーの言ったとおりだった。これほどまでに長いことばはどんな言語にもないだろう。また、核爆発のシュミレーションに使われるような強力なスーパーコンピューターでないかぎり——あるいは何年かかってもかまわないというのでないかぎり——どんなコンピューターでもフェンスターのパスワードを解くことはできないだろう。これまでに見たり聞いたりしたすべての野球の試合のすべてのイニングの結果を覚えていられる男だからこそ、ランダムに並んだ六十七もの文字を覚えていられたのだ。しかし、現実的に考えて、フェンスターはコンピューターのまえに坐るたびに互いに無関係な六十七もの文字を打ち込んでいたのだろうか？　知っている数字にしろ文字にしろ、彼にしてもそれだけの量を打ち込むのは面倒だったはずだ。逆に言えば、それだけが期待の持てるところと言えた。

今回、ポアンカレはかぎられたひとつの攻撃法で攻めることにした。数学者にことさら意味のある数字に絞ってみたのだ。そもそも67は素数だ。それが手がかりになるかもしれないと思い、オンラインで見つけた素数ジェネレーターを使って、六十七桁の素数をしらみつぶしに計算し、フェンスターのログイン画面に入れてみた。何も起こらなかった。次に、円周率の値の最初の六十七個を入力してみた。ひっくり返してもやってみた。二番目の値から六十七個、三番目の値から六十七個とやって、十番目の値まで試してみた。何も起こらなかった。オンラインでファイゲンバウム定数を六十七桁目まで計算した論文を見つけた。これも駄目だった。さらにフィボナッチ数列の最初の六十七個の数も試してみた。やはり何も起こらなかった。一時間ほどそういうことを繰り返しても結果は変わらなかった。フェンスターが思いつきそうな数学の定数や級数などそれこそ何百もあった。

ポアンカレのこのアプローチはチャンピに言われた

〝力ずく〟から半歩も出ていなかった。ログインしようとしてもこんなメッセージは出てこなかった——〝近くまで来ています。さらにトライを！〟。方向が正しいかもまちがっているかもわからず、失敗するたびにその失敗から始めるしかなかった。もっと賢くなる必要があった。が、今はもう賢くなるには疲れすぎていた。

ポアンカレはハードディスクを封筒に戻すと、ベッドにはいった。

32

結局のところ、ポアンカレが調査を頼んだ〈ジェット推進力研究所〉の六人の研究員の中で出国していたのは、ランドル・ヤングだけだった——それも行き先はミュンヘンだった。それにそもそも時期が一致しなかった。それでも、ポアンカレは研究所の人事部長、ヴァレリー・スタインホルツに詳細を確かめた。ヤングが死病の診断を受けたのは二十六歳のときだった。

「悲劇としかほかに言いようがありません」とスタインホルツは言った。「癌は腎臓や肺にも転移していて、最期には眼も見えなくなりました。移植手術も何度か受けたんですが——今年の二月に退職するまで大きな手術だけでも四度受けています。同僚の全員から一目置かれる研究員で、埋葬された墓地が近所だったこともあり、葬儀には研究所から二百人ほどが参列しました……ジュリー——彼の奥さんと子供ふたりは今でもラ・カナダに住んでるはずです」そう言って、スタインホルツはポアンカレに住所を書いた紙を手渡した。

その朝、ポアンカレが読んだ報告書によると、ヤングと彼の妻は三月九日にドイツに向かい、三月十九日に帰国して、ヤングはケネディ空港で二十日に亡くなっていた。ポアンカレは地元警察の報告書を読んだ。死亡証明書も葬儀の告知書もファックスで見た。だから、四月十二日にアムステルダムで爆弾を仕掛けるなど、ヤングにできるわけがないのは明らかだった。それでも、死ぬまえに爆弾を仕掛け、タイマーをセットすることはできなくはない。しかし、仮にそういう芸当ができたとしても、宿泊客はフェンスターが泊まるまえに何人もいたはずだ。そんな部屋に爆弾を仕掛けようとすれば、少なくとも共犯者がひとりは要るのではないか。いや、それより〈ジェット推進力研究所〉のメイヤーから聞いた話が問題になる。この爆発物を安全に保管し、移送するには細心の注意を要するということだ。それでも、このままヤングの未亡人に何も訊かずにロスアンジェルスを発つには、あまりに疑問が多すぎた。ポアンカレはジュリー・ヤングに電話をかけた。彼女は彼の来訪を拒まなかった。ただ、そこらじゅう箱だらけだけれども、それでもよければ、と言った。彼女とふたりの子供はコロラドに引っ越そうとしていた。

高速二一〇号線に乗ればパサディナからラ・カナダまではいくらもなかった。ラ・カナダは崖に生息する野生のアスターのように南カリフォルニアに芽吹いた町だ。ポアンカレは区画された土地が規則正しく連なって過ぎるのを眺めやった。よく宅地整備された一帯で、全体にミッション様式の家が多く、スペインとの関わりが深かった郡の歴史を物語っていた。緑の芝生にヤシの木、網を張ったポーチ、車まわしにはヨーロッパの車。裕福な地中海沿岸の住宅地を思わせた。そもそもは痩せて低木しか育たないような土地なのに、なだめすかされ、〝多年性〟の郊外として発展を遂げていた。運転手はUターンをすると、歩道脇に車を停めた。

家のドアは開けられており、互いに名を呼び合う子供の声が聞こえた。奇妙にくぐもった声だった。ドアベルを鳴らすまえから、子供のひとりが引っ越し用の大きな段ボール箱をかぶり、箱に空けたのぞき穴からポアンカレに話しかけてきた。ポアンカレは膝をついて穴をのぞいた。そばかす顔と赤毛が見えた。

「自分の身元を証明せよ、地球人。ママ、誰か来たよ!」

ポアンカレがドアベルを鳴らすと、ジュリー・ヤングが家の奥から出てきた。赤毛をバンダナでうしろに束ね、シャツの袖をまくり上げていた。「取り散らかってるって言いましたけど、嘘は言わなかったでしょ？　カール、サム、おじさんにご挨拶なさい」最初の箱にひもでつながれたもうひとつの段ボール箱が、ポアンカレのほうにやってきた。

「おはよう、地球人」

「降参だ！」とポアンカレは言って両手を上げた。段ボール箱の大きさから言って、ふたりとも彼の双子の孫たちと同じ年頃のようだった。これが別の家で、別の大陸で、数ヵ月前なら、彼も箱をかぶり、膝をついていてもおかしくなかった。

「コーヒーをお出ししたいところですけど――マグカップが見つかりそうもなくて」ヤングの未亡人はキッチンにポアンカレを案内すると、プラスティックのカップを差し出して言った。「水でもいいですか？　袋の開いたポテトチップがどこかにあると思うんだけど」

食器戸棚の戸が大きく開かれ、皿の半分が新聞紙にくるまれていた。カウンターの上では紙パックに入れられた食品や缶詰が危なっかしい山をつくっていた。また、途中まで詰められた段ボール箱が、キッチンまでの廊下を人ひとりがどうにか通れる狭い小径に変えていた。家の奥の壁沿いには、すでに封がされ、ラベルが貼られた箱がずらりと並べられていた。それでも、引っ越しの準備完了までの道のりはまだまだ遠そうだった。キッチンのさらに奥に、ポーチと隣接した広い部屋があった。ホットタブが置かれ、そこからはサン・ガブリエル山脈の景観が眺められた。

「お忙しいときにお邪魔して申しわけありません」とポアンカレは言った。

ジュリーはバンダナを取ると、包装紙で皿をくるみはじめた。「月曜に引っ越すんですけど……なんとかするしかないですね、子供たちががんばってくれるかぎり。わたしも子供もこのことを乗り越えていかなければなりません、ミスター・ポアンカレ。ランドルのことでいらしたんでしょう？」

そう訊かれ、ポアンカレはヤングの暮らしがどんなものだったのか即座に理解した。いかにノーマルで堅実な郊外族の暮らしだったのか。有能で魅力的な妻。健康な息子たち。すばらしい環境。NASAという手堅い勤め先。ここでこんな人生を送っている男がわざわざ海を渡り、ホテルの洗面台に爆弾を仕掛けにいったりするだろうか。彼は写真を見て言った。「その……個人データにあったパスポートの写真は見てるんですが、でも、きっとこの写真のほうがご本人に近いんでしょうね。ハンサムな方だ」

「彼の個人データをご覧になったの？」

ポアンカレはもっとよく見ようと思い、写真に近づいた。が、ジュリーは包装紙を脇に置くと、彼よりさきに写真立てを手に取って言った。「タホ湖で撮った写真です。五年前に。ちょうど二番目の子供を身ごもっているときでした。そのときにはランドルもまだ健康を損ねてはいませんでした」そう言って、彼女は写真を掲げてポアンカレに見せた。が、彼に触れさせようとはしなかった。

「さぞお幸せだったことでしょう」とポアンカレは言った。

ランドル・ヤングはスポーツ選手のような体型で、背が高く、砂色の髪と魅力的な顔をした男だった。細面《ほそおもて》で、薄い唇にしっかりとした頬骨、頤《おとがい》が割れていた。彼の妻もランドルと同じくらい背が高く、見るからに頑健そうな女性だった。髪はカールした赤毛で、それはポアンカレがのぞき穴越しに見た男の子に受け継がれていた。隣りの部屋から子供のわめき声がした。未亡人になってまもない女性にしては――とポアンカレは思った――おだやかな声で、ジュリーはふたりの息子にオレンジジュースの缶を使って話すように言った。「きみたちはスパイなんでしょ？　スパイはほかのの誰にも聞こえないように話すものでしょう！」そう言って、ポアンカレのほうを向いた。「わたしが仕事から帰ると、ランドルとあの子たちが段ボール箱をかぶって、オレンジジュースの缶を使って三人でやりとりをしていて……そんなことをよくやってましたね。亡くなるまえ、ランドルはその無線機の改良版をつくるなんて言ってたんだけれど」

彼女は椅子の上にのせられた雑誌を別のところにどけて言った。「すみません。これぐらいのおもてなししかできなくて――質問をどうぞ。月曜にはもうここに次の人が引っ越してくるんです。だから時間があまりないんで」

「ミセス・ヤング」とポアンカレは切り出した。「私は殺人事件を調べています。爆弾を使った殺人で、きわめて珍しい事件です。というのも、使われたのが特殊な爆弾で、そう誰にでもつくれるものじゃないからです。あなたのご主人はそういう数少ない人物のひとりでした」

ジュリー・ヤングはポアンカレのために雑誌をどけた椅子に自分で坐った。

「あなたのご主人は〈ジェット推進力研究所〉でそういった化学物質の研究をなさっていた。また、学生のときには、三年続けて夏休みに鉱業会社でアルバイトをして、発破をかけていた。そう、調べたんです。また、あなた方はおふたりで今年の三月にヨーロッパを旅行された。そういうことから、現時点では私としてはあなたのご主人を容疑者に加えるしかほかに選択肢がないのです」

「だったら、あなたはまちがっておられる」と彼女は言った。「確かに、わたしたちはヨーロッパを旅しました。でも、ランドルはもうそのときから死にかけていました。爆破事件はいつあったんですか？」

「四月十二日です」

「それは確かですか？」

「ええ、私もそのとき現地にいたんです」

「だったら、わざわざお越しいただいたのに無駄足でしたね。ランドルは癌を患っていました。その最後の治療を試すのに、わたしたちがヨーロッパに行ったのは三月中旬のことです。南アメリカに生えている木の樹皮の抽出物を使った癌治療で成功を収めているクリニックが、ドイツのガルミッシュ・パルテンキルヒェンにあるんです。でも、効果はありませんでした。それでまたアメリカに戻ってきたんです。でも、ランドルは乗り継ぎ便に乗り換えることもできなかった。空港で倒れてしまったんです。ケネディ空港を出ることもできませんでした。インターポールの刑事さんなんだから、そんなことはもうご存知のことと思いますが」

考えていたことを実行に移すまえから、ポアンカレはすでに後悔していた。

「彼はもう枕から頭をもたげることもできなかったんです」と未亡人は続け、〝鍋と台所用品〟と書かれた箱の山にゆったりともたれた。「わざわざ来ていただいて申しわけないけれど、時期がまったく一致しません。わたしにはやらなければならないことがあるんで。悪いけれど――」

「ガルミッシュ以外に行かれたところは？」

「ミュンヘンに着くと、列車で直接ガルミッシュへ向かい、クリニックで一週間点滴を受けました。でも、そのあと血液検査をしても、結果は以前と少しも変わりませんでした。それでしかたなくこっちに帰ってきたんです」

「あなた方は十日間旅行されています」

「あなたの爆破事件の三週間前にね。点滴を受けたあと、クリニックの近くの宿に泊まりました。効果が現われることを祈って。泊まったのは二日です。でも、クリニックから嬉しい知らせが届くことはなくて、それで帰ってきたんです」

窓越しにサン・ガブリエル山脈を眺め、ポアンカレはガルミッシュ・パルテンキルヒェンを思い出した。

「アルプスを見て、ここを思い出されたのではありませんか？　ほかに何もなくとも、新鮮な空気だけは心地よかったことと思います。ミセス・ヤング、その二日間はどこに滞在なさったのですか？　近所の村ですか？」二日あれば、ガルミッシュからアムステルダムまで行って楽に戻ってこられる。

ジュリーはもの思いにふけるようにいっとき床をじっと見つめた。「ランドルは山が好きでした。実のところ、最後のチャンスに賭ける場所はどこでもよかったんだと思います。でも、そのクリニックはアルプスにありました。死ぬまえに彼が見たがったんです。ええ、わたしたちはクリニックの近くの村に滞在しました」

「ガルミッシュの？」

「そんなことはどうでもいいじゃありませんか！」

時々、ポアンカレは麻酔なしで爆弾の破片を取り除く乱暴な軍医にでもなったような気分になることがある。「それがどうでもよくはないんです」と彼は言った。「ご主人を容疑者リストからはずしたいと思われるなら、どこに滞在したのか教えてください。教えていただけないようなら、あなたは何か隠しごとをなさってるんじゃないかと思い、クリニックに電話をして自分で確かめます。その場合、クリニックだけじゃなく、あなたが泊まった宿にも電話をして、あなたのご主人が話をした相手全員に訊き込みをします。可能なかぎり。その結果、あなたがおっしゃるとおりなら——そのことを疑わなければならない理由は何もありませんが——ご主人はとても弱っておられたというのが事実なら、それで一件落着です。もうあなたを煩《わずら》わせるような真似はいっさいしません。あなたにお詫びを申し上げ、ご主人を容疑者リストからはずします。だからどうかお願いします——クリニックを退院して、血液検査の最終結果を待つあいだ、あなた方はどこに泊まっておられたんです?」

彼女は震えていた。

ポアンカレは待った。どうしても答を聞く必要があった。

「シャルニッツです」と彼女は言った。

「ドイツとの国境沿いのオーストリアの? 知っています。ミュンヘン-インスブルック線が通ってますね。そこに泊まったんですか?」

「ええ」

「宿の名前は?」

「覚えていません」

「お願いします」とポアンカレは言った。「小さな村です。宿屋がそう何軒もあるとも思えない。必要ならその全部に電話します。あなたとご主人の写真をメールで送ることもできます」

ジュリーは信じられないといった顔でポアンカレを見た。「ほんとうにそんなことまでやるんですか?」

「その宿はなんという宿です、ミセス・ヤング?」

「宿には泊まりませんでした」

「だったらどこに?」

「ランドルの両親のところに泊まったんです。最後の別れを告げるために」

もっともらしい答だ、とポアンカレは思った。が、妙だ。「ご主人はアメリカ市民ですよね。でも、ご主人のご両親はオーストリアにお住まいなんですか?」

「義父は国務省生え抜きの外交官で、ランドルが九歳かそこらの年頃から八年間、ミュンヘンに駐在していたんです。だから、ランドルの子供の頃の思い出はほとんどがヨーロッパでのものなんです。スキーに山登りにハイキング——義父母とも山が好きで、それで別荘まで買って、その別荘がアルプスに登るときのベースキャンプのようになっていました。義父のルイスは引退すると、義母のフランシーンとともにその別荘に住むようになって、ランドルは機会を見つけては義父母を訪ねてました。実際、パサディナよりそっちのほうに愛着を持っていました。生まれてから十八年のあいだに六回も引っ越しをしていたら、どこが自分の故郷とは言いにくくなるものでしょうけど。ランドルがこっちに来たのは学校にかようためです――彼は鉱山の仕事をしたがっていたんです。もしかしたら、山の近くで仕事ができればなんでもよかったのかもしれないけれど。わたしたちが出会ったのはカリフォルニア工科大学です――彼が博士課程にいるときのことです」

「あなたは何を?」

「彼と同じ化学を専攻していました。有機化学研究室でふたりとも助手をしてたんです」

「化学者向けの仕事はコロラドにもいろいろとあるんですか?」

「いいえ。あまりないでしょうね」

「それでもコロラドに引っ越されるのは――」

「これから何年かは育児に専念するためです。子供たちにはわたしの親戚の牧場があるんです。コロラドにとって、いとこや伯父さんがいるというのは悪いことじゃないと思ったんです――これであなたの質問に対する答になってますか?」

「ご主人のご両親のことですが、どうして最初からそうおっしゃらなかったのです?」

「主人のプライヴァシーを尊重したかったからです――それに義父母の悲しみもね。それでもあなたは電話をなさるのね」彼女の眼が涙で光った。

「ええ、します」とポアンカレは言った。「誤った者の手に渡れば、大変な事態を惹き起こしかねない化学物質が出まわっているのを放っておくわけにはいきません。現にそのためにひとりの人間が死んでるんですから」

「わたしの主人も死んだのよ!」

「わかっています。そのことについては心から――」

「何も言わないで!」

ジュリーはもはや完全に心を閉ざしていた。が、ポアンカレとしてはここで引き下がるわけにはいかなかった。「あと一点」そう言って、ポケットに手を入れ、フェンスターのパスポートの写真を取り出した。「この人物を知っていますか?」

「帰ってください」

「あるいはこの女性たちは?」彼はダナ・チャンビとマドレーン・レーニアの写真を彼女のまえに置いて、反応を観察した。彼女の眼はすでに赤く、肩で息をしていた。そんな状態で表情の変化を読み取るのはむずかしかった。彼女自身、写真に眼をやったものの眼の焦点がきちんと合っていなかった。

「立ち入ったことばかり訊いてほんとうに申しわけありません」とポアンカレは写真を集めながら言った。

「ご主人にはいかなる犯罪記録もないことはわかっています。ご主人は駐車違反の切符を切られたことさえないことも知っています。ご主人はあなたやほかの人たちが言うとおりの人だったんだと私も思っています。それでも、爆弾の特殊性を考えると、浮かび上がる爆弾犯はかぎられているということだけははっきりしてるんです。容疑者はこれほどにもかぎられた人間の中のひとりなんです」そう言って、彼は親指と人差し指で小さな隙間をつくってみせた。「ただ、ひとつわかっていないことがあります、ミセス・ヤング。あなたのご主人はもしかして敬虔《けいけん》な人でしたか――ひょっとして熱烈なキリスト信者だったということはありませんか?」

「なんですって?」

「あるいは終末論者だったというようなことは?――世界はもうすぐ終わると信じていたというようなことはありませんか?」

「あなた、いったい何を言ってるの?」

ポアンカレはドアのほうに半歩行きかけて言った。

「昨夜、ご主人とあなたの信用調査書を見ました。すばらしい眺めが見られるこの素敵なお宅ですが、そのローン——百二十五万ドル——が三月二十四日に完済されています。私は最初、生命保険だと思いました。でも、ミセス・ヤング、あなたがアメリカに帰ってこられたのは三月二十日です。ご主人が亡くなられたのも。死亡証明書をそんなに早く保険会社に送るのは無理です。また、どんな事情であれ、保険会社は三日や四日でそれほどの金額を支払ったりはしません。そういった額の場合、保険会社は通常、保険金詐欺の疑いはないかどうか調査するからです。だから普通はもっと時間が——」

「出ていけ！」と彼女は叫んでディナー皿をつかんだ。

ポアンカレはとっさによけようとした。が、投げつけるかわりに、ジュリー・ヤングは皿を新聞紙の上に置いた。そして、うつろな眼をして皿を新聞紙で包み、何かの曲をハミングしはじめた。

ポアンカレは思わずスーツケースを地面に落とした。

「医者にはかかってるのか？」ローランは咳をした。それを見て、もはやどんな医者の診断も無意味なことをポアンカレは悟った。「明日フランスに帰る。一緒に帰ろう」

「悪いが」とローランは言った。「おれは予定どおり捜査報告書を提出するつもりだ。リヨンのお偉方はまだおれはちゃんと仕事ができる状態にいると思ってる。こっちからよけいなことを言って、やつらを悲しませることはない」

「とても仕事なんかできる状態じゃないだろうが。体重はどれぐらい減った？」

「ダイエットは充分したよ。それに仕事があるから生きてられるんだ、あえて言えば。そんな大騒ぎしないでくれ」

ポアンカレはドアマンにスーツケースを渡して言った。「バーに連れていってくれ」

33

ポアンカレはスーツケースを手に〈パリス・ホテル&カジノ〉のまえに立った。耳になじんだバリトンが聞こえたかと思うと、力強い手に肩をつかまれた。

「このホテルを選んだってことは、やっぱりヨーロッパの魅力には敵わないと思ったわけだ。ラスヴェガス万歳、アンリ！」耳に馴染んだセルジュ・ローランの声だった。ポアンカレは振り返って旧友を抱きしめようとした。が、そこに立っていたのは幽霊だった。ローランはカップに注いだ消毒用アルコールのにおいのする緑の液体を飲んで、指を一本立てた。「しっ！話題にしなきゃ、そんなものはすぐにどこかに消えていく」

ローランのうしろについて窓のないカジノの中を歩いた。カジノはパリを模した造りで、パリを訪れたことがない者でもセーヌ河畔を散策している気分を味わえ、それを思い出にできるよう設えられていた。パリのメトロの駅の緑青《ろくしょう》の浮き出た格子の下に、ゲームテーブルが置かれていた。天井には夏空が描かれ、その天井を突き破るように、ゴジラのロボット版のような、ハーフサイズのエッフェル塔のどっしりとした二本の脚部が立っていた。それがここのカジノのランドマークだった。そうしたものから受ける全体の印象はどこかしら不合理なもので、ポアンカレは催眠術にでもかけられているような気がした。現実の人間が現実の金をつかい、笑い、飲み、どこまでも愉しんでいる映画のセットそのものだった。ポアンカレがブラックジャックのテーブルに見たものが何かを示唆しているとするなら、そうした凝った演出もやるだけの意味はあるにちがいない。そのテーブルでは、ダークブルーのドレスを着て、ダイアモンドを身につけた、見るからに退屈そうな女が大穴を狙った2ではなく、ジャックを配られ、数千ドル損をしていた。支払いの遅れている彼のブドウ園のローンの四回分を一瞬にして失っていた。そんなことがありうるのか？　女は高く積まれたチップの山から何枚かいとも簡単に三個所に賭けた。ディーラーは使用済みのカードとチップを手なれた一連の動作でさらうと、次のカードを配った。スロットマシンの派手な音と7の目を狙うクラップス・プレーヤーの雄叫《おたけ》びの波間にエディット・ピアフの歌声が漂っていた。

ローランがエレベーターを見つけ、ふたりは乗り込んだ。ドアが開くとそこは二階のラウンジで、その名を読んでポアンカレは言った。「嘘だろ」

「〈リスク（危険）〉」とローランは言った。「酒場にこれ以上の命名はないね。だけど、おれが飲みものを注文するあいだだけ黙っててくれ。ここにはびっくりするほどすばらしいワインがそろってるんだ」ふたりはフランス語で話していた。それに気づいたのだろう、胸の谷間をたっぷり見せた若いウェイトレスが近づいてきて陽気に言った。「ボンジュール！」

ポアンカレは腕時計を確認して応じた。「ボンソワール。あの窓のそばのカウチに坐ってもいいか《エ・ス・コン・プー・サスワール・シュール・ル・デイヴァン・プレ・ド・ラ・フネー》な《トル》？」

若い女はきょとんとしてポアンカレを見つめた。

「窓ぎわだ」とローランが笑みを浮かべて言った。「窓ぎわの席は空いてるかい？」

ふたりは女に案内され、ラウンジを横切って外の大通《ストリップ》りのパノラマが望める席まで歩いた。音そのものが眼に見えそうなほどの大音量でサルサがビートを刻んでいた。ポアンカレはラミネート加工されたカードを――〝お客さまのあらゆるご要望のためにエレガンスとエネルギー……をお約束します〟と書かれていた――に手を伸ばすと、サルサに逆らって声を張り上げた。

「なんなんだ、これは？」ローランは眼を閉じて一息ついており、ポアンカレのことばを聞いていなかった。ポアンカレはそんなローランの腕を揺すって言った。「だいたいなんできみはまだここにいるんだ？」

「質問は二回までだ」

「セルジュ、冗談はなしだ」

「こっちもだ。おれの任務は〈歓喜の兵士〉の活動に関する報告書を書くことだ。もし気づいていないのなら言っておくと、ここラスヴェガスには世界のどこより――たぶんロスアンジェルスを別にすれば――魂の救済が必要な輩が数多く集まってる。それになんと言っても、ラスヴェガスは歓喜主義者の聖地だろうが、アンリ」彼はまた咳をしだした。「この地の判断はこの地の残りの部分も全部見てからくだすことだ。買いものをしたけりゃ、ここには〈ラ・ブティーク〉がある。高級ワインが欲しけりゃ、〈ラ・カーヴ〉がある。女にアクセサリーを買ってやりたきゃ、〈ラ・ヴォーグ〉へ行けばいい。アメリカにいれば、それだけで人生をハイライトで生きられる。まさに漫画だよ、アメリカは。だけど、これだけは言える、ル・ブールヴァールでスリにやられるなんてことはありえない。このカジノの警備はまさに信じられないほどだよ」ローランはワインリストを見ながら言った。「おまえさんもここに数十ケース売るべきだ。フランスのものならなんでも飛びついてくるから。それがどんなにひどいものでも」

親しいがゆえの侮辱のことばも、今ではもう笑えなかった。ポアンカレは通りをはさんだ〈ベラージオ・ホテル&カジノ〉を眺めた。ホテルのまえの噴水のアトラクションがちょうど始まったところだった。そのアトラクションを見ながら、彼はローランに現在の自分の人生の惨状を話した――クレールは片足をこの世界に、もう一方の足をポアンカレにはいることのできない世界に置いており、以前のクレールではなくなってしまったこと、エティエンヌは三十歩歩くのがやっとで、そのあとは苦痛のために歩けなくなること、ルシールは最後の移植手術で感染症を惹き起こしてしまったこと、ジョルジュは新しい脚に少しずつ慣れてはきているものの、今でも兄の名を呼びつづけていること、エミールの昏睡状態は軽くなりつつあるものの、今でも昏睡と覚醒が続き、母親の手をぎゅっと握りしめてはすぐに意識を失ってしまうこと。「それでも医者たちはそれを回復と呼んでいる」とポアンカレは言った。「エティエンヌはもう私には口も利いてくれず、孫に会わせてもくれない」そう言って、彼は手のひらを額に押しあてて熱がないかどうか確かめた。

「おまえさんは自分の仕事をしただけのことだ」とローランは言った。「バノヴィッチはいかれ頭だ。それでも、あいつがほんとうにおまえさんに狂犬をけしかけるような真似までするとは誰にも予測できなかった……アンリ、おれがクロエのことを聞いたときにはおまえさんはもうここアメリカに発っていた。なんと言えばいいか、ことばが――」

ポアンカレはローランを制して言った。「われわれはきみの癌について議論したりしない。同じように私の孫についても議論したりしない」

ローランはうなずいて言った。「ウェイトレス！　フランシュ・バージュの一九八二年物を頼む」

「どうしたんだ、セルジュ！　六百ドルもするぞ」

やってきたウェイトレスがさがると、ローランはにやりとした。

「何が可笑しい？」

「何が可笑しいって、おまえさんとは三十年のつきあいだが、いまだにおまえさんはいいワインに自分を忘れることができないでいることだ。実際、この四半世紀のあいだにおれはおまえさんが懐手《ふところで》をして、くそ一分間考えるのを何度見てきたことか」ローランは伸びをすると、カウチの背もたれにゆったりともたれた。

「おまえさんの親父さんの予言を今でも覚えてる。親父さんは、おまえさんにはこの仕事は長くは続かないだろうって言った。たとえ長く続いても、おまえさんはその仕事で天性の才能を開花させることにはならないだろうってな。親父さんは確かになかなかやりにくい人だったよ。それは認めよう。だいたいおまえさんにアンリなんて名をつけるなんてな。親父さんは何を考えてたんだろう？」

「親父は自分の一族に数学者がひとり欲しかったのさ」とポアンカレは言った。「自分はそういう遺伝子を引き継いでなかったもんだから、よけいそう思ったんだろう。だけど、私も第二のジュール・アンリにはほど遠かった。親父はさぞかしがっかりしてたことだろうな」

「ばかばかしい！　おれたちは子供の頃に社会科の授業で教訓を得た世代だけど、もしまちがってたら言ってくれ。そもそもきみの曾祖父はそれまで誰も調査できなかった事故の調査をした鉱山技師だった。落盤のあった鉱山に自ら赴き、論理的に原因を推測し、報告書を書いた。そして、のちに鉱業局の監察官になった。と同時に、世界の数学界の寵児にもなった。カオス理論で。相対性理論で。位相数学で。つまるところ、おまえさんの曾祖父は生活のためにちゃんとがんばった人だったということだ。おまえさんも同じことをしてる。ただ、がんばる場所が、掘る穴が、ちがうだけのことだ。それはつまり、おまえさんはおまえさんで曾祖父のしていたことをちゃんと受け継いでるってことだ。そこのところを親父さんは見ようとしなかった。でも、ジュール・アンリが今生きていたら、きっとおまえさんを誇りに思うだろうよ」

セルジュ・ローランにはもはや余命いくばくも残されていないように見えた。これで彼がいなくなってしまったら、自分の人生はどれほど薄っぺらなものになってしまうのだろう？　ポアンカレはそのことを思わないではいられなかった。

ワインが届けられるまでふたりは黙って音楽を聞いた。そして、二杯目のグラスを空《から》にしたところで、ポアンカレは自分が旧友とともに船の舳先《へさき》に坐り、月影の中、風が掻き乱す波を眺めているところを想像した。

「リヨンは私をお払い箱にしたがっている」

「おまえさんも勧告を受けたのか？　まあ、お互いそういう歳になったということだな……今さら言うまでもないが」とローランは窓の外を眺めながら言った。「これまでの妻たちの誰といても、現場で捜査しているときに湧き出るほどのアドレナリンは出なかった。四人が四人ともおれが家にいることを望んだ。だけど、おれには現場にいる必要があった。現場にいればこそ自分が求めるものを得られたからだ。それが今では知りもしないやつらに世話をされなきゃならない身になった。そんなことは文字どおり死んでも願い下げだ。おれは病院のベッドの上じゃなく、女の上で死ぬよ」

DJが音楽をサルサからメレンゲに変えた。ローランはごつい銀の指輪をテーブルに打ちつけてリズムを取りはじめた。「ラスヴェガスが幻想であっても全然おれはかまわない。おれはここが好きだよ！」そう言うなり、また咳をしはじめた。今度はハンカチに赤いものがついたのをポアンカレは見逃さなかった。ローランはポアンカレの表情に気づいて言った。「センチメンタルなことを言っておれを落ち込ませないでくれな。もう目一杯落ち込んでるんでな」

ポアンカレは眼を閉じた。

「おれの仕事の話をしよう——それで少なくともお互い気分が変わるだろう」とローランは言った。

「話してくれ。もう一本要りそうだな——私には払う余裕はないが」

ローランは空《から》のボトルを掲げ、ウェイトレスに合図した。「おれがどれほど〈歓喜の兵士〉どもを毛嫌いしてるかはもう言うまでもないと思うが、それでも正当な評価はやつらにもしてやらなきゃな。それはやつらのマーケティングだ。それをマーケティングと呼べればだが、それだけはすばらしい。八月十五日に空を見上げない人間がどれぐらいいると思う？」

ポアンカレは指を塔のように立て、その隙間から噴水を眺めて言った。「今日の夕方、空港で見たカウントダウンのカレンダーは二十五日になっていた。同じものを五つの都市で見た。あのカレンダーは今やいたるところにある」

「そういうことだ」とローランは言った。「わかったところ、やつらには三派ある。ひとつは街角で祈ってる姿を見かけるだけの人畜無害な連中だ。やつらはたとえ聖アウグスティヌスの墓に爪先をぶつけたって、キリスト教のなんたるかさえ理解しないだろうよ。次はいたって真面目な連中だ。こいつらも街角にいる。が、こいつらは少なくとも自分たちの教義を理解していて、一生懸命福音を広めようとしてる。これらがそもそもの〈歓喜の兵士〉たちだ。おれに言わせりゃ、ローブをまとった狂信者だ。でもって、最後が分離派だ。なんとも愉快な性格で、善行を積んでる人たちを殺してるやつらだ。キリストの再来を早めるためにな。ヤバいのはこいつらだ」

「それでも、キリストのための自爆テロ犯ほどではない？」

「その手のやつらは完全な一匹狼だ、アンリ。分離派は暗殺リストをつくるのに会合を開く。自爆テロ犯は〈歓喜の兵士〉とはまったく関係のないやつらだ。宗教的にしろ政治的にしろ、やつらにはどんな計画目標もない。今のところ、やつらがローブをまとってイエスを唱えてるのは、ただ自分たちの病を神の思し召しに見せるためだ。それより何に驚かされるって、八月十五日までのカウントダウンだ。誰もがその日を知っている。今やインフルエンザの大流行並みに世界に広まってる。そう、まるで同じモデルだ」


ポアンカレは背もたれから上体を起こした。

「そんなに驚かなくてもいい。今は病理学者が病気を研究するのと同じやり方で、数学者が噂の研究をする時代だよ。両方ともコンピューター・モデルを利用して蔓延のシミュレーションをつくって、それを阻止する方法を見つけるのさ。ちがいはその対象がウィルスか再臨の噂かというだけのことだ。いずれにしろ、ともに痕跡を残す。熱が出るか、カウントダウンのカレンダーが出現するか。その力学は驚くほど似てる。さらに、データポイントを決めて実地調査をすれば、興味深いことが明らかになる。噂が職場、市、郡、地域、さらに国から大陸へと広がるさまがしっかり見られる。そのグラフは別々のレベルで並べてみても、どれがどのレベルのグラフなのか見分けがつかない。インフルエンザも同様だ。アムステルダムでのキトの話を覚えてるか？　ニュージーランドのクライストチャーチの海岸線に関する話だ。海岸線の一部を拡大したら、それが一キロのものなのか四十キロのものなのか、まるで判別できなくなるという話だ。それと同じことが噂にもインフルエンザにも言えるということだ。部分を見れば──」

そのあとはわざわざ聞くまでもなかった。

気づくと、ポアンカレはポケットの中に突っ込んだ手でバッファロー五セント硬貨を弄《もてあそ》んでいた。それが霊験あらたかな勾玉《まがたま》ででもあるかのように撫でていた。そうすれば、精霊が現われるとでもいうかのように。そうすれば、不運を幸運に変えることができるかのように。ほかでもないこのラスヴェガスで。それが今の世界なのだから。彼は善を為そうと努めてきたのに、そのことが彼と彼の愛する者たちをどこに導いたか。彼はポケットの中で硬貨を放した。長いこと抗ってきた何かが神の御名を唱えることを求めていた。

大通り《ストリップ》の向こうでは、ミクロンで計られる金《きん》の原子と光年で計られる星雲が水に反射していた。彼は山の中に川を、森の中に山を、もはや深呼吸さえできなくなった友の肺の中に光る稲妻を見た。何週間ものあいだ、深い構造の最深部が彼に歌を歌っていた。天使のような案内人さながら。彼にはその歌に抵抗することがもはやできなくなっていた。だから、このカジノが教会だったら、彼も神の御名を唱えていただろう。しかし、それはできなかった──今はまだ。なぜなら海の向こうでは家族が今も打ちひしがれており、今この場では友が死にかけているからだ。神が子供殺しを認めたりするだろうか。無辜《むこ》の人々の苦しみを容認したりするだろうか。この三十年、彼は不幸に襲われた善き男女が天に向かって手を差し出すのを見すぎてきた。耐えられず、彼は小さな叫び声をあげた。ローランはそれを聞きちがえ、さきを促されたものと思って言った。

「どうして噂は広がるのか教えてやろう、アンリ──人はみなカオスを通り抜ける道を見つけたいからさ。

おれはもう死にかけてる。そんなおれにしてみりゃ、〈歓喜の兵士〉の言っていることを受け容れ、主の右手にわが身を委ねるほうがよほど心地いい。そうは思わないか？」

「まさか信じてるわけじゃ――」

「信じちゃいないよ」

「八月十五日が過ぎても何も変わらない？」

「何も変わらない」とローランは言った。「〈歓喜の兵士〉が永遠の平和を提供してくれようと何しようと。それが信じられれば幸せになれるのかもしれない。だけど、たとえそういうことができたにしろ、おれにはそんなことをするつもりはないよ。そんなことで何かが変わったためしがあったか？」

「さあ、どうだろう」

「おまえさんはギリシア神話に出てくる黄金時代を信じるか？　エデンの園を信じるか――苦悩のない世界を？」

「私にはもう何もかもわからなくなった」

「何も昔と変わっちゃいない。この世界は太古の昔からずっと終わりかけてるなんてな。そんなふうに考えてる終末思想カルトについちゃ、そのカタログを見せておまえさんを退屈させてやることもできなくはない。なぜって、おれはそういうカルトを全部調べたからだ。だから、八月十六日になったら、〈歓喜の兵士〉も掃いて捨てるほどあるこれまでの終末思想カルトの仲間入りをするだけのことだ。キリストのための自爆テロリストは自爆をやめ、分離派は暗殺をやめ、世界はまたもとのノーマルな姿に戻るだろう――ノーマルというのがなんであれ――マヤの暦が消滅するまでは。でもって、この〈歓喜の兵士〉の狂気とまるで変わらない新たなたわごとがまたぞろ湧いてくる。おれが生きてるあいだにそういうものが出てくるかどうかはわからないがな。かくして世界はめぐるのさ、アンリ。名前はちがっても中身は変わらないものがまたぞろ出てくるのさ」

ポアンカレは二本の指を腕に言わせて言った。「カオスを通り抜ける道か──気に入ったよ。フェンスター事件の解決にたどり着ける道もあればいいんだが、これまでに訊き込みをした全員が真実を語っているとしたら、もう何も打つ手はなくなる。秘密が隠されたハードディスクは手元にあっても、それが開けられる確率は数十億分の一だ。私は孫を殺した犯人さえ見つけられずにいる。私には訊き込みをした全員が嘘を言っているとしか思えない」

「それがわかっただけでも進歩じゃないか！　核心に近づいてるんだよ」そう言って、ローランはグラスを掲げた。「おれの夢の捜査官、アンリ・ポアンカレに。鉱業局の監査官にして、輝ける一族の守護神に。鉱山技師に！　アンリに、掘ることに！」

ふたりはグラスを合わせた。

ポアンカレはもうこれ以上耐えきれなくなり、痩せて骨ばったローランの腕をつかんだ。「クレールのいるところへ私と一緒に来ないか？　部屋はある。いや、きみの本来の居場所の馬屋も用意する。ひとりぼっちで死なないでくれ、セルジュ」

ローランはポアンカレの手をそっと振りほどくと、煙草に手を伸ばした。そして、マッチをすり、一服し、すでに痛めつけられた肺がこらえきれるかぎり煙を吸い込んで言った。「おまえさんって男はどこまで馬鹿なんだ？」

「今でも煙草なんぞを吸ってるきみに言われたいとは思わない」

「おまえさんがどれほど馬鹿か教えてあげよう。おまえさんは家族ともども自分をおれの穴に落とし込もうとしてる。それほど馬鹿ということだ。まあ、おれは自分の穴をもうそれほど長く独占しようとは思わないが。それより最後に確かめたときにはおまえさんの穴も充分深かったぞ」彼はそこでポアンカレの肩越しにラウンジの入口を見やり、ふたりの女に手を振った。

「ああ！　午後十一時の約束どおりだな。女たちが来た！」そう言うと、ふたりの女にダンスフロアを横切ってくるように身振りで示した。「きみたちにわが友、アンリを紹介させてくれ。こいつは警察の世界じゃちょっとは名の知れた男でね。こいつもまたフランス人だ」

　彼女たちもまた典型的な存在だった。充分リアルながら、ハーフサイズのエッフェル塔と同じくらいラスヴェガスの漫画そのものだった。マリリン・モンローに似たほうがローランの腰に腕をまわし、もうひとりが言った。「パーティに来てよ、アンク。今夜のセルジュのお望みはあたしたちふたりだったんだけど、友達がいるのよ」

「それは駄目だ、おまえさんたち。彼には大事な仕事があるんでね。解決しなきゃならない大問題があるのさ」ローランはモンローの頭のてっぺんにキスをして囁いた。「ここだけの話、実は彼は掘ってるんだ、ひい祖父さんの真似をして。誰にも言うなよ」そう言って百ドル札を十五枚テーブルに置くとポアンカレをまっすぐに見すえた。「さよなら、アンリ。もう会うことはないだろう」ローランはそれだけ言うと、ふたりの女を両脇に引き連れ、ラウンジを出ていった。

34

その夜、ホテルの廊下で女がくすくす笑いながら言っていた。「ボビー、やめて！　部屋まで行ったら、わたしが自分ではずすから」

ポアンカレはコンピューター画面の明かりに照らされ、フェンスター事件に関して得られた資料のすべてをホテルのベッドの上に広げた。ロイ、ベル、キト、レーニア、チャンビ、ミネソタの養子斡旋事務所、〈ジェット推進力研究所〉、ランドル・ヤング、大使館爆破事件、ギュンターの検死報告書、指紋とDNA鑑定に関するジョンソン捜査官の報告書。ポアンカレはフェンスターのハードディスクを入れたコンピューターをまえにして、それらのファイルの真ん中に坐った。パスワードを解く鍵がこれらのファイルのなんらかの組み合わせと無関係なら、どこに行き着くこともできない。ひとつひとつに九十五の可能性がある、無作為でない六十七の文字の組み合わせ。定数であれ級数であれ、それが数学者にはよく知られた数字であっても、ポアンカレにはそれを見つけることはできない。そこまでは実際に確かめてわかっていた。あとはことばのフレーズか。なんの手がかりもないにしろ。

ジュール・ポアンカレならこのパズルにどうやって取り組んだだろう？　ポアンカレは思った――そもそもこれは曾祖父がおれのところに持ってきたような事件ではないか。だったら一度ぐらい曾祖父の霊を呼び出すのも悪くない。彼は曾祖父に呼びかけた――ひい《グラ》おじいさん《ン・ペレ》――誰の眼にも明らかなところに隠された大いなる真実を見つける天性の才に恵まれたひいおじいさん……少しでも見てください。ポアンカレはファイルに手を置いた。何が明らかなところに隠されているのか？　おれは何を見落としているのか？

ポアンカレは〝フェンスター――アパートメント〟と書かれたファイルを開いた。その中にはジョンソン捜査官の報告書もはいっていた。一枚一枚ポアンカレはギャラリーの中から写真を見ていった。今回は画像の表面の美しさのさきにあるもの、フェンスターが集めようとしていたものまで見通せるように努めた。衛星の望遠鏡を使って記録された火星のクレーターもまた、地球上の木の葉の細胞や市街の道路に酷似していた。ポアンカレは写真についていたキャプションを要約した自分のメモを見た――三角州＋カリフラワーの葉。ありふれた地衣植物＋アイルランド（衛星画像）。稲妻＋眼の血管＋歩道のひび割れ＋木＋山の稜線。五十ほどに分類されたその手の画像を見つめ、ポアンカレはできるかぎりフェンスターの結論に近づこうとした。この世界において根源的で、限界まで単純化されていながら、同時にそうとも言えないもの。異なっていながら異なっていないもの。単数でもあり、複数でもあるもの。同じもの。

〈ベラージオ〉の噴水が思い出された。ポアンカレはメモの別のページをめくった。そこにはキャプションの上にフェンスターがさらに書き加えた文句が書き写されていた――同じ名前。相違？　数学はアートだ。さらに別のファイルを開いた。そこにはジュール・アンリが一世紀もまえに注目し、フェンスターがライフワークとして引き継いだことがポアンカレの丁寧な筆跡で書き写されていた――鉛筆の先で押さえながら、その語数を数えた。十二語。次に文字数を数えた。五十五文字。文字数にことばとことばのあいだのスペースを加えた。六十六。それにピリオドも加えた。六十七。

誰にも見える場所に粘着テープでとめて隠されていたのだ。ジュール・アンリやフェンスターが推し量ったほかのあらゆる謎同様。生物学より深く、この世界を含めてどんなものより古い宣言――〝数学とは異なるものに同じ名前を与える芸術のことである〟。ポアンカレがそのパスワードを打ち込むと、コンピューター画面が明滅し、ファイルが決められた時間に開花するバラのように開いた。

35

その夢はあまりにいきいきとしていた。ポアンカレは顔一面に陽射しがはっきりと感じ取れた。ただ、それが自分の顔なのか、母親の顔なのか、父親の顔なのか判然としなかった。感情も自分のものかと思えば、次に両親のものになり、また自分のものに戻った。その日の朝、三人はモンブランの低い丘をハイキングしており、丘の小径を曲がるたびにはっと驚かされるほどの山の絶景が眼のまえに現われた。空気は澄んで、山の頂《いただき》からやさしい風がよどみなく吹き、あたりにはエーデルワイスが咲き乱れていた。十二歳のポアンカレはしっかりとした足取りで浮き浮きとして歩いていた。道が百八十度近く折れ曲がっているところに差しかかり、両親を振り返った。ふたりとも立ち止まって彼を見ていた。すると、そこで彼自身が両親になった。あるいは両親のどちらかになり代わり、前方にいる彼に手を振っていた。と思うまもなくまた自分に戻り、こんなことを考えていた。こんなにすばらしい日なのに、母はどうして泣いているように見えるのだろう？　それなのにどうして父と手をつないだりしているのだろう？　広大な空と山々を背景に立つぼくを幸せそうに見上げているのだろう？　そこで彼は痛みを覚えた。それは美しくもまた甘い痛みだった。クレールのアトリエで眼を覚まし、ポアンカレは彼の両親が賢明にも心得ていたことを改めて知らされた――人はこの世における最愛のものをなくすということを。

彼は遅い夕食をとると、クレールのアトリエに来て、くずおれるようにして眠ったあと、曙光と奇妙な夢とともに目覚めた。リヨンには、クレールのアトリエの賃貸契約を解約し、インターポールの新局長と会うためにだけ滞在して、それがすんだらフォンロックに直行するつもりだった。襲撃のあと、彼はクレールのアトリエに足を向けることも、妻にかわって雑事をこなすこともできずにいた。しかし、賃貸契約を解約するとなれば、アトリエの今の状態を実際に見て、大家と話し合う必要があった。クレールがすぐにまた絵を描きはじめることなど考えられず、今はフォンロックに住んでいるのにアトリエを持っている意味などどこにもなかった。費用のことを考えるとなおさら。なんの意味もない。

クレールはアトリエにシングルベッドとホットプレートを持ち込んでいた。創作衝動に駆られたときに、食事や睡眠をとるためだけに家に帰る時間を惜しんだのだ。ポアンカレはそんな妻の創作活動を決して邪魔しないことをとっくの昔に学んでいた。ある〝事件〟がきっかけだった。彼女の創作への没頭はたいていい彼女が新作を考え、アトリエで長い時間ひとりで過ごすことから始まるのだが、一度、彼は過ちを犯した。四日ほどの出張のあと、アトリエの階段を駆けのぼり、ドアをノックしてしまったのだ。彼女はドアを開け、彼がイーゼルに掛けられた彼女の絵を見たのに気づくと、イーゼルまでつかつかと歩み寄り、パレットナイフでその絵をずたずたに切り裂いた。「まだ描きかけなのに！」彼女は文字どおり怒鳴った。「まだ描きかけなのに！」そんなことがあって、ふたりは、ともにもっと理性的なときに――彼女が絵を描いていないときに――話し合い、創作を邪魔されないよう毎日彼女が自宅の留守番電話にメッセージを残すことで合意したのだった。なんのメッセージもないということは、彼女が死んでしまったことを意味し、彼としては彼女の遺体を引き取りにいかなければならないことを意味した。彼女は自分の中にはジーキル博士とハイド氏がいることを彼に謝り、自分としてはできるかぎり彼にはそのことを気づかせまいとしていたのだが、と弁明したが、それは言わずもがなだった。自分がどういう契約書にサインしたのかということはポアンカレにもよくわかっていた。

ふたりが初めて出会ったのはパリで開かれた審査制の展覧会でのことだった。彼女が出品し、最優秀賞を受賞した展覧会だったが、彼が彼女の作品に近づいたとき、彼女はそのそばにはいなかった――木製パネルに入れられた小品で、女性のヌードにも川を流れるヤシの実にも見えるものが描かれていた。「どう思います？」彼がその作品を見ていると背後から声がした。「よくわからないけど」とポアンカレはなおも作品を見ながら言った。「なんだか気に入ったんですよね。その理由はわからなくても。これは売りものですか？」彼はそう言って振り返った。彼女はゆるぎのない視線で彼をまっすぐに見ていた。彼はいささかたじろいだ。彼女は束ねて髷《まげ》に結った髪に絵筆を挿していた。その日の朝も絵を描いていたのだろう、手は絵具で汚れ、テレピン油のにおいがした。

「売りものじゃないんです」と彼女は言った。「でも、あなたにあげます」

それがふたりをディナーに導き、さらに彼女のアパートメントへと導いたのだった。

クレールがアトリエにこもってはまた家に戻ってくるというのは、ふたりにとって長年の習慣だった。彼女が深い悲しみから帰還することに彼が期待を抱くのは、その習慣のせいもあった。アトリエは彼女が数カ月前に放置したままになっており、イーゼルには描きかけの絵が掛かっていた。何が描かれているのか、ポアンカレにはよくわからなかったが、赤と黄が何かの刈り跡のように塗られており、街の灯を思わせた。自分が妻の作品をよく理解しているとは言えないことは彼にもよくわかっていたが、ほかにきちんと理解してくれる人のいることは夫として嬉しかった。クレールには、パリにもミラノにもニューヨークにもロスアンジェルスにもブエノスアイレスにもちゃんとした画商がついていた。絵が完成すると、彼女は自分で梱包して送り、画商たちがそれを売る。ポアンカレは彼女の絵を長く見てきて、感情をヴィジュアル化したのが彼女の絵だと思うようになっていた。音楽の旋律がさまざまな感情を喚起するようなものだと。

また、今になって、エティエンヌがクレールのいいところを引き継いでいることに感心させられることがよくあった。たとえば豪胆なところ。それに空間と色との両方でものを考えることができる天性の才。彼はベッドの端に腰かけ、彼女の枕を引き寄せた。彼女のにおいはもうなくなっていた。彼は使いかけの絵具や、キャンヴァスをイーゼルに張るための珍妙な器具に指を這わせながら、アトリエの中を歩きまわった。絵を描くために彼女が使っていたさまざまな小道具を整理した。しかし、それらの品から彼女を呼び覚まそうと試してもうまくいかなかった。アトリエもまた命をなくしてしまっていた。

ニューヨークの画商の住所が書かれた梱包が壁に立て掛けられていた。もう帰ろうという段になって、彼はそれに気づいた。なんなのかはすぐにわかった。数カ月前、彼女が彼をからかった彼の肖像画だった。彼自身が見たらきっと屈辱を覚えるだろうということで。リヨンの自宅の警備を厳重にしたいあまり、彼女を悩ませた数週間のあいだ、彼女に何度かアトリエに来て、意見を言ってくれないかと言われた作品だった。「わたしがあなたをどんなふうに見てるかということに興味はない？」

「そりゃあるさ」と彼は答えた。「でも、おれにはわかるんだ。絵を見てしまったら、きっとおれは絵を売らないでくれってきみに頼むことが。でも、おれがそんなことを言えば、きみはよけいな口出しをしないでくれって怒るだろう。実際、おれがしてるのはよけいな口出しなんだからね。で、言い争いになるのがおちだ。だから、ああ、見ないほうがいいのさ」

クレールは木枠で絵を保護していたので、ポアンカレは釘抜きでまず上の釘を抜き、絵を途中で見てしまったりしないように気をつけて木枠を逆さにした。そして、木枠から取り出すと、部屋の中央に行ってから見た。体を支えるのに椅子の背をつかまなければならなかった。クレールは言っていた。「嘘じゃないって――あなただなんて誰にもわからないほど抽象化された肖像だから」しかし、それは真っ赤な嘘だった。彼女は昔から写真のような絵を蔑《さげす》んでいた。ポアンカレが知るかぎり、フルーツボウルであれ、田舎道であれ、いくらかでも実物を思わせるような絵を描いたことはこれまで一度もなかった。人物については言うに及ばず。なのに今、彼は実物より賢くてより寛大な自分を見ていた。作業服姿で剪定《せんてい》ばさみを手に、フォンロックの母屋のテラスで、逆さにした木の箱に坐っていた。そのうしろにはオークの木、さらにそのうしろにはブドゥ畑が広がっていた。白髪交じりの髪は薄く、顔の肉も重力に屈していた。彼女は誠実で無慈悲な記録者だった。それこそ彼がなにより彼女に心を奪われたところだった。彼女は人生の険しい丘を登りきり、そのてっぺんを楽々と一歩か二歩過ぎた男を描きながら、同時に、その苦労から多くを得た者を描いていた。非情な仕事が求めるすべてに応じてきたにもかかわらず、奇妙なことに男にはやさしさが漂っていた。その眼元にも口元にも。少し傾げた頭と、必ずしも固い意志を示してはいないその顎には戸惑いさえ見て取れた。この世というものがどこまで残忍になれるかということに対する戸惑いだ。剪定ばさみを持つ逞しい手には、そうした残忍さに応じようとする者への作者の敬意が感じられた。そして、なにより強く印象づけられたのが、作者の対象への情愛だった。しかし……彼は出されることのなかった最愛の者の手紙を見つけた未亡人のようにそのキャンヴァスに出会っていた。その肖像画は彼をより孤独な思いにさせただけだった。

36

　ポアンカレはクッション封筒をウェブ犯罪捜査の責任者、ヒューバート・レヴェンジャーの机に置いた。レヴェンジャーはそれを取り上げると、重さを計るように手のひらにのせて言った。「パン入れにしては小さすぎ、ロレックスにしては大きすぎる。プレゼント——あんたとしては受け取るわけにはいかなかったプレゼント」

「ハードディスクだ、ヒューバート。IBMのノートパソコンから取り出した。ケーブルも中にはいってる」

「ディスクの中には何がはいってる？」

「数字、数字、数字だ。だいたい八百万。ひとつの画面に縦列が五つあって行間を開けず並んでる。その数字の意味があんたならわかるかと思ってね——結局のところ、私は何を手に入れたのか。私が見たかぎり、ディスクにはそれ以外には何もはいってないようなんだが、そのことも確かめてほしい」

「これの入手経路はもちろんきちんとしたものなんだろうね」

　レヴェンジャーは動物を素材とした製品を着ることもなければ食べることもない、苦行僧のような男で、政治的なアプローチをしても無駄な相手であることをポアンカレはずっと以前に学んでいた。ひとつでも疑問を抱かせるとよけい遠まわりすることになり、挙句は妙なパンフレットが家に届くようなことになるのがおちだ。同時に、レヴェンジャーは信頼できて人好きのする同僚だった。「実のところ、このハードディスクはきちんとした手続きを経ずに私のところに転がり込んできたものだ。残念ながら」

「アンリ、私としては立場上、出所を知らなきゃならない」

「継続中の捜査の過程で、というわけにはいかないかな？」

レヴェンジャーは疑わしげに眼を細めた。「ルドヴィッチの悪癖があんたにもうつったのかい？　あんたの次の台詞はわかるよ。〝誰かに訊かれたら、こんなもの見たこともないって言えばいい〟」

「なんとでも」ポアンカレはメモをレヴェンジャーに手渡した。「パスワードだ。大文字のMとピリオドを打つのを忘れないように……そうだ」そう言って、ポアンカレは横を向いてしまっているレヴェンジャーの写真立てを直して言った。「お孫さんは何人いるんだね？」

「八人だ。その一番ちっちゃいやつ——その巻き毛の子——がちょうど五歳になった。この子の『ラ・マルセイエーズ』を一度あんたにも聞かせたいね。この子の歌声を聞いたら南極のウィルキンズ氷棚も溶けちまうだろうな。地球温暖化にさきを越されなきゃ」レヴェンジャーはパスワードを確認するというより問い質すように読み上げた。「五十はある。国庫の金庫のパスワードもこんなに長くはないだろう」

ポアンカレは肩をすくめて言った。「結局、何がわかるんだろう？」

「今あんたにわかってることより多くのことがわかるだろうが、何がわかろうと、ここだけの話だからな。でも、これはほんとうだと思うかい？」

「何が？」

「数学と別のものに関するこのパスワードだ」

ポアンカレは腕時計を見て言った。「もう行かなきゃ、ヒューバート——新局長に会わなきゃならないんだ。どうやらそろそろお払い箱になりそうでね……実際」彼はドアから半分出かかったところでつけ加えた。「そうなるだろう。一応言っておくと」

「やっと会えましたね、ポアンカレ捜査官」

今度はアメリカ人、とポアンカレは思った。彼にとってフェリックス・ロビンソンはインターポールの八人目の刑事局長だった。最初の局長が独断捜査で馘になって以降――その最初の局長は絵画窃盗犯を捕まえるのに躍起になりすぎ、チェコ大使館の報道関係者を誤認逮捕してしまい、インターポールの面目が丸つぶれになるという事件があったのだ――ボスのことはあまり好きになりすぎないよう気をつけていた。局長の仕事の少なくとも半分は政治的なもので、彼らは一日の大半を電話をするか、不満を抱く大多数の中間管理職を敵にまわす戦いに専念していた。だから、インターポールの国際憲章から抜け出してきたような政治的に慎重なタイプもいて、そういう局長の中には加盟国を怒らせないことしか頭になく、必要不可欠の尋問さえ許可しない者もいた。要するに何も知らないのだ。尋問でその国の権力の腐敗や濫用が明るみに出そうになると、〝内政干渉〟とわめく独裁政権にぺこぺこ頭を下げるしか能のない輩だ。一方、法執行機関出身の者――警察官――は現場からの成果を求めすぎるきらいがあった。そうした両タイプのボスに仕えるなど誰にもできることではない。畢竟《ひっきょう》、下からの突き上げで局長人事が頻繁におこなわれることになる。もちろん、政治的ではない理由から馘になることも時折ある。今回のモンフォルトの例のように。モンフォルトの場合は局長としての能力が問われてのことで、そのためワシントン事務局の元責任者、フェリックス・ロビンソンが新局長に着任したのだった。ただ、ロビンソンは犯罪捜査に統計を持ち込むことで知られており、まるで数独でも解くように現場捜査の優先順位を決めた。

そういった予備知識があったので、ポアンカレはロボットのような男を予想していた。だから、絨毯は新しく敷き直されていても、まだモンフォルトのオフィスとしか思えないオフィスにはいり、ひどく取り散らかった新局長の机を見たときには驚きもし、いささか安堵もした。見るからにロビンソンは身なりを気にしない男だったが、その印象は、寿命を超えて洗濯されているシャツとネクタイにコーヒーのしみがついているのを見て、さらに強められた。ポアンカレは手を伸ばして言った。「あなたのキャリアに関する事務総長の手紙を読みました。われわれ全員感銘を受けています。インターポールへようこそ」

「フェリックスと呼んでください」

「わかりました、光栄です。私のほうはアンリで、フェリックス」

ふたりはモンフォルトの古い机をはさんで向かい合って坐った。

「あなたの履歴を読ませてもらいました。ブラヴォ! たいていの捜査官は十五年から二十年で燃え尽きてしまうのに。秘訣はなんです?」

ポアンカレはお世辞を言うロビンソンをじっと見てから言った。「いい人材に恵まれたことでしょうね——耄碌《もうろく》するのをまわりが食い止めてくれてるんです」

「たとえばセルジュ・ローランとか?」

「ええ、そうですね」

局長は両手を組み合わせると、身を乗り出して言った。「すぐにあなたにもわかると思うけれど、私は率直な人間です、アンリ。あなたと彼が親しい間柄ということはよく知っています。彼が今〈歓喜の兵士〉を追っていることはあなたも知っていると思う。連中はローランが呼ぶところの分離派がいなければ、われわれみんなの尻にできたおできほどのものです。それよりローランの健康状態が私には気になっている。そのことについて何か考えはありませんか?」

千の落とし穴のある単純な質問だった。ポアンカレはローランにラスヴェガスで会ったことは否定しないことにした。「ええ、あります。ローランは私が知る中で誰よりすぐれた捜査官です。だから、仕事ができなくなったと思ったら、自分から身を引くはずです」

ロビンソンはうなずいて言った。「あなたの美点には友への忠誠ということも加わりそうだが、ラスヴェガスで彼と会いましたね」

「彼から報告があったんですか？」

「いや」

ロビンソンはそう言っただけであとは何も言わず、その話題が自然と消えていくのに任せた。それだけでポアンカレにとっては眼のまえにいる男の人物像がより明確になった。「〈歓喜の兵士〉たちは」と局長は続けた。「アルカイダ同様、中心を持たない、細胞だけの組織です。だから、われわれとしては行動のひとつひとつをモグラ叩き式につぶしていくしかない。実際、そうしてきました。つい先週も彼らの処刑の標的に選ばれた者がいました。クリーン・エネルギーの分野で自然保護活動をしている、スイスのルツェルン在住の女性です。今回はローラン捜査官がキャッチした情報が間に合い、われわれは〈歓喜の兵士〉の細胞のひとつを叩くことができた。それはもちろん悪いことじゃない。しかし、こういうことを繰り返していると、個人を救うためにインターポールのかぎられた金銭的及び人的な資源を湯水のようにつかう作戦が、次から次と立てられることになる。私が雇われたのはインターポールをもっと資源効率のいい組織にするためです。かぎられた資源でより多くの成果をあげるためです。あなたは三十年近くこの組織におられるわけだけれど、私はもうこれ以上個人を救う余力はインターポールには残されていないと思います。その点、あなたのご意見は？」

ロビンソンはまた両手を組み合わせて待った。

ポアンカレには、新局長は地雷を仕掛け、それを踏んだときの相手の反応を観察することで出世をしてきた人物のように思えた。「人命を救うことはどんな場合においても意味のあることです。しかし、あなたのような立場の方はまた別なことも考えなければならない。お察しします」

ロビンソンはうなずいて言った。「テキサスにはこんな言いまわしがある。〝たわごとをぬかすな《カット・ザ・クラップ》〟。新しい役職に就いたあなたからはもっと率直な意見を期待したい。まわりくどい物言いはお互いやめましょう」

「私の新しい役職については」とポアンカレは言った。

「ルドヴィッチから聞きました」

「それだと話が早い。あなたにはあらゆる作戦に従事する現場の捜査官の監督官になってもらおうと思っています。私があなたのために新たに設けたポストです。作戦的ではなく戦略的な責任の重いポストです。私はあなたに現場の〝思考〟の質を高めてほしいんです。こう言ってよければ、捜査のＩＱを。捜査官の教育係、顧問になってもらいたい。それ以外の具体的な職務についてはあなたにすべてお任せします。捜査の戦略についてあなた以上によく知る者はここにはいません。捜査におけるよりすぐれた勘を持つ者も。現場を離れてもらわなければならないのは、そういう職務に就いてもらうためです」

「身にあまるお世辞を言われているような気がします」とポアンカレは言った。

「私は人にお世辞は言いません」と局長は言った。

「私はあなたの助力を求めているのです」

「そのポストに就けば、私の仕事はここリヨンでのデスクワークになるわけですね？」

「ええ。しかし、ここリヨンでなくてもかまわない。フォンロックにいても同じことができるはずです。フォンロックにブドウ園をお持ちなんですよね？ ワインを何本か送っていただけると嬉しいですね――あなたからワインを送ってもらったら、飲むまえに毒味をするようにと誰かに忠告されましたが」

ポアンカレは笑みを浮かべて言った。「まわりくどい話はなしでしたね、フェリックス。あなたの申し出を断わったら？」

「こういうことになるでしょう」とロビンソンは言った。「今日じゅうにあなたにはインターポールの身分証明書と銃器を一階の係官に返してもらいます。階下《した》のあなたのロッカーにはいっているものすべてのリストもできています。そういうことで面倒なことにはまずならないでしょうが。私の申し出を受け容れてもらえた場合には――私としてはそのことを強く望みますが――あなたには新しい身分証明書が発行されます。この建物内における最大限の保全許可をあなたに与える証明書です。私と同等のものです。ただし、このインターポールの本部を出た時点であなたの権限は消滅します。あなたはもう現場の捜査官ではないからです。私のこの申し出を辞退される場合、あなたが手にするのは記念の時計と年金ということになります。それに、たぶん腐りかけたケーキ付きの送別会。そういうことは私よりあなたのほうがよくご存知と思うけれど」

ポアンカレは〝よく存じて〟いた。

「パオロ・ルドヴィッチを待たせてあります。過塩素酸アンモニウムの件は彼に引き継いでください。事件に関してあなたが持っている捜査資料はすべて彼に渡してください。いいですね？」

「あなたが私からこの事件を取り上げるのは――」

「――この事件の捜査に関するかぎり、今のあなたには必要不可欠の能力が欠けていると思うからです。ハーグでのあのボスニア人の公判における一件……あれは断じてあってはならないことでした。守衛官の報告書には、あなたに銃器の携行を許可したことが記載されています。自分の家族を襲った男の公判に銃を持っていく？　あなたのその判断はおよそ適切なものとは言えません。下手をすれば、インターポールに甚大な被害を与えることにもなっていたんだから。しかし、その守衛官の報告書が私の手元に届くのには数週間を要しました。もっと早くわかっていたら、私は即刻あなたの任務を解いていたでしょう。言い換えれば、この数週間、あなたは留保された時間を過ごしていたということです。ただ、そのことはあなたも私も知らなかっただけで」

ポアンカレはロビンソンが好きになった。ロビンソンのことばに偽りはひとつもなかった。この男はインターポールをよくしようとしている。ポアンカレははっきりとそう思った。「あなたが私のことを大いに信頼してくださっていることに、正直なところ、感銘を受けています」

「ポアンカレ捜査官、私はあなたにソフトランディングの場を提供しようとしてるのです。私はこれから自分がしようとしていることを手伝ってくれる人材を必要としています。さっき申し上げたポストはあなたが受けようと受けまいと新設するつもりです。率直に言います。あなたの引退を望んでいたら、そのとおりはっきり勧告します。受けるか受けないか《テイク・イット・オア・リーヴ・イット》。アメリカではそういう言い方をします。考えてみてください。今日の五時まであなたの身分は今のまま保証されます。だから、あなたのコンピューターからわれわれのサーヴァーへアクセスすることもできます——それはつまり、あなたにはルドヴィッチの捜査の進展状況を確認することもできるということです。彼は自分のオフィスで待っています。あなたが捜査の資料を持ってくるのを」ロビンソンは机のまわりをまわってポアンカレのほうに出てきた。「私が読んだこと、私が学んだことすべてに鑑《かんが》み、アンリ、あなたという人はわれわれにとって貴重な人材です。一時的な心神耗弱から命を落とすようなことがあってはならない人です。私の提案を受け容れようと受け容れまいと、あなたが現場に戻ることはもうありません。私だってあなたが心を取り乱したわけを理解しないわけではありません。あなたのご家族に起きたことは筆舌に尽くしがたいことです。あなたのご家族の警護に関して、インターポールにはどういう落ち度があったのか。あるいは落ち度というほどのものはなかったのか。それは今もまだ検証中です。その作業には私自身関わっていますが、いずれにしろ、私としては、あなたが何者かに殺され、すでに起きた悲劇にさらなる悲劇が加わるようなところは断じて見たくない。そういうことです、ポアンカレ捜査官」

ルドヴィッチのオフィスに向かう途中、ポアンカレはフォンロックに電話をかけた。エヴァが出て、クレールは昼寝していると言った。テラスの椅子に坐り、静かな一日を過ごしていると。「起こしましょうか、ムッシュー?」

「いや」と彼は言った。「それより教えてくれ。私が離れているあいだ、彼女は何かしゃべったりしなかっただろうか? あるいは、寝てるあいだに何か寝言を言ったりしたようなことはなかったかな?」

レヴェンジャーが通りかかり、クッション封筒を掲げて親指を突き立ててみせた。「とりあえず任せてくれ、アンリ。何かわかったら連絡するよ」

ポアンカレは手を振って謝意を示した。

「いえ、ムッシュー。何も」

「エティエンヌが電話で何か言ってきたりしなかったかな?」リヨンに来る途中、ポアンカレはエティエンヌと彼の家族を見舞い――結局、顔を見ることはできなかったが――モンパルナス墓地のクロエの墓に参るためにパリに寄っていた。そして、クロエの墓の掃除をしていて、思いがけずエティエンヌに"会った"のだ。音がして振り返ると、介護士に車椅子を押されてエティエンヌがやってくるのが見えた。エティエンヌのほうも気づいたのがわかり、ポアンカレはことばを交わそうとして立ち上がった。が、エティエンヌは介護士に合図をすると、Uターンして彼から離れていったのだった。

「はい、奥さまの様子を訊きに電話してこられました」

「そのときもクレールは何も言わなかった？」

「ええ、ムッシュー」

「私のことは何も言ってなかったかな？」

「短い電話でしたので」とエヴァは言った。「一時間ほど奥さまの耳元に受話器を置いておきましょうか？」

　ルドヴィッチはオフィスの椅子の背に深々ともたれ、蛇革のブーツを履いた足を机の上にのせて、事件のファイルを読んでいた。「どうです、このブーツ？」ポアンカレがドアをノックしただけで返事を待たずに中にはいると、ルドヴィッチが尋ねた。「イタリア・チームがやりました。そして、不肖このルドヴィッチが個人優勝を果たしました」

「桃のけばまで狙い撃ちすることができたんだね？」

「けばのけばまで狙い撃って命中させたんです！」

「おめでとう、パオロ」ポアンカレはそう言ってブリーフケースを机の上に置いて開くと、分厚いファイルをルドヴィッチに手渡した。「私が手に入れたフェンスター及び過塩素酸アンモニウム事件に関する資料のすべてだ」そう言ったものの、それは百パーセント真実というわけではなかった。フェンスターのハードディスクは彼自身とエリック・ハーリーのためにその資料から省かれていた。「インデックスもつけておいた。きみは事件の概要をすでに知っているわけだから、面倒なことは何もないと思うが」ポアンカレはポケットの中身もすべて机の上に出し、すべてさらしたことを儀式的に示した。クリップにガムの包み紙に小銭に宝石屋のルーペ。「これはきみに」そう言って、ルーペをルドヴィッチに渡した。「どんなに細かなことも見逃さないように。小銭は……きみが最初に口にするコーヒーとドーナツは私のおごりということだ」ポアンカレは数ユーロ数え、バッファロー硬貨を手にすると、ひとり笑みを浮かべてそれだけはポケットに戻した。

「アンリ、おれだってこういうことになって——」

「気にするな、パオロ。いや、ほんとうに」

「新しいポスト、受けるんですか？」

「まだ決めかねてる」

「おれもあなたに受けてほしいのか、受けてほしくないのか、自分でもわからない。でも、いずれにしろ、あなたは忙しくしてないといけない。忙しくしてるべきです。そうでないと、よけいなことを——」

「隠居に向けた思いやりあふれるアドヴァイス、痛み入るよ」

「勝手にしてください……でも、携帯の電源は切らないでくださいね。あなたの手を借りなきゃならなくなるかもしれないんだから」


新しいポストに就こうと就くまいと、現場を離れることに変わりはなかった。長かったポアンカレのひとつの章が、上司の命令によって、感傷を排した決断によって今、閉じられようとしていた。ロビンソンは善意でそういうポストを用意してくれたのだろう。ポアンカレが自らの戯画に堕することのないように。彼にしてもどんな捜査官にしても、なにより避けたいのは、身の引きどきに気づかず、優雅さのかけらもない傷だらけのボクサーになることだ。

彼は自分のオフィスに戻った。信任状を与えられたインターポールの捜査官でいられるのは残り四時間。彼はダナ・チャンビが映っている監視ビデオを再生してみた。ビデオは全部で二分ちょっと。さらに百回は繰り返して見た——トータルにすれば、すでに何千回も見ているだろう。彼女が紙袋を持っていることはズームアップした映像でわかっていた。わかったからと言って、それはなんの役にも立たなかったが。彼女が盗み出した医師用の白衣に書かれた名前も読み取れた。彼女が左脚に履いたストッキングが少し破れていることもわかっていた。詳細は何百とわかっていた。しかし、何度ビデオを見ようと、自分が見ているものと彼女を知る者たちが彼女について語ることばを結びつけることはできなかった。彼女を知る者たちにとって、彼女は秀でた研究者で、演技とユーモアのセンスを持ち合わせた教師で、〈数学リーグ〉のボランティア活動家で、ジェームズ・フェンスターが灯した火の献身的な守り手だった。

彼女はその全部なのか、そのどれとも一致しない人間なのか。そのどちらかだとポアンカレは思っていた。通常、暗殺者の世界と学者の世界は重なり合わない。それがこのビデオには学者の陽動作戦が――故意に小《ぼ》火《や》を起こし、画面からはずれたところで子供を殺害しようとする姿が――映し出されている。さらに彼女は爆破事件にさきだつ数日間アムステルダムに滞在している。そのパズルがポアンカレにはどうしても解けなかった。四時二十九分。三十年に及ぶキャリアに終止符が打たれるまで、残すところあと三十一分。彼はもう一度ビデオを再生した。

フレーム０００‐０２５：対象者が画面の下から現われる。

フレーム０２６‐０５８：対象者が右を見て左を見てから紙袋を開ける。

フレーム０５９‐１０２：対象者が紙袋をゴミの缶に落とし、燃焼促進物を注ぐ。

フレーム１０３‐１１４：対象者が右を見て左を見る。

フレーム１１５‐１２０：対象者がマッチをすり、火をつける。

フレーム１２１‐１３６：炎が上がり、対象者が姿を消す。

ポアンカレはフレーム１０７の画像の質を上げた。チャンビが廊下に誰もいないことを確かめ、マッチをするところがはっきりと映し出されていた。ほかののどのフレームより彼女の顔と首がよく見えるフレームだった。分解された画素によるひずみはあるものの、それはまちがいなくダナ・チャンビだった。そのフレームの彼女の画像は、手にはいった彼女のすべての写真とすでに何度も見比べていた。インターポールの顔貌認識ソフトにかけても一致していた。それでも、ポアンカレには残された最後の数分をその分析に費やすことが何か自分の使命のように感じられたのだ。やはり結果は同じだった。この類似に争う余地はない。いちいち言うまでもない特徴も含めて。その画像の中で、チャンビはきれいな肌のただひとつの汚点のような痣をスカーフで隠していなかった。どこか怒っているようにも見える、アメーバのような形をした痣だ。彼が十二枚集めた写真の彼女は常にスカーフを巻いていた。講義室の外で個人的に会ったときにも、話がフェンスターのことになると、彼女はしきりとスカーフに手をやっていた。この対比は鮮明だ。スカーフがあるかないか。

もっとよく見るんだ。ポアンカレは自分に言い聞かせた。今自分が見ているのは、まわりの注意を極力惹かないように気を配っている暗殺者だ。現行犯で捕まることを望む暗殺者などいやしない。そういうことを言えば、犯行後に捕まることを望む者も。彼らの生活のリズムは、殺して、逃げて、報酬を受け取って、さらに殺しを続ける。なのに、このビデオに映っている女はポートワイン色の痣を隠そうともしていない。実際のところ、次のように言っているも同然の決定的な特徴なのに――「ハーイ、わたしの名前はダナ・チャンビよ！」と。彼女は廊下の様子をうかがっている―

——二度——なぜなら、もちろん捕まりたくはないからだ。なのに、ポートワイン色の痣は隠そうともしていない。なぜなら……それを見せたいからだ。

ポアンカレは机の上に置いたクレールと息子家族の写真を見た。またもや答は誰もが見ることのできる明らかな場所に隠されていた。これはチャンビではないのだ。チャンビであるわけがない。ルドヴィッチはこの最後の極悪非道の犯行は元東ドイツの秘密警察《シュタージ》の人間を使ったバノヴィッチの仕業ではないと言明した。ポアンカレの最愛の人間を殺すことでポアンカレを抹殺しようとした誰か別の人間の仕業だったのだ。が、ポアンカレ自身を殺そうとしなかったのがその別の人間の大きなまちがいだった。ポアンカレはその犯人をなんとしても見つけ、今度こそ情け容赦のない正義をおこなうことを心に誓った。今後は誰の手も借りず、自分ひとりで正義をおこなうことも。

第四部

だれが心に知恵を授けたのか。
だれが心に悟りを与えたのか。

――ヨブ記第三十八章第三十六節

37

ポアンカレは短いメールを書いた――ミズ・チャンビ、あなたは私の孫を殺してなどいない。そのことがわかりました。お互い会う必要があります。連絡してください。それだけ書いて送信ボタンを押すと、テラスに出た。

先週吹き荒れた嵐が大気の汚れをきれいに削ぎ落としていた。収穫期が近づいていた。が、季節労働者に払う金がなくては、熟したブドウの実が腐っていくのをただ手をこまねいて見ていなくてはならない。もっとも、そのことが今のポアンカレの一番の心配事というわけではなかったが。あと数時間で太陽が昇ると、彼はクレールにキスをして、地下室の金庫を開けるつもりだった。銃はそこに保管してあった。その銃を携え、出発前にもう一度彼女にキスをする。彼女のいない世界に未練はなかった。それでも、いつか彼女なしで生きることになる。彼女のほうは彼なしで。それがこの世のありようというものだ。人は人を愛す、愛することができれば。そして、いつかは失う。人生とはそういうものだ。

ミュンヘンから始発に乗ってインスブルックまで行き、オーストリアのシャルニッツ――ヤングの未亡人がポアンカレを行かせたがらなかった村――で列車を降りた。まだ日のあるうちにマリアヒルフ教区教会のウルリッヒ神父に会えそうだった。ヤングの両親、ルイスとフランシーンに実際に会うまえに、彼らに関する予備知識を仕入れておこうと思ったのだ。神父と教会についてはインターポールのデータで名前と住所を調べてあったが、今のところわかっているのはそれだけだった。

シャルニッツはアルプス山脈に囲まれた、田園地方を絵に描いたような丘と牧草地の村だった。その時間帯、沈む夕陽に峰は赤々と燃えていたが、谷にはすでに濃い影が差していた。山の上部は雪に覆われ、スキー・シーズンの早い到来を願うロッジの広告があちこちに見られた。山の低い斜面には常緑樹がところどころに生えていた。谷底には太い梁と急勾配の屋根、それに薪の山といった家々がうずくまるようにして並んでいた。これがポアンカレ自身、子供の頃から知るチロルだった。ジュリー・ヤングによれば、ランドル・ヤングが幸せな子供の頃を過ごしたところだった。

簡素な教会の地下にある執務室にはいった。白いシャツ姿の男が戸口に背を向けて机についていた。ポアンカレがノックすると、振り返ることもなく男は言った。「告解ならあと十五分待ってください」

「そういう用件ではありません、神父」

神父は立ち上がって振り向くと言った。「これはこれは。失礼いたしました」

ポアンカレは自己紹介をして来意を告げた。もはやなんの権限も持たない捜査官であることは言わずにおいた。ポアンカレの説明が終わると、ウルリッヒは言った。「そういうことなら、捜査官、お願いです。これ以上ルイスとフランシーンを苦しめないでください。わが子をなくすというのは筆舌に尽くしがたい苦しみです」

ポアンカレは何も言わなかった。神父の背後の窓越しに墓地が見えた。

「ほんとうに悲しい出来事でした」ウルリッヒ神父は続けた。「ランドル。結婚をして、子供もふたりいる人生の盛りで、あんなことになるなんて。夫妻が来たのは三月の初旬だったと思います。最期がそう遠くないことは一目見ただけでわかりました。私が神学校を出てすぐにここに赴任したのはつい二年前のことなので、ランドルがここにいた頃のことはよく知りませんが、子供の頃、彼はカーヴェンデル・パークでよくスキーをしたそうです。彼がここに住む両親を訪ねて戻ってくるということを知らされたときに、前任者に手紙を書いたんです。ランドルはよく知られたスキーヤーだったそうですね。ジュニアの部で彼が打ち立てた記録のうちいくつかはまだ破られずに残っているそうです。当時、彼のお父さまはミュンヘン駐在のアメリカ国務省の高官で、別荘をこちらに買われたんです。それで家族ですべてのシーズン、ここに滞在なさったそうですが、やはり冬が一番よかったんでしょう。その後、お父さまは極東に転任になるのですが、それでもここの家は手放さず、引退するとまたここに戻ってこられたというわけです。

ランドルに会ったのは今年の三月が初めてでした」

と神父は続けた。「彼のご両親は一緒にいて愉しい方々です。でも、さすがに今は打ちひしがれておられます。ランドルが訪ねてきたときにはまだ希望を抱いておられたようですが。ランドルと奥さんはガルミッシュ・パルテンキルヒェンの近くにあるクリニックから、こちらに来られたんです。そのクリニックは一種変わった癌治療をおこなうところだそうです。医学界からは認められない治療のようですが。でも、あの時点ではもうほかのすべての治療法を試したあとだったんでしょう。いずれにしろ、そのクリニックに一週間たらず入院して、ここに寄ったあと、アメリカに戻っていかれました。悲しみを抱えて。しかし、まだ若い人がどうして亡くなったりするのか。それはわれわれが知らなければならないことではありません。われわれにできるのは、そういう悲しい出来事にもなんらかの善が含まれていることを信じることです」

「それはどうですかね」とポアンカレは言った。

「ええ、もちろんわれわれには理解できないことです。子供だって亡くなります。そんな体験をした親や親族がその病気の治療法を見つけるのに何年も費やし、その結果、何万という子供が助かるようになることがあります。しかし、人にとってはひとりの死が現実なのです。そのことを軽く見ることはできません。それでも、です。喪失から善が生まれることがあるというのも現実です。死生とはわれわれには理解できない潮の満ち干のようなものなのです」

「どちらさまですか？」女のドイツ語は正確だったが、いくらかアメリカ英語のアクセントがあった。

ポアンカレは閉じられたままのドア越しに英語で答えた。「ミセス・ヤング？　インターポールの者です」ポアンカレはロビンソン新局長の申し出をまだ断わってはいなかった。だからそのことばに嘘はなかった。「息子さんのことでいくつか訊きたいことがあって伺いました」足音が聞こえ、続いて囁き声が聞こえた。

ドアが開いた。「息子は何ヵ月もまえに亡くなりました」と男が言った。

「知っています」とポアンカレは言った。「お悔やみのことばもありません。それでも、息子さんは私が捜査している事件になんらかの形で関わっておられるかもしれないのです。それで、もしお許しいただけるなら……今はご都合が悪いようでしたら、明日の朝また出直します」

「事件？　事件というと？」

息子を亡くすというのはどんな父親にとっても最悪の出来事だろう。ルイスのそもそも蒼白な顔は、悲しみにより一層色をなくしていた。光を失ったルイスの眼を見て、ポアンカレは思った。息子から死刑を宣告されるのと、息子に先立たれるのでは、父親としてどちらがより深刻な悲劇だろう？

ヤング夫妻は薪ストーヴのまわりを居間として使っていた。そして、そこにランドルの霊廟《れいびょう》としか呼べないものもこしらえていた——部屋の一隅によちよち歩きのランドルから大人のランドルまで、愛する息子の写真が何枚も飾られていた。どの写真の中でも彼は両親とともに笑っていた。スキーをつけ、寒さにちぢこまった幼いランドル。大回転で危なっかしいターンをするランドル。アルプスの牧草地を母親とともに馬の背にまたがっているランドル。両親とともにビアジョッキを掲げる未成年のランドル。そのあとは年代が飛び、角帽をかぶり、ガウンをまとったランドルの写真になった。そして、赤毛の女性とのツーショットのランドル。ひとりの子供、さらにふたりの子供と一緒のランドル。ポアンカレは紅茶を飲みながら、ミセス・ヤングが語るランドルの年代記を黙って聞いた。

「あの子は初めてつけたスキーでいきなりトレーニングコースに出て、ゴール地点に置いてある干し草の梱《こり》に突っ込んでいったんです。そのあとも飛び跳ねて〝もっと、もっと！〟とせがみました。冬になると、あの子の頭の中にはスキーのことしかありませんでした。主人が日本に転任になったのはあの子が十二のときのことだったんですが、ここに残りたがりましてね。なんとか説得して連れていきましたが、この家を手放さないことを約束させられました」

「どうして」とルイス・ヤングが横から口をはさんで言った。「どうしてわざわざこんなところまでいらしたんです？」

まだ癒えていない傷に塩をすり込む役まわりを演じなければならないことは、初めからポアンカレにもわかっていた。ヤング夫妻の悲しみに敬意を表してむしろ単刀直入に彼は言った。「息子さんはジェット推進力の専門家でした」

「そうです」

「爆薬を仕掛けることにも通じておられた」

「夏のあいだワイオミングの鉱業会社で働いていたことがありましたからね。それが何か？」

「三月にここに来られたとき、息子さんはパサディナの研究所のものを何かお持ちじゃなかったでしょうか？　化学薬品とか。実際のところ、食塩のように見える何か結晶のようなものを」

「あの子は立っていることさえやっとという状態だったんですよ」とミセス・ヤングが言った。「いいえ、そんなものは何も持ってきていません。持っていたのは小さなスーツケースひとつでした。バードウォッチングの本を一冊持ってましたけど、それはわたしのためにここに置いて帰りました。お見せしましょうか？」

「ミスター・ポアンカレが訊いておられるのはそんなもののことじゃないよ、フランシーン！」

「アムステルダムに向かうといったようなことはおっしゃってなかったでしょうか？」

ルイス・ヤングは手を洗うときのような仕種をしながら言った。「息子はここのすぐ北、国境近くにあるクリニックで治療を受けるためにこっちにやってきたんです。ここに滞在したのも一日か二日のことです。そのあとはアメリカに帰って、そこで死にました。家に帰り着くこともできずに」

ポアンカレはふたりの悲しみを踏みにじるような真似をすでに充分すぎるほどやっていた。突然の来訪を詫びると、ホテルに戻った。そもそもシャルニッツまで足を運ぶ意味があったのかどうか。そんなことを考えていると、ランドル・ヤングと二百万ドルの生命保険の契約を結んでいた保険会社からのメールが届いた。その保険金の支払いに関する詳細を問い合わせてあったのだ。その短い返事のメールには実に意外なことが書かれていた。

このお客さまには五年前にご加入いただいておりましたからね。それが何か？」

りますが、昨年第四期と本年第一期の掛け金はお支払いになっておらず、本年二月十二日に契約解除の手続きをなさっておられます。したがいまして、保険請求もなされていなければ、死亡保険金支払いもおこなわれておりません。ご不明の点がございましたら、ご遠慮なくまたお問い合わせください。

敬具

S・トンプスン

翌朝、目覚めると、すばらしい晴天が広がっていた。村はまだ山の影になっていたが、一番高い頂が曙光をとらえ、白い雪が光り輝いて見えた。その景色はポアンカレに最初は両親と、のちにクレールとエティエンヌと過ごしたアルプスでの休暇を思い出させた。牧草地を歩く牛の首につけられた鈴の音が聞こえた。清々しい一日になることを約束するような朝だった。だから、よけいにポアンカレの心は沈んだ。これからヤングの両親の家を訪ね、とどめの杭を彼らの心臓に打ち込まなければならないことを思うと。今回は玄関のドアが開けられるなり、彼は謝った。

「こんなふうに要領の悪い訊き込みをよくやってしまうんです。すみません。訊いたあとから別の質問が浮かんできて、夜も眠れなくなるんです。申しわけありませんが、ふたつだけ訊かせてください。簡単なことです」

今回は紅茶は勧められなかった。妻を背後に従え、戸口に立ったままルイス・ヤングは言った。「帰ってくれ」

「息子さんが行かれたクリニックの名前です」ポアンカレにはその名はすでにわかっていた。だから、実際に訊きたいことはただひとつだった。

「それはもう昨日話しただろうが！」

それでもルイスは昨日言った名前を繰り返した。ポアンカレはスペルを尋ねてから言った。「息子さんの写真ですが……赤ん坊の頃の写真が一枚もなかったように思います。もしお持ちなら、お見せ願えませんでしょうか？」

ルイス・ヤングはポアンカレの鼻先に叩きつけるようにしてドアを閉めた。

38

ポアンカレはガルミッシュ・パルテンキルヒェン駅でミュンヘン行きの列車から降りた。駅の向こうに見える建物の壁に赤で書かれた数字が見えた——8！うっすらと〝9！〟と見える文字の上から書き直されていた。こんなチロル地方でさえ、と驚きながらポアンカレは思った。〈歓喜の兵士〉たちの活動の巧みさを認めたローランの判断にまちがいはなかった。タクシーを呼び止めようとしたところで電話が鳴った。レヴェンジャーからだった。

「アンリ！」

「何かわかったんだね、ヒューバート」

「あんたは正しかったよ。確かに数字しかはいってなかった。ただ、あんたが見てないサブファイルがあって、最終的に二千七百万の数字が収められてた。47・56から13164・53まで。多い数字も少ない数字もランダムに。それらは徐々に小さな領域になるよう、だいたい四十万から八十万のブロックにきれいに小分けされていた。ただ、その領域のパターンを識別することはまだできてない。だから、パズルはまだパズルのままなんだけど。残念ながら」

ポアンカレはハードディスクをフォンロックに送ってくれるよう頼んだ。タクシーに乗り、十五分も経った頃には丘の中腹に建てられたヴィラのまえに立っていた。ヴィラは湖に面しており、その向こうに山々が見えた。そのヴィラは植物を利用した癌の治療法を研究するため、フランツ・マイスターが十年前に設立した施設で、施設の概要にはあくまで癌治療の実験のための施設であることが明記されていたが、ウェブ上には癌患者に希望を与える〝感謝のことば〟がいくらも載っていた。実際、ブラジルに生息する木の皮の抽出液や南アジアの芳香薬によって、癌患者の〝命の質〟がたまに改善されることはあるようだった。が、そういうことはむしろまれで、研究所はそのことを少しも隠しだてしていなかった。それでも、患者は引きも切らず何百と押し寄せていた。ランドル・ヤングはそんな中のひとりだった。

ポアンカレは係の者が背の高いオークのドアを閉めるのを待ってから、図書室の窓辺まで歩いた。マイスター所長は回診中で、それが終わるまで少し待ってほしいということだった。待つことは一向に気にならなかった。薬は朝飲んでいた。嬉しいことにその薬が今のところ驚くほど効果を発揮してくれており、不整脈は抑えられていた。脈が乱れそうな感覚はより強くなっていたが、今の彼にはその〝強さ〟が必要だった。ダナ・チャンビに姿を消させたのが誰であれ、そいつがダナ・チャンビと瓜ふたつの女にクロエを殺させたのだ。ここが正念場だ。ポアンカレはそう思った。そう思うと、今は不整脈の予感の強ささえエネルギーに変えられそうな気がした。

「ようこそ！」

　その男はポアンカレより少なくとも十五歳は年上に見え、会ってすぐポアンカレは子供の頃病気になるとよく往診してもらった医者を思い出した――ベッド脇に坐っただけで患者の気分をよくさせるような医者だ。マイスターその人は医者であり、生化学者でもあった。一九七〇年代に製薬会社を設立し、時宜を得て〈アストラゼネカ〉に会社を買収され、その際に得た数百万を費やして、世界じゅうの熱帯雨林に生息する植物の薬効を調べる研究を始めたのだった。そのヴィラはそうした研究の管理センターでもあり、末期の癌患者の最後の避難所でもあった。

　ポアンカレはまずアムステルダムの爆破事件に関することと、〈ジェット推進力研究所〉でわかったことから話した。さらに、ランドル・ヤングという容疑者が浮かび上がりながらも、彼の事件への関与は時間的にありえないことも説明した。「率直に申し上げます」とポアンカレは言った。「多くの人が彼の人柄を保証しています。それでも、いくつかの事実が彼を指差しているのです。事件が起きたときには彼はもう亡くなっていました。そのことを考慮してもなお、私には彼の関与を証明することも彼の名前を容疑者リストから消すこともできないでいるのです」

「まずひとつ理解していただかなければなりません」とマイスターはポアンカレと向かい合い、装飾的な机の向こうに坐って言った。「それは私がここで診療しているのはみな重度の症状を呈している人たちだということです。私は患者がここに来るまで患者の職業を訊いたりしません。それは、一度診断がくだされたら、保険代理業者であれ、教師であれ、銀行家であれ、自分のことをそんなふうに思わなくなるからです。彼らはただ単にもっと生きたいと願っている一個人なのです。そういう人たちに対してわれわれにできるのは次のふたつのことです。ひとつは、言うまでもありません、転移した癌細胞を消滅させて患者の代謝機能をよくすること、寛解をもたらすことです。もうひとつはそれができないときのことです。その場合には、われわれは患者の心の代謝をよくすることを心がけるようにしています。残念ながら、ランドルは後者の患者でした。血液検査をして、彼がそう長くはないことはすぐにわかりました。だから、そのとおり本人にも伝えました。抽出液の点滴もとりあえず試みましたが。成果は望めなかったけれども、本人がそのことを望んだので。しかし、これだけは言っておかなければなりません。彼のご家族の献身ぶりには心から感銘を受けました」

ポアンカレは空咳をしてから言った。「家族というのは彼のお姉さんのことですね、ドクター・マイスター？」

「ええ。二卵性双生児のね。彼の奥さんの献身ぶりも忘れられません」

ポアンカレは立ち上がって言った。「ドクター・マイスター、ここを出たあと、ランドル・ヤングはどれぐらい生きられたんでしょう？」

「数日のうちに亡くなったと聞いています。空港で」

「ええ、それは私も知っています。お訊きしたいのはどれぐらい生きられる可能性があったかということです」

「そういうことを予測することはできません。一度こんな患者を診たことがあります。末期の腎臓癌を患っていたんですが、その人は息子さんが地球を半周してベッドのそばにやってくるまで生き永らえました。そういう例は昏睡状態にある患者の場合にも見られます。どれくらい生きられるかを推測する方法などないのです。ただ、正直に言えば、ランドルの場合は衰弱の速さにいささか驚きました。経験から、余命はもう少しあるのではないかと思っていたものでね」

ポアンカレはブリーフケースを開いて、中からジュリー・ヤングとダナ・チャンビとマドレーン・レーニアの写真を取り出した。「このおふたりですね」ドクター・マイスターは写真を見て指差した。「奥さんとお姉さん。ランドルはここに来るまで十六カ月のあいだに何度も移植手術を受けているのですが、そのたびに彼のお姉さんが彼に肝臓、骨髄、脚の血管、それに眼の角膜まで提供していたのはご存知ですか？　文字どおりの献身です。ご家族のこれほどの献身を見たのは私としても初めてです。こういう仕事をしていると、日常的に人々の苦しみを目のあたりにすることになります。一方、死に向かう数カ月のあいだに見られる深い愛の行為に接することもある。ランドルのご遺族にはほんとうに深く心を動かされました」

ポアンカレはガルミッシュの駅のホームでシャルニッツに戻る列車を待った。ドクター・マイスターとの短いやりとりに彼の心は沈んでいた。一時間ほど眠ろうとして、ようやくうとうとしかけたところで電話の呼び出し音に起こされ、気づいたときにはもう通話キーを押してしまっていた。出るべきではなかったのに。ずっと避けてきたのに。かけてきたのはフェリックス・ロビンソン局長だった。

「アンリ！」

「こんにちは、フェリックス」

「あなたも捕まりにくい人だな。今、どこです？」

「アルプスで静養中です」ロビンソンを相手に居場所をごまかすことはできそうになかった。そこは正直に伝えたほうがよさそうだった。

「静養中？」

「そうです。この季節は天気がいいもんでね」

「フォンロックに電話をしたら、外出中とは言われたけれど。率直に言いましょう。休暇を取るのはあなたの自由です。現場の捜査官として事件の捜査をしているのでないかぎり」

「フェリックス、そんな真似をするつもりはありません。言うまでもない」

「お孫さんのために、ゆがんだ正義を自分でおこなうつもりなら、もうリヨンにあなたの友達はひとりもいないものと思ったほうがいい。この事件の捜査はわれわれがおこなっている。私にとっても最優先事項です。インターポールとしてはあなたにやってもらわなければならないことは何もありません。何ひとつ。人は自分が必要とされているところに身を置くべきです。あなたの場合は家庭に」

「忠告、恐縮です」

「もう捜査官でもない捜査官の好き勝手にさせるほど私も――」

「えっ、なんですって、フェリックス？　接続が悪いようだ。よく聞こえ――」

ポアンカレは通話を切って携帯電話を閉じた。閉じると同時にまた鳴った。ポアンカレは電源も切ろうと思った。メールだった。電話を開いてメッセージを読んだ。


ポアンカレ捜査官。わたしはとても怯えています。八月八日の朝、スイスのグレッチで会ってください。　D・チャンビ

39

ようやく事件の全容が見えてきた。

十八歳のときに養父母を見捨てると、マドレーン・スコットは二卵性双生児の弟の捜索を始めた。そして八年後、パサディナで妻とふたりの子供と暮らすランドル・ヤングを見つけた。が、そのときにはすでにランドルは癌の宣告を受けていた。ポアンカレはふたりの再会の様子を思い描いた。双子だけが感じることのできる互いに補完し合う喜び。そして絶望。彼女は一度の手術にひとつずつ自らの体の一部を提供することで弟の命を救おうとした。

ランドル・ヤングと爆発物に関する彼の専門性は、マドレーン・レーニアを通してジェームズ・フェンスターと結びつく。レーニアとフェンスターは、アムステルダムの爆破事件の一年半前まではまだ婚約していた。ということは、レーニアが弟のことをフェンスターに話した可能性は大いにある。実際にふたりを会わせたこともあったかもしれない。が、その後、ふたりは破局を迎えた。ふたりのあいだにどんな諍《いさか》いがあったのだろう？　一度は愛した男を憎むあまり、弟をそそのかして爆弾をつくらせる——あるいは、爆弾のつくり方を教えさせる——ほどの諍いとはどれほどのものだったのだろう？

陽が暮れる少しまえにシャルニッツに戻ると、ウルリッヒ神父がうちとけた話をしてくれることを期待して、もう一度マリアヒルフ教区教会に足を向けることにした。弟の養父母と顔を合わせたくなくて、レーニアがシャルニッツを避けていたということは大いに考えられるが。いずれにしろ、それもすぐにわかるだろう。教会に着くと、建物のどこにも明かりがともっておらず、表のどの窓にも鎧戸《よろいど》が降りていた。ポアンカレは墓場のある裏手にまわり、前日、ウルリッヒを見つけた執務室の窓から中をのぞいてみた。まったく人《ひと》気《け》がなかった。ウルリッヒの自宅の住所はどうやって調べればいいか。教会からさほど離れたところとも思えない。そんなことを考えながら、墓場にふと眼をやると、一組の男女がひとつの墓のまえで膝をついて祈りを捧げていた。

ポアンカレはそのふたりをしばらく眺めた。男がさきに立ち上がり、手を差し出して女を立たせた。ふたりは互いの腰に腕をまわし、頭を垂れ、その場にいっとき佇んでから、墓場の中の通路を歩きだした。そこでそのふたりがルイスとフランシーン、ヤングの両親であることがポアンカレにもわかった。彼はとっさに茂みの陰に隠れ、墓地を出るふたりのあとを追い、ふたりの姿がすっかり見えなくなるまで待ってから、墓地の入口の鉄扉のところまで戻った。谷はすっかり山の影になり、あたりはすでに暗くなっていたが、通路が見えなくなるほどではなかった。墓地の中央の通路を左に曲がり、最初に教会の脇に立ったところとちょうど一直線で結べる位置のところまで脇道をさらに数歩歩くと、真新しい花束が見えた。墓石には〝ランドル・ヤング　最愛の息子、夫、父〟と書かれていた。

故人がどのような要望をしようと、ひとつの遺体を二個所に分けて埋葬するというのはポアンカレにしてもあまり聞いたことがなかった。ランドル・ヤングの遺体はどこに埋められているのか。ここなのか、それともパサディナのマウンテン・ヴュー墓地なのか。それの両方なのか。ポアンカレがまだ現役の捜査官なら、墓を掘り返す裁判所命令を要請することもできなくはなかった。が、彼にはもういかなる権限もなかった。それに厳しく吟味されるにちがいない要請書を出している時間的余裕もなかった。彼はこのおぞましいことをおこなう許可を今や彼にとって意味のあるただひとつの裁判所に求めた――自らの良心に。庭の隅に建てられていた小屋の鍵を壊してシャベルを見つけると、夜が来るのを待った。

シャルニッツの村の灯がすべて消えるのを待って、掘りはじめた。月が昇ると、あたりはむしろ明るすぎるほどになった。誰かがやってきたら、人影にしか見えないにしても気づかれてしまう。いや、と彼は思い直した。こんな夜中、誰もが眠っている村の墓にいったい誰がやってくる？

もっともないくつもの理由から作業は簡単にはいかなかった。背中も脚もすぐに悲鳴をあげた。腐敗した肉体に対する生理的な嫌悪もあった。が、ポアンカレはこれまでにさまざまな腐敗のしかたをした死体を何度も見てきた人間だった。それより作業がより困難になったのは、掘れば掘るほど、掘っている墓がランドル・ヤングのものではなく、モンパルナス墓地の片隅にある墓に思えてきたからだった。まず足首の深さ、さらに脛の深さへと彼は骨の折れる遅々たる作業を繰り返した。服は汚れ、手のひらには豆ができた。足をシャベルにかけ、踏み込み、うめき、すくい、掘り出す。それを百回繰り返し、さらに百回繰り返した。そこで数がわからなくなると、掘るたびにクロエの面影が脳裏に現われた。彼は心を空《から》にするためにまた最初から数えはじめた。おまえを見つけてやる。一。踏み込み、うめき、すくい、掘り出す。二。おまえには空気が要る。おまえを見つけて、空気を吸わせてやる。おまえはただ眠っているだけなんだから。大いなる眠りを。おまえは眼を覚ます。私にはそのことがわかる。もう少しの辛抱だ。一。踏み込み、うめき、すくい、掘り出す。二。三。四。だってそうだろうが、どうして子供が死んだりするものか。

夜はどこまでも静かだった。月影に浮かぶ山々が幽霊のように見えた。コウモリが飛んでいた。が、幽霊が彼を悩ませることはなかった。彼自身がここまで連れてきた幽霊を除くと。彼は掘りつづけた。ちょうど膝の深さまで掘ったところで、シャベルの刃が何かにあたり、その何かが砕けたような音がした。壺だった。棺ではないのか？　彼はその壺の中に手を入れた。砂のようなものが指に感じられた。つかみ出して、ポケットライトの明かりをあてた。それがなんなのか確認できると、つかんだものを壺の中に戻して、墓穴から出た。またもとどおりにしなければならない。彼は穴を埋めはじめた。掘るよりはよほど簡単だった。剝がして脇にどけておいた芝生も丁寧にもとに戻すと、シャベルを返しに小屋に向かった。教会の裏に水道の蛇口があった。

六時十分発ミュンヘン行きの列車を待つ時間を利用して、シャルニッツ駅のプラットフォームで立ったまま着替えをした。ウルリッヒ神父にしろ誰にしろ、墓を冒瀆《ぼうとく》したことを誰かに咎《とが》められるまえにここを発ちたかった。墓は典型的な土葬ではなかったが。亡骸は焼かれていた。火葬だったのだ。ルイスとフランシーンは火葬した息子の墓のまえで祈っていたのだ。

ポアンカレは電話をかけた。

「パオロ」

「アンリ？　ほんとにアンリ？　今何時だと思ってるんです？」

「言ってくれ――〈ホテル・ラーヴェンシュプライン〉から採取した証拠。運河のそばで私がきみに捨てるように言った歯ブラシや毛髪。マドレーン・レーニアの。きみは今でもまだ持ってるんじゃないか？」

「よくわかりましたね。あの夜、お互い自分の部屋に戻ったあと、捨てたゴミの缶のところまで戻って取ってきました」

「頼みがある。その証拠でマドレーン・レーニアのDNA鑑定をしたら、結果をファックスでアムステルダムの検死事務所のアネット・ギュンターに送ってくれないか？　その結果と〈アンバサード・ホテル〉の遺骸から採取されたもののDNA鑑定と比べるように彼女に頼んでくれ――それにボストンから送られてきたDNA鑑定とも。きみに渡した捜査資料の中には、フェンスターのアパートメントにあった赤ん坊の歯のDNA鑑定書もはいっている。それもファックスしてくれ」

「アンリ……いったいどういうことなんです？」

列車の前照灯が近づいてくるのが遠くに見えた。駅員が郵便袋を積んだカートを押してやってきて、煙草に火をつけた。警笛が鳴った。「パオロ」とポアンカレは言った。「ジェームズ・フェンスターは生きている」

40

ドイツのグリムゼル峠のドライヴは心臓の弱い人には向かない。ポアンカレは外側の車線のヘアピンカーヴでシフトダウンした。左側には崖が切り立っていたが、砂利が敷かれた右側の狭いスペースの向こうには永遠への千メートルの落下があるだけだった。ドイツ語ではこの場所を〝奈落《デル・アブグルント》〟というが、どこの国の言語であれ、恐怖と魅惑を同時に表わせることばはポアンカレの語彙《ごい》にはなかった。少しでも足を踏みはずせばそれは死を意味する。それでも、人はへりまで歩く誘惑に駆られる。必要とあらば、這ってでも。ただ〝奈落〟を見るために。ポアンカレは車を停めもしなければ、奈落を見もしなかった。ただひたすら車を駆って、グレッチをめざした。ダナ・チャンビと会うために。

カール大帝、それ以前には古代ローマ人、有史以前には、山々を越えて氷河のこの谷にまで獲物を追い求めた石器人の時代から知られるルートを通った。ローヌ川の源。ローヌ川の水源の氷河。ふたりが会おうとしているのはそんな場所だった。ポアンカレはその場所を昔から知っていた。子供の頃、リヨンを流れるローヌ川の埠頭に立って、父親にこんなことを訊いたことがあった。「これはどこから来るの――この川の水は?」すると、父親は東を指差して言ったのだ。「見せてやろう」その週末、ふたりは出かけた。まずジュネーヴ、さらにローザンヌ北東に向かい、モントルーで南に折れ、マルティニーまでローヌ川に沿って走った。ローヌ川はそこで鋭角に北東にオーベルワルトまで蛇行しており、そのさらに先に目的地、グレッチがあった。

グレッチは正確には村ではない。深い雪のために冬のあいだは見捨てられるようなところだ。行ってみると、ホテルが一軒、石造りの教会と、狭い通路に沿って山腹に押し込められるような恰好で、家屋が数軒建っているだけのところだった。彼は父親と氷河まで歩いた。幼い彼の眼に氷河はただの汚れた氷で、皺の寄ったゾウの皮膚のように見えた。欠けた歯並びの稜線が氷との境界線で、手を伸ばせば流れる雲がつかめそうだった。ふたりはズボンの裾をまくり、溶けた氷河に足を突っ込み、その冷たさに悲鳴をあげた。「ローヌ川は」と父親が言った。「ここから始まってリヨンまで続き、そこで南に曲がって海に流れ込んでる」幼いポアンカレにはそのことがすぐには信じられなかった。その夜、ふたりはホテルで子牛肉のカツレツ《シュニッツェル》を食べ、父親は彼にビールを飲ませた。グリムゼル峠のてっぺんにたどり着き、ローヌ峡谷が眼下に広がると、ポアンカレはそんな昔のことを思い出した。さらに、幸せとはどういうものだったのかということも。

彼女は氷河のそばにしゃがみ込んでいた。小石を深い割れ目に投げ込んでいた。ポアンカレが近づくと、立ち上がって言った。「わたしはあなたのことをほとんど知りません。でも、わたしはあなたに命を預けるしかない。そう思っています」彼女の肩越しに川がうなりをあげ、自らの存在を誇示していた。空の色も氷河のように汚れた白で、外気は刺すように冷たかった。彼女はスカーフを首に巻いていた。

「ジェームズ・フェンスターはどこにいる？」とポアンカレは尋ねた。

「あちこちを移動しています。わたしと同じように」

「あの爆破事件は彼が死んだように見せかけるためだった。それにはきみも関わっていたんだね？」

「ええ」

「彼はキトかベルに追われていた。それとも両方に？」

「キトです。それはケンブリッジから始まったことです」

「きみはフェンスターの研究を探るようにキトに言いつかっていた。そうなんだろ？」

「胸を張って言えることではないけれど、ええ、そのとおりです。得られた情報は何カ月かにわたってエクアドルに送りました。でも、そのことに耐えられなくなって、キトに手紙を書きました。そうしたら彼はわたしにひどく腹を立てて、それからはわたしとジェームズを脅すようになりました。そんなところへチャールズ・ベルもまた同じ情報を寄越すよう急き立ててきたんです」

そのあと彼女はしばらく押し黙った。ことばが出てこないようだった。それでも、スカーフの端を引っぱると続けた。「ジェームズはこの世のあらゆるものに深くて明白な関係性のあることを立証しました。わたしたちに見え、名前もつけられるあらゆるものの下に隠されている関係性です。ありとあらゆるものにあてはまる関係性です。現実そのものの深い構造……存在するあらゆる動的システムの数理的統一性。嵐から、細胞壁を通る栄養素の動きから、軌道上における惑星の揺らぎから、あなたにしろわたしにしろ、人の脳から生まれるアイディアまで――ありとあらゆるものの関係性です。そういうものがあることを彼は証明してみせたんです。キトはその偉業を金儲けに利用することしか考えませんでした。実際のところ、ジェームズは市場をモデル化してたんです――過去五十年以上にわたる分単位の値動きを調べてたんです」

　フェンスターのハードディスクにはいっているのはそれだ、とポアンカレは確信した。その生データだ。

「値動きのパターンを見つけたり、株価を予想したりするのはジェームズにとっては些細なことでした。彼にとっての株式市況はより大きな真実を裏づけるためのひとつの証拠にすぎませんでした。一方、キトにはお金のことしか考えられなかった。お金があればどれほど〈先住民解放戦線《ILF》〉を強大にできるかということしか。お金、お金、お金。わたしたちはみんな地獄に堕ちようとしているのです」

　そうかもしれない。ポアンカレはそう思った。が、自分が地獄に堕ちるまえにどうしても訊いておかなければならない質問があった。「ランドル・ヤング。マドレーン・レーニアはランドル――自分の弟――を見つけ、〈アンバサード・ホテル〉に連れてきた。そして、ランドルがフェンスターの泊まっていた部屋を爆破した。どんなふうにやったのかまではわからないが、きみがフェンスターの部屋にランドルをこっそり案内したんだね」

　チャンビはまたスカーフの端を引っぱった。「わたしたちはランドルをアムステルダムに連れていきました。それができたのはドクター・マイスターの治療のおかげです。わたしと彼とで事件の一週間前から〈アンバサード〉のスイートを借りました。もちろん偽名で。彼はそこで爆破物をつくったのです。安全のためにわたしは〈アンバサード〉から数ブロック離れたところにも一部屋借りて、実際にはそこで寝泊まりしました。そして、事件の二日前にチェックアウトして両方の部屋を出ました。ランドルはそのあとジェームズの部屋に移ったんです。ヨーロッパに連れてくるまえ、マドレーンはランドルをケンブリッジのジェームズのアパートメントに連れていきました。徹底的な掃除をしたあとのアパートメントに。そして、アパートメントの外で待って、彼に指紋とDNAを室内に残させたのです。ジェームズはそのあとあちこちのホテルに泊まり、歯科医のコンピューターをハッキングして、自分の歯科記録とランドルの歯科記録をすり替えました。爆破のあと、マドレーンは遺骸の残骸をすぐに火葬して、ランドルの両親のもとに送りました」

「彼の養父母のもとに」

「ええ、そうです」

「だったら、ケネディ空港でランドル・ヤングを演じたのは誰だったんだ？　空港で死んだのは誰だったんだ、ミズ・チャンビ？」

ポアンカレのそのことばにチャンビはびくっと体を震わせた。「こんなことはわたしたちの誰も望んでなかった。そのことだけはわかってください」と彼女は言った。「わたしたちがキトに追われていたということだけは……ケネディ空港で亡くなったのは、ドクター・マイスターの研究所の別の患者さんです。リカルド・ゴレンという人です。ランドルと意気投合して、わたしたちのことを理解してくれたんです。彼らはふたりとも死にかけていました。でも、ふたりとも死ぬことで何かいいことができればと思ってたんです。ランドルとして死ぬかわりに、リカルドは遺された家族の将来の不安をいくらかでも解消することができました。彼はまだ二十八歳で、娘さんが三人いました。ジェームズがそんな彼のために方程式とコンピューターを使って、数日のうちに莫大なお金をつくったんです。書類を偽装し、リカルドはランドルとしてジュリーと一緒にアメリカに戻りました。膵臓癌を患っていたんですが、ひどく苦しんでいて、空港で薬を飲んで死ねると思うと、むしろほっとすると言っていました。彼の症状が末期的なものであることは検死医の眼にも明らかだったからでしょう。死因を伝えるジュリーのことばは誰にも疑われず、検死はおこなわれませんでした。ジュリーはリカルドの遺体を火葬すると、ウィーンの彼の遺族に送りました」

「ふたつの死体にふたつの偽造証明書」とポアンカレはぼそっとつぶやいて氷河を見た。そして、子供の頃、陽の光が氷の割れ目から昇り立つ霧と遊んで虹をつくるさまに見惚《みと》れたことを思い出した。そよ風になぶられるカーテンのように、虹が揺らめくさまに見惚れたことを。その日の朝、太陽は出ておらず、あるのは氷と岩だけだった。「パサディナにも何かが、あるいは誰かが、埋められている」とポアンカレは言った。

「私自身、埋葬証明書を見ている」

「大半は砂です」とチャンビは言った。「棺を重くするための。それとスキーの大会でもらったメダルと写真」

「それでも葬儀の費用はジュリーが払った?」

チャンビは眼を閉じて言った。

「ジェームズは、ジュリー・ヤングが抱え込むことになった家のローンの返済にも手を貸していると思います」

「たぶんそのほかにも」

チャンビはまっすぐにポアンカレのほうに向き直った。ポアンカレは、ハーヴァードの講義室を埋める学生の関心を一身に集めていた彼女の姿を思い出した。

「ジュリー・ヤングは生活に必要なものを手にしまし

た」と彼女は言った。「彼女の子供は将来大学にかよえることでしょう。彼女は家も持てることでしょう。これからは新しい人生を歩んでいくことでしょう。でも、ポアンカレ捜査官、今度のことはお金に関することじゃありません――それがジェームズのお金にしろ、誰のお金にしろ。この偽装工作はそもそもランドルのアイディアだったんです。ジェームズは自ら進んで、自分ひとりでキトと対決しようとしていました。それをランドルとマドレーンが説き伏せてやめさせたのです。なぜって、ジェームズはそういう人ではないからです。人と対決するような、人と諍いを起こすような人ではまったくないからです。彼のことを少しでも知っていたら――！」涙声になった。「彼の大発見は守られなければならなかった。その頃にはもうマドレーンがランドルを見つけていて、どんなことがジェームズの身に起ころうとしているか、ランドルに説明したんです。ジェームズの人となりと彼の才能については、あなたにも理解してもらわなければなりません。わたしたちにしてみれば、ニュートンやガリレオを救うのと同じ気持ちでした。なんとしても彼だけは救われなければならない。そういうことです。結局、ジュリーが同意すると、ジェームズも同意しました。ランドルは自分の死を無駄にしたくなかったんです。ジュリーも同じ気持ちだったのでしょう。彼の死から何かいいものを生み出したかったんです」

「きみたちみんなでこれだけのことをしたわけだ……フェンスターのために」これほどの献身はポアンカレにしても聞いたことがなかった。

「危うい点はいくらもありました。そもそもジェームズはどんな相手に対しても悪いことのできない人です。ランドルは事実上自殺することになります。そうなると、生命保険の契約は無効になります。保険会社を騙すというのは初めからジェームズの頭になかったので、彼はランドルが契約を解除することを強く主張しました。アムステルダムではホテルの修復費を負担した保険会社に匿名の寄付をしています。現場をもとどおりにするための労力と時間は市が負担したわけですが、あの事件の数ヵ月後、今度は市に対するこれまた匿名の寄付がありました。今後何年も運河のメンテナンスがまかなえるほどの額の寄付です。ジェームズは誰にも不利益をこうむらせたくなかったんです。誰にも損をさせたくなかったんです――自分以外誰にも。あのアムステルダムの事件で損をした人は誰もいないはずです」

フェンスターという男には世界というものがそもそもわかっていないのだ。ポアンカレは内心そう思った。

「あの爆破事件ではほかに犠牲者が出てもおかしくなかった」

「ランドルには自分のしていることがちゃんとわかっていました」とチャンビは言った。「あの部屋のそばの部屋については、マドレーンがすべてのドアをノックして、宿泊客は誰もいないことを確かめました。爆破は上に及んでも下にも横にも及ばないことはわかってたんです。三日かけてあらゆるチェックをしたあと、ランドルはマドレーンのゴーサインを待って、あの部屋の洗面台へ行き、点火したのです」

ポアンカレはアネット・ギュンターが胸部の残骸をポインターで指して言ったことばを思い出した――

〝磁器の破片を見てください。被害者の胸部の前面に残っています。側面ではなく。この人には何が起こるのかまったくわかっていなかったのです。さもなければ、とっさにうしろを振り向いていたでしょう。おそらく即死だったでしょう。苦しむことはなかったでしょう〟。

「キトは怒り狂いました」とチャンビは言った。「それこそ嵐のように。彼はジェームズの発見を利用して、〈先住民解放戦線《ILF》〉のために巨額の資金を貯え、さらに世界じゅうに、先住民のための教化施設を建てる事業を計画していたのです。先住民のための学校。工場。老人介護施設。そうした事業をすべて成功させたあとで、〈先住民解放戦線《ILF》〉の資金はすべて金《きん》に換え、ジェームズの方程式を出版することを目論《もくろ》んでいたんです。ニューヨークや香港の株式仲買人が一週間で自分たちの投資を五千パーセントも増やせることを知ったら、いったいどんなことが起こると思いますか？　お金はまったく価値をなくすでしょう。それがキトの夢だったんです。そうやって通貨制度を破壊して西洋を罰するというのが。実際、彼にはそれができていたでしょう。彼自身、大変な才能の持ち主なのですから。ジェームズはなぜキトが自分に眼をつけたのかを知ると――キトの協力の真の目的を知ると――協力関係を破棄しました。わたしがキトに選ばれたのはそのときです。ハーヴァードは、数学科で博士課程を受講するわたしの申請書をすでに受理していたけれど、指導教官は別の教授でした。キトはわたしが指導教官をジェームズに変えたら、学費も生活費も出すと言ってきました。ただし、金融市場に関する研究については随時報告すること。それがその見返りでした。

　でも、数カ月一緒に過ごすうち、ジェームズという人がわかればわかるほど、わたしには彼を裏切ることができなくなりました。それで手を切ることをキトに伝えたら、その一週間後、車を燃やされました。ジェームズは執拗な脅迫電話を受けるようになりました――おまえを殺すといった脅迫です。しかし、世紀の発見を持って警察に行くことはできませんでした。彼の方程式はあまりに危険すぎたからです。世界の仕組みを揺るがすほどの財が誰にでも築けてしまうのですから。そういうものがまちがった者の手に渡ってしまったら、世界じゅうが混乱をきたします。国家安全保障上の問題ということで、政府のどこかの部局が彼の研究成果を隠蔽《いんぺい》することだって考えられました。彼を軟禁することさえ。彼の世紀の大発見が闇に葬られてしまうのです。だから、彼はわたしの身の安全を考えてわたしにさえその方程式を見せてくれませんでした。

爆破事件のひと月後、キトはケンブリッジにやってきて、ジェームズ・フェンスターの死を望んだ者がこの世にいたとはとうてい考えられないと言いました。あの事件は偽装で、ジェームズはまだ生きているというのです。そう言って、方程式を渡すように脅してきたのです。何を証拠にそんな途方もないことを、とわたしは言い返しました。でも、どこかそのときのわたしの反応がおかしかったのでしょう。彼はなんとしてもジェームズを見つけると言って、それを邪魔する者は誰でも殺すと息まきました。わたしとしてはもう逃げ出すしかなかった。彼がわたしに似た女性を雇い、病院に送り込んだのはそのときです……ポアンカレ捜査官、お孫さんのことはなんと申し上げたらいいか、ほんとうにことばもありません」

「その女は」とポアンカレはチャンビの悔やみのことばを無視して言った。「誰だったんだ？」

「知りません。わたしに見せかけるために首のところに痣のように見えるものをつけていましたね。キトはわたしにもあなたにも邪魔されたくなかったんでしょう。なんの邪魔もなくジェームズを探したかったんでしょう」

私を殺そうと思えば、ケベックで殺せていたのに、とポアンカレは思った。そのことはキトも考えたはずだ。しかし、〈先住民解放戦線《ILF》〉が惹き起こした暴動に巻き込まれてインターポールの捜査官が死ぬ？　いや、とポアンカレは思い直した。キトはもっと頭のいい男だ。

「世界じゅうの警察が捜索を始めたら、わたしは身を隠すしかありません。キトはそのことを見越していたのでしょう。尋問されたら、わたしはジェームズがまだ生きていることを警察に話すかもしれない。キトはそのことを心配したんでしょう。その彼の思惑どおり、わたしは身を隠しました。同時に彼はあなたも事件から遠ざけようとした。決してあきらめない男。彼があなたのことをそんなふうに言ったのを聞いたことがあります。それであなたのお孫さんを殺させたのです。わたしたちふたりを一緒に始末しようとしたのです。一石二鳥というやつです。それがキトのやり方です。彼も昔はいい人だった」とチャンビは言った。「先住民のためにいいこともしてた。でも、何かがあったのでしょう。それで戦うことに疲れてしまったんでしょう。常に勝者が勝ちつづけるのを見るのに、つくづく倦《う》んでしまったんでしょう」

41

小ぬか雨が降りだした。ふたりは氷河を離れると、谷底を流れる川のそばに建てられた教会にはいり、信徒席に坐った。「教えてほしい、ミズ・チャンビ」とポアンカレは言った。「フェンスター博士が見たものとはいったいなんだったんだ？」

チャンビは粗末な祭壇と向かい合い、もの思いにふけっていた。スカーフがずれて、首に広がるポートワイン色の痣があらわになっていた。「安堵が得られる」と彼女は言った。「彼の手助けをすれば、みんなそういうものが得られる。計算機リサーチのことはご存知ですか？」

ポアンカレは首を振った。そんなことば自体、初めて耳にした。

「データそのものから始める科学のひとつの方法です」とチャンビは言った。「仮説を立てたり、データをつくりだす実験から始めるのではなく。ジェームズは自然界にあるいわば生《なま》の数を研究していました――たとえば、何千万という気温を調べたりしていました。天候はいいサンプルになるからです。天候というのは複雑な条件が重なると、なかなか予測しにくいものです。同じような複雑なシステムはほかにも何百万とあります。わたしたちのまわりにもわたしたちの中にも常にあります。そのどのシステムもときに暴力的なまでに不安定になる。バタフライ効果ということばはお聞きになったことがあるでしょう。アマゾンでの蝶の羽ばたきひとつがどのようにして北アメリカに大竜巻を惹き起こすか。どの羽ばたきが竜巻を惹き起こすのか予測することはできなくても、複雑なシステムにおいて、それはいくらでも起こりうることです」

「カオス理論」

「そのとおり。計算機リサーチの研究者は加減乗除や微積分といった一定の法則に従ってプログラムを書きます。そして、コンピューターを使ってそれを自然界のデータにあてはめます――氷河の動きとか、サケの生息数とかに」

「フェンスターのハードディスクには」とポアンカレは言った。「データしかはいっていなかった。何百万という数字しか」

「それは株価です、ポアンカレ捜査官。その点、キトとベルの判断は正しかったわけです。ジェームズはほかのどんなシステムより株式市場のシステムを研究していたんです。たとえば過去数十年のダウ平均株価にしろ、ほかのシステムからのデータにしろ、彼はそういうものを過去にさかのぼって計算し、それを未来に向けて何百万回も演算して、まったく同じデータが生まれるひとつの単純な方程式を導いたんです。候補となる方程式をコンピューターにいくつか出させ、それを新しいデータにあてはめて厳格にテストします。そのテストでたいていの方程式は役に立たないことがわかります。それでも、実験に頼ったら発見するのに何世紀もかかりそうな基本的な法則に見えるものが見つかることもよくあるんです。コンピューターなしには考えられないことです。

たいていの研究者は各々の関心事に基づいてデータを研究します——心律動とかコレラの蔓延形態とか。ジェームズは見えるものすべてに関心を持っていました。ひとつの分野やひとつの複雑系に限定しなかったんです。それがまずひとつ、ほかの研究者と彼の大きなちがいです。彼のアパートメントはご存知だと思うけれど——写真を見ました？」

「ああ」

「あの写真は彼が研究していたあらゆるシステムの根底には数学があるという、眼に見える証拠です。コンピューターのプログラムをつくることで、彼は稲妻が山の稜線に似ていることを発見したんです——数学的に似ていることを。そこがほかの研究者と彼との二番目のちがいです。ほかの研究者が相違を調べたのに対して、ジェームズは類似を求めたんです。そして、コンピューターのプログラムが機能しはじめると、あらゆる種類のデータを研究しました——気流にしろ、ヘラジカの生息数にしろ、フンコロガシの交配パターンにしろ、戦没者数にしろ。彼の発見は画期的な発見でした。そうなっていたでしょう、彼がそれを公にしていたら。彼が研究した何千ものあらゆるシステムのあらゆるデータがつまるところ、ただひとつの方程式の変形に還元されるんですから。反証はいっさい見つかりませんでした。つまり、彼は法則を発見したんです。キトとベルはそれを自分たちで独占し、その方程式から莫大な利益をあげようとしたんです」

「どうやって？」とポアンカレは尋ねた。「それはつまり市場を予測するということだ。そんなことは不可能なことだ」

「いいえ、簡単なことです」とチャンビは言った。「ジェームズの方程式を使えば。彼はコンピューターに最新の市場データを入れて方程式をあてはめ、それを何度も繰り返しました――現実より速く。そういうことができる方程式なんです」

ポアンカレにはわけがわからなかった。「フェンスターは自然界のシステムを研究していたと言ったね。株価は自然界のものじゃない。世界金融市場は自然界のものじゃない――この礼拝堂の外の低地とはちがう。これとはちがう」そう言って、彼は地下の明かり採りのひび割れたへりから生えている雑草をつまんだ。

「説明しましょう」とチャンビは言った。「あなた自身は自然界にいます。ここの外の低地のように？　その雑草のように？」

「ああ」

「あなたの体内では今このときにも何千という複雑なシステムが機能している。その機能はあなたが死ぬまで続く。インシュリン調節も、消化作用も、血圧も。その点は異論ありませんね？　そのシステムはあなたが死んだあとも肉と骨を分解するために機能します。それも異論ありませんね？」

「ああ」と彼は言った。「そういうことが実際に起きるということは知っている」

「ジェームズはその知見をさらに一歩進めて、個体であれ、集団であれ、人もまたひとつの複雑なシステムであることを示してみせたのです。要するに、あなた自身は嵐のように複雑ですが、そんなあなたの人生から発せられるものも嵐から発せられるものと同様、記録することも分析することも可能ということです。嵐は測定可能な雨量と風をもたらします。わたしたち人間は言語、経済、芸術、社会福祉制度をもたらします。そんなわたしたちの手と心がつくりだすものもまた、すべて自然界にあります、雨とまったく同じように。ジェームズはマーラーの第九交響楽の音符の分布とダウ平均株価の値動きを比較し、深いレベルでは、このふたつがアメリカ東部の低気圧領域における気温の変化と見分けがつかないほど似ていることを突き止めました。つまるところ、彼が発見した方程式は明日の気温を予想するのと同等の精度で株式市況を予測可能にするものだったのです。株式市況も彼が調べたほかのあらゆるシステムと同じように動くことがわかったのです」

そんなことがほんとうに可能なのだろうか、とポアンカレは思い、床板を指差して言った。「そこにアリがいる。今ここで方眼紙をつくって、アリの動きを記録すれば――」

「おっしゃりたいことはよくわかります。答はイエスです。ジェームズのプログラムにそのデータを入力すると、アリの動きを記録したものは株式市況にしろ、ほかのどんな複雑なシステムにしろ、酷似しているはずです。どのシステムかということは問題ではないのです。どのシステムでも秩序と無秩序が支配していて、問題は秩序と無秩序の緊張関係にあるからです。ジェームズはその緊張関係を〝ダンス〟と呼んでいました。日がよければ――システムが秩序立って機能する日なら――かなりの精度で予測することができます。しかし、何がいつシステムにカオスをもたらすのか、そこまで予測することはできません。キトはあなたのお孫さんを殺す命令を出すことで、あなたの人生にカオスをもたらそうとしました。それはまさにハンマーの一撃です。蝶の一度の羽ばたきではなく。

初めて会ったとき、キトはわたしにこんな話をしました。五十年前のある日のこと、彼は番をしていなければならないアルパカの群れを少しのあいだ放っておこうと思いました。両親から絶対にそんなことはするなと言われていたのに。お菓子が欲しくて村まで歩いたそうです。そのとき、道の角を曲がったところで父親が物乞いをしている姿が眼に飛び込んできました。家族が食べるものを人から恵んでもらおうとしている父の姿が。でも、ポアンカレ捜査官、おまちがえなく。父親が物乞いをする姿を見たトラウマが蝶の羽ばたきになったのではありません。八歳の少年の無邪気な判断が羽ばたきとなったのです。アルパカの群れはしばらく放っておいても大丈夫だと思った無邪気な判断が。村まではほんの一キロと離れておらず、彼は何か甘いものが食べたかった。そのことが半世紀後にあなたのお孫さんを殺せという命令を出すことにいたる連鎖の始まりです。大雪崩《なだれ》も同じようにして起こります。ちょっとした羽ばたきから。取るに足りない些細な変化の兆しから。それでも、システムは機能しはじめ、そのうち狂気に支配されるようになります。そうなると、もう予測は不可能です。でも、また時間が経つと、システムはリセットされ、秩序が回復されるのです」

「私のシステムはそうではないようだ」とポアンカレは言った。「今はまだ。おそらく今後もずっと」

「ほんとうに心からお悔やみします。でも、いいですか、カオス状態のシステムの中からは新しい秩序がどのように見えるものなのかも、いつそれが現われるものなのかも、知ることはできません。それでも、無秩序はいずれ秩序に取って代わられます。常にそういうことが起こるのです。そして、新しく秩序立てられた状態というのは、常にそれまでのものとは異なるものです。ときにそれは進化の例のように、新たな状況に適応したものにもなります。要するに、カオスの一コマから元気溌剌《はつらつ》とした新しい種《しゅ》が生まれることもあるということです」

チャンビのことばを聞いていると、ポアンカレの心はますます荒《すさ》んだものになった。「ハーグではこんな男が今ものうのうとしている。私の家族を皆殺しにしようと殺し屋を雇った男だ！　それ以前、その男はひとつの村の村人の半数を虐殺した。そいつのそんな蛮行もきみはひとつの〝適応〟だと言うのか？」

「わたしは可能性の話をしているのです。その男の人生にもキトの人生にあったような蝶の羽ばたきがあったのだろうと言っているのです。だからと言って、なんの言いわけにもなりませんが。でも、どんな複雑なシステムも——わたしたちやわたしたちの集団のどんなシステムも——狂うことがあるものです。二十世紀初頭にニューヨークのシャツ工場で火事があり、百五十人近い人が焼死しました。その地域的なカオスは、犠牲者とその遺族にとってはこの上ない悲劇です。しかし、その後、労働者を守る法律が制定されました。それ以降、同じような事故はニューヨークでは二度と起きていません。雇用者と被雇用者のあいだのシステムが変わったのです」

この数カ月、ポアンカレは真っ暗な奈落の底に突き落とされたままだった。が、チャンビの言うことが正しいとすれば、彼の感じた奈落はまだ偽りの奈落だったということだ。もっと落ちるかもしれないということだ。まさに底知れぬところまで。「きみは破壊がなければ前進もないと言っているのか？」

「変化が前進だなどとどうして人にわかるのです、ポアンカレ捜査官？ ジェームズが見た美は恐ろしいまでの美でした。ジェームズの方程式は工場の労働者の死に関して何も言っていません。あなたのお孫さんの死についても。彼の方程式は倫理的なものでも非倫理的なものでもありません、残念ながら。倫理というのは人間的なカテゴリーの中での問題です。自然界の中での問題ではなく」

ポアンカレは顔をそむけると、チャンビにというより自分に向けて言った。「そんな世界を自分から進んで選ぶ人間がいるだろうか」

チャンビは信徒席から立ち上がって言った。「おわかりになりませんか、そういう世界を選択するかしないかなどという問題ではないのです。なぜなら、これがわたしたちの世界だからです。これが法則によってたまたま一緒にまとめられているわたしたちの世界なのです。最初の頃、わたしはこの発見がすべてを変えるだろうと思いました。信仰についてなどもう話し合うこともなくなるだろうと。証拠のない宗教などもうこの世から姿を消すだろうと。イエスにしろブッダにしろ、そういう人たちについて語り合われることもなくなるだろうと。彼らはジェームズが見たものを数学なしに見ただけのことなんですから。でも、こっちは再生可能な科学です。人類の新たな道しるべ、新たな出発点となってもおかしくないものなのです。ジェームズの業績を認めて、なおも宇宙は混沌としているなどと主張する人はいなくなるでしょう、その人がまともな頭の持ち主なら。

あなたが聴講なさった講義でひとりの学生が提起した問題を覚えてますか？　あの学生の推論にまちがいはありません。法則があるとすれば、その法則をつくったものがいるはずだというのはきわめてまっとうな推論です。今のわたしにはそれ以外のどんな結論も考えられません。正直に言いましょう。実のところ、わたしもこれまではずっとその結論に反対してきたのです。そのことについて、複雑なシステムが自動律として働いていると主張する研究者はほかにもいます。でも、彼らには概念がないのです……彼らは説明することばを持っていないのです。たったひとつの方程式からあらゆるシステムがいかに自発的な同じ秩序を生み出しているか。それがジェームズの驚くべき洞察でした。彼の洞察が公になれば、ただそれだけでこの世のすべてが根こそぎ変わってしまいます。でも、世界には変わる準備がまだできていないのです……」

彼女はそこでことばを切った。ポアンカレは雨の音を聞いた。さらに風の音を聞いた。そして、谷越しに山を見上げた。千年も氷に縁取られた水が轟音をたてて氷河から跳ね上がっていた。下流にくだれば、農場があり、艀《はしけ》を利用した水上交通があり、市《まち》があり、人々がいる。が、ここの世界はよりシンプルだった。実のところ、シンプルとはほど遠いにもかかわらず。山々が空と接している稜線を眺めた。彼の人生さながらぎざぎざに引き裂かれ、残酷なまでに美しかった。世界はそのぎざぎざで終わっていた。そう、終わっていた。クロエはどこにいるのか。ポアンカレはあの世からクロエを連れ戻したかった。クロエに自分の名を囁いてほしかった。

彼は言った。「フェンスターーが死んだら――ほんとうに死んだら――彼の業績はどういうことになる？」

「チューリッヒの貸金庫に指示を添えて保管されています」とチャンビは言った。

「この発見はキトにもできるんじゃないのか――ベルがやっていることからでも。つまり、誰かを雇ってその方程式を発見させることもできるんじゃないのか？ほかの科学者がフェンスターーのやったのと同じことをやり遂げる可能性は？」

チャンビは耳ざわりな笑い声をあげた。「それは小学生が数学コンテストであなたのひいおじいさまと競い合うようなものです。ジェームズの成し遂げたことがほかの科学者にもできるようになるには、それこそ何世紀もかかるでしょう――そして、その頃にはわたしたちが今よりはるかに賢くなっていないかぎり、きっとこの世の終わりについて語り合っていることでしょう。キトやベルのような人間がお金と権力を求めて血みどろの戦いを演じていることでしょう。ジェームズの洞察はそのことも是認していました。人間が互いに破壊し合うことも。それもまた自然なことだからです。わたしの姪が通りを歩くのではなくスキップするのと同じくらい。ジェームズの方程式はわたしたちが種《しゅ》として生き延びられるかどうかということとはまったく無縁のものです」

「それがきみの法則の創造者が用意したことなのか、ミズ・チャンビ？」

彼女はスカーフを直して言った。「ジェームズは神を見ました。だからといって、自分こそ神に愛された者だなどと言ったことは一度もありません」

ポアンカレはしばらく押し黙った。彼女の話がよくわかったとはとても言えなかった。それでも、彼女のことばの正しさがわかるほどには、彼もこれまで多くのものを見てきた。二百年後にはもうこの世にはいない。だから、未来のエデュアルド・キトの企みを阻止することはできない。しかし、今ならできる。今ならキトの企みを阻止することができる。フェンスターのために。そして自分自身のために。少なくとも今一度だけ、もう一度の〝ダンス〟のためにだけ、秩序のひとつの歯車になることならできる。「われわれでこれを終わらせよう」と彼は言った。

「どうやって？」

彼は経験からただひとつの行動を考えた。何が起こるか確信できた。考えることもなく、ポアンカレは話しはじめた。「八月十五日の朝、また会おう。アムステルダムで。きみはまた自分の人生を取り戻すんだ。フェンスターの方程式は悪玉の手には渡さない。フェンスターもやっとマドレーンと平和な日々が送れるようになるだろう。フェンスターにはそういう暮らしが約束されて当然の資格がある。もしかしたら、ふたりはもう結婚しているかもしれないが」

チャンビはむしろうろたえたような顔をしてポアンカレを見た。

「どうした？」とポアンカレは尋ねた。

「てっきりご存知とばかり思っていました、ポアンカレ捜査官。ジェームズはマドレーンのお兄さんです」

42

八月十五日。主の日。

まさに世紀のカーニヴァルといった雰囲気の中、何千という人々がキリストの午前十一時三十八分の再臨のためにアムステルダムのダム広場に集まっていた。ポアンカレは夜明け直後に到着し、テントと寝袋の海を眺めた。当然のことながら、当局は最重警備態勢で臨んでいた。〝歓喜〟を体験しにきた者にも、昼食休憩の気ばらしを求めてきた者にも、一度にひとりずつの金属探知検査と、さらに化学残留物検査がおこなわれていた。また、ランダムな所持品検査があり、バッグはすべてX線検査されていた。ポアンカレは自分の番になると、インターポールの捜査官だと名乗り、茶色の紙袋をテーブルの上に置いて、武器がはいっていると申請した。ホルスターに収めた九ミリ口径のベレッタ。身分証明書はなかった。そういうものはすべて三週間前にフェリックス・ロビンソンに返していた。だから、どういう扱いを受けるかは初めからわかっていた。チェックポイントにいた警官は彼の銃を押収して、彼の身柄を拘束した。

「ジーゼル・デ・フリース」とポアンカレは護送車の中の金属製のバーに手錠でつながれると言った。

「ええ?」

「デ・フリース警部補が私の身元引受人になってくれるはずだ。身分証明書は紛失してしまっただけなんだ。私はインターポールの任務を帯びてここに来てるんだ。デ・フリース警部補とは今年ここで世界貿易機関の会議が開かれたときに一緒に仕事をした仲だ。彼女と連絡を取ってくれ」

「警部補は今日この広場の警備にあたってるはずで

す」と若い警官は言った。「ちょっと待ってくださ い」ポアンカレはそのことを知っていた。チャールズ・ベルとエデュアルド・キトに会う準備は一週間前からできていた。ダム広場と周辺の建物の調査に加えて、八月十五日の警備態勢の詳細についても、オランダ国内警察のデータベースに忍び込んですでに調査済みだった。世界貿易機関の会議が開かれた際に警備を担当したことから、今回も彼女がこの任に就いていることは想像がついたが、そればかりか、彼女は警備の指揮を執っていた。ポアンカレはその幸運に安堵した。実際、バッファロー硬貨がそろそろ運を変えてくれてもいい頃だった。

警官がデ・フリースを探しに立ち去ると、ポアンカレは護送車の中の景色にも慣れておくのも悪くないと思ってまわりを見まわした。金属製のベンチに金属製の壁。外からボルトでとめられた金属製の覆いが通気口を隠していた。簡素な造り。弁護士のピーター・ロイのオフィスのような。その連想から、ポアンカレはこのあとロイの世話にならなければならないかもしれないと思った。数分後、ドアが勢いよく開き、デ・フリースが驚き顔で言った。「この方の手錠をはずしてこの銃も返してあげて……ポアンカレ捜査官、どうしてここに？ いらっしゃるのなら、まえもって連絡してくだされればよかったのに。いずれにしろ、申しわけありません」

計画どおりだった。ポアンカレは手錠をはめられていた手首をさすりながら言った。「急に思いついたんだ。まだフェンスターの事件を追ってるんだが……あの爆破事件に関与している〈歓喜の兵士〉が今日このダム広場に姿を現わすかもしれないという情報があったんだ」

「爆破犯がここに？」彼女の顔色が変わった。「われわれとしても暴動だけは起きないよう最大限の注意を払っています。彼らを理解するなど誰にもできないことでしょうが、そんな彼らの理屈に従っても、今日だけはトラブルを避けたがってるんじゃないでしょうか？」

「たぶん」とポアンカレは言った。「それでも用心に越したことはない」

デ・フリースを利用することについては、ポアンカレもさすがに良心が痛んだ。が、その朝にかぎっては侵すべからざる聖域にも足を踏み入れなければならなかった。それも計画全体を思えば些細なことだ。彼は彼女について指令センターまで行くと、身分証明書をなくしたことについては適当に話をでっち上げ、爆破予告があったという偽情報でつくり話を終えて、デ・フリースが発行してくれたバッジをジャケットにとめた。「これで自由に動けます」と彼女は言った。

「お気をつけて《グッド・ラック》」

ああ、そのとおりだ、とポアンカレは思った。今日ばかりは幸運《グッド・ラック》に恵まれたかった。


朝食を売る露天商がすでに熱心に商売を始めていた。盛夏の気持ちのいい朝、揚げパンやソーセージのにおいが食欲をそそった。広場に野宿した巡礼者たちはテントを片づけにかかっていた。このあと〈歓喜の兵士〉が執り行なう儀式に参加するのだろう。すでに何人かが洗礼用の携帯洗礼盤を用意していた――といっても、公共の水道の蛇口から汲んできた水を子供用のビニールのプールに張っただけのものだったが。多くが白いローブをまとっていた。シーツで間に合わせている者もいた。そんな中のひとりがポアンカレに呼びかけてきた。「兄弟！　永遠の世を生きるために聖水を！」ひと浴び五ユーロだった。〈バイエンコルフ・デパート〉のまえではバプティストらしい女が〈歓喜の兵士〉に張り合って、同じように〝救済〟を売っていた。こちらはひと浴び二倍の値段だったが、ルルドの泉から汲んできた水というのがその女の売り口上だった。王宮のまえでは少女たちが聖歌を歌っていた。礼拝堂の鐘が鳴っていた。大道芸人もストリート・ミュージシャンもいた。まばゆい主《しゅ》の降臨から眼を保護するためのサングラスを売っている露天商もいた。光輝くキリストの肖像画と並んで似顔絵を描いている絵描きがいた。ポアンカレも声をかけられたが、断わった。たったの十ユーロだったが。どこまでも謙虚な姿勢を見せようとしているのだろう、落とした小銭を探す旅行者さながら、膝をついて広場を動きまわっている〈歓喜の兵士〉もいた。なんでもござれ――悔悛者に呼び売り商人に警官にすり。そこへこのあと金融業者と殺人者が加わる。こうしたカオスの中心に、贖いまでのときを分秒単位で刻む巨大なデジタル時計が設えられていた――5：12：13、5：12：12、5：12：11……

「ハレルヤ！　ハレルヤ！　ハレルーヤ！」スーツを着た男が叫んでいた。両手を組み合わせ、栄光をもたらす人を一緒に待とうというその男の勧めをポアンカレは断わり、さらに歩きつづけ、広場の北西の隅までやってきた。そこでキトとベルに会うことになっていた。彼らを呼び出すのは簡単だった。ケンブリッジのエリック・ハーリー刑事に連絡を取り、ベルに電話して、ある申し出をしてほしいと頼んだのだ。公僕の給料は安く、およそ充分と言いかねる年金だけをあてにそろそろ退職しなければならない。ただ、ある共済組合に寄付してもらえば、それがめぐりめぐってひとつのハードディスクにたどり着くかもしれない……ハーリーはベルにそう持ちかけ、隠しマイクを取り付けてふたりで会い、件《くだん》の共済組合に多額の寄付金が振り込まれると、もう一度ベルに会って、次のようなメモを手渡したのだ――八月十五日午前十一時、アムステルダムのダム広場。王宮と新教会の角。キトのほうはチャンビのメールが効果覿面《てきめん》だった。そのメールでチャンビはキトに疲労と後悔を訴えたのだ――〝もう逃げられない。あなたが手に入れたがっているものを持っています。あなたは正しかった。われわれの活動こそすべてです〟。日付と場所は同じ。時間は午前十一時半に設定した。

聖書を精読した結果という彼らのご託宣に従えば、〝歓喜〟はそれぞれの現地時間の十一時三十八分に全世界で起きることになっていた。それはすなわち、八月十五日の午前二時三十八分まで起きていてくれと、ロスアンジェルスの人々に不便を強いなくてもすむことを意味した。眠い眼をこすらなくても、うねる歓喜が体験できることを。しかし、ポアンカレにはどうしても理解できないのが、彼らのことばを信じれば、キリストが最初にヨーロッパ中央時間帯にまず再臨することだった。これはつまり、ラップランドのリクスグレンセンから遠く南部アンゴラのルバンゴまでのあいだにいる者なら、誰もが最初に歓喜に酔い痴れることができるということだ。だから、ヨーロッパ中央時間帯以外のあらゆる旅行代理店が、〝最初の歓喜〟を体験したい熱烈な人々のために、中央時間帯に客を運ぶスペシャル・パッケージ・ツアーを組んだのは当然の結果で、そのことを知ってもポアンカレはことさら驚かなかった。救済を求める人々で空が埋まり、早く再臨に立ち合わないと、キリストの救いの右手にはもはや余裕がなくなるのではないか——というのが滑稽なほど芝居がかったそのツアーの宣伝文句だった。デラックス・パッケージには、ホテル代、食事代、リネンのローブ代、空港・ホテル間の送迎リムジン代、首に掛けるブロンズのネームプレート代が含まれた。当然のことながら、さまざまな活動家も集まっていた。彼らにしてみれば自分たちの活動目的を宣伝する——十五日が過ぎても、世界と世界が抱えるさまざまな問題は残ったままだということを訴える——いい機会だった。チベットの不法占拠を非難するプラカードがあった。ミャンマーの軍事政権に抗議するものもあった。

妊娠中絶合法化のスローガンを叫ぶ活動家が、なんでも手あたり次第に――放射線によって栄養価値が減じた食物からアメリカのアフガン侵攻まで――非難しているにわか預言者と議論していた。母親に手を引かれ、プラカードを体のまえとうしろにつけられた子供がいた――〝神が世界をよくするのではない。われわれがよくするのだ！〟。

　メディアがそれらすべてをフォローしていた――悔悟者も、ストロープワッフル（オランダの焼き菓子）やニシンの燻製《くんせい》を売る露天商も、移動式トイレのまえの整然とした人の列も、歌ったり踊ったりしている一団も、洗礼用のプールも。そうしたカオスに送り込まれた大手テレビ局のレポーターとカメラマンが提供する映像が、広場の一画に設置された演壇のうしろの大きなスクリーンに映し出されていた。そのスクリーンでは、インタヴューに応じた敬虔な人たちの何人かが自ら呼ぶところの〝キリストのための血みどろの膝〟をこれ見よがしに示し、自分たちの創造主と会えるというのはどれほどすばらしいことか訴えていた。ニュース用の演壇ではキャスターたちが、〝歓喜〟の準備には時間をかけるべきだという根本主義者の意見を伝えていた。〝このヒステリー状態を歴史の文脈の中で考えようとする〟世俗の専門家の意見を紹介して、慎重にバランスを取っていた。つまるところ、ダム広場はポアンカレが期待したとおりのサーカス会場と化していた。

　十時三十八分。カウントダウン用の時計が01：00・00を示した。ローブをまとった女性が一番大きな演壇に上がり、〈バイエンコルフ・デパート〉の看板の下、巨大なスピーカーにはさまれて、演台のまえに立った。

「キリストに仕えるシスター、ブラザーのみなさん！」と彼女は始めた。その声でほかの演説者の声がぴたりとやんだ。「この時間、パウロがコリント人に語ったことばでお互い癒されましょう」

聞きなさい。私はあなたがたに奥義を告げましょう。私たちはみな、眠るのではなくつくり変えられるのです。終わりのラッパとともに、たちまち、一瞬のうちにです。ラッパが鳴ると、死者は朽ちないものによみがえり、私たちは変えられるのです。朽ちるものは、必ず朽ちないものを着なければならず、死ぬものは、必ず不死を着なければならないからです。

何千もの人たちがまるで召喚に応じるように彼女のほうを向いていた。その女性の声には人が初めて教会の礼拝に参加したときに聞こえてくるような――天国そのものの声が説教壇から若い耳に届けられるかのような――響きがあった。彼女は人間の可能性について語り、最後の審判と救済は微妙なバランスを保っていることを知るのにことばは要らない、と続けた。彼女が演壇に上がるまで広場はお祭り気分に満ちていた。彼女が、彼女が語りはじめるや、雰囲気が一変していた。まるで群衆が一斉にこの瞬間の重大さを思い出したかのようだった。信者は頭を垂れていた。賭け屋が両賭けをするように態度を保留している者たちも今は恭《うやうや》しく黙していた。この集まりそのものを馬鹿にして、世界の終わりとやらがやってきてまた去っていくのを見てやろうとやってきた者たちの顔つきも、今は何か恐ろしいものが近づいてくるのを待つかのような表情に変わっていた。歓喜を呼ぶ女の声が真実なら、自分たちはどうなるのか、自分たちのシニシズムはどこに向かうのか――彼らの表情はそんな彼らの思いを語っていた。

壇上の女性は使徒言行録第二章第三十八章に話を移した。「そこでペテロは彼らに答えた。〝悔い改めなさい。そして、それぞれ罪を赦していただくために、イエス・キリストの名によって洗礼を受けなさい。そうすれば、賜物として聖霊を受けるでしょう〟」

チャンビが時間どおりに現われた。モーゼス・エン・アーロン通りの角を曲がり、王宮のそば――大聖堂の横――でポアンカレと落ち合った。

「心の準備は?」とポアンカレは言った。

「チャールズ・ベルに対しては、ええ、できています。ベルは弱者を食いものにする欲深な男だけれど、彼はキトじゃない。彼が実際に人に危害を加えたりするとは思えません――ただがなり立てることはあっても」

カメラを持った男が近づいてきて、カメラを示して言った。「お願いできます? 世界が終わったときにここにいたことを証明したくて。私も妻も」そう言って、帽子と手袋を詰め込んだ紙袋を指差した。「まあ、天に召されそこなって、次の冬に対処しなければならなくなったときの用心です!」

ポアンカレは頼まれたとおり写真を撮った。一輪車に乗ったティーンエイジャーがボウリングのピンをジャグリングしながら通り過ぎていった。「打ち合わせしたとおりにやってくれればいい」とポアンカレはチャンビに言った。「広場を横切って――あそこまで行く」ポアンカレは王宮の反対側の端を指差した。「私はここにいる。ベルがやってきて、私たちが話をしはじめたら、広場を渡って戻ってきて私の脇に立つ。ベルはきっと驚くだろう。きみがここにいることについては私が説明する。その私の説明に彼が予測どおりの反応を示したら、もうそのあとはチャールズ・ベルのことは忘れていい。次はキトだ。彼は今私が立っている場所にきみを見つける。そこに私も加わり、きみは立ち去る。あとは私に任せてくれ」

「聞かせてください。あなたに任せるということの意味は?」

「問題は解決されるということだ、ミズ・チャンビ」

「どんなふうに?」

「私を信じてくれ」

「信じてます。でも、わたし、怖いんです」

「それでいい。命を落とすのは恐れを知らない人間だ。私は今日ここで死んだりはしない。それはきみも同じだ」

「あなたも恐れてるってこと?」

「私は細心の注意を払っている。そう思ってくれ」

「でも、キトは――彼は……」

「彼のことならよくわかっている。きみは打ち合わせしたとおりにしてくれればいい。彼の面倒は私が見る。よし。じゃあ、決めたところへ行ってくれ」彼は時計を見た。「まだ少し余裕がある。ストロープワッフルを試したらどうだ? 悪くないぞ」

「何か食べるような気分じゃないけど――」彼女は屋台のほうに歩きかけ、立ち止まって肩越しに振り返った。「あなたは洗礼を受けてるんですか、ポアンカレ捜査官?」

オレンジ色のかつらと赤いつけ鼻をつけた道化が太鼓を叩き、歌いながら通り過ぎた――〝主の日、主の日、年寄りは泣き、子供は遊ぶ〟。ポアンカレは狂気のにおいを嗅ぎ取った。献身という衣装をまとった絶望のにおいを。演壇の女性の声が一段と高まった――「〝あなたがたがわたしとつながり、わたしのことばがあなたがたにとどまるならば……〟」

ポアンカレは笑みを浮かべ、首を横に振って言った。「妻に何十年も勧められてきたけれど、受けてない」

「わたしはあそこにいる人から聖水を買おうと思います」と彼女は言った。「少しくらいの水が害になるとも思えないから」

「きみは科学者だと思ってたよ」

「わたしはカソリックで、科学者です。わたしには人がどうしてそれを矛盾と言うのかわかったためしがないわ。宗教も科学も人のためのものでしょ?」彼女はスカーフを直した。「わたし、世界の終わりの日に合った服装をしてます?」

43

ポアンカレは思った――これからどのようなことが起こるにしろ、彼の入念な計画とは関わりなく、それは彼のロジックではなく、起こること自体のロジックに従って展開するだろう。それでも、自分が正しい位置――テープが×印に舗道の丸石に貼られているところ――に立っていることはどうしても左足で確かめたくなった。それで三度目だった。そのテープはその朝、パオロ・ルドヴィッチと一緒に確認し合って貼ったものだ。「私が見えるか？」とポアンカレは囁いた。

そして、広場の東を見た。戦没者慰霊塔の向こうにある〈ホテル・クラスナポルスキー〉の最上階を見た。開いた窓に陽光が反射していた。その部屋にルドヴィッチがいた。「あなたは所定の位置にちゃんと立ってます、アンリ。今朝あなたが剃りそこなったひげまで何本か見えます」ルドヴィッチの声が小型のイヤフォンから聞こえてきた。「やつらが来たら、ここから撃ちましょうか？」

「それはまたこの次に」

「デ・フリースの指揮ぶりはなかなかのものですね？　ずっと照準鏡で追ってるんですけど」

「きみがそこにいることは彼女も知ってる。何も心配は要らない」

チャールズ・ベルは遅れていた。ポアンカレは彼の姿を探して広場を見渡した。制服警官も私服刑事も充分な人員が配置されており、見るかぎり警備は万全に見えた。完璧とは言えなくとも――とポアンカレはひそかに思った――おれがエデュアルド・キトを処刑するのを阻止できるほどには完璧ではなくとも。阻止するには照準鏡で誰かがポアンカレの一挙一動を追っていなければならない。パオロ・ルドヴィッチのような誰かが。ポアンカレはフェリックス・ロビンソンの忠告を思い出した。パオロが？　いや、ありえない。実際のところ、ポアンカレを常時監視し、ポアンカレが自らの正義の名のもとにおこなおうとしていることを阻止するよう、パオロがロビンソンから命じられていてもおかしくはなかった。しかし、たとえそんな命令を受けていたとしても、パオロがその命令どおりに従うとは思えない。ルドヴィッチはポアンカレの最後の頼みを聞いてくれた――ルールに従わないことに同意してくれた。いわば好意の証しとして。それでも、眼にはいる者も眼にはいらない者も、警備の人間はいたるところにいた。ポアンカレを監視することは誰にでもできた。ポアンカレの計画もそこまでは計算できなかった。複雑すぎた。自分が監視されているかどうか、それを確かめるすべはなかった。ただ、ルドヴィッチに見られていることだけは皮膚にひりひりと感じられた。

チャールズ・ベルは、巨大なデジタル時計に〝00：18：14〟という数字が表示されると同時に現われた。

「あんたが汚れたお巡りであることぐらいは私も気づくべきだった」エッガート通りの検問所を抜けて広場にはいってくると、ベルは言った。「気取ったフランス訛りの英語を話す昔ながらの汚い警官だったことぐらいは。金はもう払った。ハードディスクをもらおうか」

「なんだか疲れた顔をしてるね」とポアンカレは言った。

「地獄に堕ちろ」

ポアンカレは巨大なデジタル時計を見やって言った。

「あの時計の表示がゼロになるまえにほんとうに堕ちてしまうかもしれない。でも、あんたが心配するのも当然だ――あんたの商売の競争相手がフェンスターの方程式をさきに手に入れてしまったら、もうあんたの負けは決まったも同然なんだから」ポアンカレはブリーフケースも何も持っていなかった。ポケットが眼に見えてふくらんでいるということもなかった。ベルのための封筒はどこにもなかった。「念のために言っておくと、ハードディスクはマサチューセッツ州の警察の証拠保管庫の中だ。悪いが、あんたはハーリー刑事にはめられたのさ。アメリカ人お得意の囮《おとり》捜査というやつだ」

「なんだと？　私は二十五万ドルも――」

そう言いかけて、ベルはポアンカレに詰め寄った。

「つまらない真似はやめたほうがいい」とポアンカレは言った。もうすでにチャンビが戻ってきていてもいい頃だった。が、ポアンカレはあえてうしろを振り向こうとは思わなかった。ベルから眼をそらそうとは思わなかった。ベルもポアンカレの背後に見知った顔を思いがけず見つけたような顔はしていなかった。「あのビル。ここから二百メートルばかり離れているが、開いている窓が見えると思う――あそこに私の友人がいる。照準鏡付きのライフルを構えてる。私に指一本でも触れたら、あんたの耳のうしろに風穴があくだろう」

チャンビはどこにいる？

「私が触れなくても」とベルは歯を剝き出しにして言った。「誰か別の人間が触れるかもしれない。あんたやあのデカっ尻のハーリーみたいな男にとって、この世はいくらでも危険な場所になるということだ」

「いや、あんたは誰も雇ったりしない」ポアンカレはそう言って、ジャケットの中に手を入れ、デジタル・レコーダーを取り出した。「テクノロジーというのはすばらしいものだ、チャールズ。あんたとハーリーとの取引きはビデオテープに収められてる。これはそのオーディオ版だ」ポアンカレはレコーダーのボタンを押した。

私がそれだけの金を用意すれば、ハードディスクを寄越すと言うんだな？

そうだ。だけど、あんたはおれに金を払うんじゃない、ミスター・ベル。そういう直接的なことはやめようじゃないか。金はマサチューセッツ警察慈善協会に行く。それであんたの金は寄付になる。賄賂じゃなくて。

ははあっ！　それだと税金も控除される。気に入ったよ。

今は手付金だけでいい。信頼の証しのな――電話で話したとおり。持ってきてくれたことと思うが……すばらしい。検《あらた》めさせてもらおう……一万ドル。これでビジネス成立だ。残りは口座に振り込んでくれ。

一万ドル引いた額を送ればいいんだな？

いや、失礼。この一万はいわば手数料だ。いいかな？　寄付が振り込まれたことがわかり次第、指示を伝える。


「よくもこんな卑劣な真似を！」

「このテープはこのあともっとよくなる。よく聞くことだ。これはあんたがハーリーと二度目に会ったときのものだ」


よくやってくれたよ、ミスター・ベル。協会からもくれぐれもよろしくということだ。これがおれからの感謝状だが、指示が書かれてる。ちょっと旅行してもらうことになりそうだが。別に文句はないだろ？

政府が常にあんたと同じぐらい効率的だといいんだがね。それじゃまた。

いや、ミスター・ベル、おれたちに〝また〟はない。

「たぶんこういうことになるだろう」とポアンカレは言い、ベルがテープに聞き入っている隙にチャンビを探してまわりをすばやく見まわした。どこにもいなかった。「あんたが信じようと信じまいと、私はあんたにある情報を伝える。われわれはそのあといっさい無関係だ。にもかかわらず、あんたが私にしろチャンビにしろハーリーにしろ、そのうちの誰かとコンタクトを持とうとしたら、このテープは――言っておくが、これはひとつじゃない――ただちにマサチューセッツ州のFBI捜査官のもとに送られることになっている。平和な暮らしが乱されるようなことがあっても、あんたが誰かをわれわれの家に寄越すようなことがあっても、このテープはFBI捜査官のものになる。誰かが寿命を何年も残して不審な死を遂げても、捜査官がテープを手にすることに変わりはない。だから、実際の話、あんたはわれわれがいつまでも健康で幸せでいることをせいぜい祈っているといい。おいおい、元気を出せよ、チャールズ。こっちはあんたを手ぶらで帰そうと言ってるんじゃないんだから」

二十五万ドル貧しくなり、常に自信に満ちたベルの顔が今は色を失っていた。もっとも、ベルにしてみれば、警官の慈善団体に寄付した額などなんでもない額だろうが。その数倍でさえ痛くも痒くもないだろうが。

「こういう仕事を長く続けていると、悪玉に会ったらすぐに見分けがつくようになるもんだ」とポアンカレは続けた。「チャールズ、あんたは根っからの悪玉じゃないよ。あんたはただひたすらむかつく男というだけの話だ。ほんとうの悪玉にしてみりゃ、あんたは赤子同然だ。さて、それじゃ情報だ。まずひとつ。あんたがジェームズ・フェンスター殺しの犯人でないことはもうわかっている。ふたつ、あんたが勘繰っていたとおり、フェンスター博士は株式市況のパターンを研究していた。彼が株取引きのパターンを研究していたことについては証拠もある。しかし、彼が何を突き止めたにしろ、それもまた彼とともにこの世から消えてしまった。彼の突き止めた株売買のテクニックはまだどんな投資会社も知らない。だから、あんたの会社も今しばらくはこれまでに獲得したテクニックを活用していればいいはずだ。たとえハーヴァードとの訴訟に勝って、ハードディスクを手に入れても、六十七文字のパスワードを解かなきゃならなくなるだけだ。それは不可能だ。政府が持ってるスーパーコンピューターでも無理だということだ。というわけで、無駄足を踏ませて悪かったが、まあ、せいぜい自分を慰めたらあとはあきらめることだ」

ポアンカレはデジタル・レコーダーをベルに手渡した。「そろそろ別れたほうがよさそうだ。フェンスターの仕事の一部でさえ手にはいったのは、運がよかったと思うことだ。あんたの会社は充分な利益を上げていて、あんたは大金持ちなんだから、もうこの件は忘れることだ、チャールズ。自分の人生を生きることだ。

あんたの人生を台無しにしても私は少しも愉しくない。しかし、必要とあらば容赦はしない。さて、そろそろ行くよ」

時計が残り時間を示していた――00：14：12。

44

ベルが立ち去るのを待って、ポアンカレは振り返り、群衆の中にダナ・チャンビの姿を探した。彼女には三十メートルほど離れたところにいるようにと言ってあった。が、彼がいるところと彼女がいるはずのところのあいだにはすでに数百人が陣取り、カウントダウンの大時計がゼロを表示するときを待っていた。

そんな中、ポアンカレは気配を感じた。彼女がいた――囚われていた。パニック状態に陥っていた。キトに腕をつかまれて。キトはまっすぐにポアンカレを見すえ、警告するかのように指を突き立てていた。その指を広場の丸石の上に見捨てられたように置かれていたバックパックに向けた。そして叫んだ。「爆弾だ！」

そのあとに続いた叫び声と混乱の中、ポアンカレはふたりを見失った。警備の警官がバックパックのすぐそばに立っていたローブ姿の三人の男女にタックルをした。「これはぼくのだ！」その中のひとりが丸石に顔を押しつけられて叫んだ。「爆弾なんかはいってない！　ちゃんと検問を通ってきた！」

ポアンカレは襟につけたマイクに向かって叫んだ。

「パオロ！」

「ふたりは戦没者慰霊塔のほうに向かってます、アンリ。キトが彼女を引きずるようにして連れていってる。彼女は怯えきってる！」

ポアンカレは精一杯走ろうとした。が、彼を爆弾犯の容疑者と見た若い制服警官にうしろからタックルされた。「頭を地面につけろ！　早く！」最初はオランダ語で、次に英語で。

ポアンカレは体をよじって若い警官の手からなんと

か逃れ、デ・フリースから与えられたバッジを示した。

「放せ！　時間がない！」そう言うだけで息が切れた。

「時間がないんだ！」それはほんとうだった。キトが

チャンビをルドヴィッチの監視の及ばないところまで

――検問所を過ぎたところまで――連れていってしま

ったら、もう二度と見つけられなくなる。

「アンリ、慰霊塔の右です。ホテルに向かってます」

ポアンカレは立ち上がった。胸がぜいぜいという音をたてていた。人を押しのけ、折りたたみ椅子にぶつかってよろけた。悔悟者たちにつかまれ、男に怒鳴られた。「止まれ！　悔い改めよ！」ポアンカレは止まらなかった。悔悟からははるかに遠かった。彼は人を殺そうと決意していた。慰霊塔のまわりをまわり、パオロに叫んだ。「パオロ――ふたりはどこにいる？」

00：01：12。

「右です、アンリ！　もう少しで見えなくなる！」

ポアンカレは振り向くと同時に飛んだ。キトに見られるまえにふたりにタックルした。「走れ！」彼はキトの咽喉を両手で絞めながらチャンビに叫んだ。

チャンビは四つん這いになって逃げた。

「このクソ野郎！」とキトが咽喉から絞り出すような声で叫んだ。

キトの力はすさまじかった。ポアンカレの体を胸から押しのけ、両腕を押さえつけると、頬に爪を立て、さらに眼を狙ってきた。ポアンカレはたまらずキトの咽喉から手を放すとうしろによろけ、銃を抜いた。壇上の女性の贖いの最後の約束のことばを群衆が復唱した――「〝あなたがたがわたしのことばにとどまるなら……〟」

00：01：03

「〝あなたがたはわたしのほんとうの弟子です〟」

キトは喘ぎながら仰向けに横たわっていた。ポアンカレは銃を向けて言った。「まだほんの子供だったのに！」

彼が引き金を引こうとした瞬間、暴発したような音をたてて銃が手から跳ね飛んだ。彼はのけぞり、背後の洗礼用のプールの中に倒れ込んだ。暴発したのではなかった。手を撃たれたのだ。プールの水が彼の血で赤く染まった。彼はすばやくあたりを見まわした。狙撃者らしい者は誰もいなかった。すべての眼が運命の日に向けて刻々と変わるデジタル時計の電光数字に向けられていた。もういい——彼はそううめき、プールに仰向けに横たわったまま空を見上げた。空を駆ける馬車などどこにもなかった。炎も見えなかった。救世主も。

時計の表示がゼロになると、群衆から一斉にどよめきの声があがった——われらが生を御心《みこころ》に委ねます！

この世のどんなものによっても——銃撃によってさえ——広場に集まった人々の心がそらされることはなかった。永遠の約束は一瞬たりと忘れ去られていなかった。何千もの人々が空を見上げる中、ポアンカレは二番目、三番目、さらに四番目の銃声を聞いた。ずぶ濡れになったまま手首を抱えて膝をついた。エデュアルド・キトが玉石の上に横たわっていた。死んでいた。胸が三個所、血に汚れていた。チャンビが震えながらそのそばに立っていた。ポアンカレの銃を手にして。その手から銃が丸石の上に落ちた。ルドヴィッチがやってくるのにはそういくらもかからなかった。まずポアンカレの銃を拾ってポケットにしまうと、ポアンカレの脇に立って彼は怒鳴った。「アンリ、何をしようとしたんです！　あなたは今は一般市民だ。彼を殺させていたら、殺人犯になっていた！」

ポアンカレはルドヴィッチをまじまじと見て言った。

「きみだったのか？」

「あなたをあなた自身から守れる人間がほかに誰かいますか？　馬鹿なことは言わないでください。手首じゃなくて頭を狙うべきだった」

「やはりロビンソンに言われてたんだな？」

ルドヴィッチは黙ってうなずいた。

「きみは私のために一肌脱いでくれたんだとばかり思ってた」服が濡れているせいか、それとも理由はほかにあるのか、ポアンカレは真夏の陽射しの中で悪寒《おかん》を覚えた。

「まあ、できればおれだって黙っていたかったですよ。でも、ロビンソン局長もおれと同じくらいあなたのことを心配してたんです。ほんとうに。だから、話したんです、あなたにここでの警護を頼まれたことを。局長は思ったよりいい人だった。いいですか、アンリ、おれも局長もあなたがここでやろうとしてることは絶対させたくなかった。そういうことです。それであなたを人殺しにはさせないということで同意したんです。どっちみち、キトはこの広場から出られなかった」

「それはつまりきみが――」

「どういうことになろうと、あのテロリストを逃がすつもりなんてなかったですよ。でも、ちょっと想定外の展開になった。だから、おれとしちゃあなたを撃つしかなかった。それは謝ります。でも、アンリ、あなたは三十年もインターポールにいたんじゃないんですか？　上層部がこんなことを黙って見過ごすわけがないことぐらいわかりそうなもんだ。そう、おれも局長もあなたを人殺しにだけはさせたくなかったということに嘘はありません。でも、局長としてはなんとしても避けたかったわけです。インターポールの名に傷がつくようなことは……」ルドヴィッチはポケットからハンカチを取り出した。「これを使って。手を縛ってください」

〈先住民解放戦線《I L F》〉の指導者は倒れたときのまま――眼を見開いたまま、まだ息をしていたらさぞかし痛そうな角度で脚を折り曲げ――丸石の上に倒れていた。チャンビも突っ立ったまま微動だにしていなかった。さすがに今は何百人もの人々が遠巻きになって、無言で彼らを見ていた。自分たちの注意がずっと上に向けられていたあいだに下で起きたことにようやく気づいたのだ。ポアンカレはルドヴィッチのハンカチを手首にきつく巻いた。

デ・フリースがふたりの警官を引き連れ、人垣を掻き分けてまえに出てきた。ちょうどそのとき、壇上の女性のせっぱつまった声が聞こえた――「おお、主よ、われらを連れたまえ!」

何も起こらなかった。

主よ、今こそ、主よ、今こそ!

儀式の文句がまちがっていたか、日が悪かったのだろう、〈バイエンコルフ・デパート〉の窓に掛けられた時計は十一時三十九分を示していた。誰かが演壇に向かって叫んだ。「このぺてん師が! とっとと失せろ!」慰霊塔のすぐそばに屋台を出していた露天商が叫んだ。「ワッフルはいかが! ストロープワッフルはいかが!」遠くからサイレンの音が聞こえた。

ルドヴィッチが言った。「さてさて、みなさん。ここに死体がひとつ」

「ただのひとつ」とデ・フリースが言った。「ひとつだけだったのは不幸中の幸いよ。これがエデュアルド・キト? 爆弾と叫んだのは彼だったのね。爆弾なんかどこにもないのに。バックパックには危険物なんて何もはいってなかった。誰が撃ったの?」

「彼を撃ちたがってたのが誰かははっきりしてるけど」とルドヴィッチが答え、ポアンカレを指差した。「だけど、彼にはそのチャンスがなかった。おれがさきに彼を撃ったから。誰がキトを撃ったのかはわからない。おれが使ったのは小口径の弾丸《たま》だ。キトの死体からはまた別の口径の弾丸《たま》が見つかるはずだ――はい、これ。鑑識班にまわしてくれ」そう言って、ルドヴィッチはライフルをデ・フリースに手渡した。二台のパトカーが非常灯を回転させたまま〈ホテル・クラスナポルスキー〉のまえに停まった。

「ここを離れないように」デ・フリースはそう言い残

して、ふたりの警官とともにパトカーのほうに歩いていった。

「どこへも行かないよ」とルドヴィッチは言った。

「ただライフルはあとで返してくれよな」デ・フリースたちがいなくなると、彼は慰霊塔のほうを指差した。

ポアンカレは振り返った。十メートルと離れていないところにマドレーン・レーニアが立っていた。同じほどの背丈の男と並んで。男は背を向けており、カールしたブロンドがまず眼にはいった。あの子供の頃の写真と同じカールしたブロンドだった。

ためらいがちにレーニアが手を振り、唇だけを動かして言った——ありがとう。

「照準鏡で見つけたんです」とルドヴィッチがポアンカレの思いを如才なく察して言った。「レーニアを見つけたとき、どれほどびっくりしたか——死んだ男に関連して指名手配になっている女がいきなり現われたんですからね。それも死んだはずの男と一緒に立ってたんだから。いずれにしろ、彼女の赤手配は取り消せます。彼女は起訴されたわけじゃないですからね。ついでながら、昨日ポルトガルの国境警備隊がダナ・チャンビの替玉と思われる女の身柄を確保しました。病院でクロエの人工呼吸器のチューブを切る際、彼女は誤って自分の手も切っていて、DNA鑑定をしたら完璧に一致しました。それに本人の自白もあります。言うまでもないけれど、やはりキトの差し金でした。というわけで、ここにいるダナ・チャンビももはやわれわれが関心を持たなければならない対象じゃなくなりました。彼女もインターポールの手配リストからはずしておきます。アンリ、デ・フリースは今にもすぐ戻ってきます。ここで何があったのか、早く決めておかないと。キトは自殺したわけじゃないんだから」

ポアンカレは黙ってうなずいた。

「おれが見てるのは」とルドヴィッチは続けた。「偽チャンビにあなたのお孫さんを殺させた男の死体です。

その男の死体から見つかる弾丸《たま》は決して見つけられない銃から発射されたものです」そう言って、ルドヴィッチはポケットを叩いた。「だから、どれほどがんばってもここの鑑識にできることは大してないでしょう。おれ自身、誰が撃ったのか見てません。あなたの状態を確かめるのにホテルの階段を慌てて降りてたところだったんで。目撃者が何百人といてもいいはずなのに、銃が撃たれたときには全員が空を見上げてた。誰も何も見ていない。犯人はもうとっくに逃げてしまってることでしょう。もちろん、捜査はします。デ・フリースも訊き込みはするでしょう。おれもします。でも、誰かをしょっぴくようなことにはならないんじゃないかな。おれは今言ったふうにこのことを見てます」ルドヴィッチは腕を組んだ。「あなたの見方は？」

ポアンカレはまずキトの死体を見てから、見るからに失望した体《てい》の悔悟者たちを見まわした。慰霊塔のそばではレーニアが脇に立つ男にもたれかかっていた。ポアンカレは彼女に手招きした。彼女は彼のほうにゆっくりとやってきた。ポアンカレは怪我をしていないほうの手をポケットに入れ、中身をすべて出した。小銭が丸石の上にばらばらと落ちて撥ねた。ポアンカレは膝をつくと、めあてのコインを探して言った。

「フェンスター博士はきみのお兄さんだったんだね？」

レーニアは黙ってうなずいた。

痛みをこらえ、ポアンカレは探していたものを見つけると言った。「これを受け取ってくれ。きみたちはもっと運がよくてもいい人たちだ……新しい人生に。彼には私が残念がっていたと伝えてくれ。この世界にはまだ準備ができていないことがつくづく残念だと言っていたと」

レーニアはポアンカレの血で汚れたバッファロー五セント硬貨を受け取った。何も言わなかった。が、彼女なりのやり方で——数カ月前〈アンバサード・ホテル〉でやったように――そのアーモンドの形をしたグレー色の眼で問いかけていた。あなたにはわかっていますか、と。あなたがどれほどすばらしいことをわたしたちにしてくれたか。眼鏡越しに――右眼のレンズが分厚いのは弟に角膜を与えたためだった――ポアンカレはその眼に彼女の深い感謝の心を読み取った。デ・フリースが戻ってくると、気づかれてしまう。レーニアはひとことも発さずに立ち去った。

「私の見方もきみと変わらない」とポアンカレはなおも膝をついたままルドヴィッチに言った。「ひとりの男が死んだ。しかし、この混乱の中、犯人はとうてい見つからないだろう。悪名を馳せたテロリスト殺さる、という記事が新聞に載って、当然、事件の捜査もおこなわれる。でもって、われわれはみんなただ家に帰る」これが今では何十年もまえに思える四月のことだったら、彼は絶対にこんなことは言わなかっただろう。が、そのときと今とでは世界が一変していた。

「それでいいですね?」とルドヴィッチが念を押した。

ダナ・チャンビがマドレーン・レーニアに駆け寄り、レーニアが彼女を抱きしめるのをポアンカレは眺めた。もう一度フェンスターを見た。彼の背中を見た。そして、ポアンカレにはやり遂げられなかったことをやり遂げた若い女を見た。そこにいるのはかつては五人いた家族のうちのふたりだった。カップはもう半分も満たされていない。こぼれた水はもうもとには戻せない。それが死というものだ。それでも、ふたりには新たな仲間が加わっていた。だから、その再会はより甘美なものだろう。ポアンカレは三人が群衆の中に溶け込んでいくのを見送った。彼自身、なにより再会を求めたくなった。

「ああ」と彼は言った。「それでいい」

エピローグ

いかなる権威があらゆる存在に
それぞれの驚きを与えるのか？

――W・H・オーデン

八月十六日、それまでよりいくらかは救われた世界に太陽が昇った。イエスが敬虔な者たちを天にいる自らのそばに呼び寄せることはなかった。しかし、神を見るに値する心を持った者のまえにのみ神は姿を現わす。大音声《だいおんじょう》もファンファーレもなく。そのときはすぐそばにある。実のところ、これまでずっとそばにあった。それこそ多くがそもそも信じてきたことだ。そんな者たちにとっての歓喜とは、魂の詩的な高揚でこそあるべきだ。その身はグラスゴーに、あるいはバンガロールに、さもなければアムステルダムにあっても、彼らは天国に片足を入れて、ほかの者たちには見えないものを見るのだ。そして、彼らの神はいたるところにいて、誰の眼にも明らかなところに隠れ、求めた者のためにこそ存在することを知るのだ。では、そうした摂理がわからない者たちは？　彼らはこれまで生きてきた人生をこれまでどおり生きることを運命づけられている。ある者は地獄と呼び、われわれは世界と呼ぶこの制作途中の作品の中に生きつづけることを。ポアンカレはそんなことを思った。

傷病休暇が取れたおかげで、すぐに今後の身の振り方を決めなくてもすんだ。手に負った傷は軽傷とは言えず、手術は長時間に及び、農家でのポアンカレの主な仕事はひたすら治癒に専念することだった。山積する問題も〈歓喜の兵士〉のことも、数カ月は忘れることだった。失意の〈歓喜の兵士〉はプロファイラーたちが予言したとおり、罪のない人々を殺すことをやめていた。彼らにしても、彼らのねじれた理屈に従っても、殺人が再臨を早めなかったことは認めざるをえなかったのだろう。終末論争はあっというまに忘れ去られ、ローブをまとって罪人に悔い改めよと訴えていた者たちを見かける機会も少なくなった。キリストのためにそれまで爆弾をしかけていた異常者たちもスイッチを切り換え、病んだ心の捌け口を別なところに見つけていた。誰にとってもよりわかりやすい騒動が徐々に主流になっていった。

夏が過ぎ、秋雨が畑に来年の収穫物のための準備をさせていた。ポアンカレは忍耐とやさしい手で妻の世話をしつづけた。食べものを食べさせ、風呂にも入れた。妻の髪を撫で、またこの世界に戻ってくるよう日々促した。それでも、妻は何も言わなかった。彼に眼を閉ざしたままの状態がさらに続いた。が、そんな数週間ののち、ようやくこの世界に戻ってきた。

それはこんなふうにして起きた。

彼の経済状態は危機に瀕していた。エティエンヌと彼の家族の健康は、パリで通常の生活を再開できるほどに回復していたが、私立病院での長期入院と、その後の受診にかかった費用は途方もなく、ポアンカレの貯金も農場の資産も、すでにきれいさっぱりなくなっていた。十月半ばの火曜日、彼は融資の申し込みにリヨンの銀行を訪ねた。

「お貸しすることはできません」と女性行員は書類も見ずに言った。

「私には信用がある」とポアンカレは言った。

「ムッシュー、もっとはっきりとした担保がありませんとね」

「もちろんだ。だったらこういうことなら――?」ポアンカレは、緊張するとあの奇怪な銀の指輪をまわすという癖までローランから受け継いでいた。肺癌がついにローランに最後通告を突きつけたのだ。手術でかなり切られたものの、〝五体くっついたまんまで死なせてくれ〟と言っていた彼の願いどおりに。そして、ボルドーの丘に、最初の妻の隣りに埋められたのだが、指輪同様、最後のジョークとして、ポアンカレにかなりの量の貯蔵ワインを遺《のこ》していた。そんなローランの流儀に倣《なら》い、ポアンカレは真正面から銀行員にぶつかった。「ブドウ園のローンを三パーセントに下げてもらえないだろうか」と彼は言った。「銀行は将来性のあるブドウ園を九十七パーセント所有することになる。どんな年鑑も来年はヴィンテージ・イヤーになることを予測している。今年は実が腐るままに放置してしまったけれど、それも将来的に考えれば土地を肥やしたことになる」

「わたしどもにとって重要なのは現時点での価値です、ムッシュー・ポアンカレ。わたしどもはあなたのワインを必要としておりません」

誰が必要としてる？　とポアンカレは自嘲して胸につぶやいた。「わかった。金利五パーセントで再融資してくれればいい。あとはなんとか考えるよ」

考えられることはあまりなかった。彼にあるのは、辞めることになるかもしれない仕事からの給料だけだった。相手がリヨンの元隣人の支店長に替わった。支店長は自分のオフィスにポアンカレを招き入れると言った。「アンリ、再融資はできなくはない。ただし、金利はここ四十年の市場利率の六パーセント。それにこれが最後だ。また、支払い不履行などということになると、あそこを売る。あんたはいい人だよ。それとこのところ大変な思いをしてるということも私は知っている。それでも、期限が来たら――」

「あんたの立場はよくわかる」と彼は立ち上がって言った。「書類をつくってくれ」

右腕を吊り包帯で吊るしたままの長くて不快なフォンロックまでの帰り道になった。母屋に続く砂利敷きの私道まで来たところで、彼は煙突から煙が立ち昇っているのに気づいた。車が一台私道に停まっていた。ポアンカレの知っているナンバーの車だった。玄関まで歩いた。ドアが少し開いていた。ポアンカレは腹が立った。このところ暖房費がかさんでおり、節約するように強く言ってあるのに。それでも、少し開いたドア越しに聞こえた音に彼の心は浮き立った。それこそルドヴィッチの銃弾がダム広場で彼を倒したのと同じくらい確実に。笑い声。ドアを少しずつ開けると、孫のジョルジュとエミールが目隠しをされたクレールのまえで巧みに身をかわしている姿が見えた。ジョルジュは走っていた。すばやく身を翻《ひるがえ》していた。義足をつけた脚で。義足が彼の動きを鈍らせているようには見えなかった。そうでなければ、クレールのスカートにそっと触れ、エミールをかわりに押し出すような真似をしても、少しも愉しくないだろう。

「今度はおまえが行け」とジョルジュはエミールに言っていた。

「いやだよ、おまえの番だろ?」エミールは両耳に補聴器をつけていた。

以前よくやったように、ジョルジュは目隠しをされた祖母のほうに少しずつ近づいた。クレールは手を伸ばし、指で孫の頬に触れた。そして、ジョルジュを膝にのせると、その頬にキスをし、それからにおいを嗅いで言った。「ああ。あなたはおいしい！　ようこそ、ムッシュー・ストロベリー！　わたしを二度ハグして、わたしの鼻に二度キスすることを命じます」

ジョルジュは大声をあげた。「ぼくはクリームだよ、お祖母ちゃん！　エミールがストロベリーだよ！」

クレールは目隠しをはずすと、孫たちを引き寄せた。数カ月の病院生活にもかかわらず、孫たちは成長していた。ふたりともどうにか祖母の膝に坐ったものの、健康な七歳の少年ふたりにはもう祖母の膝は狭すぎた。

ポアンカレはドアを勢いよく押し開けた。その気配に気づき、クレールは部屋を横切ってくる夫を見た。事実、ここ半年で初めて夫を見た。そんな彼女のまえに立ち、ポアンカレはこのひとりの悔悟者を妻が受け容れてくれることを全身全霊で祈った。ことばは要らなかった。暖炉の上の時計の音だけがした。カチ、カチ、カチ。彼女が孫たちに言った。「エミール、ジョルジュ。隙間風がはいってきてる。ドアを閉めて」

ふたりとも振り向いて祖父に気づくと、弾《はじ》かれたように駆け寄ってきた。

「手に気をつけてくれ！　この手に！」ポアンカレは〝お祖父ちゃん、お祖父ちゃん！〟という若い命の叫びに圧倒され、幸せな悲鳴をあげた。

スティポ・バノヴィッチは人道に対する罪で有罪が確定し、その刑が読み上げられた日の朝、監房で自ら首を吊った。監視がついていたにもかかわらず、やり遂げた。フェリックス・ロビンソンがそのニュースを電話で知らせてきた。「ついにバノヴィッチとの一件もこれで終わったね、アンリ」そのとおりだった。今後また脅迫を受けるようなことがあったとしても、それはこの男――自らを獣に仕立てた男――からのものではない。ポアンカレはそんな男の身に起きたことを聞き、黙って自分の家族を振り返った。それぞれがそれぞれの人生を形づくるものに没頭していた。クレールは何度も読んだ『レ・ミゼラブル』を今また読みおえようとしていた。エティエンヌは父親にまた近づこうとしてくれていた。ある日のことだ。エティエンヌがこんなことを言ってきたのだ――〝手を貸してくれないかな……今、キッチンの鍋を全部使って息子たちと月のコロニーをつくってるんだけど〟。ルシールはヴィオラの練習をしていた。そんな平和な日々が過ぎ、ある日の午後遅く、郵便物を仕分けしていると、マサチューセッツ州ケンブリッジの消印のある手紙が一通届いていた。

アンリ

この手紙がちゃんとあなたのもとに届きますよ

うに。マドレーン・レーニアから連絡がありました――彼女がもう指名手配にはなっていないことがわかり、ほっとしました。いずれにしろ、そんな彼女にお金が――それもかなりの大金が――転がり込んだらしく、あなた名義の銀行口座をジュネーヴ銀行に開いて、千二百万ユーロ預金しました。フランス政府に払う税金を引いた額です。ちなみにもともとの金額は千九百万ユーロでした。ということで、千二百万ユーロはすべてあなたのお金です。彼女にはそのための手続き、それと次のことばをあなたに伝えるよう頼まれました――〝ひとつのバッファロー五セント硬貨ですべて贖《あがな》えました。ありがとうございました。MR――ついでながら、わたしの父があなたによろしくと言っていました〟。

お返事、お待ちしております。

敬具

ピーター・ロイ

人生とはなんと奇妙なものなのか。といって、ポアンカレは喜んで小躍りすることもなければ、もう金の心配は要らなくなったと宣するために、クレールを部屋に呼んだりもしなかった。クレールはマドレーンのこともロイのことも何も知らず、おぞましい旅からまだ帰ってきたばかりだった。ポアンカレは手紙をもう一度読んでからテラスに出ると、ブドウ畑越しに、夕陽に照らされてウィンクをしている丘を眺めた。そして、バノヴィッチとボスニアのあの峡谷のことを思った。エデュアルド・キトのことも思った。朝食がわりにウィスキーを飲み、亡くした妻と失った娘を恋しがっていた男のことも。今、眼にしているうねるような丘のことも思った。冬のブドウの木やほかの木々のことも思った。寒々としたコバルト色の空のことも。そして、ついに彼の名を口にしてくれたときのクレールのことを思った。そのどれもがジェームズ・フェンスターによって発見されながらも、その発見に対する準備そのものが世界にはまだできていないというもっともな理由から、公にされていない発見の一面だった。が、ポアンカレにしてみれば、自分がこのテラスのオークの木と同等の存在だということがわかるだけで充分だった。枝を張り、天に向かって伸びようとしているこの逞しい木に少しも負けていないことがわかるだけで。部屋の中に戻り、机につくと、二通の手紙を書いた。一通はボストンの医師宛てのものだった。

親愛なるベック先生

私なりに熟考を重ねたのですが、先生が勧めておられた手術は受けないことに決めました。私の心臓はこのままでどうにか役に立たせます。ともあれ、親切なご忠告、改めて感謝いたします。

敬具

アンリ・ポアンカレ

二通目はピーター・ロイ宛てに書いた。

わが友に

お手紙拝見しました。信じられないようなお知らせでした。話し合わなければならないことがいくらもありそうです。それも近々、実際に顔を合わせて。しかし、今なにより私の頭にあるのはこういうことです。あなたにある未亡人と彼女のふたりの子供のための信託基金の管理人になってほしいということです。彼らの現在のハーグの住所を同封しました。それとこれまたお願いですが、このことに関して私の名前はいっさい出さないでください。基金が調《ととの》ったら、そこから未亡人が月額八千ユーロの生活費を受け取れるようにしてください。子供にかかる教育費も同様です。大学までの教育費はあなたか、ハーグ在住のあなたの代理人に申し出れば、すべてその基金から支払われるようにしてください。彼女への生活費は彼女が死ぬまで給付してください。すべて守秘していただけること、さきにお礼を述べておきます。

敬具

HP

ポアンカレは二通の手紙に封をすると、テーブルの隅に置いた。夕食を知らせる最初の声が聞こえた。彼はデスクマットを直し、写真の額の埃を払った。その額には三枚の写真が入れられていた。二枚はフェンスターのアパートメントにあったもので、ホルヘ・シウバが取っておいたコレクションのひとつだった。残りの一枚は手術のあと医者からプレゼントされたものだ。

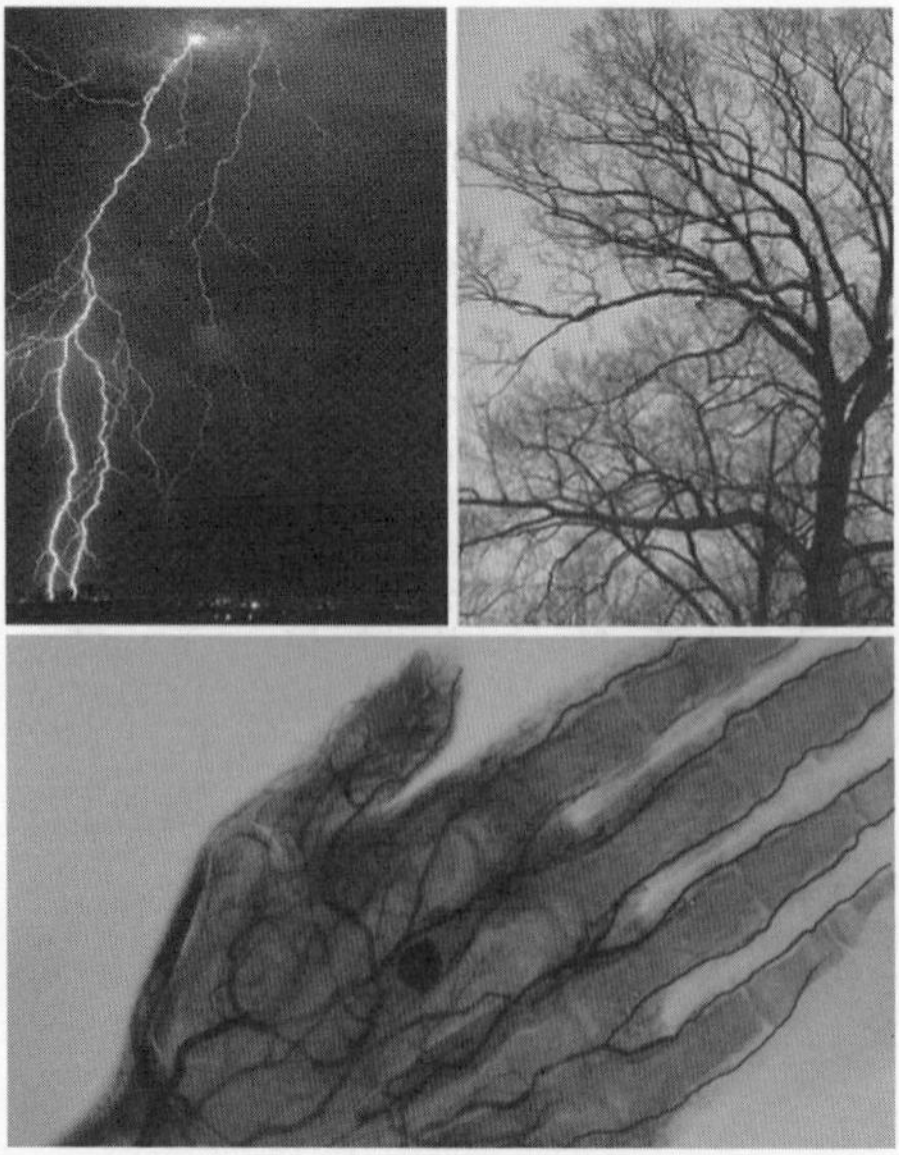

ポアンカレはどちらかと言えば直線が好きだった。選べるなら、喪失のない愛、苦痛をともなわない善を採りたいほうだった。が、この世の土台が築かれたとき、誰も彼に意見を求めてはくれなかった。ジュール・アンリが垣間見て、フェンスターが証明したものがすべてを解決した。背の高い草をそよがせる風にも、夜中に姉の名を呼ぶ子供の泣き声にも、彼はもう恐れおののかなくなった。彼もまた天と地にオーロラを見た今はもう。いついかなるときにもこの世をこの世たらしめている〝ダンス〟の存在に気づかされた今はもう。彼はこれまで引退というのは〝なぜ〟〝誰が〟〝どこで〟ということばに終止符を打つものと思っていた。長いキャリアの中で彼によく仕えてくれたこれらのことばに。しかし、そんなことはありえない。自らの探索はまだ始まったばかりではないか。

アンリ・ポアンカレは立ち上がると、吊り包帯を直した。手はまだ痛んだ。完治してももとの力は取り戻せないだろう。クロエのことが思われ、咽喉がつまりそうになった。キッチンから笑い声が聞こえてきた。喪に服す家に流れる音楽さながら。その音楽が、長かった、長すぎた呪いを解いた。

エティエンヌがドアから顔をのぞかせた。「父さん、夕食だよ」

「わかってる」と父親は息子に答えた。

そして眼を閉じた。眼を開けても、息子はまだそこに立っていた。

訳者あとがき

大型新人、レナード・ローゼンの大型デビュー作『捜査官ポアンカレ―叫びのカオス―』をお届けする。

物語は、インターポールの捜査官である主人公、アンリ・ポアンカレがモンパルナス墓地に墓参するところから始まる。そう、ポアンカレ予想やカオス理論で有名なあの数学者と同名の曾孫が本書の主人公なのだが、彼は十三年、毎週欠かすことなくひとつの墓に参っている。その墓とは誰の墓なのか。また、その墓に眠る者ではなく、自分こそ殺されるべきだったと彼が述懐するのにはどんな事情があるのか。

それがプロローグ。第一章では、ポアンカレがセルビア紛争の戦争犯罪者、バノヴィッチをハーグの刑務所に訪ねるところが描かれる。セルビアの内戦もすでに終わり、一市民に戻って、妻と子供とともに平穏な暮らしを送っていたところをポアンカレに逮捕されたバノヴィッチはポアンカレに「おまえにもおれと同じ苦しみを味わわせてやる！」と怨嗟《えんさ》をぶつける。

そんな罵声を背にポアンカレはハーグからアムステルダムに向かう。世界貿易機関の関係閣僚会議の警備を指揮するためだ。が、そのアムステルダムで事件が起きる。会議で講演をすることになっていた数学者、フェンスターが何者かによって殺されるのだ。それも宿泊していたホテルの部屋が一部屋まるごと爆破され、五体ばらばらになって。会議に反対する過激派のテロが疑われるものの、人ひとりを殺害するのに一部屋をまるごと爆破するというのはいかにも不自然だ。それになぜ政治家ではなく数学者が標的になったのか。さらに現場検証から、爆破には宇宙研究所の関係者以外には入手しにくいロケット燃料が使用されていたことが判明する。通常のテロに用いられるものではない。被害者フェンスターの周辺からは彼に最近婚約を破棄されたフィアンセ――マドレーン――がいたことがわかる。マドレーンは爆破当時、運河をはさんだ対岸のホテルに滞在していた。爆破がよく見える部屋に。これはテロではなく、私的な怨恨による事件なのか。謎が謎を呼ぶ。

一方、ポアンカレの身のまわりではバノヴィッチの脅しのことばが現実味を帯びはじめていた。バノヴィッチが自ら率いていた準軍事組織の残党に獄中から指令を出していたことが発覚するのだ。その指令とは――ポアンカレの家族を皆殺しにせよ。

文句なしのページターナーである。いったいこの話はどこへ行き着くのか。謎が景気よく次から次と繰り出され、わくわくするほどさきが読めない。が、最後まで読むと、謎の答はすべて初めから誰の眼にも明らかなところに隠されていたことに気づかされる。まさに数学者〝ジュール・アンリが垣間見て、フェンスターが証明したものがすべてを解決〟するのである。捜査の中でポアンカレ自身、何度も口にする。真実は明らかなところに隠されている、と。あとからその真実がわかると、それはもう嫌味に思えるほど何度も。もっとも、そういうことばを口にするポアンカレ自身、明らかなその真実に最後まで気づかないのだけれども。読者の興を殺《そ》ぐことになるので、ここに詳しく書けないのがなんとももどかしいが、読者に真実を明らかに示しておきながら——ミステリでは殺しのひとつの定番のようなトリックをおおっぴらに仕掛けながら——読者の眼をそこからそらすいわゆるレッドヘリング、ミスディレクションが実に巧みだ。作者に〝してやられる〟というのが訳者なんぞはミステリを読むときのひとつの大きな愉しみだが、その醍醐味《だいごみ》を心ゆくまで堪能させてもらった。

加えて、端役《はやく》に至るまで登場人物の描き方がリアルで丁寧なところも本書の魅力のひとつだろう。たとえば〈先住民解放戦線《ILF》〉のデモの警備にうんざりしながらあくび交じりに婦人警官が吐く台詞——「そんなに彼らの頭がいいのなら、どうして五百年前に自分たちの棍棒でわたしたちをやっつけなかったの？　わたしたちはズルなんかしないできっちり彼らを打ち負かしたわけよ。それが今になってなんで泣きごとを言われなきゃならないのよ？……ほかのわたしたちとおんなじように競争すればいいのよ。泣きごとを言ったって誰も何もくれやしない。それだけは確かなんだから」リベラリズムが国是であり、少数民族優遇政策などもとられながらも、もはやそうそう気前のいいことばかりは言っていられない今のアメリカにあって、その是非はともかく、この台詞は大方のアメリカ庶民の本音だろう。

そして、このスケール。ポアンカレはヨーロッパとアメリカを股にかけて事件の捜査にあたるわけだが、その捜査と併行して混沌とした今の世界のありようが活写されている。過激な理想を掲げる反グローバリズム運動。拝金主義まっしぐらの投資会社。独善そのものの宗教テロ（ただし、本書に登場する原理主義者はイスラム教徒ではなく、キリスト教徒であるところ、ひねりが利いている）。昨今、烏《からす》の鳴かない日はあってもこれら三者に関する海外ニュースを聞かない日はない。しかし、本書はそんな三者をただ物語の彩りに添えているのではない。三者どれもが物語に深く関わっている。現代世界のカオスがそのまま物語のカオスになっている。そして、そんな〝カオスを通り抜ける道〟として無償の愛が描かれる。マドレーンの片眼の様子が奇妙なわけが最後になって明かされる。金にはなんの興味もなく、〝世界というものがそもそもわかっていない〟男が、ほかでもない金をほしいままにする痛快な結末。親子の愛の再生を暗示する最後のさりげない一行。本書は第一級のエンターテインメント、文句なしの傑作である。

著者レナード・ローゼンについて——最初に書いたとおり、本書はローゼンの処女小説だが、もともと教育畑の人で、生まれ故郷のボルティモアで高校の国語の教員になったのち、ラジオ番組のコメンテーターなども務めている。さらにハーヴァード大学とベントリー大学で英作文講座の教壇に立ったこともあり、読み書きを講じたベストセラーがすでにある。本書の出来映えが新人離れしているのもむべなるかな、だ。現在はボストンの近郊、ブルックライン（因《ちな》みにジョン・F・ケネディの生誕地として有名）に住み、本書の成功によって現在は専業作家として執筆に専念しているそうだ。その成果がすでに出ていて、あちらでは第二作 *The Tenth Witness*（十人目の証人）が今年の九月に上梓される。やはりポアンカレが主人公だが、時代はさかのぼり、一九七八年、二百年前にオランダ北岸沖に沈んだ難破船を引き上げる事業にまつわる話で、当時は前途有望な技師だったポアンカレがインターポールの捜査官に転身する姿が描かれているようだ。未読だが、愉しみなシリーズになりそうな予感がする。こちらも紹介できればと思う。

まったくもって蛇足のあられもない大根訳者の楽屋話ながら――白状すると、博学多識の著者についていくだけでいっぱいいっぱいの訳出だった。数学の話、経済の話、化学の話、ロケットの話。どれもちんぷんかんぷん、各方面に詳しい方々の力を借りてようやく成った翻訳である。中でも数学に関しては、新進気鋭の翻訳家、千葉敏生さんに得がたい教示を受けた。そのことを記して氏に謝意を表しておきたい。

二〇一三年七月

＊本書の聖書の引用は「新日本聖書刊行会」新改訳第三版を参照させていただきました――訳者

HAYAKAWA POCKET MYSTERY BOOKS No. 1874

田《た》口《ぐち》俊《とし》樹《き》

1950年生，早稲田大学文学部卒，
英米文学翻訳家
訳書
『八百万の死にざま』ローレンス・ブロック
『卵をめぐる祖父の戦争』デイヴィッド・ベニオフ
『刑事の誇り』マイクル・Z・リューイン
（以上早川書房刊）他多数

この本の型は，縦18.4センチ，横10.6センチのポケット・ブック判です.

〔捜査官《そうさかん》ポアンカレ　―叫《さけ》びのカオス―〕

2013年8月10日印刷　　2013年8月15日発行

著　者　レナード・ローゼン
訳　者　田口俊樹
発行者　早川浩
印刷所　星野精版印刷株式会社
表紙印刷　大平舎美術印刷
製本所　株式会社川島製本所

発行所　株式会社　早川書房
東京都千代田区神田多町2-2
電話　03-3252-3111（大代表）
振替　00160-3-47799
http://www.hayakawa-online.co.jp

（乱丁・落丁本は小社制作部宛お送り下さい
送料小社負担にてお取りかえいたします）

ISBN978-4-15-001874-0 C0297
Printed and bound in Japan

ハヤカワ・ミステリ〈話題作〉

1868 キャサリン・カーの終わりなき旅 トマス・H・クック 駒月雅子訳

息子を殺された過去に苦しむ新聞記者は、あるきっかけから、二十年前に起きた女性詩人の失踪事件に興味を抱く。贖罪と再生の物語

1869 夜に生きる デニス・ルヘイン 加賀山卓朗訳

〈アメリカ探偵作家クラブ賞最優秀長篇賞受賞〉 禁酒法時代末期のボストンで、裏社会をのし上がっていこうとする若者を描く傑作！

1870 赤く微笑む春 ヨハン・テオリン 三角和代訳

長年疎遠だった父を襲った奇妙な放火事件。父の暗い過去をたどりはじめた男性が行きつく先とは？〈エーランド島四部作〉第三弾

1871 特捜部Q ―カルテ番号64― ユッシ・エーズラ・オールスン 吉田薫訳

悪徳医師にすべてを奪われた女は、やがて復讐の鬼と化す！「金の月桂樹」賞を受賞したデンマークの人気警察小説シリーズ第四弾

1872 ミステリガール デイヴィッド・ゴードン 青木千鶴訳

妻に捨てられた小説家志望のサムは探偵助手になるが、謎の美女の素行調査は予想外の方向へ……『二流小説家』著者渾身の第二作！